CATHERINE EGAN

LES OMBRES DE JULIA

LIVRE 1

LA FILLE DE LA NOYÉE

Traduit de l'anglais (États-Unis)
par Jacqueline Odin

MILAN

LES OMBRES DE JULIA

Mise en pages : Petits Papiers
Correction : Claire Debout
Illustration de couverture : © Tracie Ching

Titre original : *Julia Vanishes*

Pour l'édition française :

1, rond-point du Général-Eisenhower, 31101 Toulouse Cedex 9, France
Loi 49-956 du 16 juillet 1949 sur les publications destinées à la jeunesse
ISBN : 978-2-7459-8667-2
editionsmilan.com

Pour Mick, qui maintient ce navire à flot pendant que je fais surgir des monstres marins.

MONT HÉRIOT
Temple
de Coprane
Villages
LE
PLATEAU
Prison
Hostorak
Gare
Palais royal
Parlement
Pont
Molinda
Sévione
LA
SCOLA
Musée
Anderov-Skhol
SPIRA

N
O
E
S
Villages
Montagnes
LE MÉANDRE
LE POURTOUR
Place du
Putois
Temple de
Cyrambèle
Boutique
de Claude
Cimetière
Limone
Pont
Alsire
Pont
Morel
erge de
rs roux
FORESTINE
Forêt

Le fiacre traverse le pont près du temple de Cyrambèle et Janie annonce, à sa propre surprise :

– Je vais descendre ici.

– Ici ? demande sa compagne de voyage, continuant à bercer le bébé assoupi sur ses genoux. Sûrement pas. Je ne connais pas le seigneur Nix, mais je peux vous garantir qu'il n'habite pas ici. Personne n'habite ici.

– Ce n'est pas loin, répond Janie en riant, quoiqu'elle ne se souvienne plus depuis un instant où demeurent le seigneur Nix et sa famille.

L'adresse est dans son sac ; elle a simplement besoin de descendre, de se concentrer. Elle ignore ce qui l'y oblige et n'aura pas le temps de se poser la question. Elle regrette de quitter sa compagne et le beau bébé. Elles ont voyagé ensemble par le train depuis le Sud et décidé de partager le fiacre, puisqu'elles allaient dans le même quartier.

– Ah bon ? demande le conducteur, sceptique lui aussi.

Il n'y a aux alentours que le temple, la rivière et le pont désert.

– Je voudrais marcher un peu, dit-elle.

– C'est dangereux, mam'zelle, objecte le conducteur.

– Je ne crains rien, affirme Janie. Merci de m'avoir tenu compagnie, dit-elle ensuite à la femme. S'il vous plaît, donnez-moi votre adresse. Nous arrivons toutes les deux dans cette ville ; nous pourrions la découvrir ensemble.

– Bien sûr.

Sa compagne sort un stylo et un bout de papier à lettres, griffonne quelques mots, plie le papier puis le lui glisse dans la main. Une odeur de fleurs pourries flotte à l'intérieur du véhicule.

– Prenez soin de vous, dit-elle.

– Vous aussi, répond Janie.

Dans une impulsion, elle se penche et dépose un baiser sur la joue de la femme. Elle embrasse également le bébé.

– Dis au revoir, Théo, dit sa compagne.

Le petit Théo agite une main grassouillette.

– O'voi'.

Le fiacre s'éloigne dans la nuit, et Janie se retrouve seule dans l'ombre du temple. Quelqu'un l'attend. Cela, elle le sait. Elle a peur, et pourtant la voici. Elle déplie le papier que lui a laissé sa compagne. Elle distingue à peine les mots dans l'obscurité :

Oubliez-moi.

Elle regarde dans la direction où le fiacre a disparu, perplexe, essayant de se rappeler qui lui a donné le papier. Le chemin est long jusque chez le seigneur Nix à la Forestine, et la nuit est glaciale.

– Que suis-je en train de faire ? s'interroge-t-elle tout haut.

La douce main qui se pose sur sa gorge se présente comme une réponse à sa question, étouffant son cri aigu. D'un mouvement rapide, la lame tranchante l'arrache à la nuit noire et à l'avenir qui lui était promis.

1

Le sol est froid sous mes pieds nus. Flavie et Chloë respirent profondément, tranquilles. Je pense que minuit a sonné depuis une heure au moins. Les ressorts rouillés de mon petit lit hurlent lorsque je me lève, mais les deux formes endormies ne bougent pas. Elles sont sans aucun doute habituées à ce bruit, vu que nos lits gémissent comme des suppliciés chaque fois que nous nous retournons. Je longe leurs lits à pas furtifs, replie les doigts sur le bouton de porte. La porte ne grince pas : la semaine dernière, j'ai huilé les gonds et désassemblé, nettoyé puis remonté le bouton. Il n'y avait pas de solution pour les ressorts du lit. Le clair de lune se glisse entre les rideaux, apportant un peu de lumière à la petite mansarde où nous, les domestiques, dormons, mais l'escalier est sombre. D'une main, je tiens une bougie, éteinte dans son chandelier en fer. De l'autre, je ferme la porte derrière moi.

Les chambres principales, ainsi que la salle de bains, sont au deuxième étage. L'horloge du palier m'indique qu'il est presque deux heures du matin, pourtant je vois encore une lueur sous la porte de Frédéric. Je ne m'en inquiète pas. Il s'est très probablement endormi sur un livre. L'escalier conduisant au premier étage est plus large. Je le dévale, une main contre le mur pour me guider dans le noir. Je connais chacune des planches qui craquent et descends en silence. Voici la bibliothèque, la salle de musique, la salle de lecture de Mme Och, et ma destination de cette nuit : le bureau du professeur Baranyi. Nous ne faisons pas le ménage dans cette pièce, je n'y suis donc jamais entrée. La nuit, elle est fermée à clé.

Non qu'une serrure constitue un gros obstacle.

Aucune lumière ne passe sous la porte, néanmoins j'y colle mon oreille et j'écoute, juste au cas où. De ma main libre, j'ôte une épingle de mes cheveux et l'aplatis. Sans être une experte du crochetage de serrure, je possède le savoir élémentaire et je réussis à l'ouvrir en cinquante secondes.

J'ai cousu une allumette dans l'ourlet de ma chemise de nuit. Tirant la porte dans mon dos, j'avance à tâtons jusqu'à la cheminée et je frotte l'allumette contre la pierre. Dès que la bougie est allumée, la pièce apparaît autour de moi, bibliothèques immenses, meubles renvoyant des ombres recourbées, monstrueuses. Je n'ai jamais été du genre à trembler devant des ombres : je vais droit vers le secrétaire du professeur Baranyi.

Cet homme manque d'ordre, c'est le moins qu'on puisse dire. Des piles instables de livres et de papiers occupent le moindre espace. Trois cendriers débordent de mégots, deux verres à moitié pleins sont en équilibre précaire sur un tas de grands classeurs à reliure en cuir et l'encrier est débouché, la plume coulant sur le buvard.

Si je savais ce que je cherchais, ce serait plus facile.

Un léger bruit derrière moi – mon imagination me suggère un mouchoir que l'on sort d'une poche – et je me fige.

– *Hooouuu !* fait une petite voix flûtée.

J'éclate presque de rire dans mon soulagement. Sur un perchoir dans l'angle, un petit hibou marron cligne des yeux. Je lui chuchote :

– Désolée. Rendors-toi.

– *Hooouuu*, murmure le hibou, secouant ses ailes et se réinstallant.

Je me retourne vers le secrétaire, hausse ma bougie et examine les ouvrages et les papiers autour du buvard, ce que le professeur regardait avant d'aller se coucher. Esmée m'a appris à lire, et je lis vite et bien, même les pires griffonnages bourrés de fautes d'orthographe. Je feuillette les papiers : un vieil article de journal sur un lac quelque part qui s'est mystérieusement asséché, des listes de noms, rayés pour certains, des chiffres dépourvus de contexte, des listes de villes et de pays. Un nom entouré d'un cercle dans une longue série, *Joumana Sandor, Hostorak 15 C*, m'arrête net. Hostorak est la prison impénétrable où les sorcières, les praticiens du folklore et autres utilisateurs de la magie attendent leur mise à mort. C'est un grand bloc gris derrière le parlement, le bâtiment le plus laid de toute la ville de Spira, et le plus terrifiant. Je mémorise le nom, Joumana Sandor, et 15 C, sans savoir ce qu'ils pourraient signifier.

Dans le fond du bureau, il y a un long plan de travail avec des appareils scientifiques, mais je ne sais pas comment ils fonctionnent. Alors je concentre mon attention sur les rayonnages qui tapissent la pièce. Au pied de l'un d'eux, je découvre une vitrine remplie de livres… fermée à clé. Là. Tout ce qui est mis sous clé s'annonce intéressant. Je remue l'épingle jusqu'à ce que la serrure cède et fais coulisser le panneau. Je vois pourquoi ces livres sont enfermés, avec des titres tels que *Une analyse scientifique des forces élémentaires à l'œuvre* et *Légendes des Xianren I* jusqu'à *Légendes des Xianren VII*. J'ai entendu parler des Xianren : de mythiques sorciers ailés des temps anciens qui, raconte-t-on, exerçaient leur magie de vive voix. Des croyances folkloriques. Je ne devrais pas m'en étonner : le professeur Baranyi a passé plusieurs années en prison pour des écrits hérétiques, et la simple possession de livres comme ceux-ci peut vous conduire sous les verrous. Donc vous voyez, je ne fouine pas dans les pièces à usage privé d'intègres et respectables citoyens de Fraxe. Des criminels, où que je me tourne.

Je m'apprête à sortir *Légendes des Xianren I* lorsque j'entends un craquement dans l'escalier. Je replace le livre et fais coulisser le panneau, soufflant ma bougie. Je referme la vitrine à clé, mais je n'aurai pas le temps de quitter les lieux. J'entends la serrure cliqueter alors que je marche à pas feutrés au milieu de l'obscurité. Je heurte une chaise à porteurs encombrée de livres et m'immobilise, craignant de renverser quelque chose. Il y a des hésitations du côté de la porte, que je me suis contentée de tirer ; celui qui voulait entrer l'a refermée à clé par erreur. Toutefois, il réessaie, avec succès.

Je prends une lente inspiration et expulse l'air. La porte s'ouvre, un flot de lumière se répand. C'est le professeur Baranyi, une lampe à gaz à la main. Il est vêtu d'une robe de chambre épaisse et a des pantoufles aux pieds. De jour, c'est un homme affable, à la mine avenante, mais la lumière de la lampe donne un aspect sinistre à son visage barbu et basané. Il met la clé dans sa poche, promène les yeux sur la pièce, puis va vers le hibou perché, qu'il gratte sous le bec. L'oiseau lui mordille les doigts et incline la tête dans ma direction. Sale petit traître. Heureusement, au lieu de regarder vers moi, le professeur s'approche de son secrétaire. Il pose la lampe sur une pile de livres aussi haute que le meuble et fouille dans le tiroir à la recherche d'une cigarette, qu'il allume à la flamme.

Je me mords la lèvre pour ne pas jurer. Il va rester ici un moment.

Au cours de mes seize années d'existence, j'en ai vu autant, ou plus, que quelqu'un de cinq fois plus âgé, et j'ai acquis un certain nombre d'aptitudes inhabituelles. Les unes ont exigé un entraînement soutenu tandis que d'autres me sont venues de manière plus aisée. J'ai toujours eu un don en particulier : je ne sais pas comment le décrire, sinon dire que j'ai la capacité de passer inaperçue. Il ne s'agit pas d'invisibilité ou de quoi que ce soit d'aussi extrême – j'en ai fait la douloureuse expérience quand j'étais enfant. Mais il y a un espace où je peux pénétrer, un espace entre être moi-même dans le monde et j'ignore quoi, où les regards des gens me glissent dessus comme si j'étais un meuble ordinaire au point qu'ils le remarquent à peine. Depuis que j'ai appris à le faire délibérément, une seule personne est parvenue à me voir contre mon gré.

J'observe maintenant le professeur comme à travers une fenêtre embuée, tout paraît indistinct. Il saisit l'un des classeurs, écartant les verres au contenu mystérieux. Je crispe la mâchoire pour ne pas claquer des dents. La maison est glaciale durant la nuit ; j'espère qu'il aura l'idée d'allumer la cheminée.

Il se lèche l'index et tourne une page. J'essaie de me réchauffer en pensant à Wyn. Wyn qui donne à manger aux pigeons sur le toit. Wyn qui enlève ses bottes et les jette par terre. Wyn près du feu, qui tend les bras vers moi. La bouche de Wyn. Je sens quelque chose me traverser dès qu'il lance son sourire lumineux ou qu'il renverse la tête pour rire, si bien qu'on voit toutes ses dents et les profondeurs de sa gorge. Ce rire ! À chaque fois, il me bouleverse. Je pense aux doigts de Wyn m'effleurant les bras, sa main qui descend jusqu'au bas de mon dos, son souffle à l'odeur de vin, de fumée, au parfum suave aussi. Je commence à me réchauffer, et les minutes filent pendant un moment.

N'empêche, même songer à Wyn, avec ses doigts subtils et ses lèvres douces, ne peut m'amener jusqu'au bout de cette nuit sous forme fantomatique. Secouée de violents frissons, les orteils recroquevillés sur le sol glacé, les doigts endoloris à force de serrer le bougeoir, je me récite intérieurement la totalité des jurons que je connais. Le professeur Baranyi, plongé dans son classeur, ne manifeste aucune intention de retourner se coucher. Bientôt, Flavie et Chloë se lèveront pour débuter la journée de travail. Je les imagine se réveiller, découvrir mon lit vide et ne me trouver nulle part dans la maison. Que diront-elles à Mme Och ? Comment expliquerai-je mon absence ? Je ne peux pas quitter le bureau sans me faire prendre, je ne peux pas non plus ne pas le quitter sans m'attirer toute une autre série d'ennuis.

Je soupèse les éventuelles conséquences désastreuses de cette nuit lorsqu'un énorme fracas retentit au-dessous de nous, suivi d'un long, long hurlement. Le professeur dresse la tête. Un nouveau fracas, comme de l'acier contre de la pierre, et un rugissement à réveiller les morts. Ce n'est pas la première fois que j'entends de tels bruits monter de la cave, néanmoins ils n'ont jamais été aussi terribles. Le professeur saute de son siège et se précipite vers la vitrine fermée à clé. Mon cœur tressaille alors qu'il l'ouvre en hâte. Des pas dans l'escalier au-dessus, et un instant plus tard Frédéric surgit dans la pièce, dégingandé, à moitié endormi.

– Est-ce une réaction ? demande-t-il.

Le professeur s'emploie à vider la vitrine. Il étire la main dans le fond et semble faire coulisser un panneau. J'ai du mal à contenir ma joie : en définitive, cette nuit ne sera pas perdue ! Je vois apparaître un étui noir. Nous sursautons tous à un bruit de bois brisé. Le professeur lâche un juron. Il sort de l'étui un objet qu'il tend à Frédéric, mais leurs silhouettes de dos me le cachent. De toute façon, je suis distraite par un vacarme sur les marches en contrebas, puis un grondement dans le couloir à une proximité terrifiante.

Frédéric et le professeur courent vers la porte au moment précis où une grosse forme sombre passe comme une flèche. Frédéric pointe sur elle un instrument triangulaire qui a environ la largeur d'une main. Après un sifflement, un cri étranglé, quelque chose heurte durement le sol avec un son mat. Les deux hommes semblent aussi soulagés l'un que l'autre, Frédéric s'appuyant contre le chambranle, le professeur Baranyi prenant un mouchoir dans sa poche et s'essuyant le front.

– Oublions les propriétés apaisantes de l'améthyste, hein ? dit le professeur.

Frédéric émet un rire bref. J'ai l'impression qu'il tremble, sans en être certaine à cause de mon point de vue brouillé.

– Il nous faut une nouvelle porte, déclare-t-il. En acier.

– Oui. Nous nous en occuperons dans la matinée.

– Et ensuite ? À coup sûr, nous avons tout essayé.

– Pas tout, répond le professeur. Mais presque.

Ils restent silencieux une minute, les yeux fixés sur le couloir. Puis Frédéric rend au professeur le curieux instrument – un genre d'arbalète miniature, à ce que je vois – et dit :

– Je m'en charge.

Le professeur hoche la tête et Frédéric referme la porte derrière lui, maudit soit-il. Le professeur Baranyi paraît tranquillisé. Il murmure pour lui-même alors qu'il range l'étui noir, disposant devant la cachette sa série d'ouvrages interdits. Revenu à son secrétaire, il se concentre sur son classeur. Je ne sais pas comment interpréter la scène à laquelle je viens d'assister, mais mon cœur bat la chamade et je n'y tiens plus : j'entreprends de traverser la pièce.

Quand je suis au milieu d'une foule, le mouvement des autres semble ouvrir des parcelles d'espace dans lesquelles je peux me réfugier et me déplacer. Me mouvoir dans un lieu où rien ne bouge tout en me maintenant derrière cette membrane du visible est beaucoup plus difficile – un peu comme essayer d'écrire des phrases différentes de la main droite et de la main gauche. Mais le professeur ne lève pas la tête pendant que je progresse vers la porte. J'attends qu'il ait l'air complètement absorbé par sa lecture. Puis, trop vite, j'empoigne le bouton et ouvre la porte, ruinant mon équilibre. Tout redevient très net.

Il sursaute, regarde... et me surprend.

– Monsieur ! m'écrié-je, pivotant sur mes talons comme si j'entrais plutôt que je ne sortais. J'ai entendu des bruits épouvantables en bas, monsieur !

Le professeur Baranyi remonte ses lunettes sur son nez pour me considérer à la lumière mourante de la lampe.

– Mademoiselle... ?

– Ella, dis-je. J'allais aux cabinets, monsieur, excusez-moi, monsieur, et j'ai entendu des chocs et des hurlements affreux. Je suis désolée, monsieur, j'ai eu peur, et j'ai vu votre lumière.

– *Hooouuu !* crie le petit hibou marron, se balançant d'une patte sur l'autre, ravi de cette effervescence.

– Je n'entends rien, dit le professeur en se levant.

Je vois sa stupeur à me trouver dans son bureau se dissiper au fur et à mesure qu'il accepte l'explication la plus raisonnable : j'entrais, je ne sortais pas.

– Ça s'est arrêté, dis-je. Pensez-vous qu'une bête se soit introduite dans la cave ? M. Darius est-il en sécurité en bas ?

Je crois que M. Darius, le pensionnaire aristocrate de santé fragile qui a une chambre dans la cave, possède un animal nocturne très malheureux. J'espère vraiment qu'il ne le maltraite pas. M'interroger à ce sujet me donne le frisson chaque fois que je suis obligée de lui servir son café.

– Inutile de vous inquiéter, Edna, dit le professeur d'un ton rassurant.

– Ella, rectifié-je, puis je me mords la langue et regrette de l'avoir repris.

– Oh, oui, pardonnez-moi. Il y a une porte abîmée là en bas, voyez-vous. Le vent s'y engouffre parfois et provoque des bruits horribles qui résonnent dans le couloir. Il faut que nous la réparions, mais je vous en supplie, ne soyez pas épouvantée.

Il n'est pas mauvais menteur, même si je suis bien meilleure que lui.

Je regarde mes pieds nus.

– Je n'aurais pas dû faire irruption dans votre bureau. J'ai eu une telle frayeur. Mais j'aurais dû éviter de vous déranger. Je suis vraiment confuse, monsieur.

– Personne n'en saura rien, me réconforte-t-il.

Souhaitons qu'il soit sincère. Mme Och serait moins encline à la compassion crédule, je crois.

– Maintenant, il vaudrait sans doute mieux que vous retourniez au lit.

– Oui, monsieur. Désolée, monsieur.

Je m'esquive.

Quel merveilleux soulagement de bouger à nouveau ! Je vole presque dans l'escalier, réintègre la chambre des domestiques avec la plus grande discrétion possible. Je me glisse entre les draps glacés. Les ressorts émettent leur protestation habituelle ; les yeux de Flavie s'ouvrent aussitôt.

– Où étais-tu ? demande-t-elle d'une petite voix froide et terriblement réveillée.

Rabattant les couvertures sur moi, je marmonne :

– Aux cabinets.

Au bout d'une minute je feins de ronfler, mais je sens que ses petits yeux inquisiteurs continuent à m'observer.

2

Le lendemain est le jour du temple et nous, les domestiques, avons quartier libre. Outre Flavie et Chloë, Frédéric est la seule autre personne de la maison à se rendre avec régularité au temple. Moi, je prétends retourner dans mon village natal de Jepté, une bourgade insignifiante à une soixantaine de minutes au nord de Spira. Grégoire m'y a même emmenée une fois, au cas où je rencontrerais quelqu'un qui connaisse les lieux ; durant notre visite, il m'a fait mémoriser les ruelles et bavarder avec les épiciers et les cordonniers pour que je sache comment ils s'appellent. Quant à Esmée, elle m'a inventé des parents et des cousins d'une fadeur impressionnante ; j'ai des milliers de détails fades sur eux et leur fadeur à fournir si quelqu'un se montrait intéressé, mais nul ne s'en soucie. Au fond, je suis juste la nouvelle domestique.

Sauf que, bien sûr, je ne le suis pas.

Mme Och m'a généreusement donné l'argent pour le trajet jusqu'à Jepté, je m'offre donc un petit déjeuner chaud avenue Robin, assise au comptoir côte à côte avec les étudiants, les artistes et les aristocrates pauvres qui habitent les environs. La maison de Mme Och se trouve rue Michal, dans une zone riche près du centre trépidant de la Scola, le quartier universitaire, qui borde la rive sud de la Sévione. Le Méandre est en face, il suffit de traverser la rivière pour y arriver, je pourrais marcher mais il tombe une neige grise et je brûle d'impatience, alors je hèle un cabriolet à moteur. Il est encore tôt et les rues sont relativement tranquilles. Quelques chevaux d'aspect misérable tirent des voitures vieillottes sur les pavés, je vois aussi un fiacre électrique silencieux passer près de nous dans une rue transversale, ses occupants tout habillés de blanc. Comme nous approchons du temple de Cyrambèle, masse sombre entre la Scola et le Méandre tout au bord de la Sévione, la rue devient impraticable. Les calèches et les cabriolets sont arrêtés, les piétons dans leurs beaux habits fourmillent et parlent à des inconnus d'une manière passionnée qui ne peut signifier qu'une chose : une mort.

– Je vais descendre ici, dis-je au chauffeur, et je le paie avec des pièces de Mme Och.

J'imagine que j'irai plus vite à pied. Je me fraye un passage à travers la foule jusqu'au pont Alsire, où j'aperçois les manteaux bleus et les chapeaux à plumes des soldats, qui contrastent avec la tenue terne et triste des policiers. Au centre du désordre, une couverture enveloppe ce que je suppose être un corps. Le trottoir alentour est taché de sang.

– Recule, gamine, grogne un soldat en tentant de me repousser.

Mais j'esquive son bras et lui lance un clin d'œil. Sa bouche se pince et il me tourne le dos.

– Que s'est-il passé ? demandé-je à une vieille bonne femme vêtue d'un tablier, manifestement disposée à cancaner.

– Une fille de Nicim ! répond-elle en pivotant vers moi, enchantée de pouvoir raconter l'histoire à une nouvelle personne. Ils viennent de l'identifier ! Elle venait travailler comme gouvernante pour les mômes du seigneur Nix !

Je suis stupéfaite. On ne trouve pas souvent des filles de bonne famille mortes sur des ponts. La vieille colle sa figure contre mon visage et je sens l'odeur de son petit déjeuner, bouillon de viande et thé léger.

– Tu as entendu parler du banquier qu'ils ont trouvé à Nicim pas plus tard qu'hier ? De la danseuse de cabaret le jour précédent ?

Je secoue la tête. Je n'ai pas quitté la maison de Mme Och depuis une semaine et, de toute façon, je ne m'intéresse pas beaucoup aux nouvelles d'ailleurs. Nicim est une ville portuaire dans le sud de la Fraxe. Ma mère est née dans un village de cette région. Moi, je n'ai jamais vu l'océan.

– Ils avaient le sommet du crâne tranché ! continue-t-elle avec jubilation. Et leur cervelle a été ratissée ! Pareil pour cette petite, qui est justement arrivée de Nicim hier par le train. Ils ont trouvé le billet dans son sac à main !

– Vous pensez que c'est un imitateur ou que l'assassin a voyagé avec elle ? demande quelqu'un.

Un petit rassemblement se forme autour de nous pour entendre à nouveau le récit.

– Oh, l'assassin est dans notre ville à présent, aucun doute là-dessus, déclare la femme d'un ton autoritaire. J'ai vu le cadavre de mes yeux avant qu'ils le recouvrent. Je ne me remettrai pas de cette horreur, je vous assure !

Elle prend une mine tragique, mais on dirait plutôt que c'est l'événement le plus excitant qu'elle ait jamais connu.

– Circulez, tous ! crie l'un des soldats.

La masse de gens continue néanmoins à s'attrouper, à regarder, à commenter, voulant apercevoir le cadavre. Bientôt, les soldats menaceront d'employer la force et la cohue se dispersera.

Je franchis le pont et pénètre dans mon vieux territoire familier. Les rues étroites sinuent entre les épiceries, les bureaux de tabac et les logements exigus. Des chats errants cherchent à s'abriter de la neige, des visages hostiles observent par les vitres embuées. Malgré le mauvais temps, les étals du marché sont déjà installés sur la place du Putois et envahissent les ruelles voisines. La statue brisée d'une espèce de monstre marin crache un peu d'eau dans la fontaine au centre de la place. Esmée possède plusieurs chambres du côté est de la place, dont la mienne et celle de Dek. Nous avons le gîte et le couvert, et parfois un petit extra, selon le travail.

Née le jour du couronnement du vieux roi Zey, Esmée est la fille illégitime d'une courtisane. Sa mère est morte en couches et Esmée a grandi dans la maison close, élevée par dix-sept prostituées, imaginez la situation. Aujourd'hui, elle trempe dans tous les commerces illégaux sauf celui-ci, parce qu'elle n'a aucun goût pour la vente des corps, et elle règne sur son propre petit empire dans le Méandre. Le crime ne paie plus comme avant, avec la Couronne qui construit de nouvelles prisons dans le nord de la ville et qui pend les gens partout, mais il continue à mieux payer que le travail honnête. La plupart des anciens caïds du Méandre étant morts ou incarcérés, la moitié des escrocs du coin travaillent pour Esmée, qui reste discrète et ne prend pas de risques.

Je vais droit dans le salon ; en théorie, il fait partie du logement d'Esmée, mais nous y sommes toujours bienvenus. Benedek, mon frère, occupé à bricoler un objet métallique plat, me salue d'un geste distrait. Un mécanisme de serrure est en pièces détachées sur la table devant lui. Depuis plusieurs semaines, il met au point un crochet magnétique qui permettra de tout ouvrir, affirme-t-il. Esmée, à genoux près du feu, souffle vigoureusement dessus. Elle se lève, secoue les mains pour se débarrasser des cendres et m'adresse un sourire chaleureux. Je suis de taille moyenne, mais je parais minuscule à côté d'Esmée. Elle porte des pantalons d'homme parce qu'elle ne trouve aucune robe assez grande et qu'elle répugne à dépenser la somme nécessaire pour la fabrication sur mesure. Ses cheveux courts sont presque blancs, mais les rides sur son visage restent très peu marquées.

– Je vais te chercher du café, ma chérie, dit-elle, et elle me tend une serviette pour mes cheveux mouillés. Je suis contente de te voir.

– Moi aussi, dis-je, me séchant puis lançant la serviette en direction de Dek afin qu'il lève la tête.

Il l'attrape et rit. Je retire mon manteau humide et m'écroule dans un fauteuil. Le feu flamboie, je bouge donc un peu pour rapprocher mes pieds des jolies flammes. C'est un tel soulagement de ne pas avoir à récurer un plancher, monter de l'eau ou du charbon dans les escaliers, astiquer une grille ou un fichu bougeoir. D'être à la maison.

– J'ai vu une fille morte près du temple de Cyrambèle, leur dis-je, et je répète ce que la vieille commère m'a raconté.

– La pauvre, dit Esmée en m'apportant une tasse de café fumant. Cette ville est dangereuse pour une fille seule. Sois raisonnable, ma Julia. Je ne veux pas apprendre un jour que tu es sans vie sur un pont.

– Ça ne pourrait pas m'arriver, dis-je, frappant la botte où je cache mon couteau.

– Ça ne t'arrivera pas parce que tu seras maligne et que tu éviteras d'aller te promener seule le soir, réplique Dek en me dardant un regard dur. Non parce que tu as un couteau de quinze centimètres si bien rangé dans la doublure de ta botte qu'il te faudrait cinq minutes pour le sortir.

– Vingt-deux centimètres, rectifié-je avec un grand sourire. Et regarde.

Je pointe le couteau à l'instant même où il se précipite vers moi, me retournant le poignet. Dans un fracas, le couteau heurte le sol et je renverse mon café.

– Sacré nom de Kirghal, Dek, détends-toi ! crié-je.

Il respire fort, sa jambe estropiée tordue sous lui. Esmée glousse, sirote son café.

– Julia, dit-il lentement, je te demande d'être futée. D'être prudente.

– Je *suis* prudente ! rétorqué-je, le repoussant.

Mais je ne suis que légèrement en colère. Il s'inquiète pour moi, je le sais, et en vérité, je me sens protégée du fait qu'il s'inquiète. Comme si son amour pouvait me protéger. On me croirait plus lucide : l'amour ne protège personne. Mais c'est mon grand frère et il s'inquiète pour moi, voilà.

Dek et moi sommes nés dans le Méandre. J'avais sept ans, lui dix, quand notre mère a été tuée et que notre père a disparu. Il mendiait, je volais, selon le sort que l'Innomé nous avait accordé. C'était l'été après que le fléau avait balayé le pays et décimé la population – le pire fléau de mémoire d'homme : les cadavres se décomposaient dans les fossés et les gens sortaient à peine de chez eux. Dans notre maison, il n'a touché que Benedek. Je suis allée habiter à la campagne chez une tante qui me battait, et je pleurais tous les jours, non pas en raison des coups mais de la mort annoncée de Dek.

Sauf qu'il n'est pas mort. Un enfant qui survivait au fléau, c'était extraordinaire. Dek n'en a pas simplement réchappé, il en a réchappé l'esprit intact, contrairement aux survivants tremblants, idiots, détruits qu'on voit parfois demander la charité au bord de la rivière. Une décennie plus tard, il porte ses cheveux noirs bouclés assez longs pour masquer les cicatrices et les taches sombres caractéristiques du fléau qui déforment la partie droite de son visage, l'orbite vide maintenant suturée. Son côté droit est dévasté, le bras et la jambe atrophiés, presque inutiles. Le fléau paraît avoir fondu sur lui mais s'être arrêté à mi-chemin avant de s'en retourner. Vu de gauche, il a une beauté certaine, avec sa robuste mâchoire et son nez rectiligne. Il se déplace plutôt bien à l'aide d'une béquille. Le plus souvent il s'estime heureux d'être en vie, mais je sais qu'il connaît aussi des jours sombres.

Les gens ont une peur bleue des rescapés du fléau, comme s'ils étaient encore contagieux. Esmée, elle, n'a jamais tressailli en le voyant. Elle a perdu son propre fils dans l'épidémie, son mari dans une révolution avortée, alors je crois qu'Esmée ne redoute plus rien. Elle nous a accueillis tous les deux, nous a enseigné la lecture et une foule d'autres choses. Ils sont devenus notre nouvelle famille, Esmée, ses collègues Grégoire et Priscilla, et le magnifique Wyn, son fils adoptif, un grand garçon mince âgé de dix ans à l'époque. J'ai eu un coup de foudre pour lui quand j'avais à peine huit ans. Un clin d'œil de sa part, et j'étais conquise.

Grégoire et Priscilla arrivent à midi, après la cérémonie au temple, pendant que je rédige mon compte-rendu. Dès qu'ils entrent, pleins de majesté, le salon confortable semble étroit et miteux. Ils viennent de réaliser une vaste opération d'escroquerie en Angloisie – un de leurs classiques. Priscilla joue la damoiselle en détresse, noble dame de Fraxe coincée en Angloisie avec son mari violent, n'ayant pas l'argent qui lui permettrait de s'enfuir et de retourner dans sa puissante famille. Chaque fois, plusieurs riches adorateurs chevaleresques s'empressent de la secourir et lui donnent la somme complète pour rejoindre son pays et être délivrée de son monstrueux époux. Je suis sûre que Grégoire a pris un immense plaisir à jouer l'ogre. Inutile de dire qu'ils s'amusent beaucoup plus que moi, l'un comme l'autre.

– Bonjour tout le monde ! dit Priscilla, ôtant ses gants blancs. Ciel, Julia, il faut que je te donne quelque chose pour ces yeux cernés. Les domestiques ne dorment donc pas ?

– Celle-ci, non, marmonné-je, étirant sciemment les jambes.

– Pauvre bichette, dit Priscilla.

Elle s'installe dans un fauteuil et sort un étui à cigarettes en argent.

– Nous t'emmènerons au cabaret quand tu auras terminé ton travail, ce sera une bonne distraction, hein ? Tu pourras emprunter une de mes robes.

Je m'esclaffe. Jamais je ne rentrerais dans ses vêtements, qui exigent une poitrine de sirène et une taille de guêpe.

– Tout s'est bien déroulé, je suppose ? dit Esmée. Pas d'aristocrates anglois furieux à vos trousses sur le chenal ?

– Vois par toi-même, dit Grégoire, lui lançant une grosse liasse de billets anglois. Priscilla les a éblouis, bien sûr, et j'ai été un rustre plus ivre que jamais.

– Vraiment ? dis-je, haussant les sourcils. Dur à imaginer.

Dek me décoche un regard d'avertissement.

Grégoire a été autrefois le fils rebelle d'un aristocrate mis à mort pour trahison. Après son exclusion de la haute société à l'époque lointaine de son inimaginable jeunesse, il est devenu révolutionnaire puis, ayant échoué, voleur, escroc et ivrogne incorrigible. Il conserve pourtant les manières du beau monde, cette façon d'entrer dans une pièce comme s'il était le maître des lieux, et quand il sourit à quelqu'un, il y a une étincelle de son ancien charme, enfoui sous des années de boisson et de désespoir. Le mari d'Esmée était son meilleur ami, et elle l'a gardé auprès d'elle en dépit de tout. Quant à Priscilla, elle était une comédienne célèbre avant d'épouser Grégoire et de quitter définitivement les planches. Ce que Priscilla trouve à Grégoire est l'un des grands mystères de la vie. Elle a dix ans de moins que lui, au minimum, et c'est une vraie beauté nordique, teint de porcelaine et chevelure d'or, sauf ses yeux, sombres et assez profonds pour s'y noyer. Je ne lui connais pas de famille.

– Nous miserons notre part au champ de courses demain, dit Grégoire, ignorant ma remarque. Belle Isis est une valeur sûre, elle nous rapportera une fortune !

Il lance un clin d'œil à Priscilla, qui lui répond par un sourire rêveur. Tous deux sont des passionnés de courses hippiques, malgré le fait qu'ils ne gagnent jamais rien.

– Bon, quels renseignements as-tu pour moi, ma chère Julia ? J'ai rendez-vous avec la cliente cet après-midi.

Si Esmée règne sur la pègre, Grégoire assure la liaison entre nous et l'élite de Spira. Les nobles ne l'invitent pas à leurs fêtes, mais ils savent tous qui il est, et une juteuse affaire de chantage ou d'espionnage nous arrive souvent grâce à lui.

– Je pourrais t'accompagner, lui proposé-je. J'ai quartier libre pour la journée.

– Non. Quand la cliente voudra te voir, je t'en informerai.

– Très bien. Ça m'est égal, dis-je.

Mais je dois avouer ma déception. Je meurs d'envie d'en savoir plus sur cette mystérieuse cliente.

J'ai été envoyée chez Mme Och avec une série assez vague de questions. Qui sont les habitants de la maison ? Que font-ils ? De quoi parlent-ils ? Que lisent-ils ? Où vont-ils ? Toutes les semaines, je fournis un compte-rendu à Grégoire et il l'apporte à mon employeuse. C'est très différent des tâches habituelles – dénicher des documents pour du chantage, suivre des époux qui se conduisent mal, localiser des coffres-forts cachés – mais mon employeuse secrète nous a versé six fraxins d'argent au début de ma mission et nous en promet vingt à son achèvement, quoi que le mot puisse signifier dans ce cas.

Les six fraxins d'argent sont déjà dépensés. Un voleur qui travaille pour Esmée a été arrêté la semaine dernière et la moitié de la somme a servi à corrompre des fonctionnaires pour qu'il soit condamné à l'incarcération plutôt qu'à la pendaison. L'autre moitié est allée à sa famille. Esmée pourrait être riche si elle ne prenait pas autant soin de ses associés et de leur famille. Cependant, si les escrocs n'étaient pas aussi loyaux envers elle, il est probable qu'elle serait elle-même en prison. J'ai négocié dur avec Esmée : j'aurai pour moi un quart du paiement final. Largement suffisant pour quelques robes à la mode et des semaines à dîner dans de bons restaurants avec Wyn. Nous irons peut-être côtoyer les seigneurs et les dames à l'opéra.

Je tends à Grégoire le compte-rendu que je viens de coucher sur le luxueux papier d'Esmée. Je n'ose pas introduire de stylo et de papier dans la maison de Mme Och ; une domestique avec un stylo risque de passer pour une sorcière et, même si je pourrais vite prouver mon innocence, il est inutile d'éveiller les soupçons.

– Je suis entrée dans le bureau du professeur la nuit dernière, lui dis-je. J'ai trouvé dans une liste un nom qui pourrait avoir de l'importance. Joumana Sandor à la prison Hostorak. Quinze C correspondrait à un numéro de cellule.

– Hostorak ! s'exclame Dek. Alors ils ne sont pas juste de riches planqués ?

Grégoire suit des yeux mon écriture maladroite et boit une lampée à sa flasque.

– Il y a aussi le pensionnaire dans la cave, continué-je. J'ai l'horrible impression qu'il se livre à des expériences sur des animaux. La nuit passée, ils ont tiré un projectile, peut-être rempli de somnifère, sur quelque chose dans le couloir ; mais je n'ai pas vu quoi.

– Oui, j'ai parlé du pensionnaire à la cliente la semaine passée. M. Darius, c'est ça ? Il faut que tu découvres qui il est et ce qu'il fait là précisément.

– Attends, Grégoire, intervient Dek. Je croyais qu'il s'agissait simplement d'espionner une vieille dame riche, mais la mission semble évoluer. À quel point c'est dangereux ?

– Julia ne se fera pas prendre, dit Grégoire, peu coopératif.

– Bien sûr que non, affirmé-je sans révéler que j'ai frôlé la catastrophe. Alors quand aurai-je terminé ? Si je découvre ce que fait M. Darius dans la cave ? Ou pour quelle raison ils s'intéressent à une prisonnière d'Hostorak ?

Grégoire hausse les épaules.

– Regarde ces ampoules ! m'écrié-je en lui montrant mes mains. J'ai récuré de fichus cabinets ! Épluché une telle quantité de légumes que je ne veux plus jamais voir une carotte de ma vie ! Tu as déjà écaillé un poisson ? Tes mains empestent pendant des jours !

– Au moins, tu sais désormais que tu as plus de chance que la moitié des filles de cette ville, dit Priscilla, pointant vers moi sa cigarette éteinte.

Je m'affaisse dans mon fauteuil.

La conversation passe à une rumeur sur Marianne Novak, une comédienne que Priscilla connaissait jadis, maintenant recherchée comme sorcière.

– Elle a disparu sans laisser de traces ! dit Grégoire.

Priscilla secoue la tête :

– Je n'arrive pas à y croire, vraiment je n'y arrive pas.

– Tu ne t'en es jamais doutée, alors ? demande Esmée.

– Absolument pas ! répond Priscilla. Elle était gentille avec moi à l'époque, quand j'étais nouvelle. Elle m'a appris deux ou trois choses.

J'écoute à peine. Il est presque midi et je n'en peux plus d'attendre. Je m'éclipse, grimpe l'escalier à pas sautillants et tambourine contre la porte de la chambre au dernier étage. N'obtenant pas de réponse, j'enfonce mon épingle à cheveux recourbée dans la serrure et me démène maladroitement, bruyamment, jusqu'à ce qu'elle cède.

C'est une petite pièce triste, assez semblable à la mansarde où je loge chez Mme Och, mais celle-ci, je l'adore. La fenêtre minuscule donne sur la place et les toits pointus du Méandre, mais en ce moment les rideaux sont tirés. Quelques charbons ardents rougeoient encore dans l'âtre ; la soirée a dû être longue. Il y a un pistolet sur la table, près d'un croquis au fusain à moitié terminé de la place du Putois. Wyn a saisi la fontaine brisée, la folle aux pigeons avec des oiseaux partout sur elle. Il a le don de dessiner des choses laides et de les embellir.

Il est étendu en travers du lit, en partie dissimulé par sa couverture. Son long dos brun est exposé, ainsi qu'une jambe aux poils noirs. Il a le visage détourné. La vue de son dos et de sa jambe me bouleverse à tel point que mes membres faiblissent. Je m'avance dans la chambre, le cœur battant, les oreilles bourdonnantes.

– Wyn, chuchoté-je, et il remue.

Mes doigts suivent sa colonne vertébrale. Il se retourne lentement. Des poils noirs sur son torse, de longs cils épais, des yeux verts orageux et, oh ! ces lèvres, qui s'écartent dans un sourire ensommeillé.

– Salut, Yeux noisette, dit-il. Comment tu es entrée ?

Je lève mon épingle à cheveux.

– Aucun endroit n'est à l'abri des redoutables voleuses de Spira, claironne-t-il.

– Enfermez vos beaux garçons ! l'imité-je.

Je m'assois au bord de son lit et me penche pour l'embrasser.

– Je croyais qu'on venait d'établir l'inutilité des serrures contre ces redoutables voleuses !

Il m'embrasse aussi, mais fugitivement.

– Tu appelles ça un baiser ? protesté-je. Voilà une semaine que je trime jour et nuit ; je pense mériter mieux que ça !

Il éclate de rire, commence à se lever.

– Par la meute infernale, Yeux noisette, je n'ai même pas encore pris mon petit déjeuner.

Je l'oblige à se rallonger, disant avec une sévérité feinte :

– Le petit déjeuner peut attendre.

Sans savoir pourquoi, le chauffeur quitte les rues nocturnes encore animées de la Scola et traverse le pont Morel, s'engageant dans le Pourtour, où déambulent les miséreux et les désespérés de Spira. Il longe les maisons closes et les fumeries d'opium minables, puis le fiacre gravit la colline en direction du cimetière Limone.

Quelque chose le suit sur des jambes sombres, prestes, l'aiguillonnant à son insu.

Il gare le fiacre automobile, en sort et s'emmitoufle dans son manteau, perplexe. L'hiver est déjà perceptible, la rue déserte. Il franchit d'un pas hésitant la grille du cimetière, puis s'arrête, se retourne et jette un regard à la ronde.

– Ohé ! lance-t-il.

Son souffle fait un grand panache blanc.

Il entend quelque chose bouger dans l'ombre de son fiacre, ou voit quelque chose peut-être, mais ensuite il n'y a plus rien, c'est le silence.

– Sacré nom de Kirghal, marmonne-t-il.

Il cherche une pipe dans sa poche, se ravise ; pivote pour s'enfoncer davantage dans le cimetière, puis s'arrête à nouveau. Son esprit est embrumé. Pourquoi est-il venu ici ?

L'air devient plus froid, et voilà qu'il entend, très distincte, une respiration proche.

– Qui est là ? crie-t-il.

La peur l'envahit et lui éclaircit les idées. Va-t'en d'ici. C'est dangereux. *Il rebrousse chemin en toute hâte vers son fiacre, mais quelque chose près de la grille lui barre le chemin.*

Les nuages dissimulent la lune et il ne voit pas bien la forme. Elle se tient debout, pourtant le visage n'est pas un visage humain, le corps est trop grand et trop souple pour être un corps humain. Il pousse un cri étranglé, fait volte-face et s'enfuit.

Il y a un son semblable à un grognement, et il se retrouve à plat ventre dans le gravier. Il pense à sa femme, qui l'attend chez eux, à leur enfant tout près de naître, et sa peur se fond dans un autre effroi : comment survivront-ils sans lui ? Une main lui soulève brusquement la tête par les cheveux. Une humidité sur son front, une obscurité qui se répand. Il pense à résister, mais fugitivement, comme de très loin – déjà cette fin subite, brutale, est devenue l'histoire de quelqu'un d'autre.

3

Mon estomac gargouille mais je décide de l'ignorer, car il n'est que dix heures du matin. Je serre les dents et bats les grands tapis du salon afin d'en chasser la poussière. C'est une belle journée tonifiante, sans doute l'ultime période de temps clément avant que l'hiver s'installe sur la ville. Depuis la terrasse, je vois Flavie et Chloë mettre du linge à sécher près de l'étang, hors duquel des tortues ont rampé pour se chauffer au soleil. Bientôt, il faudra se contenter d'étendre le linge dans l'arrière-cuisine, mais aujourd'hui on est bien dehors, le ciel dégagé est d'un bleu intense et les merles sifflent dans les arbres dont les feuilles mortes colorées jonchent la pelouse.

Le vaste jardin clos de Mme Och serait très pittoresque sans cette montagne de terre qui gâche la pelouse entre la terrasse et l'étang. Carl, le gardien, m'a expliqué qu'un vieux cerisier gigantesque se dressait là il y a encore quelques mois. Il devait être âgé de plusieurs siècles, m'a-t-il dit, et puis un jour d'été il avait disparu, laissant la pelouse défoncée comme si quelqu'un était venu, avait simplement ôté du sol un arbre de douze mètres de haut et était reparti avec. Il se grattait l'oreille et ne cessait de secouer la tête en me racontant l'histoire, et j'ai reconnu que je n'avais jamais entendu parler d'une affaire aussi étrange. Il arrive que Mme Och sorte, une couverture drapée sur ses épaules comme un châle, s'agenouille près de l'endroit et tamise la terre entre ses doigts. Je l'ai mentionné dans mon premier compte-rendu, mais la cliente, quelle qu'elle soit, n'a pas manifesté le moindre intérêt.

C'est seulement le milieu de la matinée, or nous avons servi à toutes les personnes de la maison leur petit déjeuner et leur café; allumé le feu dans les cheminées et monté l'eau pour le bain de Mme Och (la seule qui utilise l'immense baignoire, à ma connaissance; je meurs d'envie de m'y plonger!) ; nettoyé à fond l'arrière-cuisine; préparé les ingrédients du déjeuner pour Mme Francis, la cuisinière; vidé l'eau du bain de Mme Och (laquelle, me suis-je aperçue, est remarquablement propre et sent les fleurs de pommier après qu'elle s'est lavée); astiqué l'argenterie; brossé les rideaux; enfin, fait tremper, passé au bleu, lavé, rincé et essoré la lessive. J'ai les bras raides et douloureux, et je rêve d'une tasse de café accompagnée d'un gâteau à la crème.

– Radieuse journée, dit une voix dans mon dos, et tous les poils se dressent sur ma nuque.

Je me retourne et fais une petite révérence, cessant de me déchaîner contre les tapis du salon.

– Oui, monsieur.

– Excusez-moi de vous interrompre. Pouvez-vous m'allumer ceci ? demande M. Darius, indiquant sa pipe. Je me suis blessé le bras.

En effet, l'une de ses mains est entièrement bandée et il tient son bras avec précaution, comme s'il avait mal.

– Bien sûr, monsieur. Permettez-moi de prendre une allumette.

Il me tend une boîte et se penche, la pipe à la bouche. Pendant que je la lui allume, je jette un coup d'œil vers son visage. Ses yeux gris ardoise sont rivés sur moi. Je baisse aussitôt le regard, me concentrant sur la pipe.

– Voilà, monsieur.
– Merci.

Il se redresse et tire une bouffée. C'est un bel homme, entre quarante et cinquante ans, bien bâti et bien élevé. Du genre à qui je pourrais faire les poches si je le croisais dans la rue. Je ne sais ni quel est son lien avec Mme Och ni pourquoi il loge dans sa cave. Durant un instant je crois qu'il va rester pour me parler, mais il commence à s'éloigner, alors je me risque à demander :

– Qu'est-il arrivé à votre bras, monsieur ?

Une réprobation immédiate se lit sur sa figure. Je n'aurais pas dû poser une question personnelle. Malgré mon sourire innocent, il ne s'adoucit pas.

– Un accident, répond-il d'un ton bourru.
– Est-ce très douloureux ? Puis-je vous apporter quelque chose ?

Il secoue la tête et s'en va. Je le regarde traverser la pelouse à grandes enjambées, envoyant de la fumée partout sur le linge propre. Flavie et Chloë le saluent avec gêne lorsqu'il passe près d'elles. Je me demande si elles ont entendu les bruits en provenance de la cave. C'était à nouveau terrible la nuit dernière, mais aucune d'elles n'y a fait allusion.

Je donne encore quelques coups aux tapis, puis je les descends de la balustrade de la terrasse et les rentre en toute hâte au salon. Mme Och doit être maintenant dans la salle de lecture ou allongée dans sa chambre, le professeur Baranyi et Frédéric en train de travailler, comme d'habitude. Mme Francis est à la cuisine. Je prends balai-brosse et seau d'eau dans l'arrière-cuisine et me dirige vers l'escalier de la cave.

Je ne sais pas combien de temps M. Darius va se promener dans le jardin, mais l'occasion est rare et je n'ose pas la laisser passer.

Même si le couloir au bas de l'escalier n'est pas éclairé, je demeure résolue. Je m'avance, répandant de l'eau, et me trouve dans une vaste cave à vin. Je touche l'une des bouteilles ; mon doigt ressort couvert de poussière. Je tourne les talons et m'engage à droite dans le couloir.

À l'instant où je me demande si je n'aurais pas dû prendre mon couteau, une lumière m'éblouit alors que quelqu'un franchit l'angle et me heurte de plein fouet. Je hurle, manque de lâcher le seau, et la moitié inférieure de ma robe est éclaboussée d'eau savonneuse.

Un juron fuse :

– Par la meute infernale !

Je reconnais la voix avant que la lanterne s'écarte : j'aperçois Frédéric planté là, les pieds mouillés, les débris d'une chaise en bois sous le bras. Ma peur me quitte sur-le-champ. Frédéric n'a que trois ou quatre ans de plus que moi et c'est, je crois, quelqu'un de gentil, peu susceptible de révéler à Mme Och que je suis allée là où je n'aurais pas dû. Chloë m'a raconté qu'il était un étudiant très prometteur mais qu'il avait choisi de venir travailler pour le professeur. Ses parents étaient effondrés qu'il abandonne l'université, a-t-elle ajouté. Il a le teint et les cheveux clairs, une barbe assez négligée, et semble en permanence vaguement étonné – peut-être un effet de ses lunettes rondes. Bien sûr, pour le coup, il est véritablement étonné.

– Désolée, monsieur ! dis-je.

– On ne vous a pas précisé que vous n'avez pas besoin de faire le ménage en bas ? demande-t-il.

– Si, monsieur, dis-je. Mais j'ai vu M. Darius dehors et j'ai pensé que ce serait bien de lui faire la surprise d'une chambre propre, pour une fois. La saleté doit s'accumuler. Il y a tellement de pièces que nous nettoyons à peine.

Frédéric a un rire embarrassé.

– Mieux vaut ne faire de surprise à personne, mademoiselle… Ella, si je ne me trompe pas ?

Trois semaines que je travaille ici, et nul ne se souvient de mon foutu prénom. Faux prénom, mais quand même.

– Vous ne vous trompez pas, monsieur.

– En toute sincérité, personne dans cette maison n'aime les surprises, m'explique-t-il. Même s'il s'agit du nettoyage inattendu d'un plancher.

– Je vois, monsieur.

Ses yeux prennent une expression légèrement amusée.

– Vous n'êtes pas obligée de m'appeler monsieur, dit-il. Je suis un simple employé moi aussi.

Absurde, naturellement. Il mange avec Mme Och et les autres, et nous lui servons son petit déjeuner et son café tous les matins. Il n'est pas au rang d'un domestique, néanmoins je dis « Entendu » parce que je commence à me lasser de ces éternels oui-monsieur-non-monsieur. Je lui souris, pour adoucir ma réponse.

– Qu'est-il arrivé à la chaise ? demandé-je.

– En morceaux, dit-il.

– Ça, je le vois, répliqué-je, et il rit.

– Elle était abîmée, répond-il. Elle nous servira de bois de chauffage. Bien, remontons, voulez-vous ?

Je n'ai pas d'autre solution que de gravir les marches devant lui.

Flavie se tient en haut de l'escalier, les narines gonflées. Des mèches de ses cheveux se sont échappées de sa coiffe et elle a les mains sur les hanches. Flavie est tout en angles et en arêtes, sa bouche un peu trop petite, ses yeux un peu trop grands. Elle et Chloë sont cousines et se ressemblent beaucoup, hormis que Chloë, ayant des traits mieux proportionnés, est vraiment jolie, alors que Flavie paraît toujours un peu affolée.

Elle adresse un signe de la tête à Frédéric, qui dit « Bonjour, Flavie » et me lance un regard navré par-dessus son épaule au moment où il passe à côté de nous. Il sait que les reproches vont pleuvoir.

– Tu n'es pas censée descendre là-bas, déclare Flavie.

– Je me suis dit que je pourrais nettoyer la chambre de M. Darius pendant qu'il était sorti, affirmé-je. Tu ne crois pas qu'elle se salit ?

– Je n'en sais rien, répond-elle. Je ne vais pas là où on me défend d'aller.

– J'ai pensé… Désolée, j'ai eu tort, dis-je humblement.

Mais je ne réussis guère à l'amadouer. Flavie sait déceler l'hypocrisie, je crois. Elle me décoche un regard mauvais et dit :

– Va donc faire la fille de cuisine. Mme Francis a besoin de l'une d'entre nous.

Flavie est à peine plus âgée que moi, mais c'est elle l'aînée depuis le départ de la domestique précédente et elle prend son rôle très au sérieux. À contrecœur, avec lassitude, n'ayant rien vu de la cave sinon qu'elle est sombre et poussiéreuse, je vais dans l'arrière-cuisine sous le regard soupçonneux de Flavie. Mme Francis attend, grosse femme imposante, toute en chair rouge avec de petits yeux humides et des cheveux gris.

– Oh, toi… dit-elle en soupirant.

Elle est la seule qui ait vraiment remarqué mon inexpérience : je ne connais rien à la cuisine.

– Nous préparons une tarte à la crème. Cela t'inquiète-t-il, ma fille ?

– C'est la tarte à la crème qui devrait avoir peur, madame. Les mamans tartes racontent à leurs petits bébés tartes des histoires de l'Effroyable Ella pour qu'ils se tiennent sages, vous savez.

Amuser Mme Francis est une chose que je prends, moi, très au sérieux, car je pense que c'est l'unique raison pour laquelle elle tolère ma présence. Son corps massif tressaute pendant qu'elle rit ; puis elle m'indique le plan de travail et dit joyeusement :

– Étends la pâte, ma fille, et finie l'insolence !

Durant le déjeuner, une domestique se tient prête dans la haute salle à manger tandis que Mme Och, le professeur Baranyi, M. Darius et Frédéric prennent leur repas. Je suis toujours frappée par la manière dont cet aspect précis du service reflète mon propre don. On est là, mais on est invisible, du moins tant que personne n'a besoin qu'on lui remplisse sa tasse ou le débarrasse d'une assiette.

Mme Och entre au bras du professeur Baranyi, tous deux en pleine conversation. À cause de son séjour en prison et de sa réputation d'hérétique, le professeur est l'objet d'une désapprobation craintive et de ragots parmi les domestiques. Son lien avec Mme Och lui donne toutefois un vernis de respectabilité, car Mme Och est assez riche pour être respectable malgré l'excentricité dont elle peut faire preuve ou les gens qu'elle choisit de fréquenter. Chloë m'a dit que le professeur travaille pour Mme Och et loge dans sa maison depuis plus de dix ans, mais nul ne connaît la nature exacte de son travail. « Une histoire de traduction », a dit vaguement Flavie. « Restaurer des livres anciens », a déclaré Carl, le gardien. « Ce n'est pas tes oignons, petite demoiselle », a riposté Mme Francis. Le professeur agite un journal avec ostentation pendant qu'ils parlent.

– C'est troublant, bien sûr, mais je ne pense pas que cela ait un rapport avec moi, affirme Mme Och.

– Mais pour quel autre motif serait-il ici, à Spira ? proteste le professeur, brandissant le journal.

– Sa première étape était Nicim, murmure Mme Och. Il cherche quelqu'un.

– Non, il ne peut pas s'agir d'une coïncidence. D'abord l'arbre, ensuite ceci…

Mais elle lui signifie de se taire, désignant de la tête M. Darius.

Le professeur l'aide à s'installer dans son fauteuil. Comme lui-même s'assoit, j'observe le journal. Il est replié, ce qui m'empêche de voir la première page ; je m'avance donc et dis :

– Voulez-vous que je le mette ailleurs, monsieur ?

Flavie serait horrifiée, et Mme Och a l'air assez étonnée lorsque je m'empare du journal.

– Vous pouvez le laisser là, dit le professeur Baranyi sans sourciller.

Mais j'ai suffisamment étalé la page pour distinguer le titre principal : *Un chauffeur de fiacre assassiné au cimetière Limone.* Au-dessous, en caractères moins gros, je vois qu'il est question de Marianne Novak, l'ancienne consœur de théâtre de Priscilla. Je n'ai pas le temps d'en lire davantage, mais si un chauffeur assassiné a plus d'importance qu'une séduisante comédienne dévoilée comme sorcière, je suppose que c'est un nouveau crime du tueur qui a décérébré la gouvernante sur le pont. La fille originaire de Nicim. Je frémis intérieurement. Pourquoi le professeur Baranyi pense-t-il qu'il existe un rapport avec Mme Och ?

Celle-ci me scrute. Je recule en murmurant une excuse.

– Savez-vous lire, Ella ? me demande-t-elle.

Frédéric et M. Darius, qui bavardaient jusque-là d'un autre sujet sans conséquence, s'interrompent et me regardent eux aussi, stupéfaits.

– Non, madame, dis-je.

Elle me dévisage encore un instant. Mme Och est, je crois, une femme d'apparence assez ordinaire. De taille et de carrure moyennes, elle porte ses cheveux blancs sobrement noués en arrière et s'habille dans un style élégant mais discret. Je n'arrive pas à deviner son âge. J'ai l'impression qu'elle est fragile et souffrante, car elle passe de nombreuses heures couchée dans sa chambre. Frédéric et le professeur semblent toujours très inquiets de sa santé. Aujourd'hui, pourtant, il y a chez elle une vigueur et une précision presque perturbantes.

– À la manière dont vos yeux bougeaient quand vous regardiez le journal, dit-elle, j'aurais juré que vous lisiez. Il n'y a pas de mal, vous savez. La lecture n'a rien de honteux !

Bien sûr que non. Mais ce serait très inhabituel pour une domestique et je veux paraître en tous points ordinaire.

– Je regrette de ne pas savoir, madame, dis-je d'une voix douce. J'aime simplement la forme des mots.

Elle a un petit sourire froid puis commence à manger, ce qui permet aux autres de commencer aussi. J'ai la sensation que Frédéric me considère avec une certaine pitié. Je recule contre le mur. Je n'ai pas besoin de disparaître pour qu'ils m'oublient totalement.

L'après-midi, Flavie doit aider Mme Francis au marché ; elle nous laisse donc seules toutes les deux, Chloë et moi. Flavie est terriblement soucieuse, comme si nous ne pouvions pas nettoyer l'arrière-cuisine, remplir les lampes et préparer les cheminées sans elle, mais par ailleurs elle est fière d'accomplir une tâche aussi capitale que regarder Mme Francis choisir du poisson, de la volaille et des fruits au marché. Elle aura peut-être la permission de porter le panier, la chanceuse. Quoi qu'il en soit, je me félicite d'avoir un moment avec Chloë. Sa famille entière a succombé au fléau et les parents de Flavie l'ont recueillie ; bien qu'elles soient cousines, elle et Flavie ont par conséquent grandi plutôt comme des sœurs. Elles sont venues travailler ici ensemble il y a deux ans. En règle générale, elle agit – et pense, je crois – conformément aux instructions de Flavie. Néanmoins, à l'inverse de sa cousine, elle est malléable et ne répugne pas aux commérages.

– Depuis combien de temps M. Darius loge-t-il ici ? lui demandé-je une fois que nous sommes à l'étage, en train de remplir les lampes dans les chambres.

– Oh, des semaines, dit Chloë, écarquillant les yeux.

Ce n'est pas extrêmement précis, mais des semaines ne sont ni des mois ni des jours, et cette durée me frappe.

– Il est arrivé peu avant que la dernière domestique s'en aille, alors ? dis-je. Comment s'appelait-elle ? Clarisse ?

– Oui, Clarisse Desmarest. Elle travaillait ici depuis une éternité. Elle était très gentille.

Puis elle paraît hésitante, comme si Clarisse n'était pas gentille, au fond, ou que, je le soupçonne, Flavie la critiquait.

– Son départ a été brusque, non ? dis-je.

Chloë hoche la tête, ouvrant de grands yeux brillants. Elle a envie de m'en parler, je le vois. Il faut juste que je l'encourage encore un peu.

– Ce n'était pas à cause de ces… bruits dans la cave, tout de même ? demandé-je, avec un frisson peut-être trop théâtral.

Chloë semble prête à chavirer d'excitation.

– Elle avait peur, chuchote-t-elle.

Je baisse la voix, écarquille les yeux :

– Tu as entendu aussi ?

Elle hoche vivement la tête.

– Clarisse pensait… eh bien, elle pensait que c'était un démon !

Puis elle prend un air penaud.

– Comment ça ? dis-je.

– Les démons n'existent pas, s'empresse-t-elle d'ajouter, comme si j'allais la dénoncer pour croyances folkloriques. Mais Clarisse est lorienne.

Alors j'ai sans doute raison de penser que Flavie la critiquait. Parmi les religions qui vénèrent l'Innommé, la confession lorienne est la plus ancienne, et celle qui garde le plus de composantes folkloriques dans son rituel. Ses fidèles représentaient l'Innommé sous la forme d'un cerf blanc avant que la Couronne déclare, il y a environ vingt ans, que c'était un blasphème. Durant l'année qui a précédé ma naissance, les loriens furieux ont uni leurs forces avec les praticiens du folklore, les adorateurs des éléments et tous ceux qui s'opposaient à la Couronne pour d'autres motifs. L'objectif était de chasser le roi Zey, sans descendance, au profit de son demi-frère, un lorien par alliance, mais ç'a été une révolution éphémère. Le demi-frère du roi a été pendu, ainsi que sa femme et ses enfants, et les forces révolutionnaires ont été massacrées. Malgré le nom d'Insurrection lorienne, la Couronne a prétendu que tout avait été orchestré par une assemblée de sorcières assoiffées de pouvoir. La Spira de mon enfance s'en ressentait encore, et il reste aujourd'hui beaucoup de rancune, pour employer un euphémisme. La première question que m'a posée Flavie lorsque j'ai été engagée, c'était : « De quelle religion es-tu ? » J'ai aussitôt répondu : « Pluviste. » Un mensonge, mais le roi est pluviste et c'est la seule réponse inattaquable. Flavie m'a alors adressé un petit signe d'approbation sévère et Chloë a paru soulagée. Dans le Méandre, la plupart des gens se rendent au grand temple baltiste où il y a quantité de musique, de danse et de gâteaux ronds au miel après la cérémonie. Jamais je n'irais dans un temple pluviste ; vêtus de blanc, agenouillés, tous prient en silence durant des heures et semblent jeûner continuellement. Quoi qu'il en soit, les loriens doivent agir avec précaution ces temps-ci. Le cerf blanc a disparu de leurs temples et parler de démons est, au mieux, imprudent.

– Sais-tu pourquoi elle pensait une chose pareille ? demandé-je à Chloë.

– Elle a vu quelque chose. Nous avons toutes entendu un bruit sur le palier, une nuit. Une espèce de... grognement. Clarisse s'est levée pour aller voir, et alors elle s'est mise à hurler, à hurler, tout le monde s'est précipité, puis Mme Och nous a dit de retourner nous coucher, qu'il n'y avait pas lieu de nous tracasser. Mais Clarisse est partie le lendemain. C'était une loque. Elle a juste dit : *Je l'ai vu.*

C'est exaspérant. J'insiste :

– Mais qu'est-ce qu'elle avait vu ?

– Aucune idée ! répond Chloë, enchantée par notre conversation.

Je ravale mon soupir de contrariété et enregistre le nom de Clarisse Desmarest. La trouver ne devrait pas être difficile.

– Mme Och est très gentille, dis-je, changeant de sujet alors que Chloë empile du bois dans la cheminée de Frédéric.

– Oh oui, répond-elle.

Je ne sais pas trop comment poursuivre d'une manière qui conduise Chloë à parler davantage de Mme Och, mais je suis de toute façon interrompue par l'arrivée de Frédéric.

– Excusez-nous, dis-je. Nous avons presque terminé.

– Je vous en prie, dit-il, avec sa perpétuelle mine éberluée, comme si vous veniez de le surprendre aux cabinets. Je vous cherchais, en réalité. Cela vous ennuierait-il de m'aider un moment dans la bibliothèque ?

– Toutes les deux ? demandé-je, car il ne regarde que moi.

– Non, seulement vous, Ella.

J'ai une petite frayeur. Ai-je laissé des traces de furetage ? Je descends l'escalier derrière lui jusqu'à la bibliothèque, une vaste pièce tapissée de livres, équipée de fauteuils confortables, au foyer plein de braises mourantes.

Frédéric semble étrangement nerveux. Je lève les yeux vers lui avec une expression d'attente.

– À déjeuner… vous avez dit que vous regrettiez de ne pas savoir lire.

– Oui.

– Je pourrais vous apprendre, si vous voulez, ose-t-il. Quel dommage en effet de ne pas… Écoutez, je n'imagine pas être incapable de lire.

Il paraît confus, craignant peut-être de m'avoir offensée, mais je comprends son sentiment et j'en suis assez touchée. Mon esprit s'active. Je refuse d'ajouter à la longue liste de mes travaux ici un prétendu analphabétisme pendant des cours de lecture.

– Je manque de temps, fais-je remarquer.

– Je dirai à Flavie que j'ai besoin de votre aide pour classer les livres, répond-il. Un petit moment chaque jour suffirait, pour commencer.

Voilà qui règle la question. Si j'ai un répit dans les tâches ménagères, j'en suis ravie. Et qui sait où une intimité plus grande avec Frédéric pourrait mener ? Il est l'assistant du professeur ; devenir son amie pourrait se révéler très utile.

– Merci, dis-je, lui offrant mon plus beau sourire. Je ne peux vous témoigner… C'est très généreux à vous, monsieur. J'ai toujours rêvé de savoir lire.

Il rougit, sourit à son tour.

– Vraiment, appelez-moi Frédéric.

4

Voici ce que j'ai appris au cours des derniers jours : d'abord, l'étui noir que le professeur Baranyi cache dans le compartiment secret derrière ses livres interdits contient, en plus de l'ingénieuse arbalète miniature, deux flacons de liquide, l'un ambre, l'autre clair, et cinq fléchettes dont le centre est creux. Ensuite, la chambre de M. Darius à la cave est verrouillée de l'extérieur. Autrement dit, il n'empêche pas les gens d'entrer ; c'est quelqu'un qui l'empêche de sortir. Une porte en acier remplace désormais la porte en bois ; il y a aussi une serrure à clé très robuste. Un spécialiste réussirait peut-être à la crocheter, mais je ne suis pas experte et mes deux tentatives pour l'ouvrir ont échoué. Enfin, Frédéric est un très mauvais pédagogue. Heureusement que je sais déjà lire, sinon je piétinerais ; en outre, alors que je me considère comme une assez bonne comédienne, faire semblant de m'empêtrer dans l'alphabet n'est pas facile. Frédéric se montre néanmoins enchanté par mes progrès et affirme que nous lirons les classiques d'ici peu. Flavie a de gros soupçons sur ma nouvelle tâche de « classement des livres » mais elle n'ose pas contester Frédéric. Elle croit sans doute que lui et moi avons une liaison.

Au milieu de la semaine, Mme Och nous accorde à toutes un après-midi de congé imprévu.

– J'ai de la visite, explique-t-elle. Nous aurons besoin de tranquillité.

Cela s'annonce extrêmement intéressant et je n'ai aucune intention de m'absenter, le problème est que Flavie ne me quitte pas d'une semelle tout en me manifestant une gentillesse dérangeante.

– Il doit y avoir une purification à la rivière, devant le parlement, me chuchote-t-elle sur le seuil, comme si je n'en savais rien.

Chloë se tient tout près d'elle, les yeux agrandis par la peur.

– Viens avec nous, dit Flavie.

Son style d'invitation laisse à désirer. Je suis tentée de lui répondre d'un ton acerbe qu'elle ne peut pas me donner des ordres puisque nous sommes libres cet après-midi et que j'ai d'autres projets. Mais elles semblent toutes les deux si pâles et si impatientes qu'elles en sont presque pathétiques et, en vérité, je ne manque jamais une purification. L'idée de rater celle-ci suscite chez moi une irritation désagréable que je ne m'explique pas et sur laquelle je n'ai pas envie de m'attarder.

– Vous êtes déjà allées à une purification ? demandé-je.

Chloë fait vigoureusement signe que non. Flavie hésite, ne voulant pas admettre cette lacune dans son expérience. Elle finit par répondre :

– Je suis bien trop prise par mon travail pour assister à de tels événements.

– Il n'y a pas grand-chose à voir, leur dis-je. Quelques sorcières en haillons jetées dans la rivière. Une petite bagarre parfois, si on a de la chance. Mais ça se termine toujours de la même façon : des sorcières au fond de l'eau.

Flavie hoche gravement la tête, puis elle dit :

– Mme Och m'a donné de l'argent pour acheter des petits pains chauds.

Elle essaie de me soudoyer. L'une et l'autre semblent souhaiter à tout prix que je vienne. Je décide d'y faire un saut, puis de les semer et de rentrer seule.

– Très bien, dis-je.

Je vois combien elles sont soulagées. J'éprouve une espèce de soulagement moi-même – une décontraction intérieure.

– Mais sincèrement, je crois que vous serez déçues.

Une foule est déjà massée le long de la rivière lorsque nous arrivons, traversant le pont Molinda en direction du Plateau où le parlement trapu se découpe, obstinément concret, à côté des jardins du palais. Celui-ci est dissimulé derrière d'épaisses murailles, mais les pointes de ses élégantes flèches sont visibles depuis le mont Hériot.

Malgré le ciel limpide, la morsure du vent est hivernale. Je remarque que les bottes de Flavie et Chloë sont presque trouées et que leurs manteaux ont connu plusieurs hivers. Même si je n'ai pas à me glorifier de mes vêtements, au moins mon manteau était-il neuf l'an dernier, acquis grâce à une mission chez un riche collectionneur, et je me procure des bottes dès que nécessaire. Leçon pour les domestiques de Spira : le crime paie. Flavie nous achète trois petits pains chauds à un étal sur le pont, puis je les entraîne vers les marches étroites qui descendent jusqu'au sentier bordant la rivière.

– On ne verrait pas mieux d'en haut ? demande Flavie.

Elle grignote son petit pain. J'ai envie de lui dire de le manger pendant qu'il est chaud. En réalité, je voudrais l'arracher de ses mains pâles et le dévorer. J'ai déjà englouti le mien. Je lui réponds :

– Il y a trop de monde. Il te reste de l'argent ?

Elle est étonnamment passive maintenant que nous ne sommes plus sur son terrain. L'effervescence de la ville est mon domaine et, quoiqu'elle n'ait aucune raison de le savoir, elle paraît le deviner : soudain, c'est moi qui commande. D'un air presque désolé, elle me tend quelques pennies. Je les prends et fais signe à un homme qui fume dans un petit canot.

– Trois pennies ? dit-il, haussant un sourcil.

– Et la charmante compagnie de trois jeunes filles, ajouté-je avec un clin d'œil.

Il a un rire un peu triste mais nous laisse monter.

– Ce n'est pas dangereux ? demande Chloë.

– Bien sûr que non, rétorque Flavie, les joues blêmes.

Le sentier et la route au-dessus sont bientôt envahis par une foule compacte et la rivière grouille de petites embarcations comme la nôtre, car quiconque ayant un bateau gagne une poignée de pièces en proposant une meilleure vue aux spectateurs. Je flirte sans grande conviction avec notre homme pour éviter qu'il nous débarque au profit d'un passager prêt à payer plus mais, indifférent, il jette sa cigarette dans l'eau et se replie sur lui-même.

– Je voudrais voir Marianne Novak noyée ! lance Flavie. L'infâme vipère !

– Ces pauvres enfants, renchérit Chloë.

– Quels enfants ? demandé-je.

Selon une rumeur, Marianne Novak aurait affligé son amant, l'épouse et les enfants de celui-ci de longues queues de singe avant de fuir la ville. Je ricane, et Flavie paraît consternée.

– Ce n'est pas drôle du tout ! s'écrie-t-elle. Leur existence est ruinée !

Elles continuent en disant que c'est horrible, que lui a été un pur idiot, qu'elle est un véritable monstre, et je me cramponne pour ne pas sauter dans l'eau tant leur conversation m'ennuie. Enfin, la longue péniche du gouvernement arrive. Chacun se met à crier et à lancer des objets dans la rivière. Je regrette d'avoir oublié d'apporter un parapluie pour nous abriter de cette grêle de fruits pourris et de débris.

– Que font-ils ? hurle Chloë, affolée.

Flavie serre ses mains l'une contre l'autre sur ses genoux, les narines frémissantes, comme si c'était elle qui allait finir dans la rivière.

– Oh, ils sont excités, dis-je. Croyez-moi, nous sommes plus en sécurité ici.

C'est vrai, parfois la foule s'exalte un peu, et des gens ont péri dans la bousculade. Notre homme nous promène nonchalamment pour que nous puissions voir les sorcières alignées sur le pont de la péniche. Elles ont autour des chevilles, des poignets et du cou des chaînes en argent censées neutraliser leur magie. Une sorcière ne peut jeter un sortilège qu'en l'écrivant, mais elle est par ailleurs dotée d'une force surnaturelle et une crainte superstitieuse pousse les geôliers à utiliser ce métal précieux pour attacher les prisonnières. Elles sont huit aujourd'hui, et il n'y a pas d'enfant parmi elles, l'Innommé en soit remercié. Une seule a l'aspect d'une authentique sorcière : une vieille bique à la figure méchante et aux mains maigres pareilles à des griffes qui enserrent ses chaînes. Une géante hideuse aux cheveux blonds dépasse tous les gardes d'une tête. Une brune potelée sanglote et ne cesse de tomber à genoux, mais les gardes l'obligent continuellement à se relever. Toutes les autres ressemblent aux femmes qui vendent de la soie ou des bracelets sur les marchés du Méandre. Je trouve intéressant que les sorcières viennent surtout des classes populaires, même si de temps en temps une jeune fille riche qui apprend à écrire révèle son pouvoir et est dénoncée par sa gouvernante ou ses parents. Une année, l'épouse d'un banquier prospère a été noyée ; l'ébullition a persisté durant des jours dans la ville, mais ce genre de cas est rare.

– Plus de gardes que d'habitude, dis-je, fronçant les sourcils.

Ils cernent en effet la totalité du pont, vêtus des blanc et bleu royaux, prêts à faire feu.

Un moment après, un homme mince en manteau noir à col de fourrure sort de la cabine et monte sur l'estrade à la poupe de la péniche. La foule rugit – réaction ambiguë, me semble-t-il. Je ne l'ai jamais vu en personne jusqu'à présent, mais je le reconnais aux portraits dans le journal : c'est Agoston Horthy, le Premier ministre, sans doute le personnage le plus puissant de Fraxe car, à ce qu'on dit, le vieux roi Zey ne s'occupe plus beaucoup des affaires de l'État, passant ses journées à prier et à jeûner. Pas étonnant que les gardes soient aussi nombreux.

Lorsqu'il a accédé au trône, voilà presque un demi-siècle, le roi Zey a interdit le culte des éléments, la préparation des potions, la chiromancie, l'écriture des souhaits, les amulettes liées aux forces de la nature, les tatouages et autres formes d'inscriptions sur la peau, jusqu'aux chansons et histoires anciennes – mais ces pratiques ont continué de s'épanouir en secret pendant une période. Puis Agoston Horthy est arrivé au pouvoir. Depuis vingt ans maintenant, il est le limier du roi, fils d'une famille de propriétaires terriens, choisi avec soin par le roi vieillissant, et il a décelé tous les recoins cachés où les vieilles pratiques persistaient. Les soldats ont détruit les derniers autels aux éléments ; les praticiens du folklore sont rares, même dans le Méandre. Ceux qui l'aiment affirment qu'il travaillait la terre aux côtés des paysans dans ses champs et qu'il a une grande tendresse pour les gens ordinaires. D'autres ne retiennent que la cruauté qu'il a mise à écraser l'Insurrection lorienne et la ligne sévère qu'il suit depuis lors. Tandis que la figure floue et sainte du roi est devenue de plus en plus âgée, floue et sainte derrière les murailles du palais, Agoston s'est imposé comme le terrible capitaine inébranlable du navire de l'État.

En chair et en os, il est bien moins impressionnant que ses portraits ne le laissent croire. Petit et mince, il a un visage ridé, renfrogné, des poches sous les yeux et du gris dans les cheveux.

Son manteau est usé aux épaules, le col de fourrure assez miteux. Il ressemble en fait à un épicier fatigué, mais cette impression s'efface dès qu'il prend la parole.

– Comme vous, je suis ici pour témoigner, tonitrue-t-il d'une voix de baryton.

La foule se tait.

– Pour la gloire de l'Innommé et la sécurité de la Fraxe, nous ne tolérons pas la magie contre nature à l'intérieur de nos frontières. Gouvernée par notre grand roi Zey, la Fraxe est une nation sainte, une nation portée par le dur travail et la foi honnête de son peuple, une nation qui rejette le culte fallacieux et les pratiques magiques malfaisantes. Nous avons ouvert la voie, les autres royaumes de la Nouvelle Porie nous ont suivis. Notre devoir est de montrer au monde ce qu'est une sainte nation, mais plus encore, notre devoir est de protéger nos enfants, de nous protéger les uns les autres et d'être fidèles à autrui et à l'Innommé. Je suis ici pour témoigner que les eaux bénites de la Sévione lavent le poison qui nous menace tous, qui menace nos enfants : cette magie noire, le pouvoir terrible de la sorcière.

Il marque une pause puis se penche en avant et dit :

– Je ne tire aucun plaisir de la mort, du massacre. Mais que feriez-vous, vous, pères et mères, pour protéger vos enfants chéris ? Ne feriez-vous pas tout ce qui est nécessaire ? Ne tueriez-vous pas ceux qui les menacent, et n'estimeriez-vous pas cela juste ? Vous, honnêtes gens de Fraxe, êtes mes seuls enfants, et sans scrupule je mettrai à mort tous ceux qui vous veulent du mal.

Des applaudissements frénétiques suivent. Je crains que Flavie ne tombe par-dessus bord, vu sa fougue à battre des mains. C'est un discours magistral, prononcé avec toutes les apparences d'une sincérité absolue. Quelle que soit la rancune que les gens éprouvent devant l'élimination des vieilles coutumes folkloriques, l'impitoyable chasse aux sorcières menée par le Premier ministre lui vaut une large admiration et nul pays au monde, dit-on, n'est moins perturbé par la magie que la Fraxe.

Agoston Horthy courbe la tête, joint les mains près de son menton, ferme les yeux. J'ai l'impression que des larmes brillent sur ses joues, mais d'ici je ne peux pas en être certaine. Un religieux pluviste, tout en blanc, claironne une bénédiction tandis que son adepte éclaire la torche servant à prouver que ce sont bien des sorcières. L'une d'elles, aux cheveux châtains, un peu plus jeune que les autres, demeure figée malgré sa proximité avec la sorcière qui ne cesse de s'écrouler et de sangloter. Je la regarde pendant que le religieux pluviste donne le signal et que son adepte passe la torche sur le bras nu de chacune des sorcières, tour à tour.

Deux ou trois d'entre elles feignent de brûler. La foule rit. L'adepte maintient la torche plus longtemps afin de montrer au public qu'elles ne brûlent pas. Les spectateurs crient et tapent des pieds. Je crois entendre un bruit étrange échapper à Chloë, ou à Flavie, mais je suis trop occupée à observer la jeune sorcière aux cheveux châtains. Elle ne bouge pas quand la torche la touche. Elle ferme les yeux.

Quelqu'un crie :

– Attrape, Agnès !

Et un petit objet fuse dans l'air. Celui qui l'a envoyé tente de s'échapper parmi les spectateurs, mais ils l'ont déjà capturé ; ils le malmènent sans savoir encore ce qu'il a fait.

La géante et une autre sorcière, dont Agnès peut-être, bondissent. Une détonation retentit et la géante chancelle, une tache rouge inondant la chemise d'homme qu'elle porte. Elle tombe contre la rambarde de la péniche. Notre canot s'est tellement approché que nous voyons en face son visage contracté par la fureur.

– Le stylo, dit-elle d'une voix rauque, comme si elle nous en demandait un.

Je suppose que c'est l'objet qui a fusé. Mais aucune des sorcières ne s'en est emparée. La géante, qui saigne abondamment, est remise dans le rang tandis que notre homme éloigne un peu le canot. Elle vacille sur ses jambes, néanmoins il ne suffit pas d'un coup de feu pour tuer une sorcière. La noyade est la méthode la plus sûre, puisque les sorcières ne peuvent ni nager ni même flotter. L'eau est leur grande ennemie ; le feu leur ami.

Ce petit incident dramatique anime la purification. L'an dernier, une sorcière est parvenue à briser le cou d'un garde avant de recevoir trois balles et de sombrer dans la rivière. Je me rappelle encore son expression lorsqu'elle lui a tordu la tête, le bruit affreux. Agoston Horthy regarde, impassible, une main sur son arme, et le religieux récite une rengaine au sujet de l'Innommé qui nous est reconnaissant d'obéir à Ses ordres. Sur le sentier, l'homme ayant lancé le stylo est roué de coups et réduit à un tas immobile, sanglant. Je fixe de nouveau mon regard sur la jeune sorcière, sa bouche et ses yeux qu'elle ferme de toutes ses forces, ses poings serrés. Quelque chose m'étreint la poitrine, une pression terrible.

Les sorcières résistent pour certaines, mais là sur le bord avec une rangée de soldats derrière elles, il n'y a aucune issue. Elles sont jetées pêle-mêle dans l'eau, vêtements flottants, hurlantes ou silencieuses. La jeune sorcière plaque simplement ses bras sur son thorax et tombe. Pareillement à toutes les autres, elle coule comme une pierre. La foule rugit, assourdissante.

Il y a neuf ans, j'ai regardé ma mère mourir ainsi. Je hurle jusqu'à l'enrouement.

Voici ce dont je me souviens : mes parents s'aimaient, et ils étaient malheureux. Ma mère était une lavandière qui pratiquait aussi un peu la chiromancie – second métier dangereux dans la Fraxe d'Agoston Horthy. Elle refusait cependant d'étudier ma main. « C'est en grande partie des foutaises, disait-elle d'un ton léger. Les lignes peuvent indiquer un chemin, mais tu peux assurément t'en écarter. » La cour de brique derrière notre logement était toujours remplie du linge d'autres gens et, tout petits, Dek et moi jouions à cache-cache au milieu des grands draps blancs et des sous-vêtements décolorés des habitants de Spira. Avant ma naissance, mon père était un jockey célèbre, mais je ne l'ai connu qu'opiomane.

Ma mère était jolie, elle avait une peau olivâtre et une chevelure épaisse, mais j'ai de plus en plus de mal à me remémorer précisément les proportions ou les expressions de son visage. Je me souviens mieux de ses mains, à la fois de leur contact et de leur aspect : petites, brunes, calleuses, souples et habiles, des mains en mouvement. Je me souviens de ses mains pliant des bouts de papier en forme d'animaux pour nous enchanter, démêlant mes cheveux à l'aide d'une brosse, coupant du pain, versant du lait, s'approchant pour essuyer une tache sur mon visage. Je revois distinctement ses doigts frottant une allumette ou accrochant la lessive sur la corde à linge. La manière dont elle gesticulait quand elle et mon père se disputaient, ses mains tels deux couteaux tranchant l'air. Ensuite, l'air était en lambeaux, mais rien n'avait changé.

Si quelqu'un nous posait la question, nous répondions avec fierté : « Notre maman est Noémie, la lavandière. » Nous l'appelions ainsi – tout le monde l'appelait ainsi – mais chacun savait qu'elle était plus que cela. Elle s'absentait parfois pendant plusieurs jours et, quand elle revenait, ses mains bougeaient encore plus vite que d'habitude, ses doigts inquiets jamais immobiles. Des personnes encapuchonnées se présentaient au milieu de la nuit, chuchotantes, pour apporter des messages qu'elle brûlait dans le poêle. Le jour, les habitants du Méandre la saluaient d'un coup de chapeau, lui faisaient de bons prix au marché, lançaient « Bien le bonjour, Noémie ! » de l'autre côté de la rue. Les hommes importants du quartier lui adressaient un signe de tête quand ils la voyaient passer. Les vieilles chouettes qui avaient tout vu et connaissaient tout le monde avaient des choses à lui dire dans le creux de l'oreille. Elle était au cœur de tout, profondément reliée à la vibration même du Méandre, au très secret et au moins secret, mais plus encore, les gens la respectaient et ils l'aimaient. C'est pour elle qu'ils laissaient à mon père plus de chances qu'il n'en méritait.

Mon père se prénommait Abel. Je me souviens de lui riant sans raison dans un coin de la pièce, dormant dans l'escalier, promettant à ma mère, promettant à mon frère et moi, promettant au propriétaire, promettant aux chauffeurs dans la rue qu'il allait décrocher et trouver un emploi convenable.

« Ne le crois pas », me disait Dek, donc je ne me fiais pas à ses promesses.

Ma mère l'a cru, elle, pendant des années. Ou peut-être qu'elle ne le croyait pas, qu'elle faisait semblant de le croire, néanmoins elle lui est demeurée fidèle. Je pense qu'il avait été bel homme autrefois, mais il n'en restait pas grand-chose vers la fin.

La plupart du temps, c'est Dek qui s'occupait de moi, même s'il n'avait que trois ans de plus. Nous traînions avec les autres enfants, petites bandes de chahuteurs dans le Méandre, sans cesse ramenés à la maison par l'oreille ou fouettés par ceux que nous exaspérions ce jour-là. Je me suis aperçue très tôt qu'il existait un espace secret dans lequel je pouvais me réfugier, comme à l'arrière de moi, un endroit indistinct comme une parcelle du monde où je pouvais me retirer, et alors personne ne me voyait. Quand je l'ai révélé à Dek, il m'a recommandé de ne pas en parler. J'ai donc été prudente, j'ai dissimulé mon aptitude exceptionnelle. Mon secret. Cela me plaisait d'avoir un secret teinté de danger. C'est peut-être parce que ma mère était sorcière que je possède ce don, mais je ne suis pas sorcière moi-même. Ma peau brûle très bien et je suis bonne nageuse. Un stylo entre mes doigts est un simple stylo ; il n'exerce aucune magie.

J'étais encore très jeune quand j'ai compris pour ma mère. Je savais ce qu'étaient les sorcières, bien sûr : des créatures méchantes qui maniaient leurs stylos pour perturber l'ordre naturel, qui se déguisaient en humains, qui complotaient perpétuellement de régner sur nous autres, qui adoraient les Obscurs vivant sous la terre au Kirghal. Elles étaient prêtes à vous donner des furoncles et à dévorer vos entrailles à dîner sans le moindre remords. Du feu dans les veines, sans pitié, sans âme.

Nous étions dehors, en train de jeter des pierres sur des rats, nombreux cet été-là, lorsque quelqu'un a crié par une fenêtre :

– Une rafle ! Des soldats ! Une rafle !

Nous nous sommes tous dispersés pour rentrer chez nous. Dek et moi avons monté au pas de course l'escalier du petit logement qu'occupaient nos parents au-dessus de la blanchisserie. Une odeur de cardamome brûlée flottait. Assise à la table, notre mère griffonnait des phrases maladroites sur un bout de papier. Je ne sais pas où elle avait appris à lire et à écrire, elle ne le faisait pas bien, mais suffisamment bien, en l'occurrence. Son visage était rouge et un peu moite.

– Il y a une rafle, a dit Dek, presque avec colère.

– Chut ! a-t-elle ordonné en se levant.

Elle a jeté le papier sur lequel elle écrivait dans le petit feu à l'intérieur du poêle et s'est tournée vers moi, un stylo et un encrier à la main.

– Va les cacher hors de la maison. Dépêche-toi. Passe inaperçue.

J'y repense parfois et je me dis : elle savait. *Passe inaperçue*. Voilà pourquoi elle m'avait donné les accessoires à moi plutôt qu'à mon frère aîné.

Fière comme un paon, j'ai couru hors de la maison et filé dans la rue. Des soldats arrivaient à l'angle, en rangs successifs, éblouissants dans leur uniforme blanc et bleu. Ils portaient de longues bottes brillantes, une épée à la taille et un fusil sur le dos. Je me suis recroquevillée contre le mur et retirée dans mon espace secret afin qu'ils ne me voient pas. Ils se divisaient en petits groupes à chaque immeuble avant de faire irruption dans les boutiques et les appartements. Deux d'entre eux se sont dirigés vers l'escalier de notre logement, chaussés de ces bottes magnifiques, les panaches de leurs chapeaux s'agitant. J'ai enfoncé le stylo et l'encrier dans une canalisation, aussi loin que possible, puis je me suis précipitée dans l'escalier à la suite des soldats.

L'odeur de la cardamome était maintenant recouverte par le parfum de ma mère, qu'elle avait aspergé dans toute la pièce. Notre logement semblait morne et minuscule avec les soldats à l'intérieur, les plumes blanches de leurs chapeaux effleurant le plafond. L'un, gros et trapu, avait un double menton et des yeux pleins de gentillesse. L'autre, la mâchoire comme un piège à loup, fouillait parmi nos quelques affaires.

Dek avait l'air apeuré et hésitant près de notre mère, mais elle souriait aux soldats et touchait ses cheveux d'une main délibérée.

– Vos papiers, madame, a réclamé le gros soldat.

– Bien sûr.

Notre mère est allée de l'autre côté de la pièce, où elle a tiré une brique du mur. Derrière se trouvait une petite boîte en métal, qu'elle a ouverte et dont elle a sorti ses papiers.

– Ceux de mon mari aussi, a-t-elle ajouté. Il est au travail en ce moment.

– Que fait-il ? a demandé le soldat, examinant les papiers.

– Il est charpentier, a-t-elle menti d'un ton mielleux.

– C'est votre fils ? a-t-il poursuivi, montrant Dek.

Je m'étais rendue indécelable près de la porte.

– Non, a-t-elle répondu. C'est Benedek, un simple garçon de courses. Je crois qu'il habite dans la rue voisine. Qui sont tes parents, déjà, mon petit ?

Dek l'a regardée, la mine interloquée. Elle a secoué une main dédaigneuse.

– Rosalie Tisle, a-t-elle dit. Je me souviens maintenant. À deux rues d'ici. Pas de père, a-t-elle murmuré pour finir.

Mais les soldats s'en moquaient.

– Rien, a déclaré Piège-à-loup, ayant inspecté tout ce que nous possédions.

– Bon, a dit le gros soldat d'un air gêné, je suppose qu'on peut y aller.

– Mais il faut vérifier, a dit l'autre, sortant une boîte d'allumettes.

– Sans doute. Excusez-nous, madame. Ce sont les ordres, vous comprenez. Voulez-vous me donner votre main, s'il vous plaît ?

– Ma main ?

Elle a semblé alarmée, a un peu reculé.

– Que se passe-t-il ?

– Je suis désolé, madame, a dit le gros, et Piège-à-loup s'est approché.

Il l'a empoignée par le bras. Elle a étouffé un cri mais n'a pas résisté alors que le gros prenait les allumettes et en frottait une.

– Oh non, je vous en supplie, a-t-elle gémi.

Piège-à-loup lui a violemment tiré le bras, puis a vacillé comme Dek le percutait. Je me suis jetée sur lui aussi, avec l'intention de lui arracher les yeux, mais il a projeté Dek droit sur moi et nous nous sommes écroulés tous les deux.

– Petits monstres ! s’est écrié Piège-à-loup alors que notre mère poussait un hurlement.

– Elle brûle, a dit le gros, éteignant l’allumette.

Une marque rouge enflait sur le dos de la main de notre mère.

– Barbares ! a-t-elle fulminé, pressant sa main brûlée contre sa poitrine.

– Désolé, madame, s’est excusé le gros.

– D’où elle est sortie, celle-là ? a demandé Piège-à-loup en me désignant du bout de sa botte.

– Aucune idée, a rétorqué ma mère avec fureur, avant de nous lancer, à Dek et moi : Décampez tous les deux !

Nous avons dévalé l’escalier jusqu’à la rue. J’étais secouée de sanglots. Les soldats nous ont suivis mais, sans nous prêter attention, ils ont rejoint leur compagnie et tourné à un angle. Aucune sorcière n’a été emmenée dans notre rue, en revanche nous avons appris plus tard que quatre avaient été arrêtées dans le Méandre, dont Mamma Rozen, qui vendait des gâteaux à la cannelle sur la place du Putois. Elles ont été noyées quelques jours après.

Lorsque Dek et moi sommes revenus à l’appartement, notre mère paraissait encore plus épuisée que d’habitude.

– Qu’est-ce qu’ils voulaient ? ai-je crié, même si Dek me l’avait déjà expliqué.

– C’étaient juste des soldats qui cherchaient à nuire, a-t-elle répondu.

– Je les déteste !

Elle m’a souri avec tristesse et avoué :

– Moi aussi.

– Pourquoi as-tu dit que nous n’étions pas tes enfants ? a voulu savoir Dek, encore froissé.

Notre mère a ouvert les bras et nous a étreints ensemble.

– Parce que, a-t-elle dit, quand on a un ennemi, il ne faut jamais lui révéler ce qui a le plus d'importance pour soi. Ou qui compte le plus.

Blottie contre elle, j'ai respiré son odeur de savon – du savon avec une pointe de cardamome brûlée et de parfum. Mon cœur battait la chamade, mais je n'ai pas dit à Dek ce qu'il devait avoir remarqué aussi : sur la main de notre mère, la cloque avait disparu, la peau était redevenue lisse comme si le feu ne l'avait jamais touchée.

Lorsque j'ai senti à nouveau cette odeur, c'était quand Dek avait le fléau. Je revois ma mère, penchée sur le lit où il reposait, ses griffonnages enfantins sur les bouts de papier éparpillés par terre, l'encrier presque vide. Elle chuchotait inlassablement les mêmes mots tout en écrivant et l'odeur de la cardamome brûlée était si forte que je suffoquais presque. Elle m'a chargée de lui rapporter de l'encre. Je n'avais pas d'argent, alors elle m'a dit d'en voler ; j'ai obéi. Puis elle m'a envoyée chez cette tante à la campagne.

À mon retour, Dek était borgne et infirme, mais il était toujours Dek, et vivant. Ma mère aussi avait changé. Ce qu'elle avait fait pour le sauver l'avait diminuée, et elle ne s'en est pas remise. Maigre, flétrie et silencieuse, elle n'était plus que l'ombre d'elle-même. Je suppose que j'ai su la vérité à cette époque, sans toutefois l'accepter. Les sorcières étaient malveillantes, or ma mère n'était pas malveillante.

Pourtant, ma mère était bel et bien sorcière. Quelques mois plus tard, Agoston Horthy a offert une récompense de dix fraxins d'argent pour quiconque livrerait une sorcière. C'était une somme extravagante pour la plupart des gens du quartier : pendant un temps, il y a eu une purification par semaine. Je ne sais pas qui l'a dénoncée. Les soldats sont venus de nuit, ils ont envahi notre logement et l'ont tirée du lit. Lorsque j'ai essayé de les en empêcher, l'un d'eux m'a cassé une dent. Couchée dans les bras de Dek, avalant du sang, je les ai regardés lever la flamme jusqu'à son bras. Elle s'est tenue immobile, a seulement jeté un regard indéchiffrable vers nous lorsqu'ils l'ont entraînée dans l'escalier.

Notre père a sangloté, mais n'a rien fait, et il a disparu de nos vies le lendemain. Nous ne l'avons jamais revu. Je suppose qu'il ne restait que pour elle et pas pour nous, ce qui n'aurait pas dû nous étonner. Néanmoins, comment s'attendre vraiment à ce qu'un parent vous abandonne, même s'il est un incapable ?

La dernière fois que j'ai vu ma mère, elle était encore vêtue de sa chemise de nuit, sur une péniche semblable à celle d'aujourd'hui, devant une foule hurlante, haineuse. Elle ne tremblait pas, elle ne résistait pas. Elle a parcouru la foule des yeux, nous cherchant peut-être, Dek et moi, mais elle ne nous a pas vus. Ils l'ont jetée par-dessus bord, la rivière s'est refermée sur elle et mes hurlements se sont perdus dans les acclamations grandissantes.

Chloë vomit sur le sentier dès que nous descendons du canot. Ensuite, elle demeure accroupie là, en pleurs.

– Tu ne devrais pas être bouleversée, lui dit Flavie avec rudesse. La volonté de l'Innommé a été faite ! C'étaient des créatures malveillantes et nous en avons débarrassé la surface de la Terre ! Inutile de s'apitoyer sur elles.

– Je ne m'apitoie pas, sanglote Chloë. Je ne m'apitoie pas !

Flavie elle-même a le visage blanc comme un linge : elle n'est pas aussi dure qu'elle aimerait le croire.

– Ça vous remue, la première fois, dis-je.

Flavie paraît plutôt soulagée.

– Tu entends ? dit-elle à Chloë. C'est normal d'être retournée. Allez, ressaisis-toi.

– Nous devrions peut-être acheter d'autres petits pains chauds, dis-je, mélancolique, mais aucune de nous n'a plus la moindre pièce et je peux difficilement faire les poches à quelqu'un juste devant elles.

– As-tu vu beaucoup de purifications ? demande Flavie.

– Je vais à toutes, réponds-je sans réfléchir.

Elle a l'air impressionnée et me pose une autre question, mais je ne l'entends pas. J'ai la sensation qu'on vient de me planter une baïonnette en plein cœur. Car là-haut sur la route, j'ai aperçu Wyn. Rien qu'un instant, un éclair : Wyn riant, une bouteille d'alcool dans une main et une fille aux cheveux noirs à son bras. Je l'ai reconnue elle aussi : Armelle Hyver, la fille paresseuse de l'herboriste. Elle est censée apprendre ce métier, au lieu de quoi elle pose nue pour les cours de dessin aux beaux-arts. Elle a des fossettes et une silhouette enviable.

– Viens, dis-je, hissant Chloë sur ses pieds.

Je monte l'escalier en hâte, et elles me suivent, me criant de les attendre. Arrivée sur la route, je ne le vois pas. Je me fraye un chemin dans la foule, le cœur battant, regardant de tous côtés, mais c'est en vain. Je me dis que mon imagination m'a joué un tour. J'ai perdu Flavie et Chloë, alors je vole un autre petit pain. Il n'empêche que je ne peux pas ralentir le battement douloureux dans ma poitrine. Wyn et Armelle ? Non. Non. Mon cœur cogne.

Je devrais regagner la maison de Mme Och et voir qui elle reçoit, pourquoi elle voulait nous éloigner. Tandis que la foule s'éclaircit, j'entends un policier dire à un monsieur en costume sombre :

– … aurait dû y en avoir neuf.

– Vous ne voulez pas dire que l'une d'elles s'est évadée d'Hostorak, tout de même ? demande l'homme.

Je ralentis, me rapproche.

– Pas d'Hostorak. Elle s'est échappée durant le trajet jusqu'à la rivière. Un mystérieux échange avec une fille ordinaire couverte de chaînes, qui clamait son innocence. Un garde s'est aperçu qu'il ne la reconnaissait pas, il l'a soumise au test de l'allumette et elle a bel et bien brûlé. Ils la détiennent encore, pour essayer de comprendre ce qui s'est passé. En tout cas, il leur manque une sorcière.

– Incroyable ! s'écrie l'homme en costume.

– Un phénomène surnaturel, c'est sûr, affirme le policier. Ça n'aurait pas pu arriver autrement. Elles sont sous escorte de la prison jusqu'au bateau, surveillées en permanence.

– Voilà qui montre l'importance de les noyer jusqu'à la dernière, n'est-ce pas ? dit l'homme. Elles se réorganisent et il est impossible de savoir ce qu'elles feront ! Nous finirons esclaves, par tous les saints !

– Terrifiantes, ces créatures, marmonne le flic.

Je rentre à pied. Les rues sont tranquilles à présent : la plupart des gens fourmillent toujours près de la rivière. Par sa façade, la maison de Mme Och est plutôt sévère, en pierre grise, avec une grille en fer noire, des fenêtres pareilles à des yeux froids, réfléchissants, la porte close devant moi. Je franchis la grille, me glisse vers la petite porte jouxtant les cabinets extérieurs et pénètre dans l'arrière-cuisine. La maison est calme et silencieuse, l'arrière-cuisine froide. Alors que je m'attends à trouver des visiteurs au salon, il se révèle désert. Montant l'escalier, j'entends des voix venir de la salle de lecture de Mme Och.

La porte est fermée. Je colle mon œil au trou de la serrure, mais je ne vois guère que les jambes du professeur Baranyi.

– … une lettre pour mon amie à Tullis, dit Mme Och. De là, elle s'occupera de votre traversée de la frontière.

Une voix étouffée proteste.

– Mais on parle fraxais en Suège, réplique le professeur Baranyi, sa voix très distincte car il est le plus près de la porte. Il y fait plus froid qu'en Fraxe, mais la capitale, Ziline, est une ville charmante, et vous y serez plus en sécurité – c'est là l'essentiel.

De nouveau la voix étouffée, contrariée. Cette fois Mme Och répond, mais je ne saisis que des bribes. Quelque chose sur des contacts et de l'aide. Puis quelqu'un à l'intérieur se dirige vers la porte. Je recule d'un bond contre le mur, me volatilisant aussi vite que je le peux. Frédéric sort, à son bras une femme d'âge moyen, aux yeux rougis, drapée dans un châle gris.

– Tout ira bien, madame Sandor, lui dit-il doucement alors que tous deux passent devant moi. Ils paraissent brusques et bizarres, je le sais, mais ils ont déjà prêté secours ainsi et leurs intentions sont bonnes. On prendra soin de vous.

Le professeur Baranyi sort à son tour, refermant la porte derrière lui. Mme Och reste dans la salle de lecture. Je descends l'escalier et me prépare à manger dans l'arrière-cuisine. Frédéric s'absente un moment, puis revient dans un fiacre électrique. La femme, désormais vêtue d'une élégante tenue et chargée d'une valise festonnée comme une riche dame partant en vacances, est hissée dans le fiacre, qui s'éloigne à toute vitesse sans un bruit.

Mme Sandor. *Joumana Sandor, Hostorak 15 C.*

Si Mme Och fait quitter le pays clandestinement à des sorcières, j'aurai besoin de preuves en plus de ce à quoi je viens d'assister. Je me rappelle les listes de personnes et de lieux dans le bureau du professeur Baranyi. Je vais avoir un événement remarquable à signaler dans mon prochain compte-rendu, pourtant cette idée ne me procure aucune satisfaction. Prétextant un mal de tête, je me fais excuser de mes tâches du soir et monte me coucher tôt, mais ne peux trouver le sommeil. Allongée dans mon petit lit, je fixe des yeux la peinture qui s'écaille au plafond et imagine ma propre mère conduite hors de danger à Ziline. Nous aurions pu la rejoindre. Je chasse cette pensée et m'interroge : pourquoi Ziline ? Les lois sont-elles différentes en Suège ? Je croyais que la sorcellerie était passible de mort d'un bout à l'autre de la Nouvelle Porie, cette alliance de nations formée après les Guerres magiques. Il faudra que je me renseigne auprès d'Esmée.

Je ne dors toujours pas quand Flavie et Chloë se mettent au lit, Flavie marmonnant que certaines aiment se la couler douce. Je reste éveillée la moitié de la nuit, réfléchissant aux sorcières noyées aujourd'hui et à Joumana Sandor emmenée dans le fiacre, sauvée de ce destin, semblerait-il, par Mme Och. S'imposent sans cesse à mon esprit la manière dont Frédéric tenait le bras de Mme Sandor dans le couloir, la gentillesse de sa voix quand il lui parlait – comme si elle était une simple femme et que, ni abominable, ni malveillante, elle n'était pas à craindre le moins du monde.

L'aubergiste regarde le livre de comptes, examine deux fois la même page sans réussir à se concentrer, puis soupire et le referme. Il pense à la femme qui est partie aujourd'hui avec son bébé. Il avait sollicité Jansen, son chauffeur habituel, pour l'emmener, bien qu'elle ait refusé de dire où elle allait. Il demanderait plus tard à Jansen. « J'ai besoin d'une personne de confiance », avait-elle dit. Maintenant le soleil s'est couché, mais l'aubergiste pense encore à elle avec une tristesse étrange qu'il ne peut préciser. Il a dû tomber un peu amoureux d'elle. Elle était très jolie. Pas de bague à son doigt, malgré le fait qu'elle avait ce petit garçon.

La porte d'entrée s'ouvre avec fracas, et le vent s'engouffre en hurlant, faisant voler ses papiers. Il ramasse les pages et trouve parmi elles une feuille de papier à lettres pliée. La feuille est imprégnée du parfum qu'elle portait. Durant un instant, il ose espérer que c'est un message pour lui, disant où la trouver. Il déplie la feuille, le cœur battant plus vite. Une autre rafale se produit et il se précipite vers la porte en vue de la refermer. Mais, sur le seuil, il s'immobilise. La rue est calme, la lune monte au-dessus des toits, presque pleine. C'est une nuit claire, chargée des rigueurs hivernales. En chemise, il a froid, pourtant quelque chose l'oblige à sortir dans la rue silencieuse. Son auberge est illuminée, accueillante, avec le grand feu qui brûle dans la cheminée, se félicite-t-il depuis l'extérieur. Presque vide en ce moment, néanmoins. Les voyageurs sont rares à cette période de l'année.

Il va au bout de la rue, frissonnant, et tourne à l'angle. Ce ne serait pas très long de marcher jusqu'à la rivière, pour voir si elle gèle déjà. Il devrait aller chercher son manteau. Il devrait rentrer et finir les comptes. Il descend la rue en sifflotant un peu, puis s'arrête.

Il y a quelqu'un sous le réverbère. Quelque chose.

– Mais qu'est-ce que…

Une lame dans une main couverte de fourrure noire. Des pieds souples, noirs, comme des pattes de félin, se dirigeant vers lui. Mais un félin qui se déplacerait debout, comme un homme.

– Innommé, protégez-moi, chuchote l'aubergiste, incapable de bouger, alors même que la chose se rapproche, immense au-dessus de lui, alors même qu'elle l'empoigne par la nuque et pointe la lame vers son front.

La feuille de papier à lettres glisse de sa main et tombe, légère, sur le sol :

Oubliez-moi.

5

Lorsque j'arrive à la bibliothèque avec un café pour Frédéric en me demandant s'il est plus pénible d'ânonner des pages ou de nettoyer l'intérieur de la grande horloge sur le palier, il porte son manteau et glisse une feuille de papier dans sa poche.

– Oh, dis-je, simulant la déception. Notre séance de lecture n'a pas lieu ?

Il lève les yeux comme si je l'avais surpris, à sa manière habituelle.

– Je suis navré, Ella, répond-il, il faut que je sorte : une commission pour le professeur.

Au ton qu'il a, un peu contrarié, je flaire une occasion.

– Confiez-la-moi. Vous avez déjà bien assez à faire comme ça.

– C'est gentil, Ella, dit-il avec un large sourire. Mais non, je dois y aller. C'est très loin d'ici.

– Raison supplémentaire pour me laisser y aller, moi ! insisté-je. Vous ne vouliez pas finir de lire cette semaine l'histoire de la Porie ancienne ?

Je sais tout désormais des occupations préférées de Frédéric. L'étude des langues et l'histoire le passionnent, et il rêve d'avoir plus de temps pour lire. S'il pouvait se passer de dormir et de manger, il le ferait.

Comme il hésite, je reviens à la charge.

– Je me sens tellement cloîtrée aujourd'hui, je vous en serais reconnaissante ! Je sortirai pendant que vous resterez tranquille dans votre chambre et mènerez vos travaux personnels. Vous méritez une pause, Frédéric, vous êtes beaucoup trop sollicité.

Il secoue la tête.

– Vraiment, vous ne pouvez pas me remplacer, Ella… C'est… Il faut aller dans l'est de la ville, un affreux quartier.

– Je connais le Pourtour, affirmé-je avec audace. Ma famille habite à Jepté, mais nous avons vécu à Spira pendant des années avant de déménager là-bas.

– Ah bon ? s'étonne-t-il. Je vous prenais pour une fille de la campagne.

Quel incroyable naïf !

– Au fond de moi, je le suis sans doute, dis-je en riant. Mais je connais plutôt bien Spira et j'ai mes repères dans le Pourtour. Personne ne m'embêtera. J'accomplirai la mission en un clin d'œil. C'est vous qui ne seriez pas dans votre élément.

– Vous ne seriez pas à votre place non plus ! proteste-t-il. Une jolie fille comme vous !

Puis il rougit. Je tends la main vers la feuille de papier.

– Allez, nous nous rendrons mutuellement service. Dites-moi en quoi consiste cette commission.

Il cède. Pauvre Frédéric ; une cible si facile, toujours.

– Il y a un paquet pour le professeur dans la boutique d'un alchimiste, explique-t-il. Voici l'adresse : pouvez-vous la lire ?

J'examine la feuille, les sourcils froncés.

– Je reconnais le numéro, mais là ? Rue Pi… Phi-li-pon…

– Rue Philipon, *La Queue de vipère*, me souffle-t-il aussitôt, selon son habitude. Dites juste que vous êtes là pour le professeur et on vous donnera le paquet. Oh, ciel, j'ai un doute : n'est-ce pas risqué pour une jeune fille ?

– Nous sommes en pleine journée ! répliqué-je, moqueuse. Vous imaginez qu'il n'y a aucune fille dans le Pourtour ?

Encore un peu de persuasion taquine et il me laisse la feuille de papier avec de l'argent pour le fiacre. Quand je préviens Flavie que je pars faire une course pour Frédéric, les yeux lui sortent presque de la tête, mais que pourrait-elle dire ? Sur l'avenue Robin, je hèle un fiacre tiré par un cheval gris à l'air misérable. Libérée de la corvée du jour, lecture faussement laborieuse ou décrassage d'horloge, je fredonne d'un bout à l'autre du trajet.

Le Pourtour se situe sur une petite pente comprise entre l'immense cimetière Limone et le Méandre. La majorité des rues sont si étroites que les fiacres ne peuvent pas les emprunter. Contrairement au Méandre, effervescent et odorant, le Pourtour semble en permanence désert. Il arrive d'apercevoir des visages derrière les vitres, mais ils disparaissent dès qu'on les regarde. Dans la rue, les passants baissent la tête. Personne ne sourit, ne s'arrête pour bavarder. Personne ne lance des remarques insolentes par la fenêtre. C'est un quartier silencieux, humide et infesté de rats.

À la boutique de l'alchimiste, un jeune homme pâle aux cheveux noirs, avec des cloques autour des narines, ouvre la porte et fixe les yeux sur moi.

– Je viens pour le professeur Baranyi, dis-je.

Comme il ne manifeste aucune réaction, j'ajoute :

– Je dois récupérer un paquet pour lui.

– Une minute, dit-il avant de me claquer la porte à la figure.

Frissonnante, je resserre mon manteau autour de moi. Une neige légère se met à tomber, la première de l'hiver. J'observe les flocons blancs, d'abord dispersés, mais qui ne tardent pas à s'épaissir. Un mouvement sur ma gauche m'effraie ; je me plaque contre le mur, prête à disparaître.

C'est un gamin de neuf ou dix ans au plus. Ses bottes sont trouées, son manteau mal rapiécé. Il a une tignasse rousse et des taches de son sur le nez. Il s'est battu récemment, à en juger par son œil au beurre noir et sa lèvre coupée.

– Vous travaillez pour cette dame à la Scola ? demande-t-il.

– Qui es-tu ?

– J'ai un message pour elle. J'ai essayé d'aller jusqu'à sa maison hier, mais les flics m'ont dit de retraverser la rivière.

– Évidemment, réponds-je en l'enveloppant du regard. Ça crève les yeux que tu viens du Pourtour. C'est à cause de la police que tu as cette lèvre amochée ?

Il hausse les épaules.

– Qui est l'auteur du message ?

Il fronce subitement les sourcils, comme s'il était déconcerté.

– Euh, quelqu'un à l'auberge… je sais plus, mais c'était pour la dame à la Scola. On dit qu'elle envoie ses domestiques en commission ici.

Les ordres du professeur font-ils l'objet de ragots dans le Pourtour ? Peut-être que le jeune employé de l'alchimiste divulgue des secrets, et je me demande si je ne devrais pas avertir Frédéric. Mais de qui est-ce que je tente de les protéger ? C'est une idée assez ridicule, si j'y pense, puisque je suis la plus susceptible de causer leur ruine.

– Bon, laisse-moi le message, dis-je. Je le porterai à ma patronne.

Il me met entre les mains une enveloppe cachetée et attend un pourboire. Je lui donne une piécette et demande :

– Pour qui travailles-tu ?

– Je suis coursier pour Morris et ses clients de *L'Ours roux*, à la Forestine.

Il décampe lorsque je lui donne une autre piécette.

Je range la lettre dans mon manteau et tambourine à nouveau contre la porte. Elle s'ouvre immédiatement et le jeune homme aux narines cloquées pointe la tête dehors, me lançant un regard sinistre.

– Alors ? dis-je.

Il me tend un paquet marron et claque la porte. Exactement le genre de gars communicatif qu'on croise si souvent par ici.

La neige tombe dru maintenant, mais il faut que je me rende à un autre endroit.

Sur la pente qui sépare le Pourtour du Méandre, il y a une boutique de chaussures. Une enseigne en forme de botte est accrochée dehors et, à l'intérieur, vous pouvez vous procurer une paire de souliers ou de bottes sur mesure à un prix très raisonnable. L'atelier, propre et net, sent le cuir. Des réparations peuvent être effectuées sur place. Dans une petite pièce à l'arrière de la boutique, une bouilloire chauffe en permanence. Le café est soit prêt à boire, soit en cours de préparation. Des petits pains chauds et moelleux sortent du four.

La boutique est silencieuse, mais je perçois l'odeur du pain et du café. Je me dirige vers la porte du fond et frappe doucement.

– Entrez.

C'est une voix extraordinaire, ni masculine ni féminine mais quelque part entre les deux, et elle appartient à une personne extraordinaire. Je l'ai entendue pour la première fois quelques mois après la mort de ma mère. Je volais des pommes sur le marché lorsqu'elle a grondé derrière moi : « Tu as un don intéressant, ma fille. » J'ai fait volte-face et levé les yeux vers un visage qui s'était presque replié sur lui-même, masse basanée de sillons et de rides, encadrée par un flot de cheveux argentés rebelles. Nul n'aurait dû réussir à me voir. Mais Claude le pouvait, elle. (On m'a donné à entendre que Claude est une femme, ce que je n'aurais sans doute pas deviné.)

– J'ai parlé à des gens, avait-elle continué. Je pense avoir un emploi pour toi et ton frère.

Elle avait paru ne rien ignorer de nous. J'ai fini par m'y habituer – à cette manière dont Claude semble connaître toute chose et tout le monde. Ma curiosité à son propos est devenue un quasi-jeu entre nous sans qu'elle consente jamais à de véritables révélations et je ne sais pas pourquoi elle réussit à me voir quand je me volatilise, alors que les autres en sont incapables. Je lui ai posé la question, bien sûr, mais elle se contente de dire qu'elle sait peut-être mieux regarder que la plupart des gens.

Elle est venue à Spira, d'après ce qu'elle affirme, l'année qui a suivi l'Insurrection lorienne, bien qu'elle ne précise pas d'où elle est originaire. Le jour même où elle m'a espionnée au marché pendant que je volais, elle nous a emmenés chez Esmée, qui nous a ouvert sa maison, peut-être uniquement parce que Claude avait déclaré que c'était une bonne idée. Plus tard, Esmée m'a dit : « Je connais Claude depuis plus de quinze ans ; quand elle affirme une chose, il est très probable que cette chose soit vraie. » Si des potins circulent à son sujet dans le quartier, ils sont dénués de méchanceté, car elle rend de nombreux services à ceux qui traversent une mauvaise passe.

– Je pensais bien que j'allais te voir aujourd'hui, dit Claude lorsque j'entre en chassant la neige accumulée sur mes manches.

Elle se repose dans son fauteuil à bascule, encore vêtue de son tablier en cuir. L'odeur du cirage flotte autour d'elle.

– N'est-ce pas étrange ? J'ai parfois l'impression que nous obéissons à des cycles, ou à des schémas. Nous pensons que nous sommes libres de choisir la voie qui nous plaît, mais un certain schéma nous enferme, nous maintient dans notre voie définie, et nous n'en sortons pas. Il nous ramène aux mêmes endroits, encore et toujours, aux mêmes sentiments, de façon répétée. Te voici, et moi, je m'attendais à toi pour une raison qui m'échappe. Il pourrait s'agir d'une coïncidence. Je ne veux pas renoncer à l'idée du libre arbitre ; que ferais-je de ma vie si je ne croyais pas en mes propres choix ?

Quelquefois, c'est difficile de savoir de quoi parle Claude.

– Bonjour, dis-je.

Claude rit, un petit grognement sourd.

– Tu as faim, je suppose. Sers-toi.

Je dévore deux des petits pains chauds et me remplis une tasse de café. Claude a le meilleur café de Spira, mais elle fait mystère de sa source. Je lui demande :

– Puis-je utiliser votre bouilloire ? J'ai besoin d'ouvrir une lettre.

– Ah ! dit Claude. Ton nouveau travail.

– Oui. Avez-vous entendu parler de Mme Och, à la Scola ?

– Philanthrope, excentrique, répond vaguement Claude. Vieille.

Grâce à la vapeur, je décolle l'enveloppe et en sors la lettre.

– Avez-vous un stylo et du papier ? Il faudrait que je la recopie.

Claude m'apporte une plume à l'ancienne, un encrier et un buvard. Je m'attable et entreprends de recopier avec soin la lettre que le coursier m'a donnée.

Chère madame Och,

Vous ne me connaissez pas, mais je vous connais par votre frère Gennadion. Je suis la mère de son fils, et il m'a dit un jour que si jamais j'avais besoin d'aide, je pouvais vous demander secours. Il a affirmé que vous ne me jugeriez pas ; j'espère qu'il a raison. Mon fils et moi courons un terrible danger. Je suis arrivée à Spira mais je n'ose pas rester longtemps dans le même lieu. Aujourd'hui, je vais chez Mme Lorette dans l'est de la ville.

Vous pouvez m'y envoyer une réponse. Lorsque je partirai, je ne manquerai pas de revenir chercher d'éventuels messages. Je vous en supplie, aidez-moi.

Bianka Orbe

Mme Och a donc un frère : Gennadion. Je m'interroge sur cette Bianka, qui loge dans une maison close du Pourtour avec un enfant. Mme Lorette est connue pour accueillir des femmes qui ont des ennuis, des femmes qui ont peur d'un mari, d'un père ou d'un employeur. Ses prostituées semblent bien nourries, contrairement à un si grand nombre d'enfants des rues affamés qui vendent leur corps dans ce quartier, et je crois savoir qu'elle ne ferme jamais sa porte à une femme en détresse. Autrement dit, une tendre, quoique sa maison existe depuis des années, alors elle doit aussi avoir le sens des affaires. Je recolle l'enveloppe, plie ma copie et la range dans l'une de mes poches. Puis, me tournant vers le paquet marron, je dénoue la ficelle et le déballe. À l'intérieur, je découvre un livre en anglois, une fiole de poudre et un petit sac en cuir.

– Je me doutais que j'aurais besoin de vous, dis-je à Claude, qui est restée assise en silence durant tout ce temps, perdue dans ses pensées, j'imagine. C'est quoi, tout ça ?

Claude débouche la fiole et hume la poudre. Même si Esmée trouve mon idée absurde, je parie que Claude était un genre d'alchimiste dans une autre vie, quel que soit l'endroit où elle ait vécu avant de s'installer à Spira.

– De la rifolta, dit-elle. Du poison.

Le petit sac contient quelque chose qui ressemble à un morceau d'écorce ou à un champignon séché. C'est ratatiné, brun, et ça dégage une âcre odeur de moisi.

– Une racine de margalys, dit Claude, l'examinant. Efficace entre autres contre les morsures de serpents et susceptible d'atténuer les effets de la rifolta. Elle était employée jadis pour combattre les maladies causées par des sortilèges.

– Et le livre ? demandé-je, car je ne parle pas anglois.

Claude jette un coup d'œil au titre, puis l'ouvre et le feuillette.

– Au sujet de l'absorption des poisons.

Je me demande si la cliente encore inconnue pour qui je rédige mes comptes-rendus jugera l'un de ces éléments révélateurs.

– Donc celui qui veut tout ça... il prévoit d'empoisonner quelqu'un ? Ou de guérir quelqu'un qui a été empoisonné ?

– À mon avis, ma chère, il veut empoisonner quelqu'un et le guérir en même temps.

– Sacré nom de Kirghal, quel serait l'intérêt ?

– Il veut utiliser un poison mais en diminuer les effets d'une certaine manière, répond Claude. Curieux. Je n'arrive pas à comprendre pourquoi.

Je réfléchis un peu à cette énigme mais, ne sachant pas comment l'interpréter, je laisse mon esprit vagabonder. Il vagabonde là où il vagabonde toujours, droit dans les bras de Wyn, et je repense à ce que j'ai vu, ou cru voir, à la purification. Claude m'observe, ses yeux noirs tout juste visibles dans les plis de son visage extraordinaire.

– Tu vas bien, Julia ?

– Oui, très bien, réponds-je distraitement.

– Et Benedek ?

– Nous allons tous très bien, dis-je.

Claude regarde le plafond. Moi aussi. Il porte des taches de moisissure.

– Je m'interroge parfois sur le schéma qui t'enferme. Les endroits où tu retournes.

Que le ciel nous vienne en aide.

– Vous parlez d'ici ?

– Non.

Claude sourit – une expression effroyable, sur son visage.

– Je parle de la rivière, chaque fois qu'il y a une purification.

Mon cœur a un raté.

– Comment savez-vous que j'y étais ?

– Parce que tu y es toujours, réplique Claude. Tu es prise dans quelque chose qui te ramène là-bas. Mais je ne crois pas que ça te fasse du bien, Julia.

Je hausse les épaules.

– J'ai failli ne pas y aller hier. Je me suis laissé convaincre. Ça a de l'importance ?

– Ça dépend, dit Claude. Peut-être que rien n'a d'importance. Mais nous voici. Que pouvons-nous faire ?

Je ne sais pas où Claude veut en venir. Hormis qu'elle me reproche peut-être d'assister aux purifications.

– Je n'y réfléchis pas beaucoup, dis-je. La vie est courte.

Je repense à Wyn. Si je vais à la rivière pour regarder la mort en face, je vais dans le lit de Wyn pour croquer la vie à belles dents. Je veux de l'amour, de bons repas et de l'aventure. Je veux que mes journées contiennent la possibilité de la surprise et de la joie. Je veux voir la mer un de ces jours. Je ne me soucie pas des schémas dont parle Claude, pourvu que je ne sois pas obligée de m'échiner à travailler pour des piécettes, pourvu que ma vie me donne la place de respirer, matière à rire et un charmant garçon qui me réchauffe quand l'hiver s'installe.

– Tantôt la vie est courte, dit Claude, tantôt elle est très longue. C'est toujours la seule chose que nous ayons. Souhaites-tu passer la tienne au fond de la rivière ?

Parcourue d'un frisson, je bondis sur mes pieds.

– Il fait froid, Claude. Vous voulez que j'allume le poêle ?

– Non, répond Claude.

– Je ferais mieux d'y aller.

Claude hoche la tête et remballe le livre, la racine et la fiole, renouant la ficelle autour du paquet exactement comme elle l'était. Claude ne pose jamais de questions sur ces choses-là.

– Sois prudente, Julia, dit-elle.

Par-dessus mon épaule, je lance :

– Toujours !

Je suis déjà à moitié dehors.

Je devrais rentrer sans délai chez Mme Och, sinon ils vont se demander où je suis, et Frédéric ne manquera pas de s'inquiéter, puisqu'il m'a envoyée dans le Pourtour. J'espère qu'il ne se lancera pas à ma recherche, poussé par sa galanterie. Mais je ne peux pas m'en empêcher. J'inventerai une raison pour expliquer mon retard. Il faut que je voie Wyn.

Esmée est seule au salon, assise par terre dans une étrange position tordue, les yeux sereinement fermés. Elle fait brûler des bâtonnets parfumés sur la table et un mélange enivrant de jasmin et de renardine flotte dans la pièce. Soudain, elle lève les deux bras au-dessus de sa tête, paumes jointes. Je sursaute et ses paupières s'ouvrent.

– Julia, murmure-t-elle.

Esmée croit beaucoup à des exercices très bizarres pratiqués dans les îles extrême-orientales du Honbo.

– Bonjour, dis-je.

Je jette un regard alentour avec l'espoir d'apercevoir quelque chose à manger, en vain. Trois colliers d'émeraudes sont posés sur la table, sur des mouchoirs. Voler des bijoux est facile, dit toujours Esmée, mais les écouler devient très compliqué. Je doute que la personne qui lui a apporté ces colliers en ait retiré ce qu'elle espérait.

– Esmée, quel sort est réservé aux sorcières en Suège ? demandé-je. Ne subissent-elles pas la noyade comme ici ?

– On noie les sorcières dans toute la Nouvelle Porie et au-delà, répond-elle en se levant.

Elle bouge avec une grâce étonnante pour quelqu'un d'aussi grand et solidement charpenté.

– Mais je ne pense pas que leur élimination obsède autant la reine de Suège que notre estimé Premier ministre.

– Donc la Suège serait moins dangereuse que la Fraxe pour une sorcière, dis-je.

– N'importe quel endroit au monde est moins dangereux que la Fraxe pour une sorcière. Mais elle devrait aller loin, peut-être au Yongguo, pour pouvoir écrire librement.

Le Yongguo est un terrible empire de l'Extrême-Orient, à l'autre bout du monde. Un lieu barbare, sans loi, où des sorcières siègent à la cour de l'empereur, paraît-il.

– Pourquoi me poses-tu cette question ? dit-elle, fixant sur moi son regard clair.

– Il y avait une purification hier. Agoston Horthy était là et il a prononcé un beau discours.

Esmée pince les lèvres en entendant ce nom.

– Il est doué pour les discours, réplique-t-elle.

Comme toute personne raisonnable, Esmée a tiré un trait sur la révolution après l'Insurrection lorienne. Lorsque je l'ai interrogée à ce sujet, elle m'a répondu laconiquement qu'il ne restait plus assez d'opposants courageux pour accomplir une révolution. Quand nous étions petits, nous jouions aux révolutionnaires et aux soldats, mais à présent j'ai cessé d'y penser. Que les puissants mènent leurs guerres et pourchassent leurs sorcières s'ils le veulent. Cela ne me concerne pas, ne me concerne plus. Ils m'ont déjà pris tout ce qu'ils pouvaient me prendre.

– Là, j'ai entendu un policier dire à quelqu'un que l'une des sorcières s'était échappée. Je me demandais où une sorcière pourrait s'enfuir.

– Et tu as pensé à la Suège ?

Je hausse les épaules. Même les partisans de l'insurrection et défenseurs des coutumes anciennes sont embarrassés par les sorcières. Esmée sait que ma mère en était une, bien sûr, et mes aptitudes à moi ne l'ont jamais rendue nerveuse, mais je ne sais pas trop comment elle réagirait si je lui révélais qu'à mon avis Mme Och aide des sorcières.

– J'imagine que la situation là-bas ressemble beaucoup à la Fraxe avant le règne du roi Zey, continue-t-elle. Si une sorcière restait discrète et s'abstenait de faire du mal ou du tapage, il y avait de fortes chances pour qu'on la laisse tranquille. Certains, en désespoir de cause, allaient jusqu'à s'adresser à une sorcière supposée afin de lui acheter un sortilège.

– Les gens ne craignaient pas les sorcières à l'époque ?

– Oh, si, je crois qu'ils en avaient peur.

Je repense à la manière dont, après sa noyade, ceux-là mêmes qui saluaient ma mère dans la rue me crachaient dessus, et ceux qui l'avaient le plus aimée évitaient mon regard et ne disaient rien, ne faisaient rien pour nous.

Esmée me saisit le menton entre le pouce et l'index et me regarde droit dans les yeux.

– Tu as l'air fatiguée, ma fille. C'est comment, dans cette maison ?

– J'aurai bientôt bouclé ma mission, assuré-je d'un ton léger.

– Tant mieux.

Elle me lâche le menton.

– Je serai contente que tu rentres.

– Et je serai heureuse de rentrer.

Ces curieux moments de tendresse de sa part me déconcertent toujours. Comme professeur, elle était dure, et elle est une employeuse intransigeante. Je l'ai vue briser froidement la rotule d'un homme qui l'avait dupée, puis sortir aussitôt après porter un repas chaud à un employé malade. Malgré toute la bonté qu'elle m'a témoignée, je ne voudrais pas susciter sa colère.

– Wyn est ici ? demandé-je.

Une ombre passe dans ses yeux. Je ne crois pas que cette relation entre Wyn et moi lui plaise beaucoup, mais elle ne nous a rien dit, ni à l'un ni à l'autre.

– En haut, me répond-elle.

Je la laisse à ses exercices et grimpe l'escalier, le cœur battant la chamade. Je frappe à la porte, trop fort. Wyn ouvre, sa chemise déboutonnée jusqu'à la taille, les yeux injectés de sang.

– Julia Yeux noisette, dit-il avec un sourire chaleureux, et il s'écarte pour que j'entre. Ni récurage ni espionnage aujourd'hui ?

– Je travaille, dis-je. J'avais une course à faire, mais il faut que je mange. Tu viens avec moi ?

– J'ai tout juste fini mon petit déjeuner, dit-il en montrant une assiette grasse sur le plancher.

– Tant pis... Écoute, j'ai un service à te demander. Tu peux me trouver une fille qui s'appelle Clarisse Desmarest ? Elle travaillait pour Mme Och il y a encore quelques semaines. Une lorienne, donc je suppose qu'elle habite dans le quartier du mont Hériot. Dix-huit ans, je crois.

– Je vais me renseigner, répond Wyn.

– Bien. C'est tout ce que je voulais te dire.

Je recule vers la porte. Soudain, je voudrais ne pas être vêtue de cet épouvantable uniforme de domestique avec ses boutons hideux. Il me faudra les conseils de Priscilla pour m'acheter une robe avec mon salaire, pensé-je avec frénésie. Je ne connais rien à la mode. J'ai oublié de me brosser les cheveux.

– Attends, reste une minute, s'écrie Wyn, m'attrapant le poignet et m'attirant à lui. Je ne t'ai pas vue depuis des jours ! Tu vas te sauver sans même m'embrasser ?

– Si tu insistes, dis-je.

J'essaie de paraître joyeuse, mais j'ai le cœur si lourd que je peux à peine bouger. Wyn se penche vers moi et je murmure :

– J'étais à la purification. Je t'ai vu avec Armelle Hyver.

– Pourquoi tu ne nous as pas dit bonjour ? demande-t-il étonné, se redressant.

– J'étais avec les autres domestiques.

Et tu étais avec Armelle.

– Tu aurais pu me présenter comme un cousin. C'était ahurissant de voir Agoston Horthy sur place, hein ?

– Son discours était impressionnant, dis-je, la bouche sèche.

– Il paraît que l'une de ces sorcières a essayé de le tuer et qu'il tenait à venir. Pour la regarder se noyer.

– Charmant.

– Dommage que tu ne nous aies pas rejoints. Après, je suis allé dans un pub avec Reynald et Armelle ; si j'avais eu une ceinture, je me serais pendu d'ennui. Ces deux-là ! Reynald s'acharnait à me persuader de jouer aux cartes ; les crapules du Pourtour l'auraient vite emberlificoté au jeu du prince héritier ! Armelle, de son côté, reste convaincue qu'un homme riche va l'épouser pour ses fossettes et la sortir de sa situation. Leur mère est trop indulgente avec eux.

– Tu sais, les domestiques ne sont pas non plus d'une compagnie franchement formidable !

Je commence à me détendre. Peut-être que je n'ai pas vu ce que j'ai cru voir, peut-être que ça ne signifiait pas ce que j'ai cru que ça signifiait. Ce n'est pas comme si je les avais vus s'embrasser. Nous connaissons Armelle depuis que nous sommes petits : pourquoi n'aurait-il pas un bras autour d'elle ?

Il touche les boutons de ma robe, l'air pensif un instant, puis il déclare :

– Armelle a dit qu'elle réussirait peut-être à parler au prof du cours où elle pose, à m'obtenir une place.

– Wyn ! Elle pourrait, vraiment ?

J'oublie aussitôt ma peur et ma jalousie. Bien sûr qu'il n'était pas avec Armelle, pas de cette façon. Il y avait aussi Reynald, et une place dans un cours de dessin pourrait tout changer pour lui.

– Je ne sais pas. Tu la connais… Mais je me demande si ça m'intéresserait, de toute manière.

– Pourquoi donc ? L'occasion ne serait-elle pas magnifique ?

– Je n'en suis pas sûr, dit-il. Voilà le problème. Les vrais artistes sont élèves dans des ateliers ou trouvent un mentor, non ? Ce genre de cours, en fait, c'est juste un moyen pour des artistes moins remarquables de gagner de l'argent. Des gosses de riches dessinent un peu en payant pour une formation technique qui ne les mènera nulle part, au fond, tu comprends ?

– N'empêche, ça pourrait être un point de départ, lui suggéré-je.

– Lorka s'est débrouillé seul, dit-il sans me regarder.

Il va s'asseoir au bord du lit. Je le suis et m'assois près de lui.

Il y a quelques sujets que Wyn aborde uniquement dans l'obscurité, quand nos visages sont invisibles : les sept ans qu'il a passés dans un orphelinat en dehors de la ville et, par ailleurs, son rêve de devenir artiste – un véritable artiste, comme son héros, Émile Lorka. C'est la première fois qu'il me parle de lui en plein jour.

– Exact, dis-je avec prudence. Mais il existe peut-être une centaine d'autres Lorka demeurés inconnus parce qu'ils se croyaient trop doués pour des cours de dessin.

Il rit et je suis soulagée.

– Bon, je n'ai pas refusé, mais ça m'a fait réfléchir. Il y a plus d'un an que j'essaie d'entrer dans l'atelier de Lorka, mais quand j'ai tenté de payer une inscription après le dernier coup au musée, son assistant m'a carrément répondu qu'ils ne prendraient pas un voleur notoire. Il n'a sans doute jamais parlé de moi à Lorka. J'ai pensé que si j'allais tout simplement à son atelier et que je lui montrais certains de mes dessins... bon, ça ne servirait peut-être à rien, mais s'ils lui plaisaient, alors... qui sait...

Il ne termine pas sa phrase, n'osant pas exprimer tout haut son plus cher espoir, et la compassion me serre le cœur.

Lorka est l'un des rares artistes célèbres de Fraxe ayant accédé à la gloire sans le soutien de la Couronne. Il peint la ville telle qu'elle est, non pas telle que les gens aisés la perçoivent : les veuves, les orphelins et les survivants du fléau, les bâtiments en ruines, les prostituées maquillées et les opiomanes, les chiens affamés, ainsi que des autoportraits féroces, insoutenables, jetés sur la toile comme un accès de douleur. Il a construit récemment son atelier à la Scola et il accepte un ou deux élèves par an. Wyn voit son propre monde dans l'œuvre de Lorka, et une grande part de lui-même chez Lorka, c'est certain. Il espère, je le sais, que Lorka verra en lui un peu du jeune homme qu'il était, un garçon sans relations et possédant le don de saisir la vie réelle. Mais alors que l'œuvre de Lorka est uniquement douleur, manifestée par une peinture épaisse et des couleurs intenses, les fusains légers de Wyn vibrent d'une joie et d'un humour malicieux qu'aucune épreuve n'a réussi à lui enlever. Je ne connais peut-être rien à l'art, mais je n'hésiterais pas une seconde : plutôt les petits joueurs d'osselets aux pieds nus de Wyn que les misérables veuves voûtées de Lorka ! Cela dit, un accompagnement de Lorka signifierait une véritable carrière d'artiste et, en ce qui me concerne, serait bien préférable à un cours où il s'agit de représenter Armelle Hyver dévêtue. Je ne crois pas que Lorka peigne des nus.

– Pourrais-tu faire ça ? demandé-je. Simplement... aller à son atelier ?

– Il faudrait que j'attende qu'il y entre ou qu'il en sorte, dit Wyn. Est-ce une idée monstrueuse ? Je sais qu'aborder un artiste dans la rue ne se fait pas, mais si quelqu'un peut comprendre à quel point c'est dur d'avoir sa chance sans argent ni relations, c'est bien Lorka.

– Ça vaut la peine d'essayer. C'est quoi, le pire qui pourrait arriver ?

Il se force à rire.

– Ma dignité ne vaut pas grand-chose, j'imagine.

– Bah ! Qui a besoin de dignité ? dis-je, et je l'embrasse avec espièglerie.

Il m'embrasse à son tour, et il n'y a rien d'espiègle dans son baiser.

– Il faut que j'y aille, chuchoté-je, mais il m'enlace et tout le reste s'éloigne de moi en un clin d'œil.

Quand il dessine le Méandre, Wyn rend toute la laideur, la crasse et la pauvreté miraculeusement belles ; c'est le don qu'il possède, son pouvoir magique : transformer avec l'amour. Et il exerce cette magie sur moi aussi. Dès l'instant où il me touche, mon horrible robe et mes cheveux ébouriffés ne sont rien, plus rien face à la beauté qu'il suscite. Je ne suis plus la Julia orpheline de mère, voleuse, fauchée, mal habillée. Dans ses bras, pour un petit moment du moins, je suis parfaite.

Dans une pièce sans fenêtre, loin de tout, un homme allongé rêve. Un sérum jaune circule dans ses veines. Des lumières ambre éclairent la pièce. La seule personne avec lui est une femme trapue, bossue, aux yeux tristes et aux cheveux blonds tirant sur le gris. Elle l'observe, une seringue à la main.

Des heures plus tard, la femme sort sur le balcon. En contrebas, des vagues à crête grise déferlent depuis l'horizon. Le ciel est orageux. Un homme, de dos, regarde la mer. Il porte une robe en soie que le vent gonfle et il est pieds nus. Les doigts de ses mains serrées derrière lui sont ornés de bagues.

La femme s'éclaircit la voix, mais l'homme ne se retourne pas. Il faudrait bien la connaître pour interpréter correctement la crispation autour de sa bouche ou l'unique ride sur son front. Peut-être que nul ne la connaît aussi bien.

– Mon seigneur.

– Tu ne l'as pas trouvé, dit-il. À quoi me sers-tu, Shaye, si tu es incapable de trouver ce que je cherche ?

– Elle est introuvable, répond la femme. Il n'a pas d'ombre.

– C'est impossible, rétorque l'homme.

– Ce qu'il en a fait et comment, je l'ignore encore, dit-elle. Même quand il rêve, ses secrets se cachent. Mais je peux les déceler.

– Son ombre, dit l'homme, haussant le ton.

– Il n'a pas d'ombre, répète calmement la bossue qu'il appelle Shaye. Oubliez son ombre. Elle est devenue autre chose.

– Comment ? Quoi ?

– Je ne sais pas. Mais je crois savoir qui la possède.

Il pivote face à elle.

– Une femme, continue-t-elle. Une belle femme originaire de Nicim. La mère de son fils.

– Gennadion a un fils ?

Elle lève un sourcil.

– J'imagine qu'il en a beaucoup. Mais il cache cette femme dans les profondeurs de son être. Elle est son secret.

– Alors découvre comment elle se nomme.

– Oui, mon seigneur.

6

Couchée dans le noir, j'écoute l'affreux grincement du lit de Flavie alors qu'elle se tourne et se retourne, jusqu'au moment où je ne le supporte plus.

– Tu ne peux pas arrêter de bouger ? dis-je avec colère.

– Désolée, murmure-t-elle, et un merveilleux silence règne durant une minute.

Aujourd'hui, nous avons dû secouer toute la literie et je suis exténuée. Je sens que je risque d'étrangler Flavie si elle s'avise d'émettre un nouveau son.

Mais elle rouvre la bouche.

– Pourquoi es-tu allée à autant de purifications ? me demande-t-elle.

– Je ne sais pas. J'essaie de dormir.

– Je veux dire, en habitant à Jepté. Venais-tu en ville spécialement ? Ce n'était pas trop cher ?

Zut. Elle m'a coincée. J'avais oublié mes prétendues origines cet après-midi-là, erreur stupide.

– Je venais vendre des marchandises, dis-je. La laine de Jepté est célèbre à Spira, et ma mère fabrique de beaux châles teints et d'autres vêtements. Nous nous rendions toujours en ville quand il y avait une fête, ou un événement comme une purification, qui attirait une grande foule.

Flavie semble satisfaite par ma réponse, mais inventer si vite une explication m'a encore plus éloignée du sommeil auquel j'aspire, ce qui est énervant.

– Je me demande combien de temps on met pour se noyer, dit-elle d'une voix pensive.

– Une minute au maximum, j'imagine, dis-je.

Je n'aime pas avouer comme je me suis souvent posé cette question. Claude m'a affirmé que ça ne dure pas longtemps, et que ceux qui ont failli se noyer décrivent un moment de paix lorsqu'ils ont cessé de se débattre, l'inconscience arrivant sans douleur. Je ne crois pas que Claude mente, néanmoins c'est peut-être différent pour les sorcières. Peut-être que cela prend plus de temps, qu'elles souffrent plus.

– Elles n'avaient pas l'aspect auquel je m'attendais, ajoute Flavie.

– Qui, les sorcières ? demandé-je.

– Oui.

– Les sorcières ont le même aspect que tout le monde, dis-je en pensant qu'elle paraît parfois avoir beaucoup moins que ses dix-huit ans, être beaucoup plus jeune que moi. C'est pour ça qu'il est difficile de les démasquer.

– Ce n'est pas normal, dit Flavie. Elles ne sont pas comme tout le monde. Elles ont en elles une magie malfaisante. Elles ne devraient pas ressembler aux gens ordinaires.

J'ai envie de dire, narquoise, que je transmettrai cette suggestion à l'Innommé, mais ce serait blasphématoire et je ne sais pas comment elle le prendrait.

– Tu crois qu'elles se savent sorcières dès le début ? demande Chloë.

Sa voix est enrouée, comme si elle avait dormi jusque-là. Nous l'avons sans doute réveillée, pourtant je m'étonne qu'elle ait réussi à s'endormir quand Flavie s'agitait dans le lit grinçant.

– J’imagine que non, réponds-je.
– Alors comment est-ce qu’elles le découvrent ? demande Chloë.
– Elles doivent se savoir malveillantes dès qu’elles sont en mesure de savoir quelque chose, déclare Flavie avec conviction. Elles vouent un culte aux Obscurs, par tous les saints !
– Mais les bébés sorcières ne vouent pas un culte aux Obscurs, pas quand elles sont nouveau-nées, dit rationnellement Chloë. Est-ce que quelqu’un qui décide de vénérer les Obscurs devient une sorcière ? Ou est-ce que les sorcières décident naturellement de vénérer les Obscurs et se découvrent alors sorcières ? Le texte sacré dit que nous naissons tous purs.
– Les gens, pas les sorcières ! raille Flavie.
Je repense aux jeunes filles que j’ai vues, terrifiées sur la péniche et hurlant « Je ne l’ai pas fait exprès, ce n’était pas intentionnel » avant d’être précipitées dans la rivière.
– Une sorcière naît sorcière, nigaude, reprend Flavie. Elles n’ont pas d’âme !
– Elles ressemblaient à des gens, dit doucement Chloë.
– Mais c’étaient des sorcières, persiste Flavie.
Pour essayer de ne plus les entendre, je me tourne sur le côté, le lit gémissant sous moi. Je pense à Wyn, ses yeux tout proches, ses cils qui frôlent les miens quand il dit « Regarde-moi, regarde-moi ».
– Et si elles ne voulaient pas être sorcières ?
Question de Chloë, suivie d’un grognement furieux de Flavie. Je tire les couvertures sur mes oreilles.

Mes cours de lecture avec Frédéric apportent une certaine souplesse dans la journée. Il y a dorénavant un moment précis où je suis excusée et où Flavie ne compte pas sur moi. Ce moment n’est pas long, une demi-heure au maximum, mais c’est suffisant.

J'annonce à Frédéric :

– Je ne peux pas aujourd'hui. Il y a beaucoup trop à faire.

Il paraît abattu.

– Demain, je vous le promets.

– Bon, tant pis, dit-il. Si vous êtes occupée.

– En effet. Et vous aurez plus de temps pour votre propre travail.

– Oui, répond-il tristement.

C'est curieux, comme il attend nos séances. Je croyais qu'apprendre à lire à une pauvre analphabète serait terriblement ennuyeux. Il faut reconnaître que je progresse avec une rapidité surprenante. Frédéric a déclaré que j'étais extrêmement intelligente, preuve qu'il n'y a pas de corrélation entre la classe sociale et l'intelligence. Ou la beauté, a-t-il ajouté, puis il a rougi. C'est très pratique, ce penchant qu'il a pour moi. En fait, il n'y a là rien d'étonnant, vu qu'il a vingt et un ans et que les seules présences féminines autour de lui sont Mme Och, Flavie, Chloë et moi.

Je le laisse dans la bibliothèque, me volatilise et patiente dans le couloir jusqu'à ce qu'il sorte avec les livres qu'il avait préparés pour notre séance. Je me précipite ensuite sur le palier du deuxième étage afin de m'assurer que j'entends toujours les clapotis et le fredonnement de Mme Och dans son bain, qu'elle prend après le petit déjeuner. Je suis entrée dans la baignoire hier pour la nettoyer et je me suis demandé ce que je ressentirais, allongée dans l'eau chaude jusqu'au cou. Mme Och devrait en avoir encore pour un quart d'heure. La grande horloge émet un tic-tac réprobateur, mais je lui tire la langue et regagne en hâte le premier étage.

La salle de lecture de Mme Och n'est pas fermée à clé. Je me glisse à l'intérieur et tire la porte derrière moi. C'est une pièce ordinaire, assez nue comparée au bureau du professeur, avec un secrétaire près de la fenêtre, un siège confortable et un certain nombre de livres sur les étagères, rien de plus. Je commence par son secrétaire. Il est fermé à clé, mais je viens vite à bout de la serrure fragile. Ses livres de comptes ne révèlent pas grand-chose de prime abord, hormis le fait qu'elle est très riche, ce que je savais déjà. Elle a sa propre sténographie ou écriture codée, je ne peux donc pas deviner la nature des achats, uniquement leurs montants. Néanmoins, en me penchant sur les dates, je vois qu'elle effectue de grosses dépenses par à-coups, notamment qu'elle télégraphie de l'argent à l'étranger. Cette semaine, elle a déboursé une somme rondelette et transmis de l'argent à Ziline. Heureuse Joumana Sandor, je suppose. Outre le livre de comptes, Mme Och a un plein carnet d'adresses dans toute la Nouvelle Porie et au-delà, du joli papier à lettres encore entouré par un ruban et une pile de cartes géographiques. La carte de la Fraxe porte des lignes, des cercles et des astérisques dont la signification m'échappe ; il y a également d'autres cartes et plans de villes et de pays que je ne connais pas. Si tous ces documents sont liés à des sorties clandestines du pays, son activité d'aide aux sorcières est d'une envergure considérable.

Dans le livre de comptes sont rangés des articles de journaux pliés. Je les étale sur le secrétaire et les parcours. Ils décrivent des meurtres. La gouvernante sur le pont près de Cyrambèle, le chauffeur de fiacre au cimetière Limone, et un nouveau, daté d'hier : *Le tueur récidive ! L'aubergiste de* L'Ours roux *retrouvé mort à la Forestine*. Le petit coursier qui m'a donné la lettre signée de Bianka a dit qu'il travaillait pour Morris de *L'Ours roux* à la Forestine. Je replace les articles dans le livre de comptes, légèrement mal à l'aise, me rappelant que le professeur a semblé penser que l'assassin avait un rapport avec Mme Och. Elle-même a dit : « Il cherche quelqu'un. » Et voici maintenant Bianka Orbe, venue de Nicim comme le tueur. C'est peut-être une coïncidence, mais je ne crois pas.

Dans les dernières pages du livre de comptes, il y a une feuille volante : une lettre inachevée, semble-t-il. Je la sors et la lis.

Cazmir,

Qu'as-tu fait ? Que t'imagines-tu donc ? J'aimerais ne pas le croire de toi, mais je ne trouve aucune autre explication au Goulpard. Tu ne réponds plus à mes lettres, le lac vert s'est asséché, mon arbre a disparu. Si tu es derrière tout cela, je crains que tu ne sois devenu fou, voire pire.

J'entends quelqu'un à la porte et je sursaute, car je n'ai perçu aucun bruit de pas dans le couloir. Affolée, je remets tout dans le secrétaire et recule en vitesse – bien trop vite, au-delà de cette parcelle familière d'espace invisible. La pièce s'efface. Où suis-je, où suis-je ? Durant un instant terrible, vertigineux, je vois la pièce sous tous les angles à la fois, alors que Mme Och franchit le seuil. Puis je retrouve mon corps, mes deux pieds, mais je suis à présent debout vers la fenêtre. Je tremble violemment – j'ai désormais une idée de l'affreux néant qui s'étend derrière moi quand je me volatilise.

Mme Och braque son regard sur moi et mon sang se glace.

– Que faites-vous ici, Ella ?

Pour une fois, je suis incapable de répondre. Je la dévisage. Elle ne devrait pas être en mesure de me voir. Elle hausse un sourcil.

Ressaisis-toi, Julia, m'ordonné-je avec dureté.

– Flavie m'a dit que vous me demandiez, bafouillé-je, réintégrant la pièce visible, et Mme Och devient plus nette.

C'est un mauvais, très mauvais mensonge. Trop facile à réfuter.

– Ah bon ? dit Mme Och, plissant le front et levant la main vers sa tempe, comme si elle avait mal à la tête.

J'opine lamentablement du chef. Je déteste me faire prendre. Et je ne m'explique pas *comment* je me suis fait prendre, encore moins comment je me suis retrouvée à traverser la pièce sans, euh, réellement la traverser.

– Je ne lui ai jamais donné une telle consigne, affirme-t-elle, tendant le bras près de la porte vers la sonnette qui lui sert à appeler les domestiques.

Je m'empresse de dire :

– Ne sonnez pas, madame. Je crois que je me suis comportée comme une idiote. Je crois qu'elle m'a joué un tour.

– Étrange farce, observe Mme Och.

Sa voix et son visage sont indéchiffrables, ce qui me rend nerveuse. J'enchaîne :

– Elle m'a dit que je devrais aller vous attendre et refermer la porte. Elle essaie de m'attirer des ennuis, je suppose. Elle ne l'admettra pas, madame, je le sais. Elle ne m'aime pas. Je fais de mon mieux ici, mais elle ne m'aime pas.

– Et pourquoi cela ? demande Mme Och, qui paraît soudain très vieille et fatiguée.

Elle se dirige vers son secrétaire. Je mise sur le fait qu'entre le passage à l'étranger des sorcières et ses autres activités mystérieuses, elle a assez de préoccupations et qu'elle refusera de se laisser importuner par une dispute entre domestiques.

– Je ne sais pas, madame, dis-je sur un ton monotone irritant qui frôle la plainte. J'ai du mal à m'intégrer, je pense. Je sais que certaines filles de la ville méprisent celles qui viennent de la campagne. Mais ça n'a pas d'importance, je suis sûre qu'il s'agissait d'une simple petite farce. Je préférerais faire comme si rien ne s'était passé. Si vous êtes d'accord, madame.

Elle me congédie d'un geste de la main et je sors de la pièce comme une flèche, le cœur battant. Que vient-il de se produire ? Je dévale l'escalier et manque de trébucher sur M. Darius, qui se tord par terre dans des soubresauts.

– Monsieur ! crié-je.

Il roule sur le dos. Son visage est d'un gris blanc effroyable, identique au marbre d'une statue exposée à beaucoup d'intempéries. Une écume grisâtre recouvre ses lèvres. Dans une grimace, il me chuchote :

– Ils sont en train de me tuer.

Me vient aussitôt à l'esprit la rifolta que je suis allée chercher chez l'alchimiste.

– Quoi ? Qui ?

Je m'agenouille à côté de lui, touche son front. Il est froid, très froid.

– Des simulateurs et des assassins ! délire-t-il. Nous pouvons vous aider, prétendent-ils, nous pouvons y remédier, puis ils m'administrent du poison et que leur importe ? Je ne peux pas continuer ainsi !

– Je vais chercher de l'aide, dis-je, prête à me lever, mais il m'attrape le poignet, m'attire près de lui, si bien que je perçois son haleine âcre.

Ses yeux roulent, farouches, et il serre mon poignet avec une force stupéfiante pour un homme qui ne tient pas debout.

– Aidez-moi, murmure-t-il. Il faut que je rentre chez moi. Ma fille. Cet endroit est contre nature.

– Vous êtes glacé, monsieur, dis-je, effrayée. Venez dans l'arrière-cuisine, près du fourneau. Je vous réchaufferai.

Je parviens à le mettre debout, et il s'appuie lourdement sur moi, titubant sur ses jambes flageolantes. Je le fais asseoir dans l'arrière-cuisine et ajoute du charbon pour que le fourneau chauffe davantage.

– Je les entends la nuit, j'entends tout la nuit, marmonne-t-il. C'est contre nature. La détresse. Ils exploitent la détresse, mademoiselle. Vous devriez fuir. Où est votre père ?

– Mon père ?

Je le regarde, interloquée, et il s'écroule de la chaise. Ses dents claquent horriblement.

– Monsieur, je vais vous chercher de l'aide ! crié-je, et je quitte la pièce en courant malgré ses vives protestations.

Il a raison d'avoir peur, sans aucun doute, mais je suis certaine que Frédéric ne ferait jamais de mal à quelqu'un, c'est donc à lui que je m'adresse. Il est dans la bibliothèque, plongé dans l'un de ses ouvrages d'histoire.

– Frédéric, c'est M. Darius ! m'écrié-je. Il est très malade !

Frédéric bondit sur ses pieds, lâchant son stylo et éclaboussant la page sur laquelle il écrivait. Il me suit dans l'arrière-cuisine, où nous constatons que M. Darius s'est traîné par la petite porte jusque dans la neige.

– Non, finie votre sorcellerie ! hurle-t-il à Frédéric. Vous êtes en train de me tuer !

– Nous devons vous mettre au lit, dit Frédéric avec douceur. Pouvez-vous m'aider, Ella ? demande-t-il en se tournant vers moi.

– Bien sûr.

– Prenez-lui les jambes, dit Frédéric, redressant M. Darius et l'empoignant par les aisselles.

J'attrape ses jambes qui s'agitent faiblement. Durant une minute, je crois que je vais accéder à sa mystérieuse chambre dans la cave, mais Frédéric l'emmène à l'étage, dans sa propre chambre. Là, il me demande d'allumer la cheminée pendant qu'il couche M. Darius et lui donne un peu de cognac. M. Darius se convulse sous les couvertures pesantes, marmonnant : « Tous des menteurs… une contamination… Ce n'est pas possible… de la sorcellerie… C’est un cauchemar… je vous ferai tous pendre… » et ainsi de suite.

– Merci, Ella, dit Frédéric en me raccompagnant. Comme vous le voyez, M. Darius est dans un état grave, mais nous prenons soin de lui.

– Il a déclaré que le professeur essaie de l’empoisonner, révélé-je à Frédéric pour tester sa réaction.

– Le professeur veut l’aider.

À sa manière de l’affirmer, je le crois, pourtant la rifolta me tracasse, de même que le lien de Mme Och avec les meurtres dans la ville, quel que ce lien puisse être.

– De quoi souffre-t-il ?

– Oh, c’est compliqué… une maladie tropicale…

Il hésite un peu.

– Le professeur est sorti. Pouvez-vous aller me chercher Mme Och ?

Je n’ai pas très envie de retourner dans la salle de lecture, mais je n’ai pas le choix. Je frappe consciencieusement à la porte. Lorsque Mme Och ouvre, elle paraît flétrie, exténuée. Elle me dévisage comme si elle avait oublié qui j’étais.

– Frédéric vous demande, dis-je en faisant une révérence. Il est dans sa chambre. M. Darius va mal.

– Merci.

Elle tire la porte et la ferme à clé avant de filer devant moi. J’attends un instant, puis je la suis. Je n’ai pas atteint la chambre de Frédéric que je les entends se disputer.

– Le temps est compté pour lui, dit Frédéric. Nous n’avons rien fait pour l’aider et ce que nous essayons est de plus en plus dangereux.

– Plus dangereux que ce qui l’attend ? rétorque Mme Och.

– Nous augmentons ses souffrances, rien de plus, et nous mettons peut-être en danger toutes les personnes de cette maison.

– Le professeur m'assure que vous avez un esprit singulier, dit Mme Och. Imaginez une solution singulière. Nous avons besoin de lui.

– Madame Och, je vous supplie d'envisager d'autres possibilités.

– Il n'y a pas d'autres possibilités.

– Et si nous échouons ?

Elle répond en ouvrant brusquement la porte, et je recule d'un bond.

– Comment va-t-il ? murmuré-je, feignant l'inquiétude.

– Venez avec moi, Ella, dit-elle.

Je retourne avec elle dans la salle de lecture. Elle s'assoit à son secrétaire et se met à écrire.

– Madame ? demandé-je d'une voix timide au bout d'un moment, mais elle m'ordonne de me taire.

Ayant fini d'écrire, elle glisse la feuille dans une enveloppe, sur laquelle elle inscrit quelques mots. Puis elle me la tend. L'adresse est simple : *Mlle Bianka Orbe, chez Mme Lorette, Spira est.*

– J'ai besoin que vous me portiez ce pli. Trouvez un fiacre pour vous emmener. Ce n'est pas un quartier sûr. Vous pouvez demander à Mme Francis l'argent pour le conducteur.

– Oui, madame.

– Ella ! me lance-t-elle alors que je franchis la porte. Annoncez aux filles qu'elles doivent transformer le petit salon en chambre d'amis.

– Oui, madame, dis-je à nouveau.

Puis, parce que je ne peux pas m'en empêcher :

– Pour qui ?

– Une femme et un enfant, répond-elle.

7

Dek et Grégoire sont seuls au salon lorsque j'arrive. Grâce à l'argent du fiacre, j'ai payé un coursier pour qu'il porte la lettre à Bianka Orbe ; ainsi je suis libre de régler d'autres choses entre-temps, avant que quelqu'un s'attende à ce que je rentre. Wyn est sorti mais il m'a laissé un message : *Clarisse Desmarest au Café royal des hauteurs sur le mont Hériot*, et au-dessous un croquis d'une serveuse au visage pointu m'offrant un verre. Je souris et glisse le papier dans ma poche.

Dek et Grégoire sont assis à la table, une grande bouteille de mauvais whisky posée entre eux, des listes et des tableaux étalés partout.

– J'espérais que tu viendrais vite, dit Grégoire. La cliente attend un compte-rendu, ma fille.

Je lui donne la copie de la lettre de Bianka, accompagnée d'une note rapide sur les objets que je suis allée chercher dans le Pourtour pour le professeur et sur la maladie soudaine de M. Darius. J'ai passé sous silence l'aide clandestine aux sorcières et ce que j'ai vu par ailleurs dans le secrétaire de Mme Och. J'en sais encore trop peu. Je ne sais encore rien. Du moins, c'est ce que je me dis. Je n'arrête pas de penser à cette sorcière qu'ils ont envoyée en Suège. Elle a peut-être des enfants, qui n'ont pas été obligés de la regarder se noyer.

– Midi n'a même pas sonné, dis-je en montrant le whisky.

– D'autant plus d'heures à tuer, répond Dek, tapotant la bouteille avec affection.

Je n'aime pas qu'il boive avec Grégoire, mais je peux difficilement le lui interdire. Il est adulte. Je sais qu'il se tait quand il n'approuve pas non plus certaines de mes actions. Ma relation avec Wyn, par exemple. Tous deux s'entendaient très bien avant que je me lie avec lui. Wyn essaie courageusement de maintenir la camaraderie, mais Dek est devenu distant. Nous n'en avons jamais parlé.

– Comment avance ce crochet magnétique censé tout ouvrir ? demandé-je. Est-ce que je pourrai bientôt l'essayer ? Il y a une pièce dans laquelle je ne peux pas entrer.

– Le mystérieux M. Darius, dit Grégoire, et il avale une longue gorgée au goulot. Tu prends ton temps avec ça, hein ?

– Parce que je ne peux pas accéder à sa chambre, répliqué-je froidement.

– Oh, ce truc ? dit Dek, s'égayant. Je me suis laissé distraire, mais je vais le finir si tu en as besoin.

– Alors c'est quoi, tous ces schémas ? demandé-je, saisissant le dessin de ce qui ressemble à un canon.

Dek m'arrache le papier.

– Tu ne croirais pas combien deux gangsters loriens ont proposé de payer pour ça. Enfin, si je réussis à le fabriquer et qu'il fonctionne.

– Je conseille à ton frère, s'il a l'intention de concevoir des armes, de faire attention à qui il les vend, dit Grégoire.

Il articule assez mal. Il est plus ivre que je ne le pensais.

– Mais dix pièces d'argent ! s'écrie Dek. Seule Julia est susceptible de gagner une somme pareille en ce moment.

– Deux fois plus, dis-je aussitôt.

– Ouais.

Dek me jette un coup d'œil.

– Ces types ne me disaient rien qui vaille, reprend Grégoire. Si nous vendions à des révolutionnaires droits et respectables, ce serait différent, mais la puanteur du trafic d'opium flottait autour d'eux.

– Dix pièces d'argent, répète Dek avec tristesse.

– Les révolutionnaires, ou ceux qui ont survécu, sont sans le sou, fais-je remarquer.

Grégoire me décoche un regard dur, sobre, et dit :

– Tu serais étonnée, ma fille.

– Ah oui ?

Je sais que la période révolutionnaire de Grégoire est loin derrière lui, mais je ne l'ai jamais entendu en parler et je me sens soudain curieuse. Grégoire, Esmée et son mari rêvaient tous d'une autre Fraxe dans leur jeunesse. Ils en rêvaient assez fort pour risquer leur vie. Aujourd'hui, ce n'est plus le cas. Personne ne rêve plus de grand-chose en Fraxe.

Durant un instant, il semble que Grégoire va en dire plus, mais finalement son visage redevient jovial et insouciant. Il pousse la bouteille de whisky dans ma direction.

– Allez, Julia, assieds-toi et bois avec nous. On ne te voit plus !

– Je refuse d'avaler ce tord-boyaux, dis-je. Si vous voulez boire au milieu de la journée, vous pourriez au moins choisir une liqueur convenable.

– La bonne eau-de-vie, c'est du gaspillage, affirme Dek. Au bout de quelques verres, on ne fait plus la différence, de toute façon.

Même ivre, il ne mange pas ses mots et continue à s'activer ; difficile, donc, de savoir quelle quantité il a absorbée. Triste constat, le véritable changement, c'est qu'il semble être davantage lui-même. Quand il ne boit pas, il y a trop souvent une dureté chez lui, comme s'il était tellement fermé sur sa douleur secrète qu'une barrière se dressait entre lui et le monde. Heureusement, il n'est pas en permanence aussi inaccessible.

– Eh, qu'est-ce qui te chiffonne, ma fille ? demande Grégoire. Ça ne peut pas être la qualité médiocre de l'alcool qui t'offusque. Dis-moi pourquoi tu m'es hostile à ce point aujourd'hui.

– Tu es soûl, dis-je. Comme d'habitude.

– Pas tant que ça, bredouille-t-il.

Je pense qu'il articule mal exprès, juste pour m'agacer.

– Arrête, Julia, dit Dek d'un ton las, rassemblant ses papiers. Un homme peut boire du whisky s'il en a envie.

– Je ne lui donne pas d'ordres, rétorqué-je, blessée que Dek se range du côté de Grégoire pour la simple raison qu'il partage sa mauvaise eau-de-vie.

– C'est à cause de ton père, hein ? avance Grégoire. Mais je ne suis pas comme lui, tu sais.

La colère survient si vite qu'elle me coupe le souffle. Je voudrais le frapper. Durant une seconde, je crois que je vais lui asséner un coup, mais je me ressaisis. Dek s'est figé.

– Ça n'a aucun rapport avec mon père, dis-je.

– Il a préféré la drogue à toi et à ta mère, continue Grégoire.

– Ferme-la, Grégoire, l'avertit Dek.

– Jamais je ne ferais ça. Je ne préférerais jamais la boisson à Priscilla ou à n'importe quel ami. Jamais.

– Tu préfères la boisson à Priscilla tous les jours de ta fichue existence ! m'exclamé-je.

Il m'adresse un regard de biais, sans comprendre, et je vide les lieux en claquant la porte. Il ferait bien de renoncer à ce discours, sinon c'est Dek qui va le frapper.

Je prends un fiacre pour le mont Hériot, couronné par le temple de Coprane, le grand édifice lorien blanc qui domine Spira tout entière. C'est la plus belle partie de la capitale, les avenues bordées d'arbres et les escaliers de pierre très pentus s'élevant à flanc de colline vers le dôme brillant du temple. D'ici, je vois la rivière qui coupe la ville en deux, la Scola et la Forestine au sud, le Méandre et le Pourtour à l'est, et, en plein centre, la masse sinistre d'Hostorak derrière le parlement. Le domaine boisé autour du palais royal est dans l'ouest de Spira, où se trouvent les magasins, les maisons et les hôtels les plus élégants.

Il y a ici un manque d'hommes d'un certain âge – de l'âge de Grégoire ou de mon père – car beaucoup d'entre eux ont été tués dans l'insurrection. Je ne peux pas croire que Grégoire ait raison quand il affirme que des restes de cette vieille garde subsistent, sur le mont Hériot ou ailleurs. Assurément, dans certains bars on rencontre de vieux dissidents misérables qui répètent les éternelles rumeurs farfelues sur le bébé nouveau-né du frère du roi, emmené clandestinement hors du pays, qui reviendra un jour et revendiquera le trône. Mais la plupart des habitants du mont Hériot ne comptent pas sur le retour en Fraxe d'un prince lorien combatif et vengeur. Ils tâchent de se débrouiller, comme nous tous. Sans même espérer une amélioration, ils prient pour que la situation n'empire pas.

Le *Café royal des hauteurs* est assez facile à trouver. Contre le mur extérieur figure une grande affiche de Marianne Novak, désormais tristement célèbre, offrant une récompense considérable pour sa capture. Je m'arrête et l'examine un instant – cette beauté impérieuse à la chevelure blonde. Je me demande si cette histoire de queues de singe est vraie, et quel genre de créature imaginerait une chose pareille. Puis je chasse ces pensées de ma tête et j'entre. Une fille maigre aux cheveux couleur paille et au menton pointu s'affaire derrière le comptoir. Je la reconnais grâce au croquis de Wyn. Je vais commander un café et une pâtisserie, en attendant que l'activité se calme un peu.

À cette heure-ci, les clients sont surtout de jeunes hommes qui déjeunent ; j'attire de nombreux regards, mais je les ignore et personne ne m'importune, ce qui en dit long sur les manières loriennes.

Lorsque le moment de presse est passé, je demande à la fille qui essuie le comptoir :

– Journée chargée ?

– Oh, comme d'habitude, me répond-elle.

D'aspect misérable, elle a les joues creuses et les yeux vagues que prennent les gens quand ils s'ennuient trop souvent. Le genre de fille qui me rappelle pourquoi je fais ce que je fais pour gagner ma vie et pourquoi je n'accepterai jamais un emploi honnête.

– Depuis combien de temps travailles-tu ici ?

– Environ un mois.

– Tu es Clarisse, hein ? dis-je. Tu as travaillé chez Mme Och à la Scola ?

Elle a l'air simplement étonnée quand je prononce son prénom, mais elle se montre plus distante dès que je mentionne Mme Och.

– Oui, dit-elle.

– Je suis Ella. Je travaille là-bas maintenant.

– Ah.

Elle continue à frotter méthodiquement le même coin du comptoir.

– Et ça va ?

– Il me semble. Je suis venue te parler. Tu devines peut-être à quel sujet.

Elle paraît déconcertée. Ma tentative est un peu risquée, néanmoins je ne crois pas qu'elle ait gardé des contacts dans la maison et je doute que le sens de la loyauté la retienne – du moins j'espère que non. Je déclare donc :

– C'est un secret, mais mon frère est policier. Il m'a obtenu cette place. Il m'a expliqué que je devais travailler là-bas quelques mois, observer les lieux. Il se trame quelque chose, à son avis, avec le pensionnaire.

Clarisse pâlit. Elle baisse les yeux vers le comptoir et frotte, frotte, frotte.

– M. Darius, continué-je. Il y a un gros problème chez lui. Et j'ai appris que tu avais des informations.

– Dans ce cas, pourquoi les policiers ne viennent pas me voir ? demande-t-elle.

Bien répliqué.

– Je ne leur ai pas parlé de toi, dis-je. Inutile de t'entraîner là-dedans. Je voudrais juste savoir si mon intuition sur lui est bonne. Est-ce que tu pourrais me décrire ce que tu as vu la nuit avant ton départ ?

Elle fronce terriblement les sourcils, les doigts crispés sur le chiffon.

– Une chose horrible, répond-elle. Je déteste y penser. J'en fais encore des cauchemars.

– Ma pauvre, dis-je.

Innommé, donnez-moi de la patience !

– Si tu pouvais me raconter, ça m'aiderait beaucoup, et ensuite ce serait terminé.

– J'ai entendu un bruit, chuchote-t-elle à mon intention par-dessus le comptoir, même si le café est presque vide désormais et que personne n'est assez près pour entendre. Flavie et Chloë avaient peur. J'ai pensé à un animal, un carnivore ou un autre, et je sais m'y prendre avec les animaux, donc j'ai dit aux filles que j'allais voir. J'ai imaginé qu'un renard avait pu entrer dans la maison. Je ne sais pas pourquoi j'ai eu cette idée. Ce n'était pas un bruit de renard. Je n'avais jamais entendu un bruit pareil, mais bon, pour moi, c'était un renard.

– Il n'y avait pas déjà eu des sons étranges la nuit ? demandé-je.

– M. Darius n'était pas là depuis longtemps. Une semaine à peine. J'avais remarqué des bruits bizarres et j'en avais parlé à Mme Och. Elle m'avait répondu que c'était le vent et une porte abîmée à la cave. Mais je sais qu'elle ne me disait pas la vérité.

Ils ont donc invoqué cette histoire de porte endommagée à plusieurs reprises. Mauvais prétexte.

– Alors tu es descendue, t'attendant à voir un renard, dis-je pour l'inciter à poursuivre.

– Oui. Mais j'ai vu un homme, du moins il m'a semblé. J'avais pris ma bougie, et j'ai vu un homme de grande taille, aux cheveux bruns, recroquevillé sur les marches, qui poussait ce curieux gémissement. J'avais croisé M. Darius deux ou trois fois et j'ai pensé que ça devait être lui. J'ai cru qu'il était ivre ou malade. Je me suis approchée, j'ai demandé : « Monsieur Darius, ça ne va pas ? » Alors il a levé la tête vers moi.

Elle se met à pleurer. Je lui tapote la main, sans effet.

– Allons, allons, Clarisse. Raconte-moi ce que tu as vu.

Brave fille, elle continue à parler malgré ses sanglots et ses reniflements.

– Ce visage… ce n'était pas M. Darius, même s'il portait son pyjama. Il avait des poils partout, sur le visage, même sur les mains et les pieds. Ses yeux, c'étaient ceux d'une bête, jaunes, énormes, et ses dents… ce n'était pas un visage humain. Ce n'était pas humain.

– Quel genre de dents ?

– D'animal ! s'écrie-t-elle sans me renseigner davantage. Terribles ! Une gueule d'animal !

– Qu'est-ce qu'il a fait ?

– Il m'a regardée, et il a grondé. Mais pas à la manière d'un chien. C'était différent. Je ne l'ai pas seulement entendu, je l'ai ressenti jusque dans mes entrailles ! J'ai hurlé. Je ne pouvais plus m'arrêter de hurler. Après… je ne me souviens plus, je crois que je me suis évanouie, ensuite Frédéric et le professeur étaient là, et la bête avait disparu. Le professeur m'a dit que j'avais fait un cauchemar, mais je n'ai pas rêvé. Non, je n'ai pas rêvé.

– Tu peux me donner plus de détails sur l'apparence de la bête ? Est-ce qu'elle avait une silhouette d'homme ? Il n'y avait que le visage qui était monstrueux ?

– Vu qu'elle était recroquevillée sur les marches, je ne sais pas trop, répond-elle vaguement. Le visage, c'est ça dont je me souviens. Ce visage effroyable aux yeux jaunes, couvert de poils, avec ces grandes dents.

– Le nez ? Un nez humain ordinaire ?

– Non, dit-elle. Je ne me rappelle pas. Son visage était une tête d'animal. Une tête de monstre.

Cette description laisse beaucoup à désirer, mais je commence à comprendre de quoi il retourne. Soit il y a une bête dans la chambre de M. Darius, quelque chose qu'il a amené (qui porte son pyjama, si on peut se fier à Clarisse sur ce point), soit – hypothèse plus probable, étant donné ce que j'ai vu – M. Darius lui-même subit une transformation nocturne et devient une espèce de bête. J'ai entendu parler de tels phénomènes dans de vieux récits défendus, relatifs aux terribles créatures qui peuplaient la Terre à une lointaine époque. De telles choses peuvent-elles vraiment exister dans la Fraxe d'aujourd'hui ? Dans la demeure distinguée de Mme Och ? Après tout, pourquoi pas, dans une maison où des arbres géants disparaissent et où des sorcières condamnées à la noyade sont envoyées vers un refuge inespéré ?

Je devrais m'alarmer. Une réaction naturelle serait certainement de dire à Grégoire et Esmée que cette maison est trop dangereuse, que la situation dépasse ce que nous avions imaginé, puis de ne jamais y remettre les pieds malgré la somme d'argent promise. En réalité, j'éprouve une singulière euphorie. Les liens entre tous ces éléments restent mystérieux, mais dévoiler les secrets de l'étrange maison de Mme Och est bien plus captivant que dénicher des lettres d'amour illicites ou piquer les bijoux de quelqu'un. Je remercie Clarisse et lui souhaite bonne chance, puis je descends la colline en direction de la rivière. Pendant tout le trajet, je pense à M. Darius sur le sol, les lèvres couvertes d'écume, et à la voix glaciale de Mme Och disant à Frédéric : « Nous avons besoin de lui. »

Lorsque je rentre, une effervescence règne dans la maison, en prévision de l'arrivée de nos hôtes. Mme Francis est très contrariée de devoir accueillir une personne supplémentaire à dîner.

– Pour qui me prennent-ils ? J'ai quatre côtelettes de porc ! Comment est-ce que je vais pouvoir préparer cinq assiettes avec quatre côtelettes de porc ? se plaint-elle.

Question justifiée, mais je lui assure ne pas douter un instant qu'elle fera merveille.

Flavie glisse une remarque narquoise sur le temps que m'a pris ma course, mais elle est trop fébrile pour dépenser beaucoup d'énergie à s'énerver contre moi, et quand elle me lance des ordres agressifs, je joue à la subalterne respectueuse, pour l'adoucir. Nous balayons et époussetons le petit salon, préparons un lit confortable avec un petit nid d'oreillers et de couvertures pour l'enfant à côté, puis nous entreprenons de mettre de l'ordre dans le salon principal, même si en réalité nous ne faisons que guetter le fiacre. Lorsque celui-ci s'arrête devant la grille, Chloë pousse un petit cri d'excitation, et nous cessons toutes les trois notre comédie de rangement pour courir à la fenêtre. Les vitres étant couvertes de givre, j'ouvre le battant. Un chauffeur au visage allongé et aux dents de cheval aide la passagère à descendre : une femme à la peau sombre, en manteau de fourrure, tenant un bébé. Je ne lui donne guère plus de vingt ans. Enveloppé dans une couverture colorée, l'enfant observe autour de lui avec de grands yeux. J'entends la voix claire, agréable, de la femme dire au chauffeur « Merci, Jansen », près de la grille.

– Quel bébé adorable ! s'exclame Chloë.

– Chuuut ! dit Flavie.

Je ne fais pas le service dans la salle à manger et n'aperçois pas nos invités du reste de la journée, quoique j'entende la voix de la femme depuis le salon, et le babil aigu de l'enfant. Chloë et moi n'avons pas terminé la vaisselle du soir lorsque Flavie entre.

– Ils sont allés se coucher tôt, annonce-t-elle d'un ton supérieur. Exténués, j'imagine.

– Comment sont-ils ? l'interroge Chloë, me dispensant de le faire.

– Elle est du Sud, peut-être avec du sang eshrik, répond Flavie. Très brune, et trop jolie pour son bien, à mon avis.

– Qu'est-ce que tu veux dire ? demande Chloë.

– Je veux dire qu'elle n'a pas d'alliance, réplique Flavie, tranchante.

Chloë étouffe une exclamation de stupeur.

– Elle n'est pas non plus de bonne famille, malgré ses beaux vêtements, continue Flavie. Elle a essayé de bavarder avec moi. Elle n'est pas habituée aux domestiques.

Je me demande si Bianka Orbe trouvera dans la maison de Mme Och l'abri sûr qu'elle espérait. Dans le petit salon, elle ne manquera pas de distinguer les hurlements nocturnes qui montent de la cave.

Le lendemain matin, je tire de l'eau à la pompe extérieure près de l'arrière-cuisine, frissonnante, de la neige presque jusqu'aux genoux, lorsque j'entends un sifflement aigu à la grille. Je lève les yeux et vois un garçon me faire signe depuis la rue. Je le connais : tout le monde l'appelle Balèze, et il porte des messages pour Grégoire. Je laisse la grande bassine en cuivre dans la neige et m'approche péniblement de lui.

– Ils peuvent te voir par les fenêtres, idiot, lui reproché-je.

Il me lance un petit sourire insolent et me tend une feuille pliée à travers la grille.

– Tu me prends au dépourvu, je n'ai rien pour toi, dis-je, saisissant la feuille.

– Il m'a déjà payé, répond Balèze en s'éloignant.

Il est bien trop légèrement vêtu pour la neige mais paraît s'en moquer.

Je déplie la feuille sur-le-champ, pas très prudent étant donné mon analphabétisme supposé, mais je suis trop impatiente pour attendre même une minute.

La cliente veut te rencontrer le prochain jour du temple, dit le mot.

8

De retour à l'intérieur avec la bassine en cuivre pleine d'eau et de neige, je trouve Bianka Orbe dans l'arrière-cuisine, vêtue d'une luxueuse chemise de nuit blanche et, par-dessus, d'un peignoir épais en soie bleue, ouvert. Elle est chaussée de belles pantoufles garnies de fourrure. Ses cheveux forment une cascade de boucles sombres et serrées.

Elle est très jolie en effet, comme l'a dit Flavie, avec un visage assez espiègle et une silhouette gracieuse. Elle n'a néanmoins ni la beauté de poupée de Priscilla ni la beauté de nu artistique d'Armelle Hyver. Il est aussi facile de l'imaginer parée comme une reine que de se la représenter pieds nus dans un village, les cheveux noués par un foulard. Il y a en outre quelque chose de narquois et de rusé sur son visage, comme si elle avait en réserve une plaisanterie secrète qui pourrait être à vos dépens. Avec un grognement d'effort, je hisse la bassine sur le fourneau et lui fais une révérence.

– Bonjour, dit-elle.

Elle a un regard très direct, qui paraît trop appuyé, mais c'est peut-être parce qu'elle vient du Sud. Son accent est doux et agréable à l'oreille, plus lent que l'accent de Spira. Comme si elle avait tout son temps.

– J'ai perdu le bébé.

– Quoi ? dis-je stupidement.

– Baaa !

Je saute presque au plafond. Un bambin à tête bouclée surgit du panier de linge sale, éparpillant des torchons et des sous-vêtements. Je n'aime pas particulièrement les tout-petits, mais je vois bien que c'est un bel enfant. Il a le teint moins sombre que sa mère, des joues dorées, une pointe de roux dans ses cheveux bruns. Deux dents en haut, quatre en bas, et un sourire irrésistible.

– Comment es-tu entré là-dedans ? lui demande Bianka, comme s'il était absolument normal de laisser son mioche ramper dans le panier à linge d'une maison inconnue.

– Ce n'est pas propre, dis-je.

– Il n'en mourra pas, réplique-t-elle alors qu'il bascule sur le sol puis se met à hurler.

Elle sort de sa pantoufle un pied brun délicat et remue ses orteils vers lui, ce qui le distrait de sa chute. Il tend le bras en direction de son pied, qu'elle remet dans sa pantoufle.

– Il adore jouer à cache-cache, dit-elle. Moi, je trouve que c'est un jeu assez pénible. Travailles-tu ici aussi ?

– Oui, madame.

Elle me considère avec curiosité.

– Les domestiques sont très nombreux dans cette maison.

Je ne sais pas quoi répondre. Trois bonnes, une cuisinière et un gardien ne représentent pas beaucoup de domestiques pour une dame riche dans une maison distinguée.

– Théo et moi explorions les lieux et nous nous sommes perdus, continue-t-elle. Je m'appelle Bianka. Ce petit poussin est Théo.

– Enchantée, madame, dis-je en faisant une nouvelle révérence ridicule.

Elle hausse un sourcil, vaguement étonnée.

– Je m'appelle Ella, ajouté-je.

– Eh bien, enchantée moi aussi, Ella.

Le petit garçon se met debout en s'accrochant au bord du panier à linge puis avance jusqu'à sa mère, titubant, les bras écartés pour garder l'équilibre. Il marche comme un minuscule ivrogne. Il s'écroule contre la jambe de Bianka, très content de lui.

– C'est donc ici que vous faites le nettoyage et le reste, poursuit-elle sur le ton de la conversation, embrassant la pièce des yeux.

– C'est l'arrière-cuisine, madame, dis-je, embarrassée.

N'a-t-elle jamais pénétré dans une maison chic telle que celle-ci ? Ou n'y a-t-il pas d'arrière-cuisine à Nicim ? J'ajoute :

– Vous n'êtes sans doute pas de Spira ? Votre accent est différent.

– Je viens de Nicim, répond-elle, distraite, comme si son intérêt pour moi avait soudain disparu.

Elle détache le bébé de sa jambe et s'en va. Il se cramponne au bas de son peignoir et la suit cahin-caha tout en articulant « ma, ba, ma, ba, ma, ba » avec une grande concentration.

Le reste de la journée est chargé, de plus il semble que je ne puisse pas échapper à l'œil vigilant de Flavie. Alors que nous débarrassons la table du dîner, M. Darius m'arrête et m'attire à l'écart. Sa main pèse sur mon bras et mon cœur bat un peu plus vite, même si je suis persuadée qu'il n'y a pas de danger, ici dans la salle à manger, au vu de tous.

– Je voudrais vous remercier de m'avoir aidé hier, dit-il. Vous avez été très gentille.

– C'est tout naturel, monsieur.

Il continue à me tenir le bras. Je regarde ostensiblement sa grosse main hérissée de poils et il me lâche.

– Frédéric m'a expliqué que je racontais n'importe quoi, continue-t-il avec un rire forcé.

Je me demande s'il se souvient de ce qu'il m'a dit.

– J'espère que je ne vous ai pas affolée.

– Non, monsieur. Je suis simplement heureuse de vous voir rétabli. Vous vous sentez bien maintenant, monsieur ?

– Très bien, affirme-t-il, malgré son visage émacié et ses yeux égarés. Merci.

– Je vous en prie, monsieur.

Il paraît peu disposé à me laisser, je lui fais donc une révérence, l'esquive et file dans l'arrière-cuisine. Une fois que la table est desservie et que chacun s'est retiré dans le salon principal, je trouve Chloë qui surveille le bébé dans la salle de musique. Il mâchonne le pied du piano et le sol est jonché de papiers.

– Il mâchouille tout, dit Chloë d'un ton désespéré. Je ne sais pas comment l'en empêcher !

– Tu es plus grande que lui, fais-je remarquer. En outre, ne devrait-il pas être au lit ?

– J'ai essayé. Je l'ai bercé et je lui ai chanté des chansons. Ella, il m'a mordu le nez !

Il y a en effet deux marques rouges de part et d'autre de son nez. Le bébé saisit une feuille de papier dans son poing grassouillet – une partition, dont je n'ai aucune idée de la provenance – et la déchire soigneusement.

– Arrête, bébé ! s'écrie Chloë, au bord des larmes.

– Ne sois pas pitoyable, dis-je. Il a juste besoin d'une claque.

Je lui arrache la feuille et m'apprête à le gifler. Je n'ai pas l'intention de le frapper fort, mais si j'ai appris quelque chose des mères et des grands-mères surmenées du Méandre, c'est que les bébés sont trop idiots pour apprendre quoi que ce soit sans une bonne claque de temps en temps. Avant que je puisse le corriger, une main d'acier m'enserre le poignet et le retourne, puis une impulsion m'envoie valser à l'autre bout de la pièce contre la bibliothèque. J'étouffe un cri de stupeur et de douleur tout en glissant sur le sol.

– Théo ne recevra pas de gifle de toi, dit Bianka d'une voix acerbe.

Elle est entrée si discrètement que je n'ai pas soupçonné un instant sa présence. Chloë semble pétrifiée.

– Je n'allais pas lui faire mal, dis-je, toujours sous le choc.

Elle n'est ni plus grande ni plus large que moi. Mais elle est forte. D'une force excessive.

Elle soulève le bébé et sort dans un froufrou, sans me laisser une seconde pour m'indigner de la manière dont elle m'a projetée à travers la pièce. Je me hisse sur mes pieds et regarde Chloë, qui a conservé sa mine ahurie.

– Tu vas avaler une mouche si tu ne fermes pas la bouche, lui dis-je méchamment, et je me traîne hors de la pièce, tenant mon poignet traversé de douleurs fulgurantes.

– Mlle Orbe va bien ? demandé-je à Frédéric lors de notre séance de lecture suivante. Elle n'était pas au petit déjeuner ce matin.

– Je crois qu'elle a dormi tard, répond Frédéric.

– Elle est très belle, dis-je. Et le bébé ! Quel délicieux bambin !

– Oui, en effet.

Il m'adresse ce sourire tendre que les gens font aux jeunes femmes quand ils parlent des bébés ; c'est grâce à mon talent de comédienne que je ne lui ris pas au nez. Je poursuis :

– Quel lien a-t-elle avec Mme Och ? Elle a dit quelque chose au sujet de son frère.

Frédéric semble pris au dépourvu et se met à bredouiller.

– Oh… oui, je crois… une cousine éloignée.

Il ment effroyablement mal. Quand il est forcé de dire un mensonge, il transpire et se tortille, à peine capable de prononcer une phrase. Ça doit être un handicap terrible. Qui engage à la sincérité, j'imagine.

– Est-ce que son mari va la rejoindre ? demandé-je, toute innocence.

– Ah ! Non… non, je ne crois pas.

– Sa visite paraît très soudaine. Mme Och n'en avait pas été avertie ?

– Je… ne pense pas.

– Et M. Darius ? J'étais contente de le voir à dîner hier au soir ; il va mieux, on dirait.

– Nettement, assure Frédéric, dont l'exaspération commence à être perceptible. N'avez-vous pas envie de lire aujourd'hui ?

J'abandonne.

– Bien sûr que si. Je m'interrogeais seulement sur notre invitée. Elle est plutôt mystérieuse, subitement arrivée de nulle part !

– Oui, sans doute, convient Frédéric.

Je prends l'un des livres de sa pile et me redresse aussitôt sur mon siège. En couverture, un cerf blanc me regarde depuis un bosquet d'arbres argentés. J'ouvre le livre et constate que c'est un recueil de poèmes loriens sur la nature.

– De quoi s'agit-il ? m'étonné-je, parcourant quelques pages.

– Mme Och l'a recommandé pour vous, dit-il.

Je sursaute à nouveau.

– Mme Och ? Elle est au courant… de nos séances ?

J'ai failli dire « pour nous », mais je ne voudrais pas induire Frédéric en erreur.

– Oui, oui, je lui en ai parlé, s'enthousiasme-t-il, soulagé d'en avoir fini avec le sujet de Bianka, j'imagine. Elle est entièrement d'accord. Elle défend beaucoup l'éducation des classes populaires. C'est l'une de ses causes, pourrait-on dire. Elle m'a suggéré de la poésie, affirmant que le rythme faciliterait l'apprentissage, et je crois qu'elle a raison. Ce genre de poésie n'est plus tellement lu ; selon toute vraisemblance, certains estiment qu'il contient des éléments folkloriques.

– Euh, c'est illégal, dis-je.

– Vénérer les dieux des éléments est illégal, affirme-t-il. Ce n'est pas illégal d'écrire de la poésie sur la nature, et il est triste qu'une simple célébration de la beauté soit confondue avec des croyances archaïques. En outre… étant scientifique, je soutiens le combat contre l'ignorance, bien sûr, et il est incontestable que les vieilles croyances folkloriques en étaient souvent imprégnées, mais je ne vois pas l'intérêt de prohiber des pratiques inoffensives. Je pense que l'éducation est un meilleur moyen de toucher les gens. Dès qu'ils possèdent davantage de connaissances sur le monde, ils abandonnent d'eux-mêmes leurs vieilles coutumes ridicules.

Je suis à la fois médusée et intriguée qu'il critique aussi ouvertement la Couronne. Frédéric ne m'a jamais semblé très rebelle ; il a néanmoins renoncé à une carrière prometteuse pour venir travailler dans l'isolement au service d'un homme dont la propre carrière est condamnée. Il y a là, en quelque sorte, une position de principe obstinée.

– Comment éduquer les gens changerait-il quelque chose ? dis-je.

– C'est le télescope de Girando qui a porté le premier coup aux vieilles croyances, il y a trois siècles, dit Frédéric en me souriant. Auparavant, même les gens instruits estimaient que toute la puissance présente dans le monde provenait du monde lui-même. La terre, le feu, l'air, l'eau : les esprits ou dieux nommés Erde, Ignis, Aether et Shui.

J'éprouve un petit frisson étrange à l'entendre prononcer de tels mots d'une façon ordinaire, comme si nous parlions de la pluie et du beau temps. Invoquer ces divinités peut conduire en prison.

– Mais lorsque des scientifiques tels que Girando ont réussi à voir le cosmos, ils ont compris à quel point nous sommes petits, fractions de quelque chose de beaucoup plus grand, quelque chose que nous ne pouvons ni distinguer, ni embrasser, ni nommer. Vénérer les éléments du monde s'est révélé terriblement naïf.

Je secoue la tête ; je ne comprends pas, mais je ne sais quelle question poser pour que son explication s'éclaircisse.

– Regardez, je vais vous montrer.

Il se lève d'un bond et retire plusieurs gros ouvrages de la bibliothèque. Lorsqu'il les ouvre, j'aperçois des images de sphères de différentes tailles qui entourent une gigantesque sphère aux bords lumineux. Des lignes courbes partent des petites sphères, encerclant la plus grande.

– Qu'est-ce que c'est ? m'étonné-je.

– Le Soleil, dit Frédéric, désignant la grande sphère lumineuse au centre du dessin. Ici, continue-t-il en pointant le doigt vers l'une des petites sphères, c'est notre planète, la Terre. Voyez-vous ? Nous ne sommes même pas la plus grosse des planètes qui gravitent autour du Soleil. Voici la Lune, qui tourne autour de nous. Notre plus proche voisine est Mérus, le Soldat rouge. Et ici, c'est Valia, la Princesse d'argent, la jumelle de la Terre.

Bien sûr, je sais que la Terre tourne autour du Soleil, avec un certain nombre d'autres planètes. Même si nous n'avons pas fréquenté l'école, Esmée a veillé à ce que nous ne soyons pas ignares. Mais je n'ai jamais vu ce type de représentation.

– Où est la ville de Spira ? demandé-je, examinant la petite boule qui est censée constituer notre monde.

– Il faudrait une carte plus grande, dit Frédéric. À cette échelle, Spira est tellement petite qu'elle existe à peine. Regardez ceci.

Il sort un autre livre et l'ouvre devant moi. Les illustrations que je regarde sont incompréhensibles. De grandes spirales de… quoi ? Quelque chose qui ressemble à un œil gigantesque, autour duquel tourbillonne de la poussière. Des vrilles de lumière.

– Le cosmos, chuchote-t-il. Dans cette immensité, nous ne trouvons même pas notre soleil.

Je montre la forme qui ressemble à un œil.

– C'est quoi ?

– Des millions d'étoiles, dit-il. Des planètes aussi, probablement. Toutes extrêmement loin d'ici. C'est inimaginable, Ella, insondable. Le grand mystère de cela. L'infinitude de cela. Une fois qu'on l'a vu, l'idée même que l'eau ici, ou l'air ici, puisse avoir la moindre signification dans ce royaume infini est tout bonnement absurde. On se sent minuscule. On a l'impression de regarder le visage de l'Innommé.

Frédéric se révèle très étonnant aujourd'hui. Je lui demande :

– Quelle est votre religion ?

Il a un sourire détendu.

– Je suis pluviste, comme vous. Sur le plan artistique, j'apprécie la calligraphie des simathistes, la musique des baltistes, la poésie des loriens. Mais sur le plan spirituel, seuls les pluvistes comprennent que l'agitation et le décor nous détournent de la contemplation du vaste mystère de l'Innommé. C'est seulement par une méditation profonde, concentrée, que nous pouvons espérer arriver à Lui. Je considère mes études comme une forme de culte également, mes études dans le domaine des sciences en tout cas. En cherchant à connaître l'univers, je cherche à connaître son créateur et à être plus proche de Lui.

– Donc vous êtes d'accord avec le roi, dis-je lentement. Mais vous pensez qu'il n'aurait pas dû interdire les religions folkloriques ?

– Je n'ai jamais rencontré le roi, dit Frédéric. Les pluvistes ne sont pas tous pluvistes pour les mêmes raisons. Mais il y a dans les coutumes folkloriques une grande beauté qui est perdue pour nous si nous la piétinons. C'est l'ignorance qu'il faut éliminer. Pas la beauté.

Je réfléchis.

– Mme Och doit être de cet avis si elle a ce livre, dis-je en montrant le cerf blanc sur la couverture.

– Oui, répond Frédéric. Je le crois. Mme Och est très large d'esprit. Elle me laisserait peut-être vous emmener à l'université pour regarder au télescope. Je suis certain que, par une soirée claire, nous pourrions y entrer : j'ai encore quelques amis là-bas, bien qu'ils n'aient pas approuvé ma décision de partir.

– Pourquoi êtes-vous parti ? demandé-je avec audace. C'est la meilleure université de Fraxe, je me trompe ?

Il hoche lentement la tête.

– Des gens viennent des quatre coins de la Nouvelle Porie pour y étudier, confirme-t-il.

– Alors ? insisté-je. Vous ne vous y êtes pas plu ?

– Je me suis rendu compte que, si je continuais sur ce chemin, mes études suivraient une voie très étroite, toute tracée. Beaucoup de mes questions étaient… malvenues, pour ne pas dire plus. L'histoire est en cours de réécriture, Ella, et il est essentiel que certains d'entre nous préservent la vérité.

– Quelle vérité ? Comment l'histoire est-elle réécrite ? le questionné-je, pressante.

Il hésite, et je pense : il ne sait pas s'il peut me faire confiance.

– Mon principal champ d'étude, ce sont les royaumes de la Porie ancienne, avant les Guerres magiques, les Purges et les alliances de la Nouvelle Porie. Les faits tels qu'ils sont enseignés aux enfants dans les écoles… les grands personnages… il y a de nombreuses inexactitudes. La vérité n'est pas forcément…

arrangeante. À mes yeux, mon rôle consiste à préserver l'histoire que chacun connaissait jadis et que plus personne ou presque ne connaît aujourd'hui.

J'ai envie de rire et de lui demander s'il ne pourrait pas être encore plus vague. Mais bon, si ses secrets risquent de le mettre en danger, Frédéric a bien raison de ne pas me les confier.

– Je vois, dis-je.

– Avec le professeur Baranyi, je peux penser et travailler librement, et je crois beaucoup au travail qu'il effectue, continue Frédéric, soulagé. C'est plus important qu'une belle carrière et les saluts de tout le monde dans la rue.

– Alors vous avez pris la bonne décision, dis-je, impressionnée malgré moi. Et comment le professeur en est-il venu à travailler pour Mme Och ?

– Vous avez remarqué qu'elle se porte mal, j'en suis sûr. Il l'aide dans ses projets, euh, philanthropiques ; en échange, elle finance son travail à lui. C'est une protectrice généreuse et elle a une grande admiration pour ce qu'il fait. On doit au professeur Baranyi la préservation et la traduction d'une multitude de textes rares et capitaux qui, sans lui, seraient maintenant perdus. Il continue d'être très respecté à l'étranger. Il a donné des conférences au Yongguo, vous savez.

Je n'imaginais pas que le professeur avait voyagé aussi loin.

– Est-ce qu'il n'a pas été condamné à une peine de prison ? demandé-je.

Je me dis que j'exagère, mais Frédéric me répond comme s'il était normal que je pose de telles questions.

– Une énorme injustice. Il a publié un article… C'était peut-être imprudent, mais cela se passait avant l'Insurrection lorienne. Il essayait d'instruire la classe intellectuelle fraxaise sur la politique au Yongguo… Bref, ses conclusions étaient gênantes et la punition a été d'une dureté excessive.

Il me regarde par-dessus ses lunettes, inquiet.

– Vous ai-je indignée en vous racontant tout ça, Ella ?

Je lui souris.

– Non, pas du tout. C'est très intéressant.

– J'en suis ravi.

Il me sourit à son tour avec chaleur.

– Votre intelligence est vive. C'est manifeste, vu votre rapidité à apprendre. Mais, plus important, vous avez l'esprit ouvert et curieux. Il ne faut pas que votre position ici vous empêche de vous cultiver et de vous élever. Je souhaite vous aider. Nous le souhaitons tous.

Stupéfaite d'entendre ces paroles, je reste sans voix. Le visage de Frédéric a pris une expression assez tendre et ridicule. Il déborde tant de compassion envers moi que si jamais je pleurais, me dis-je, il serait presque mon esclave.

J'ai des trucs pour provoquer les larmes quand j'en ai besoin. Un peu à contrecœur, je me projette dans le lieu sombre. J'imagine la chute vers l'eau froide pendant que la foule hurle, j'imagine cette lutte au fond de la Sévione, avant qu'elle ne puisse plus tenir, avant que la rivière noire envahisse ses poumons. Je redeviens la petite fille sur le sentier, à moitié écrasée par la foule enthousiaste, comprenant pleinement pour la première fois que le monde n'est pas son ami mais son ennemi, que rien n'est sûr, que personne ne peut la protéger. Je me remémore toutes ces sensations, simple outil pour m'ouvrir des portes aujourd'hui.

– Oh, ne pleurez pas ! proteste Frédéric. Pourquoi pleurez-vous ?

– Vous êtes tous si gentils, dis-je dans un sanglot. Aider une pauvre fille comme moi !

Il semble tout à la fois ébloui, triste et heureux. Avec précaution, il pose sa main sur la mienne. Il a des ongles très propres.

Ils sont gentils, c'est vrai. Mais je ne le suis pas. Je vais découvrir leurs secrets, les livrer et filer. Comme ils me détesteront alors. Durant un moment, je regrette terriblement ce que je fais ici. Ils n'ont que de la bienveillance envers moi et, quoi qu'ils fassent d'autre, ils aident aussi des gens, des gens pareils à ma mère, longtemps après que le reste de la Fraxe a cessé de s'opposer aux lois brutales du pays. Et me voici, espionne dans leur maison, travaillant pour une mystérieuse ennemie qui leur veut peut-être beaucoup de mal.

Je chasse cette idée. Je pense plutôt à l'argent, aux gâteaux et au café, à une paire de gants bordés de fourrure, à un établissement chic qui donne sur les jardins du parlement où je m'assiérai avec Wyn, jusqu'à ce que je redevienne moi-même. Les six fraxins d'argent que nous avons reçus comme avance sont déjà dépensés ; il est inutile de s'attendrir maintenant. Je referme le livre sur le cosmos.

9

Tu m'as manqué. Je prononce la phrase dans ma tête, appuyée sur mes coudes dans le lit tandis que je le regarde dormir. La courbe sombre de ses sourcils, cette bouche magnifique, ses joues rugueuses, pas rasées.

C'est le jour du temple, le jour où je dois enfin rencontrer la mystérieuse cliente. J'ai quitté la maison de Mme Och avant l'aube et me suis glissée dans la chambre de Wyn pour lui faire la surprise. Son haleine sentait le vin éventé, mais je m'en moquais. Il s'est rendormi à présent, et j'ai faim, alors je sors sur la pointe des pieds et descends dans la pièce que je partage avec Dek pour préparer des œufs sur la plaque. Dek est réveillé ou bien il n'a pas dormi du tout. Absorbé par des schémas étalés sur la totalité de sa table, il lève des yeux étonnés lorsque j'entre.

– Je ne m'étais pas aperçu que c'était le matin, marmonne-t-il, puis il chiffonne l'une des feuilles et la jette dans un coin, où elle en rejoint une quantité d'autres.

– Sur quoi tu travailles ?

– Quelque chose pour toi, en fait, répond-il avec un léger sourire.

– Mon crochet magnétique ?

– Non. Il sera prêt demain. Il ne reste plus qu'à l'assembler. J'irai dans le Pourtour cet après-midi : il a fallu que je change de taille et j'ai besoin de me réapprovisionner en métal.

– Bon, alors qu'est-ce que c'est ?

Je regarde ses feuilles, mais il les retourne et me sourit avec malice.

– Patience, petite sœur. Ça te plaira, ne t'inquiète pas. Dis-moi, il faisait encore noir quand tu es partie ?

Sachant déjà ce qu'il va me reprocher, je réponds :

– Sombre. L'aurore.

Il m'adresse un long regard dur.

– Je sais, dis-je. Je suis prudente, Dek.

– Trois meurtres, Julia. Où as-tu la tête, à sortir seule dans le noir alors qu'un fou se déchaîne ?

– Les fous ne manquent pas dans la ville de Spira, répliqué-je. D'accord, ces meurtres-là sont particulièrement horribles, mais tu finis tout aussi mort si un tueur plus ordinaire s'attaque à toi. Je ne vois pas la nécessité de prendre des précautions supplémentaires.

– Et des précautions tout court ? Tu te crois intouchable parce que tu as un couteau dans ta botte ?

– Non, dis-je. Je me crois intouchable parce que je peux être invisible.

Il soupire et secoue la tête.

– Euh, pas invisible, mais pratiquement, rectifié-je.

– Ça m'angoisse que tu ne sois pas angoissée, dit-il.

Je change brusquement de sujet :

– Dek, si je te disais que Mme Och aide des sorcières ? Qu'elle les fait sortir du pays ?

Son œil unique me transperce.

– C'est vrai ?

Je confirme en silence.

– Est-ce là-dessus que la cliente veut des informations ? demande-t-il.

– Je ne sais pas. Je l'apprendrai aujourd'hui, je suppose. Grégoire m'emmènera dès que Priscilla et lui reviendront du temple. Les informations pourraient concerner le pensionnaire, ou autre chose. Il y a un tas d'activités bizarres dans cette maison. Mais ça m'a fait réfléchir.

– Ah.

– J'ai repensé à maman, je veux dire.

Son regard se dérobe, ses lèvres s'amincissent, son corps entier semble se raidir et se recroqueviller, mais sa voix est douce lorsqu'il demande :

– Repensé à quoi ?

– À sa… bonté. Parce qu'elle était bonne pour nous, hein ? Et les gens l'aimaient bien. Elle était indulgente avec notre père, qui ne le méritait pourtant pas. Elle n'a jamais fait de mal à personne, pas que je sache. Même quand j'ai compris ce qu'elle était, je n'ai jamais cru qu'elle était malveillante. Et toi ?

Il secoue la tête, une fois.

– Non. Elle n'était pas malveillante.

– Bon, et si aucune d'entre elles ne l'était ? Et si c'étaient des bobards, la vénération des sorcières pour les Obscurs, les sorcières déterminées à dominer le monde ?

– Qui sait ? dit-il. Néanmoins, il y a une multitude de sorcières qui ont fait du mal, la dernière en date étant cette Marianne Novak…

– À condition que l'histoire à son propos soit vraie.

– Écoute, nous avons lu aussi sur l'Empire eshrik, l'Empire parnois. Dans ces empires de sorcières, les gens normaux ne s'en sortaient vraiment pas bien. Ou les Guerres magiques, toutes ces assemblées qui rivalisaient pour contrôler la Porie ancienne. Il y avait une foule de sorcières à l'époque qui pensaient qu'elles devaient régner sur nous.

– Donc les Purges étaient acceptables ? Jeter des sorcières dans la mer par centaines ?

– Ce n'est pas ce que je dis. Mais j'affirme qu'une sorcière résolue à nuire est en effet une créature très dangereuse. Elles sont capables de causer tant de mal ! Et comment connaître leurs intentions ? Je ne dis pas que ça me plaît de les voir noyées. Je dis que je comprends pourquoi elles sont redoutées. Si tu savais qu'une de nos voisines, juste en écrivant quelques mots, pouvait provoquer des choses surnaturelles, tu n'aurais pas peur ?

– Ça dépendrait de la voisine. Si les sorcières peuvent faire des horreurs, elles pourraient aussi faire des merveilles si elles étaient gentilles, non ? Apporter la guérison, par exemple. Maman t'a sauvé. Elle t'a sauvé par la sorcellerie.

Nous n'avons jamais dit ces choses à voix haute, et l'air dans la pièce paraît étrange, vivant.

– Elle m'a sauvé comme ça, oui, confirme-t-il lentement. Et peut-être que d'autres ont autant de bonté qu'elle. Mais que fais-tu de celles dans le genre de Sibylle la Sanguinaire, qui a assassiné ses ennemis avec son stylo ? Assise tranquillement chez elle, à écrire qui devrait s'étouffer, qui succomberait à un arrêt du cœur, etc. ? Des centaines de morts, et il a fallu des années pour qu'on réussisse à établir qu'elle en était responsable.

L'affaire de Sibylle la Sanguinaire, il y a dix ans, a été particulièrement effroyable, et le soutien de la population à la chasse aux sorcières lancée par Agoston Horthy a vite augmenté ensuite.

– Je ne nie pas qu'il existe des sorcières malveillantes, dis-je. Mais tu te rappelles la vieille Mamma Rozen ? Elle ne savait ni lire ni écrire ! Certains ont dit qu'elle n'avait pas la moindre idée qu'elle était sorcière, qu'elle était aussi stupéfaite que les policiers quand sa peau n'a pas brûlé.

– Je ne suis pas sûr d'y croire, rétorque Dek. Même si elle ne savait pas écrire, n'aurait-elle pas remarqué à un moment qu'elle ne brûlait pas ?

– Je n'en sais rien. En tout cas, puisqu'elle ne savait pas écrire, elle ne pouvait pas faire de mal.

Nous restons silencieux une minute, puis j'avoue :

– J'ai assisté à toutes les purifications depuis qu'elle est morte.

– Je sais, affirme Dek.

Sa réponse me stupéfie.

– Tu le sais ? Mais je ne te l'ai jamais dit.

– Je devine quand une purification doit avoir lieu. Tu t'en vas et, quand tu reviens, tu es bizarre et nerveuse pendant des jours. C'était évident. Je n'ai jamais eu envie de voir ça, mais libre à toi.

Cette révélation me laisse songeuse. Je ne me croyais pas aussi transparente.

– Eh bien je vais voir les sorcières, dis-je. Elles paraissent ordinaires, pour la plupart. Ordinaires et terrifiées.

– Je ne peux pas te donner la solution, Julia, reprend Dek. Même si j'adorais maman, je redoute les sorcières. Je redoute ce qu'elles peuvent faire, mais je ne sais pas quelles mesures il faudrait adopter à leur égard.

– J'aimerais connaître l'opinion de Mme Och, vu qu'elle les aide, dis-je. Ce sont des originaux, dans cette maison. Ils ont des conceptions peu banales.

Bien que je sois la fille de l'une d'elles, je sais sur les sorcières ce que tous les autres savent, rien de plus : qu'elles ont la mystérieuse capacité de plier le monde à la volonté de leur stylo et que l'histoire est pleine de sorcières criminelles, assoiffées de pouvoir, cherchant à renverser d'honnêtes rois et reines. Mais bon, Frédéric a déclaré que l'histoire regorgeait de contrevérités. Régulièrement, ma mémoire me renvoie l'image de lui dans le couloir avec Joumana Sandor à son bras, conscient de ce qu'elle était et néanmoins résolu à l'aider. En un sens, cette vision a tout changé, exposé au grand jour mes questions et mes incertitudes secrètes, et je ne souhaite plus les balayer comme j'en ai eu l'habitude. S'il y a un endroit où je pourrais apprendre la vérité sur les sorcières, sur ce que ma mère était, c'est assurément la maison de Mme Och.

– Et si la cliente t'interroge à ce sujet, ces opérations avec les sorcières ?

– Je verrai.

– Tu ne sais pas qui cette Mme Och aide, ni pourquoi, souligne Dek. Peut-être qu'elle veut aider les sorcières comme Mamma Rozen, qui n'ont jamais rien fait pour mériter la noyade. Mais elle pourrait aussi avoir d'autres raisons.

– Une enquête là-dessus m'attend sans doute.

Il soupire.

– Je crois que je n'aime pas ton travail.

– Au moins, je ne m'ennuie pas ! lui réponds-je avec un large sourire. Grégoire ne va pas tarder à revenir. Tu me prépares le petit déjeuner ?

Il se lève, coinçant sa béquille sous son bras, et entreprend d'allumer le fourneau. L'odeur des œufs et des saucisses à la poêle envahit bientôt la pièce. Je me pelotonne dans son fauteuil râpé et le regarde, débordante de tendresse. Il me préparait mon petit déjeuner quand nous étions petits. Je me réveillais toujours de bonne humeur, affamée, et il faisait frire du pain dans du beurre si nous en avions, ou cuire un œuf, pendant que notre mère dormait et que notre père était on ne sait où. Il fredonne tout en s'activant et je m'endors au creux de son fauteuil, saisie par un brusque sommeil sans rêve dont je ne sors qu'au moment où il pose l'assiette sur mes genoux.

Grégoire trouve un fiacre motorisé pour nous conduire dans l'ouest de Spira. Sachant la cliente riche, je ne devrais pas m'en étonner. Il n'empêche que c'est intimidant, de suivre la vaste avenue avec tous les fiacres électriques silencieux, sans une voiture tirée par un cheval visible alentour. Grégoire est dans un état de nervosité rare. Nous nous arrêtons devant le grand monolithe blanc d'un hôtel.

Grégoire porte son meilleur costume pour le temple et son apparence, quoique modeste, est très convenable dans ce décor. Moi, en revanche, j'ai une allure complètement ridicule avec mes bottes en cuir et ma grosse gabardine qui m'arrive à peine aux genoux, mes cheveux vaguement ramenés sous un bonnet de laine. Grégoire tend au portier un morceau de papier. Un groom s'avance et nous emmène droit dans le hall de l'hôtel. Le lieu est gigantesque. J'essaie de ne pas promener un regard ébahi comme une fille de la campagne. Le plafond est aussi haut que celui d'un temple ou d'un opéra, et de grands lustres en cristal y sont accrochés. Quant au tapis, il est d'une telle épaisseur que je meurs d'envie de quitter mes bottes et d'y enfoncer mes orteils nus. Le groom nous entraîne vers l'ascenseur, refermant la grille derrière nous. Je voudrais que Dek soit là. Les ascenseurs le fascinent mais il n'en a jamais emprunté un. Après une secousse et un bruit métallique, celui-ci se met à monter. Il monte. Monte encore. J'ai du mal à croire que l'édifice soit si haut, et que nous nous déplacions de cette manière à l'intérieur. J'aimerais demander à Grégoire s'il arrive que les ascenseurs tombent, mais le groom est juste à côté et je ne veux pas qu'il sache que c'est une première pour moi. Cela dit, je ne sais pas pourquoi je me soucie de ce que peut bien penser ce fichu groom.

Enfin, nous nous immobilisons dans une secousse et le groom ouvre la grille. Nous sortons face à une grande porte blanche, où le numéro dix est inscrit en relief doré. Grégoire donne un pourboire au groom puis me murmure :

– Écoute, la cliente… a un aspect un peu curieux, entendu ? Garde une attitude professionnelle, ma fille. Prête ?

Il frappe à la porte. Je redresse le menton, tâchant de paraître sûre de moi, aucunement impressionnée par le cadre majestueux.

La porte s'ouvre presque sur-le-champ. Je renonce à toute tentative de contenance et dévisage l'inconnue : devant nous se tient la femme à l'aspect le plus étrange que j'aie jamais vu. Elle est équipée d'un pantalon et de bottes sombres, comme un homme (certainement pas comme ceux de l'ouest de Spira, néanmoins), et d'une veste en cuir marron serrée, avec des mitaines assorties. Sa chevelure noire, si lisse qu'elle évoque un casque, entoure son visage d'une blancheur extrême et se termine selon une ligne nette à hauteur du menton. Comble du bizarre, une paire de grosses lunettes en métal aux verres saillants qui s'ajustent et se réajustent tout seuls est fixée sur ses yeux, presque incrustée dans sa chair. Elle arbore à la hanche un long couteau terrifiant.

Elle me regarde avec ces lunettes effroyables. Les verres tournent et se règlent.

– C'est Julia ? demande-t-elle.

Sa voix est aiguë, claire et tranchante comme une vitre qui se brise.

– C'est elle, répond Grégoire avec un geste ample.

– Entre, me dit-elle, ouvrant la porte toute grande. Attendez dehors, ordonne-t-elle à Grégoire.

Il s'apprête à protester, puis se ravise et met ses mains dans ses poches. Je voudrais protester moi aussi ; je ne veux pas me trouver seule avec cette femme ou cette créature quelle qu'elle soit, mais elle me presse à l'intérieur et la porte se referme sur Grégoire.

La pièce est une version réduite du hall, avec son plafond haut et son lustre. Les rideaux blancs écartés révèlent deux portes vitrées donnant sur un balcon. La femme tapote son couteau avec ses ongles en me regardant. Je pense aux meurtres, aux articles de journaux dans le secrétaire de Mme Och, et durant un instant je suis convaincue d'être face à une tueuse désaxée. Je sens un hurlement monter dans ma gorge.

– N'aie pas peur, dit-elle de cette voix qui évoque une pluie de glaçons. Je m'appelle Pia. Assieds-toi.

D'une main gantée, elle indique un sofa. Le cœur battant la chamade, je me laisse tomber au milieu des coussins.

– Voudrais-tu boire quelque chose ? me demande-t-elle.

– Un café.

Elle appuie sur un bouton de sonnette près de la porte, relié à un petit fil noyé dans le mur.

– J'ai pensé qu'il était temps que nous nous rencontrions, affirme-t-elle. C'est très intéressant, ce don que tu as. Le possèdes-tu depuis toujours ?

– Oui. Mais il ne fonctionne pas avec tout le monde. Avec Mme Och, il n'a pas marché.

– Ce n'est pas très surprenant, je crois.

J'aimerais demander pourquoi, étant donné que j'ai été très surprise moi-même, pour employer un euphémisme, mais quelqu'un frappe à la porte. Pia l'ouvre aussitôt. L'homme en uniforme qui se tient là semble pétrifié.

– Un café, commande Pia. Et une mangue, entière.

Elle referme la porte. J'ignore ce qu'est une mangue et j'imagine une boisson étrangère. À sa façon de parler, je pense que Pia n'est pas originaire de Fraxe, bien que son fraxais soit impeccable.

– Sais-tu faire autre chose ? demande-t-elle.

Je ne suis pas sûre de la réponse qu'elle attend.

– J'ai une certaine habileté pour crocheter les serrures, dis-je. Je lis et j'écris bien. Je peux escalader un mur, découper une fenêtre, je connais des nœuds efficaces quand il s'agit de ligoter quelqu'un, je sais me servir d'un couteau et tirer au pistolet.

Pia agite une main dédaigneuse.

– Rien d'exceptionnel. Comme ne pas être visible.

– Oh, dis-je.

À moitié avalée par les coussins moelleux, le visage levé vers elle, j'ai l'impression d'avoir cinq ans.

– Non. Juste ça.

Dans un vrombissement, les verres de ses grosses lunettes s'avancent puis se rétractent.

– Parle-moi de la femme qui vient d'arriver de Nicim, me demande-t-elle.

Je décris Bianka le mieux possible, et pendant que je parle, Pia ne cesse de tapoter son couteau avec ses ongles, ce qui est très déconcertant. Lorsque je lui raconte que Bianka m'a presque jetée à l'autre bout de la pièce sans effort apparent et d'un seul bras, elle a un léger sourire.

On frappe de nouveau à la porte. Elle l'ouvre ; l'homme terrifié en uniforme pousse vers nous un chariot d'argent sur lequel sont posés une cafetière, une tasse et sa soucoupe, et un gros fruit orange vif.

– Remportez le plateau, ordonne Pia d'un ton impérieux, transférant vaisselle, boisson et fruit sur une petite table laquée.

Le pauvre homme ressort discrètement. Pia me verse mon café et me le tend. Grégoire est-il encore dans le couloir et viendrait-il à mon secours si elle décidait de me scalper et que je hurlais ?

Pia dégaine son couteau recourbé, me causant presque une crise cardiaque, et se met à éplucher le fruit. Les pelures tombent sur le luxueux tapis. Elle tranche un morceau de fruit orange et, de ses petites dents blanches, le prend directement sur le couteau. Je l'observe, fascinée, manger la totalité du fruit de cette manière.

Lorsqu'elle a terminé, elle repousse le noyau et m'annonce :

– Il faut que tu découvres tout ce que tu peux sur cette Bianka Orbe. Mon employeur croit qu'elle pourrait avoir une importance particulière.

– Votre employeur ? dis-je d'une voix faible. Je pensais que vous étiez la cliente.

Elle grimace un sourire.

– Non, dit-elle. Je suis une esclave, comme toi.

– Je ne suis pas une esclave, répliqué-je.

– Nous sommes tous des esclaves, persiste-t-elle.

Et comme elle tient un long couteau très aiguisé, je ne la contredis pas davantage.

– Qu'est-ce que... votre employeur veut savoir à propos de Bianka ?

– Elle pourrait avoir quelque chose qui lui appartient, répond-elle. Fouille dans ses affaires. Vois ce que tu trouves.

– Qu'est-ce que je cherche ?

– Une ombre.

Pia m'adresse un autre sourire affreux, et ses verres s'avancent puis se rétractent.

– C'en était une auparavant, mais elle pourrait avoir n'importe quel aspect à présent. Fournis-moi une liste de tout ce que Mlle Orbe a en sa possession.

Ces gens. Ils sont terribles quand il s'agit des détails.

– Et M. Darius ? demandé-je.

Elle a un geste d'impatience.

– J'ai lu tes comptes-rendus. C'est manifestement un homme-loup et ils essaient de le guérir. Essais infructueux, semble-t-il.

Je tombe presque du sofa en entendant ces paroles.

– C'est manifestement un quoi ?

Pia répond avec la même nonchalance que si elle commentait la couleur du ciel.

– Des loups sauvages, d'une force terrible, dotés d'une intelligence humaine. Pendant la période de transformation, dans les premiers mois qui suivent une morsure, l'homme ne devient un loup que la nuit, mais une fois la métamorphose achevée, il est prisonnier pour la vie de sa forme et ses appétits de loup. Malchanceux individu. Ou bien chanceux, suivant l'opinion qu'on a de la condition humaine.

– Que fait-il dans la maison de Mme Och ? demandé-je.

– Les désespérés se tournent souvent vers Mme Och, répond Pia.

– Mais elle a dit à Frédéric... Je l'ai entendue dire qu'ils avaient besoin de lui.

– Ah !

Pia rumine cette information.

– Voilà qui est intéressant. Oui, très intéressant.

Sa voix devient tranchante.

– C'est toi qui devrais m'expliquer ce qu'il fait dans la maison de Mme Och. Découvre-le.

– Il ne pourrait pas... euh, il est enfermé à clé dans sa chambre durant la nuit, alors il ne pourrait pas être derrière les meurtres dans la ville, bredouillé-je.

– Non. Ça, c'est autre chose.

Elle sait. Mon sang se glace, mais je me force à demander :

– Quel genre d'autre chose ?

– Du genre qui ne sera en repos que lorsqu'il aura trouvé sa proie ou sera lui-même tué.

Au moins, elle dit *il* et pas *je*.

– Qui est sa proie ? Il semble en avoir beaucoup.

Elle me regarde durant un long moment puis déclare :

– Je veux une liste de tout ce que possède Mlle Orbe, et je veux des renseignements sur l'homme-loup. Si Mlle Orbe quitte la maison, suis-la. Elle est ta priorité. Nous nous reparlerons bientôt.

Je m'enfuis de la pièce. Grégoire, qui arpente le couloir, a un immense sourire de soulagement lorsqu'il me voit. Il me donne une tape sur l'épaule et je chancelle un peu.

– Tout va bien, alors ? me demande-t-il.

Je lui lance un regard furieux. Je lui passerai un savon plus tard pour ne pas m'avoir mieux avertie, mais dans l'immédiat je veux juste sortir d'ici. Je suis heureuse qu'elle ne m'ait pas interrogée sur l'aide aux sorcières… et qu'elle ne m'ait pas tranché la tête. Néanmoins, l'employeur d'une femme pareille ne me dit rien qui vaille, et je pressens que les choses finiront mal pour Bianka Orbe.

Le garçon lève les yeux vers les flocons de neige. Il est tard, il ne devrait pas être dehors, mais personne chez lui ne le remarquera ni ne s'en souciera. Simplement, ce n'est pas prudent. Surtout ces temps-ci. Il le sait. Mais les toits enneigés, silencieux, l'appelaient, et il n'a pas pu résister. Il n'y a que lui dehors, il est donc le roi du Pourtour endormi, perché ici. Le ciel est noir, sans étoiles, et la neige tombe à gros flocons, douce sur son visage levé. Il chuchote le mot interdit, celui que sa mère lui a fait promettre de ne jamais prononcer, quand elle l'a emmené jusqu'au minuscule sanctuaire dans les bois, au-delà du cimetière :

– Erde.

D'une voix plus audacieuse ensuite, forte et claire :

– Bénie soit Erde.

Il rit, puis se tourne soudain alors qu'il perçoit un mouvement sur sa droite.

Quelque chose marche sur le toit, s'avance dans sa direction à travers la neige. Une ombre qui tient une arme. Elle se rapproche, les yeux luisants dans l'obscurité. La terreur le cloue sur place, et la main sur sa nuque est très douce. Lorsqu'il voit la lame, il ne peut que croire qu'il s'agit de sa punition.

– Je renoncerai… chuchote-t-il, mais il ne termine pas sa phrase.

10

– Je cherche Torne, dis-je.

– Ah oui, vraiment ?

Je ne sens que trop les yeux rivés sur moi. Des rires rauques jaillissent des coins sombres de la pièce. La femme au comptoir se penche et son énorme poitrine ridée sort presque de sa robe. Il ne reste que quelques dents à l'intérieur de la cavité puante de sa bouche, dont une en or brillant, et une cicatrice violette en pleine figure s'étend de sa tempe à son menton, lui fermant un œil. Pas une beauté, en un mot, et la seule femme présente à part moi. Un costaud s'est avancé pour bloquer l'escalier par lequel je suis descendue – l'unique accès à la rue, pour autant que je sache. Il croise ses bras nus, tatoués, sur son thorax massif. Un tatouage de son biceps représente un triangle avec une extrémité traversée par un trait : le symbole de l'esprit de l'air, Aether. Ces gens-là vénèrent donc les éléments. Un vieil homme au comptoir a un furet perché sur son épaule. Il caresse méthodiquement l'animal et me sourit de toutes ses dents noircies.

– Je viens au nom du professeur Baranyi, dis-je avec l'espoir que son nom aura un certain poids ici.

Frédéric était inquiet que j'aille à nouveau dans le Pourtour, mais je l'ai convaincu que je connaissais l'adresse, que c'était juste un bar réputé calme. Il n'en savait rien, évidemment. Je commence à regretter mon pouvoir de persuasion.

– Il m'a dit que Torne aurait quelque chose pour lui.

– Torne a peut-être quelque chose pour lui, dit la femme, et l'un de ses seins s'échappe finalement de sa robe et s'étale sur le comptoir ; elle le remet sous le tissu comme si de rien n'était. Mais c'est entre lui et Torne.

L'une des silhouettes s'approche de la faible lumière du comptoir. C'est un homme qui empeste le gin, en chemise tachée, des fragments de nourriture dans sa longue barbe grise.

– Pourquoi il est pas venu lui-même, ton professeur ? demande-t-il. Pourquoi il a envoyé sa commissionnaire ? Tu es un cadeau de réconciliation, alors ?

Un cadeau de réconciliation ? Je n'ai aucune idée de quoi il parle, et je n'aime pas sa façon de me regarder. J'ai cinq pièces d'argent du professeur mais je n'ai pas envie de le révéler alors que je n'ai pas encore vu la moindre trace de Torne. Ce que je viens chercher aujourd'hui pour le professeur vaut cher, en tout cas.

– Je ne suis là que pour récupérer la marchandise, affirmé-je d'un ton neutre.

– Pour récupérer la marchandise, qu'elle dit ! s'écrie-t-il. Pas pour en donner ?

Il glisse son bras autour de ma taille. Je m'écarte en vitesse mais le gars tatoué qui bloquait la sortie m'immobilise.

– Eh, doucement, gronde-t-il.

– Ton professeur, dit Barbe grise, il travaille pour la dame de la Scola, c'est bien ça ?

Je hoche la tête, réellement effrayée maintenant.

– Tu vois, je pense qu'ils t'ont envoyée parce qu'ils s'en veulent de pas avoir soutenu Torne quand il leur a demandé de l'aide. On se croit parfois tous dans le même camp, et puis on découvre qu'on peut pas compter sur les amis. Ils t'ont envoyée pour nous réconforter, à mon avis.

– Guewen, dit l'homme au furet, avec ce que j'espère être une lueur compatissante dans les yeux. Ils l'ont tiré de prison, d'accord ?

– Il demandait plus que ça et il le méritait, rétorque Barbe grise. Qu'est-ce qu'ils font, installés à la Scola, à vivre comme des salauds de riches, à manger de la viande et à boire du bon cognac ? J'ai entendu des choses sur cette dame. Pourquoi elle nous aide pas ?

L'homme au furet hausse les épaules.

– Ce sont de simples rumeurs, dit-il. Je reste convaincu qu'ils ne nous ont fait aucun mal.

– Aucun mal du tout ! s'exclame Barbe grise. Et maintenant ils nous envoient cette jolie petite poupée.

Il m'ouvre mon manteau d'un geste brutal.

– J'ai de l'argent ! m'écrié-je.

– Elle a de l'argent ! se réjouit la femme au comptoir.

Bras tatoués explore mes poches.

– Pas là, dis-je d'un ton pitoyable, glissant une main en direction de la poche secrète que j'ai cousue à l'intérieur de mon manteau l'hiver dernier.

Je ne sais pas si le professeur croira que les pièces d'argent m'ont été prises de force ou s'ils supposeront tous que je les ai volées. L'argent pourrait encore être le moindre de mes soucis. Je sors la bourse et la jette un ou deux mètres plus loin, espérant que Barbe grise va se précipiter dessus. Mais personne n'y touche. Barbe grise déchire mon manteau le long de la couture de l'épaule en me déshabillant tandis que je m'agite en vain dans l'étau de Bras tatoués.

– On sait que je suis là ! S'il m'arrive quelque chose, vous serez punis. Vous payerez tous !

– Oui, ton redouté professeur, se moque Bras tatoués.

Je m'écarte de lui avec violence, suffisamment pour lancer un coup de pied à Barbe grise, qui grogne de colère, et je sors le couteau de ma botte. Bras tatoués me tord le poignet et se saisit du couteau avant même que j'aie le temps de réfléchir à son utilisation optimale. Barbe grise me frappe au visage. Je m'entends hurler. Bras tatoués me colle une main sur la bouche. Je le mords vigoureusement et il pousse un cri affreux, plein de rage. Il me projette contre le mur et pour la deuxième fois de la semaine je me retrouve par terre, à me tordre de douleur. Mais je porte encore mes bas et j'ai l'esprit clair. À peine debout, je tente une course folle vers l'escalier et la porte. Quelqu'un d'autre est là maintenant, un monstre, avec une masse de tissus cicatrisés pour figure et des yeux sans sourcils au milieu de sa peau brûlée qui brille. Ses doigts sont palmés. Il me plaque contre le mur, tire sur le devant de ma robe. Je le frappe avec force à l'entrejambe, mais Barbe grise m'empoigne à nouveau. La femme au comptoir jubile et applaudit, et les rires rauques forment un chœur, une foule d'hommes surgissant des ombres pour s'amuser aussi : je suis cernée, une dizaine de mains tirent sur ma robe, en déchirent tout le devant, les boutons sautent et s'éparpillent.

– Vous serez punis ! hurlé-je alors que je me défends. Ma mère est sorcière ! Elle vous enverra tous au Kirghal ! Je travaille pour Pia ! Vous connaissez Pia ? Elle vous réduira en pièces !

– Attendez.

La voix n'est pas forte, mais toutes les mains retombent immédiatement. Je m'écroule contre le mur avec un long sanglot tremblant.

– Que se passe-t-il donc ?

Un homme blond en pyjama se dresse au-dessus de moi. Il a une tête chevaline, de longues dents, des yeux gris tristes. Une spirale de cicatrices remplace l'une de ses oreilles.

– Pardon de vous réveiller, dit la femme au comptoir. Cette petite est venue vous demander et les garçons s'amusaient un peu avec elle.

– Tu me cherchais ? me dit-il. Toi ?

– Vous êtes Torne ?

J'ai du mal à maîtriser ma voix. Je distingue de nouveaux rires. Je me jure que, si j'en ai un jour l'occasion, je reviendrai ici et ferai brûler cet endroit du sol au plafond, avec toutes ces ordures à l'intérieur. Je referme le devant de ma robe du mieux que je peux, quoique la plupart des boutons soient cassés, introuvables dans le noir. Merci aux épais jupons et bas d'hiver, voilà tout ce que je peux dire.

– Oui, répond Torne. Qui es-tu ?

– Je suis là pour le professeur Baranyi, dis-je. J'avais de l'argent, mais ils l'ont pris.

La bourse n'est plus sur le sol. Torne promène un regard à la ronde, et quelqu'un s'avance et lui tend la bourse. Il la vide dans sa paume et examine les pièces d'argent.

– Je ne sais pas où est mon manteau, dis-je. Ces hommes sont des brutes.

– Les hommes sont des brutes, dit-il. Les femmes aussi.

Oh, quelle remarque utile et éclairante ! Grand merci, mon bon monsieur. Je me dis que je le laisserai au milieu des autres quand j'incendierai cet endroit.

– J'ai besoin de mon manteau, insisté-je.

– C'est une furie, monsieur, dit Barbe grise. Elle travaille pour cette garce à la Scola, celle qu'a pas voulu financer votre arsenal. Allez, on peut s'amuser avec elle ?

Un arsenal ? Grégoire a peut-être raison de soutenir qu'il reste des révolutionnaires à Spira. Je ne peux qu'approuver Mme Och si elle a jugé imprudent d'armer cette racaille.

– Tais-toi, exige Torne, et il me regarde à nouveau. Pour qui travailles-tu, as-tu dit ?

– Le professeur Baranyi.

– Non, quand je suis entré. Tu étais un peu sur les nerfs, sans doute. Tu as dit que tu travaillais pour… Pia ?

La connaît-il ? Je me demande si je dois le nier, si cette affirmation pourrait revenir aux oreilles du professeur. Je suppose que le professeur n'est pas en bons termes avec le dénommé Torne, qui que soit cet homme, et je suis curieuse de découvrir son lien avec Pia.

– Oui, finis-je par répondre.

– Tu ne veux pas dire… Non, bien sûr. Si ?

– Quoi ?

– Tu travailles pour le professeur Baranyi, dit-il.

Il est si mal à l'aise que je me sens vraiment intriguée à présent.

– Je suis indépendante. Je travaille aussi pour Pia. Aux lunettes mécaniques.

À ces mots, il se fige.

– La Pia de Cazmir, déclare-t-il.

Je hoche la tête avec lenteur, me souvenant de la lettre dans le secrétaire de Mme Och. *Cazmir, qu'as-tu fait ?… le lac vert s'est asséché, mon arbre a disparu… je crains que tu ne sois devenu fou, voire pire.*

– La connaissez-vous ? demandé-je.

– La connais-tu, toi ? me rétorque-t-il en me dévisageant.

Je croise mes bras sur ma poitrine et l'oblige à baisser les yeux.

– Que fais-tu pour Cazmir ? me demande-t-il.

Me sentant en position de force, je lui réplique :

– Ce ne sont pas vos oignons.

Il est ébranlé.

– Je vous dirai juste que Pia sait que je suis ici. Elle sait toujours où je suis. Parce qu'elle a besoin de moi, et qu'elle a besoin de moi entière, j'invite vos répugnants amis à garder leurs sales pattes dans leurs poches. Dans l'immédiat, je suis ici pour le professeur, et s'il apprend un mot de tout ça, c'est à Pia que vous devrez rendre des comptes. Avez-vous quelque chose pour lui, oui ou non ?

Torne hoche la tête en me regardant.

– Que personne ne la touche ni ne lui parle, dit-il avant de franchir une porte derrière le comptoir.

Tous sont très soumis désormais.

– Mon manteau et mon couteau, s'il vous plaît, dis-je d'un ton impérieux.

L'homme brûlé me les apporte. Je remets le couteau dans ma botte et serre mon manteau autour de moi. Les hommes regagnent furtivement les coins sombres ; la femme derrière le comptoir s'applique à essuyer des verres avec un chiffon crasseux. Mon cœur continue à battre la chamade, mais je me sens presque triomphante d'avoir un nom aussi puissant à lancer, avec lequel les terrifier.

Torne revient, une petite boîte en acier dans les mains.

– Prends-en soin, me recommande-t-il. Elles sont devenues difficiles à trouver depuis qu'on détruit leurs nids.

– Le professeur l'aura sans délai, dis-je, considérant la boîte.

Elle est surmontée d'une étoile : le symbole de la sorcellerie, ou de la magie, qui combine les signes des quatre éléments. L'air, ou l'esprit Aether, représenté par le triangle avec le trait au sommet ; la terre, Erde, un triangle à l'envers avec un trait identique ; l'eau, Shui, un autre triangle retourné ; enfin, le feu, Ignis, un triangle ordinaire, tous superposés pour former une étoile. Quoi qu'il mijote, le professeur n'en est plus à utiliser des racines et du poison. Je range la boîte dans la poche de mon manteau.

– Tu es très jeune, dit Torne.

Il y a presque de la gentillesse dans sa voix.

– Trop jeune pour tout ceci.

Je me demande ce qu'il entend par là.

– Transmets à Pia mon meilleur souvenir, dit-il, touchant d'une main l'emplacement de son oreille manquante.

Je ne prends pas la peine de répondre. À proximité de l'escalier, je pointe le doigt sur les hommes qui m'ont attaquée, désormais tapis dans la pénombre.

– Vous tous, à votre place, je ne dormirais que d'un œil. Je n'oublierai pas ce qui s'est passé.

Satisfaite par la peur que je discerne sur leurs figures, je grimpe à toute vitesse jusqu'à la rue et cours en direction du Méandre. Une fois que je suis à bonne distance, je sors la petite boîte que m'a donnée Torne et je l'ouvre avec précaution. Elle contient six balles en argent et un flacon de verre qui renferme deux araignées, grosses comme l'ongle de mon pouce, aux longues pattes. Les araignées sont d'un vert brillant, venimeux, et ont une ligne dorée sur le dos. Elles tournent à l'intérieur du flacon, cherchant une sortie. Frissonnante, je rabats le couvercle et enfonce bien la boîte dans ma poche.

Il faut que je m'arrête chez nous pour me changer et me nettoyer, sinon Frédéric aura un choc. Je m'introduis dans notre appartement, qui est froid et humide, et je frise la crise cardiaque quand j'aperçois la silhouette affaissée dans le fauteuil de Dek.

Wyn lève les yeux lorsqu'il entend mon cri étouffé.

– Par la meute infernale, Wyn, tu m'as fichu la trouille ! Qu'est-ce que tu fais ici ?

Puis je vois l'expression de son visage. Il y a une bouteille de mauvais vin par terre à côté de lui, posée sur une feuille de papier.

– Qu'est-ce qui ne va pas ?

Je m'approche, m'agenouille et prends ses mains dans les miennes. Son visage est un mur, l'odeur lourde de l'alcool flotte tout autour de lui. J'ai vu Wyn ivre et joyeux, mais je ne l'ai jamais vu comme ça et j'en suis épouvantée.

– Parle-moi, Wyn.

– Bonjour, Yeux noisette, me dit-il d'une voix pâteuse. Désolé de t'avoir fait peur. Tout va bien, je voulais juste un peu de calme.

Je remarque la pile de dessins sur ses genoux. Je les examine tour à tour. J'en reconnais certains, mais d'autres sont nouveaux pour moi. Son croquis de la place du Putois est terminé. Il y en a un de la vieille Mamma Floryane derrière son étal au marché, le regard rêveur, il y a aussi une petite fille qui s'amuse avec un chien, des garçons pieds nus qui pêchent dans la rivière, une femme avec un bébé sanglé contre son buste qui porte une corbeille de fruits, deux vieillards qui jouent au jeu du prince héritier sur le trottoir. La vie au cœur du Méandre est saisie dans des lignes légères, avec esprit et avec amour.

– Wyn, ces dessins sont merveilleux.

– Mes meilleurs, dit-il d'un ton inexpressif.

Je me lève et les pose sur la table de travail de Dek.

– Je vais te préparer du café, dis-je. Ensuite, tu m'expliqueras ce qui arrive.

Il m'attrape le poignet et m'attire sur ses genoux, m'enlace, enfouit son visage contre ma poitrine. Je mets les mains dans ses cheveux et lui embrasse le sommet de la tête. Je chuchote :

– Wyn. Mon chéri. Qu'est-ce qu'il y a ?

Le haut déchiré de ma robe assourdit sa voix.

– Je suis allé à l'atelier de Lorka.

Mon cœur se serre. Je devine le reste de l'histoire avant même qu'il me la raconte d'une traite.

– J'ai rôdé là-bas tous les jours, cette semaine. J'ai fini par l'apercevoir seul. Je ne me souviens même pas de ce que je lui ai dit. Un truc idiot, sûrement, mais il a regardé les dessins. Bon, en vitesse, tu sais. Il les a feuilletés. Et puis il m'a dit : « Alors tu sais dessiner. Beaucoup de mômes savent dessiner. Apprends un métier. »

Il émet un curieux son étranglé qui pourrait être un rire. Durant une minute, la colère m'empêche de parler, mais je la maîtrise.

– Eh bien, il se trompe sur toi. Lorka n'est pas l'autorité ultime en matière de talent, avec ses affreux tableaux barbouillés.

Wyn se contente de s'accrocher à moi, respirant avec lenteur. Je caresse ses cheveux et, d'une façon étrange, je me sens proche de lui comme jamais auparavant. J'ai été tant de choses pour lui – une petite sœur, une amie, une amoureuse, une collègue – mais je ne crois pas avoir déjà été une consolation.

– C'est un putain de génie, Julia, dit-il enfin, et un autre curieux gloussement lui échappe. Pauvre homme, il revenait du marché, les bras encombrés de courges d'hiver. Il doit adorer les courges. Regarde, j'ai dessiné ça quand je suis rentré.

Il parcourt le sol des yeux et trouve l'image sous la bouteille. C'est le croquis d'un Lorka à l'air interloqué, au visage tout en lignes sévères et empreint d'irritation, serrant une quantité de cucurbitacées. La feuille est assez froissée, marquée par une tache de vin ronde.

– Quel dommage qu'il soit abîmé, dis-je. C'est un bon portrait. Subtil.

– Désolé pour ma puérilité, dit-il, relâchant un peu son étreinte autour de ma taille. J'avais espéré… oh, j'en espérais trop, voilà. Je continuerai à dessiner, bien sûr. Ça me plaît, même si je suis nul.

– Wyn, tu es doué ! Peut-être que Lorka était de mauvaise humeur, qu'il avait payé ses courges trop cher ou que ses goûts sont très précis. Tu… tu ne dessines pas comme lui, mais c'est remarquable, ce que tu fais. C'est réel sans être misérabiliste. C'est la vie, notre vie et notre monde. Tu ne peux pas renoncer juste parce que Lorka est un vieux farfelu. Et les cours où Armelle Hyver pensait pouvoir t'obtenir une place ?

– Oh, ça, dit-il en haussant les épaules. Le prof a refusé. Je suppose qu'elle croyait le mener par le bout du nez, mais ce n'est pas le cas apparemment.

– Tu sais, on aura bientôt un tas de pièces d'argent et tu pourras te payer des cours si tu en as envie.

Il parvient à sourire. Voilà mon homme : pas du genre à se complaire dans son malheur.

– Je ne gaspillerai pas ton argent, Yeux noisette. Non, je ferai mes dessins comme depuis le début, et on s'amusera bien ensemble, on vivra en grands seigneurs pendant un moment.

Il m'embrasse, sa main frôlant le devant de ma robe, puis il recule.

– Qu'est-ce qui est arrivé à ta robe ?

Je saute de ses genoux.

– Je me suis accrochée à quelque chose, dis-je. Je passais en coup de vent me changer.

Je ne veux pas expliquer ce qui m'est arrivé dans le Pourtour. Wyn pourrait commettre des imprudences, vu son état. Je quitte mon manteau et décroche mon autre robe du mur, agacée par la perspective des soirées de raccommodage à la lueur d'une bougie.

– Je suis désolé de t'avoir fait peur, dit-il. Je voulais te voir mais ce n'était pas possible, alors… je suis descendu ici. Je ne supportais plus le bruit à l'étage. Charly est là, il se soûle avec Grégoire et il les ravit tous avec des histoires grotesques sur le dernier meurtre en date.

– Quel meurtre ?

Charly est flic, mais c'est un vieux copain du mari d'Esmée et il la tient au courant des enquêtes de police, y compris celles qui pourraient la concerner.

– Ce tueur qui persiste à trancher des têtes, dit Wyn. Charly pense qu'il s'agit d'un phénomène surnaturel.

Un frisson d'inquiétude me parcourt l'échine.

– Il est encore là-haut ?

– J'imagine. Je n'ai entendu personne partir.

Je boutonne en hâte ma robe de rechange et empoigne mon manteau.

– Écoute, Wyn, je reviens tout de suite, d'accord ? Il faut juste que je sache ce qu'il a appris.

– Tu ne resteras pas longtemps, hein ? demande-t-il, l'air à nouveau larmoyant.

– Cinq minutes, lui promets-je.

Je prends son visage dans mes mains et lui donne un baiser léger sur la bouche.

– Tu es formidable. Lorka est un imbécile.

– Que deviendrais-je sans toi, Julia ? soupire-t-il.

– Je n'ai aucune envie de le savoir. Tu ne veux pas monter avec moi ?

– Je vais t'attendre ici, s'obstine-t-il, levant la bouteille presque vide.

Après un nouveau baiser, je me précipite dans l'escalier.

Toute la bande est dans le salon, assise autour du feu crépitant, et Esmée a ouvert le bon cognac. Ils parlent de Marianne Novak. Elle a manifestement été arrêtée près de la frontière entre la Fraxe et le Prama.

– Contre une somme rondelette, votre propre frère vous livrera, affirme Charly. Mais grâce soit rendue aux saints ! C'était une sale bonne femme.

– C’était mon amie, dit Priscilla, éplorée. Je n’arrive toujours pas à le croire.

– Elle n’était pas ce que tu pensais, ma chère, assure Charly. Elle n’était pas ce que tu pensais.

– Salut Julia ! s’écrie Dek, m’invitant à venir près du feu.

Priscilla se lève d’un bond et m’embrasse.

– On ne te voit plus jamais. Comment va la maison des monstres et des secrets ?

Esmée la foudroie des yeux. Charly est certes un ami, mais il n’a pas besoin de connaître les détails de ma mission.

– Monstrueusement secrète, dis-je, puis j’adresse un signe de tête au policier. Bonjour Charly.

– Fichtre, tu as grandi, je me trompe ?

Il dit ça chaque fois qu’il me voit. Je crois qu’en fait, il ne se souvient d’aucune occasion récente où il m’a vue, si bien que je reste gravée dans sa mémoire à l’âge de douze ans environ.

– J’ai appris qu’il y a eu un nouveau meurtre, dis-je.

– Voilà notre Julia. Une prédilection pour l’horreur, dit Grégoire.

Il me tend la bouteille de cognac et je lui lance un regard noir.

– Maintenant qu’il dessoûle, Charly admettra peut-être avoir un peu brodé, le taquine Dek. Selon lui, il y a de grosses empreintes de pattes dans la neige à l’endroit où s’est produit ce dernier meurtre, et la lame utilisée est plus tranchante que n’importe quelle lame fabriquée par des hommes sur cette planète. Tu campes sur tes positions, Charly ?

– C’est la vérité ! riposte Charly, piqué. Je les ai entendus parler des entailles. Aucun couteau ou poignard ordinaire ne pourrait en faire de pareilles, aussi fines et nettes, aussi délicates. Et je tiens les informations sur les empreintes d’un policier qui était là le lendemain. Il n’est pas du genre à inventer. Il avait sincèrement peur.

– Qui est mort, cette fois ? demandé-je.

Je déroule la liste des victimes dans ma tête. Une jeune danseuse et un banquier à Nicim. Une gouvernante arrivant de Nicim. Un conducteur de fiacre. L'aubergiste de *L'Ours roux*, où a logé Bianka.

– Un gamin dans le Pourtour, répond Charly. Triste. Un petit garçon sur un toit. C'est des mômes qui l'ont trouvé. Des bottes trouées aux pieds, pauvre petiot.

– Des cheveux roux ? demandé-je, me sentant mal. Des taches de son ?

Rejetant les brumes de l'alcool, il me transperce du regard.

– Qu'en sais-tu ?

Voilà qui équivaut à un oui.

– Je ne sais rien. J'ai entendu une rumeur.

Il se détend un peu.

– Pauvre mioche.

Le garçon qui m'a apporté la lettre de Bianka, le coursier de l'aubergiste assassiné. *Il cherche quelqu'un*, a dit Mme Och au sujet du tueur. Bianka le sait également : elle a écrit dans sa lettre à Mme Och que quelqu'un la poursuivait. Et si je ne fais pas erreur, ce tueur n'est pas le seul à la traquer, notre client aussi. « Une ombre, a dit Pia, mais elle pourrait avoir n'importe quel aspect à présent. » *Oh, Bianka, qu'avez-vous donc ?*

Esmée me prend par le bras et je sursaute.

– Il faut que je te parle, dit-elle en m'entraînant à l'écart, près de la porte.

Grégoire et Charly ont entamé une bruyante dispute sur le sérieux de ses collègues policiers.

– Qu'y a-t-il ? demandé-je distraitement, mais lorsque je croise son regard, je suis médusée : l'expression de son visage est effroyable.

– Quelqu'un t'a frappée, murmure-t-elle.

Je touche ma joue. Même si je ne me fais pas facilement des bleus, Esmée ne manque jamais de le remarquer, que la lumière soit forte ou non.

– Qui était-ce ?

C'est tentant de le lui révéler – très tentant d'imaginer comment elle me vengerait, comment elle punirait ces salauds, du premier au dernier. Mais j'en sais trop peu sur Torne et ses acolytes, et Esmée n'a pas besoin d'ennuis supplémentaires.

– Je ne les connais pas, dis-je. C'était une simple bagarre. J'allais chercher quelque chose dans le Pourtour pour le professeur. Je ne suis pas vraiment blessée.

Elle m'observe longuement; je ne peux pas soutenir son regard.

– Quelqu'un t'a frappée, répète-t-elle. Je veux un nom.

– Je t'ai déjà dit que je ne les connais pas, réponds-je, impatientée.

Dek apparaît alors pour me tirer d'affaire, agitant sa béquille et annonçant :

– Tiens, avant que tu te sauves : j'ai terminé ton crochet magnétique !

Cette nouvelle me ragaillardit. Je me détourne d'Esmée.

– Voyons ça ! dis-je.

Esmée croise les bras sur sa poitrine et nous surveille. Dek me donne un disque de métal lisse, qui tient juste dans ma paume.

– Tu veux me montrer comment l'utiliser ? demandé-je.

– Quoi, maintenant ?

– Demain, dis-je, lui rendant le disque. Dans la maison. J'ai pensé que tu pourrais me prendre en otage. Qu'en dis-tu ?

Dek sourit.

– À quelle heure ?

– Viens par le côté, la porte de l'arrière-cuisine, vers quatre heures et demie. Tout le monde sera occupé à ce moment-là. N'oublie pas un pistolet, au cas où.

– Pourquoi a-t-il besoin d'un pistolet ? demande Esmée.

– Il ne serait pas très convaincant comme preneur d'otage sinon, souligné-je. Bon, il faut que j'y retourne.

– Julia… dit Esmée.

Sa voix est d'un calme absolu.

– Je t'expliquerai tout plus tard ! lancé-je en ouvrant la porte.

– Expliquer quoi ? demande Dek sans comprendre.

– Reste boire un verre ! crie Priscilla, s'essuyant les yeux avec un mouchoir, mais je fais un signe de la main et dévale l'escalier.

J'ai parcouru la moitié du chemin lorsque je me rappelle que j'ai laissé Wyn attendre dans notre appartement, mais il est trop tard pour faire demi-tour.

11

Entre mon travail de domestique et ma mission d'espionne, je ne trouve pas le temps de fouiner pour moi. Je sais que je devrai tôt ou tard retourner dans la salle de lecture de Mme Och si je veux en apprendre plus sur les sorcières, mais je repousse le moment parce que, honnêtement, j'ai peur. Le fait que Mme Och me voit même quand je me volatilise me met mal à l'aise et, plus encore, je m'épouvante de ce qui s'est produit la dernière fois que je me suis volatilisée. De la manière dont je n'ai été nulle part à un moment puis me suis retrouvée de l'autre côté de la pièce. De toute façon, dans l'immédiat j'ai d'autres chats à fouetter.

Je convaincs assez facilement Chloë de me laisser m'occuper du bébé Théo pendant qu'elle et Flavie allument les cheminées et remplissent les lampes en prévision du soir. Il est un alibi malcommode, étant donné ce que j'ai à faire, mais surveiller Théo est la seule excuse que j'ai pu imaginer pour me libérer de mes obligations habituelles. Maintenant, elles montent du bois de chauffage dans l'escalier, Mme Francis est allongée dans sa chambre contiguë à la cuisine, je hisse donc le bébé sur ma hanche et me hâte vers l'arrière-cuisine pour ouvrir la petite porte.

– Bonjour mademoiselle, dit Dek, s'appuyant sur sa béquille et inclinant vers moi sa casquette couverte de neige.

– Chut ! dis-je. Il y a une lanterne près du tas de bois ; viens me l'attraper.

– Tu as fière allure avec un bébé sur le bras, me taquine-t-il, entrant dans l'arrière-cuisine et prenant la lanterne suspendue au mur. Et cette tenue ! Je ne t'avais jamais vue en tablier, une coiffe sur la tête.

– Ne commence pas, répliqué-je, le foudroyant du regard, avec un geste embarrassé vers ma coiffe de domestique en dentelle blanche.

Il me suit vers l'escalier de la cave. Les escaliers sont pénibles pour lui, mais il se débrouille bien en se calant contre le mur avec l'épaule pendant qu'il descend. Bianka joue du piano dans la salle de musique ; Mme Och est dans sa salle de lecture ; M. Darius, Frédéric et le professeur Baranyi sont dans le bureau du professeur, où ils se réunissent depuis quelques jours durant l'heure qui précède le dîner. Si jamais quelqu'un nous surprenait, Dek est un cambrioleur et il me tient en otage. Il sortira d'ici avec un pistolet pointé sur ma tempe.

– Alors explique-moi ce qu'il faut chercher, dit-il, une fois que nous sommes dans l'obscurité de la cave.

– Tout ce que nous pouvons dénicher sur lui. Écoute, Dek…

Je n'ai révélé à personne l'ampleur des bizarreries dans cette maison. Je ne sais pas comment aborder le sujet.

– M. Darius est… eh bien, la cliente m'a affirmé que c'est un homme-loup.

– Un *quoi* ?

– Exactement la réaction que j'ai eue.

– Nous sommes de la même famille, c'est clair. Des génies tous les deux. Tu as obtenu une réponse ?

– Il s'agit d'un homme qui se change en monstre la nuit, dis-je. Il finit par conserver une forme de loup. Je l'ai entendu gronder là en bas. Il n'y a pas de doute qu'il est… ça.

– Bigre, Julia ! Pas étonnant que la cliente ait offert autant de pièces d'argent. Cette affaire semble tout droit sortie d'un conte folklorique.

– Je sais.

Même les contes folkloriques sont illégaux dans la Fraxe moderne, mais comme nous avons grandi dans le Méandre, nous les avons entendus : des grands-mères parlaient en secret de lumières dans les bois, d'esprits qui empruntaient le corps d'un vivant pour une nuit de festivités, de démons qui rampaient hors de leurs tombes pour boire du sang humain avant l'aube. J'en faisais des cauchemars, et Dek suppliait maman de nous jurer que les histoires n'étaient pas vraies, mais elle se contentait de dire : « De telles histoires sont pour moitié la vérité, pour moitié des mensonges – c'est ce qui en fait des histoires. » Aujourd'hui, je pense qu'elles contenaient une part de vérité plus grande que notre mère elle-même ne le reconnaissait.

Dek continue de paraître incrédule.

– Donc tu repenses à ce que Charly a raconté, les empreintes de pattes et compagnie, et tu te demandes si tu n'aurais pas le tueur dans cette cave ?

– Non. Je ne crois pas. Il est enfermé toute la nuit, et Pia m'a assuré que ce n'était pas lui, même si je ne lui fais pas vraiment confiance… Mais je suis certaine que le tueur a un rapport avec Bianka et Mme Och.

– Si ton M. Darius a des pattes, il pourrait exister quelqu'un ou quelque chose d'autre qui en a, dit Dek.

Je me demande si Pia pourrait avoir des pattes sous ses longues bottes.

– Maman, dit le bébé Théo d'une petite voix.

– Chut, ta maman est en haut, dis-je. Voici la porte. Est-ce que j'allume la lanterne ?

– Pas encore, répond Dek.

Il pose sa béquille sur le côté, avec la lanterne, se baisse devant la porte sur son genou valide et replie maladroitement son autre jambe sous lui. Il tâte la serrure, tâte le battant, et dit :

– Ma parole, ils ne veulent pas qu'on ouvre cette porte, hein ?

Il prend dans sa poche le petit disque de métal, son crochet magnétique, et le met par-dessus la serrure. Il le déplace un peu en écoutant avec attention. Comme Théo glisse le long de ma hanche, je le remonte d'un geste brusque.

– Maman, se plaint-il.

Il gigote dans mes bras, s'efforçant de descendre, mais je tiens bon et l'immobilise contre moi. Il y a alors un cliquetis et la serrure cède.

– Pas mal ! dis-je, impressionnée.

Jusqu'ici, cette serrure a tordu tous mes crochets.

Théo m'arrache ma coiffe, si bien que mes cheveux s'éparpillent. La porte s'ouvre toute grande. J'essaie de récupérer ma coiffe mais Théo hurle en signe de protestation.

– D'accord, garde-la, mais tais-toi, marmonné-je.

À nous deux, Dek et moi allumons la bougie et refermons la lanterne, créant une lumière chaude, dansante, qui ravit Théo.

Enfin apparaît la chambre de M. Darius. Haute de plafond, elle a des tapis épais au sol et des tapisseries sur les murs pour faire barrage au froid qui émane de la pierre. Son lit est vaste, défait. Près de la porte, de lourdes chaînes en argent sont fixées au mur, avec de solides anneaux pour les poignets et les chevilles.

– Charmant, dis-je.

– Qui enchaîne-t-il donc là ? demande Dek, intéressé.

– C'est lui qu'il enchaîne, je pense.

Je pose par terre le bébé qui se tortille et lui recommande :

– Ne va pas faire de bêtises.

Stupide. Comme de dire à un chien, d'une voix très amicale, de ne pas remuer la queue. Théo se dirige vers le gros coffre à côté du lit.

– Précisément ce que je pensais, dis-je. Je me demande s'il est fermé à clé lui aussi.

Le coffre n'est pas fermé. Il est surtout rempli de vêtements et de quelques livres à l'air ennuyeux : un roman peu attirant sur la guerre en Istée, une histoire des rois et des reines fraxais et un ouvrage de philosophie théologique intitulé *Ce que nous sommes*, si célèbre qu'il en est banal. On le voit sur l'étagère de n'importe quelle personne moyennement instruite. M. Darius n'est pas un lecteur très aventureux. Sont aussi rangés là des sachets de tabac, des boîtes de cirage et de l'huile capillaire.

– Amuse-toi, dis-je au bébé.

Il entreprend de sortir toutes les affaires du coffre et de les empiler sur le sol. Voilà qui devrait au moins l'occuper.

– Pas très fastueux, de vivre dans la cave d'une vieille dame riche, commente Dek, regardant les étagères pour la plupart vides et une large table avec quelques tasses sales dessus.

Nous fouillons la pièce. Nous inspectons le matelas, retournons les bords du tapis, regardons sous le lit et palpons les murs. Je soulève la tapisserie à la tête du lit… victoire ! Elle dissimulait un petit placard dans le mur en pierre.

– J'ai trouvé ! m'écrié-je.

– Trouvé quoi ? demande Dek.

– Quelque chose de secret, dis-je, tâchant d'ouvrir le placard, qui se révèle fermé à clé. Laisse-moi essayer ce crochet.

– Tu peux le garder, dit-il en me le lançant. J'en fabriquerai un autre.

Je le passe plusieurs fois sur la serrure, sentant une secousse en réaction. Puis quelque chose bouge et, avec un cliquetis brusque, la serrure cède.

– C'est carrément génial, Dek ! dis-je, admiratrice. Tu te remplirais les poches si tu vendais ces merveilles.

– Peut-être.

– Quoi, peut-être ?

Il commence à parler des brevets, à dire qu'une seule invention bien exploitée peut nourrir perpétuellement son auteur, que nous pourrions mener une vie très différente tous les deux, mais je n'écoute plus que d'une oreille : j'ai tiré du placard une enveloppe épaisse et je m'assieds avec sur le lit.

– Tu sais, on pourrait acheter un appartement sur le Plateau, ou même à la Scola, si le prix était correct.

– Le Méandre me plaît, objecté-je tandis que j'extrais de l'enveloppe une liasse de documents. Ses papiers ! m'exclamé-je triomphante, les montrant à Dek.

– Je veux dire que notre situation pourrait être différente, Julia. Nous pourrions même quitter Spira, repartir à zéro ailleurs. Tu pourrais être n'importe qui, à un autre endroit. Tu es instruite, ou tout comme. Tu pourrais épouser un type de bonne famille si tu voulais, avoir un mioche ou deux.

Je lève les yeux vers lui, stupéfaite.

– Sacré nom de Kirghal, Dek ! Pourquoi donc ferais-je une chose pareille ?

– Je ne sais pas, dit-il, l'air soudain terriblement malheureux. C'est peut-être une idée extravagante. Qui m'accorderait un brevet, à moi ? C'est juste que… j'en ai ras le bol de ce manège.

– Quel manège ?

– L'escroquerie.

Pendant une minute je reste sans voix. Je savais que Dek était souvent insatisfait, mais j'avais cru que c'était à cause des limites de son corps, non pas en raison de notre travail. Je n'imagine aucune autre vie pour moi et je suis troublée qu'il ait manifestement consacré beaucoup de temps et d'énergie à en imaginer une.

– J'aime mon métier, finis-je par dire. C'est ça, la belle vie, Dek ! Une foule de moments exaltants, la liberté d'agir comme bon nous semble.

Mais il secoue la tête.

– Esmée nous a rendu un fier service quand on était mômes. J'ai de la reconnaissance envers elle, mais je suis un homme à présent et tu es presque adulte aussi. Je veux davantage pour nous.

– Tu donnes l'impression que notre choix est immense, dis-je avec plus d'amertume que je ne le prévoyais. Pourrions-nous en discuter une autre fois ? Quand je ne serai pas en plein travail ?

Il me fait une révérence ridicule et je me plonge dans les papiers de M. Darius, mon enthousiasme assez refroidi.

M. Darius n'est pas M. Darius, bien sûr. Selon ses documents de voyage, il se nomme messire Victor Pierre d'Osten III. Il est le fils de messire Nicolas Laurent d'Osten et de dame Clara Vollaire, né à Spira, et a quarante-six ans. J'avais supposé qu'il était homme d'affaires, mais il apparaît qu'il est un genre de diplomate, après une ascension rapide dans la hiérarchie militaire. Vers le sommet de la pile se trouve une lettre datant de deux mois. Lorsque je vois la signature en bas, mon cœur tressaille.

– Écoute ça ! dis-je avec ardeur, et je la lis à Dek.

Cher Monsieur,

Par la présente nous vous accordons les dix semaines que vous avez demandées à des fins de recherche et de constitution d'une nouvelle équipe. Le roi, se joignant à moi, vous adresse ses condoléances pour les hommes que vous avez perdus. Ils sont morts courageusement au service de leur roi et de l'Innommé.

Je suis navré d'entendre que les loups parnois vous causent autant de difficultés. Ils sont malins et résistants, comme vous le dites, j'ai néanmoins pensé que vous seriez l'homme de la situation. J'espère ne pas me tromper. Pendant ce temps, Élise semble heureuse à la Cour et, comme toujours, nous la garderons près de nous durant votre absence.

Bien à vous,

Agoston Horthy

– Agoston Horthy ! s'écrie Dek. Par l'Innommé intangible, ton homme-loup a des amis haut placés ! Tu te souviens de notre projet d'assassinat ?

Je ne peux m'empêcher de rire, même si ce n'est pas très drôle, au fond. Petits, Dek et moi tenions le Premier ministre chasseur de sorcières pour responsable de la mort de notre mère. Peu de temps après notre installation chez Esmée, nous avons commencé à comploter de l'assassiner avec des fléchettes empoisonnées. Les heures que nous y avons passées ! Au bout du compte, le chimiste à qui nous avons essayé d'acheter du poison en a parlé à Esmée ; le projet en est resté là. Il semble puéril aujourd'hui, mais en un sens je regrette ce que je ressentais pendant que nous mijotions notre complot ridicule. Comme si nous pouvions remédier à l'atrocité des choses. Comme si la revanche contre toute l'injustice du monde était, d'une certaine façon, possible.

Je feuillette les autres papiers. Des lettres portant la signature d'Agoston Horthy remontent à plusieurs années et font référence à des endroits aux quatre coins du monde. Je me demande si Mme Och en sait beaucoup sur ce lien entre les deux hommes, si elle en connaît même l'existence. Les lettres traitent de la constitution d'équipes, des effectifs et d'opérations sinistres bien au-delà des frontières de la Fraxe. *Vous aurez besoin d'éclaireurs qualifiés… Vous devez engager des membres des tribus tshukas pour vous conduire jusqu'au repaire… Je ne peux pas vous fournir la puissance de feu que vous demandez… L'assemblée de sor-*

cières serait cachée dans les monts Tikali… Si ce que vous décrivez est exact, l'unique solution est d'inonder la vallée entière. Au moins la moitié des lettres font mention d'Élise et de ses activités à la Cour. La toute dernière est vieille de sept ans, non signée mais couverte de la même écriture, soigneuse et serrée. Elle dit seulement : *Pensiez-vous pouvoir me la cacher ? J'ai une proposition à vous faire. Venez à mon bureau une heure après minuit.* Il y a encore une quantité d'autres papiers, mais nous sommes déjà ici depuis trop longtemps et je n'ose pas m'attarder plus. Je prends un échantillon des lettres d'Agoston Horthy, les plie et les dissimule dans mes bas.

– Où est passé le bébé ? demandé-je, cherchant Théo.

Lorsque je le trouve sous la table, je ne peux réprimer un éclat de rire. Il a réussi à ouvrir une boîte de cirage et s'est barbouillé la figure, les cheveux et les vêtements.

– Daaaaaboudaboudabou ! lance-t-il d'un air de triomphe, levant ses mains noircies.

Mon amusement s'évanouit.

– Comment vais-je le nettoyer ? dis-je, alarmée.

– J'ai vu une bassine d'eau sur le fourneau quand je suis arrivé, me dit Dek. Le cirage devrait partir sans problème.

J'essaie de remettre toutes les affaires en place. Une fois que la chambre est dans un état acceptable, nous soufflons la lanterne et retournons dans l'obscurité jusqu'à l'arrière-cuisine. Passant devant Dek, je vérifie que la pièce est déserte. Puis je déshabille le bébé aussi vite que je peux. Le piano résonne toujours à l'étage. Je n'ai pas le temps de faire chauffer l'eau de la bassine et Théo crie comme un putois dès que je le plonge dedans, griffant et se tortillant pour ressortir – ça se comprend ! J'empoigne une brosse pour la vaisselle et m'attaque au cirage collé dans ses cheveux.

– Tu vas lui arracher la peau avec ce truc, dit Dek, attrapant un gros savon au-dessus de l'égouttoir.

À nous deux, nous réussissons à maintenir Théo dans l'eau, je fais mousser le savon et, que tous les saints en soient remerciés, le cirage s'en va facilement. Dek chante une mélodie traditionnelle que notre mère nous chantait autrefois, l'histoire triste d'un père et d'un fils allant ensemble sur une tombe sans que les paroles disent qui est enterré là. C'est une jolie chanson, mais je préférerais qu'il ne la chante pas.

– Voilà ! m'exclamé-je.

Je sors de l'eau le bébé trempé et hurlant, et l'enveloppe dans un torchon de vaisselle. Il se tait sur l'instant, frissonnant contre moi, encore secoué de gros sanglots.

– Tu es exceptionnelle avec les enfants, ironise Dek.

– C'est toi qui m'imaginais mariée dans une ferme ou je ne sais quoi, répliqué-je d'un ton hargneux.

Il rit, et je m'adoucis.

– Pas d'importance, si tu es heureuse, dit-il.

– Comme un poisson dans l'eau, affirmé-je, séchant les boucles ruisselantes de Théo avec une extrémité du torchon. Tu ferais mieux de te sauver. Écoute, si tu croises Wyn, tu peux lui dire qu'il y a eu un contretemps hier mais que je passerai à la première occasion ?

– Je l'ai trouvé ivre mort dans notre chambre la nuit dernière, qui t'attendait, dit Dek d'un ton sec.

– Je sais, désolée.

Un sentiment de culpabilité m'assaille.

– Bon, je lui dirai si tu veux… Cette relation entre vous deux, reprend-il après un silence. Elle dure depuis un moment.

– Si tu t'inquiètes de mon incompétence avec les bébés, on prend nos précautions, entendu ?

– Ce n'est pas ça, dit-il. Je veux que tu prennes des précautions sur d'autres plans. Je sais que tu l'aimes beaucoup, et je ne doute pas qu'il t'aime beaucoup aussi, mais tu ne peux pas lui faire confiance, Julia.

La colère m'envahit, mais reflue aussitôt. Dek n'est pas du genre à porter des accusations gratuites.

– Qu'est-ce que tu me dis ?

– Je ne sais rien. Rien de sûr. Mais il sort beaucoup.

– Tu ne le connais pas, dis-je, oppressée. Tu ne le connais absolument pas.

– Je le connais assez bien, mais je te concède que tu le connais mieux, admet Dek. J'aimerais me tromper sur lui.

Je serre le bébé contre moi et réussis à dire :

– Bien, je note.

– Je suis désolé, Julia. Tiens, je vais me faire pardonner : je t'ai apporté un cadeau.

Il cherche à l'intérieur de son manteau et en sort un étrange bracelet tortueux. Il me le met pendant que, d'un bras, je berce le bébé dont la respiration s'apaise, le bain glacial déjà presque oublié. Le bracelet entoure mon poignet, suit ma paume et encercle mon petit doigt. Il y a un mécanisme coulissant sur ma paume et deux minuscules becs, au poignet et au doigt.

– Tu vois ici, contre ta paume ? m'indique-t-il. En repliant les doigts, tu peux soit pousser, soit tirer. Si tu tires, du gaz poivre jaillira ici, au poignet. Si tu pousses, il jaillira au niveau du doigt. Dirige ton poing vers le visage de quelqu'un, le gaz lui brûlera les yeux et la gorge d'une façon incroyable. Ton ennemi ne verra plus rien pendant plusieurs minutes, et la douleur persistera bien plus longtemps.

– C'est génial, Dek ! m'écrié-je, émerveillée.

– Si tu ne peux pas sortir ton couteau, si quelqu'un t'immobilise, tu devrais quand même réussir à utiliser le bracelet. Vérifie juste que le bec au poignet ou au doigt est bien orienté vers le visage de ton agresseur, et fais attention à ne pas t'asperger.

– Tu l'as fabriqué spécialement pour moi ?

Je regrette de ne pas avoir eu un objet semblable hier, quand les gars de Torne me tenaient.

– Je pourrais m'en faire un aussi : après tout, je suis en position de faiblesse dans une bagarre. Mais oui, je l'ai fabriqué pour toi. Il y a l'équivalent de six jets à l'intérieur, ensuite il faudra que je le recharge. Celui qui essaiera de t'embêter recevra ce qu'il mérite.

Je pose Théo par terre et il s'éloigne en vacillant, tout nu.

– Merci, dis-je, et je serre Dek dans mes bras pour lui montrer que je lui pardonne ce qu'il a dit, ou presque dit, sur Wyn. Maintenant, sauve-toi, je t'en prie.

Il me fait un baiser un peu brusque sur le sommet de la tête. Théo revient en chancelant et jette ses bras autour de ma jambe.

– Lala, dit-il, levant vers moi son ridicule sourire à six dents.

– Il est malin, il connaît ton prénom, observe Dek.

– Ce n'est pas mon prénom.

– Tu ne te fais pas appeler Ella ? demande Dek.

– Oh.

Je regarde le bébé avec une certaine surprise. Il se cramponne à ma jambe, gloussant comme un minuscule fou dévêtu, et je suis frappée par sa beauté, par sa fraîcheur extrême, avec ses yeux brillants et sa peau douce. Je comprends presque l'attitude des gens devant les bébés, quand ils s'extasient sur eux comme des idiots. Il est tellement lui-même, si joli, et il ne sait pas encore dans quel monde épouvantable il vit. Il croit encore que c'est un endroit merveilleux, que nous sommes tous des gens bien.

– Eh, qu'est devenue ta ravissante coiffe ? demande Dek.

Je touche mes cheveux, toujours détachés.

– Glorieux Innommé, murmuré-je. Je l'ai oubliée dans cette foutue chambre.

Je renvoie Dek ; outre que sa présence devient trop risquée, je pense pouvoir utiliser le crochet magnétique aussi bien que lui. Je pose Théo dans le panier de linge propre et lui jette un drap dessus en disant « Cache-cache ! », puis je retourne au pas de course à la cave. Atteignant la porte, je frotte une allumette contre le mur. L'Innommé en soit remercié, la coiffe est juste devant moi : Théo l'a lâchée avant que nous entrions dans la chambre. Je la ramasse, souffle l'allumette, tourne les talons, repars à toute allure – et heurte de plein fouet quelqu'un qui arrive en sens inverse. Le disque de métal m'échappe et tinte sur le sol tandis que je tombe en arrière.

– Que se passe-t-il ?

C'est la voix de M. Darius. De messire Victor Pierre d'Osten, plutôt. Il se penche vers moi et saisit mon visage dans sa grosse main, me comprimant les joues. Je tâtonne derrière moi dans le noir. Mes doigts sentent le disque et se replient sur lui alors que M. Darius m'oblige à me lever.

– Aïe ! glapis-je tout en glissant le crochet magnétique dans la poche de mon tablier.

– Que faites-vous à rôder ici ?

– Je cherche la cave à vin ! m'écrié-je. Je ne pensais pas qu'il ferait aussi sombre. Mme Francis veut une bouteille de blanc pour la soupe.

– La cave à vin est au pied de l'escalier. Vous y êtes forcément déjà allée.

Sa voix est terrible, très différente de d'habitude. Un genre de grondement sauvage.

– Pourquoi y serais-je déjà allée ? protesté-je. Je ne descends jamais ici. S'il vous plaît, monsieur, vous me faites mal.

– Qu'est-ce que vous mijotez, vilaine fille ?

Il me serre plus fort. La terreur envahit mes veines, m'assèche la gorge, et je suis terriblement consciente du paquet de lettres caché dans mes bas. Il me vient à l'esprit de prononcer son véritable nom, ou d'employer l'arme que Dek m'a offerte, mais l'un comme l'autre équivaudraient à me trahir.

Malgré sa main autour de mon visage, qui me couvre à moitié la bouche, je m'exclame :

– Mme Francis attend le vin, monsieur ! Je vous en supplie, lâchez-moi, monsieur, si vous êtes un gentilhomme !

Il me libère avec soudaineté, comme s'il ne s'était pas aperçu qu'il tenait mon visage dans un étau. Sa figure est indistincte dans le noir, mais la menace a en partie quitté sa voix et je perçois une hésitation chez lui.

– J'en suis un, dit-il.

– Excusez-moi, monsieur, dis-je, m'autorisant un sanglot à demi sincère. Je n'essayais pas d'aller dans votre chambre, on me l'a défendu ; je voulais juste une bouteille pour Mme Francis. Je vous en prie, ne soyez pas fâché contre moi.

– Filez prendre votre bouteille, alors, dit-il d'un ton rude en s'écartant. Et que je ne vous croise plus par ici.

Je m'enfuis le long du couloir, empoignant au passage la première bouteille de blanc que je trouve dans la cave à vin, et remonte l'escalier en toute hâte. Théo est resté paisiblement caché dans le panier à linge.

– Lala ! s'écrie-t-il lorsque je l'en sors.

Je ris de soulagement avant de me rendre compte qu'il a fait pipi sur les draps propres.

– Oh, petit monstre ! me lamenté-je. Je vais devoir les relaver. Sacré nom de Kirghal ! Bien, allons te mettre une couche et t'habiller ; je jetterai un coup d'œil aux affaires de ta maman, par la même occasion. J'ai une liste à dresser.

Il m'enlace le cou d'un air réjoui et je nous étonne tous les deux en lui plantant un baiser sur la joue.

Elle enfonce l'aiguille dans la veine.

Il essaie de parler. Des pinces lui maintiennent les yeux ouverts et de solides lanières en cuir l'attachent au lit. Tourner la tête lui arracherait les paupières. Alors il regarde fixement la lampe qui décrit des cercles lents au plafond et les filles fantomatiques qui dansent autour, qu'il ne peut chasser d'un battement de cils, levant toutes ensemble leurs jambes gainées de bas.

Le sérum se concentre comme un poing dans sa poitrine, du moins c'est l'impression qu'il a. Un poison qui cherche ses secrets. Il oblige sa langue et sa bouche à émettre le son qu'il veut produire :

– Shaye, dit-il.

Shaye recule contre le mur, les paupières pesantes. La séance s'éternise aujourd'hui, et elle se sent fatiguée, mais elle ne faiblit pas. Elle attend.

– S'il vous plaît…

Inutile. S'il était libre de lui parler, délivré des poisons, des lanières, du sommeil et des rêves qu'elle lui extorque. S'il avait du temps, s'il pouvait respirer, s'éclaircir les idées rien qu'un moment, il pourrait lui parler et elle écouterait peut-être. Depuis des mois, il ne connaît plus que les potions subtiles, les lumières éblouissantes et les aiguilles pointues dont elle se sert. Des parties de lui sont isolées, retranchées. Ligotées d'une manière qu'il ne savait pas possible. Il se cramponne à la seule chose dont il doit se souvenir : ne pas leur révéler… ne pas leur révéler… Quoi ? Et à qui ne doit-il pas le révéler ?

– Ça fait mal, dit-il.

– Qu'est-ce qui fait mal ? demande Shaye. Son prénom ?

Plus doucement :

– Mon prénom fait-il mal ?

Elle s'avance, cascade de cheveux noirs, yeux dansants, ses épaules dénudées, douces et brunes. Elle sourit. Il fait sombre hors du dancing, les rues de Nicim sont silencieuses sous les étoiles scintillantes. D'ici, l'odeur de la mer est perceptible.

– Oui.

Son prénom, qui brûle à l'endroit où il l'a enfermé.

– Alors il faut l'extérioriser, et la douleur cessera, dit Shaye de très loin. Ensuite vous pourrez vous reposer. Ensuite vous pourrez fermer les yeux.

La compassion déborde des yeux noirs et il esquisse un geste vers elle, mais non, il ne peut pas, ses bras sont ligotés. Il y a une chose importante, une chose qu'il devrait faire ou ne devrait pas faire, mais il a oublié. Mieux vaut se taire, ne rien faire.

– J'ai peur, lui dit-il.

Elle rit, et il éprouve un sentiment proche de la sérénité. Elle lui a toujours donné cela.

– Tu n'as rien à craindre, dit-elle. Je vais bien. Ne vais-je pas toujours bien ? Peux-tu vraiment imaginer le contraire ?

– C'est pour cette raison, dit-il. C'est pour cette raison que je t'ai choisie. Pardonne-moi.

– Il n'y a rien à pardonner.

Elle se penche tout près, et des larmes lui remplissent les yeux, mais il ne peut pas les chasser d'un battement de cils. Les pinces.

– Nous allons les enlever, promet-elle. Tu as besoin de repos. Tout va bien. C'est fini. Qui suis-je ?

Le prénom lui échappe comme un soupir au réveil :

– Bianka.

– Oui. C'est ça.

Elle lui caresse la joue.

– Ils te tiennent, mon amour. Ils te tiennent. Il n'y a plus que moi désormais qui protège ton ombre. Il faut me dire où elle est, pour que je puisse la préserver.

Les danseuses tournoient dans le ciel, les étoiles brillent sur sa peau, une fumée jaune envahit son sang. Elle retire très délicatement les pinces de ses paupières ; ses larmes roulent, emportant tout.

– Dis-moi, mon amour, chuchote-t-elle.

Et il le lui dit.

12

Après le déjeuner, j'entends par hasard Bianka et le professeur Baranyi convenir qu'elle se rendra dans son bureau dès qu'elle aura fait sa toilette. Je compte y aller la première, malheureusement messire Victor Homme-Loup m'arrête dans l'escalier.

– Ella… dit-il d'un ton bourru.

– Oui, monsieur.

J'incline la tête, fuyant son regard.

– Je voudrais vous présenter mes excuses. Je me suis très mal comporté lorsque nous nous sommes croisés à la cave. J'étais surpris, et d'assez mauvaise humeur.

– Bien sûr, monsieur, je comprends parfaitement.

– Vous êtes une gentille fille. Je regrette de ne pas pouvoir m'expliquer franchement. Je ne suis pas moi-même ces temps-ci.

Voilà un bel euphémisme !

– J'en suis désolée, monsieur.

Je voudrais monter l'escalier, arriver dans le bureau avant le professeur, mais messire Victor semble soudain désireux de se confier.

– Je ne prévoyais pas de séjourner aussi longtemps dans cette maison. J'ai une fille, vous savez.

– Vous devez beaucoup lui manquer, monsieur.

– Oui, oui, sans doute. Sa mère est morte quand elle était bébé, nous ne sommes que tous les deux. Elle a votre âge maintenant. C'est une excellente violoniste. Elle prend des cours avec Bartole.

Oh, par tous les saints, va-t-il vraiment se mettre à me parler du talent de musicienne de sa fille ? Je me demande s'il s'agit de cette Élise mentionnée dans les lettres d'Agoston Horthy. J'entends le professeur Baranyi donner des instructions à Mme Francis dans la cuisine, ce qui signifie qu'il va monter sous peu.

– Monsieur, il faut que je me dépêche, je dois aller chercher quelque chose pour Mme Och. Je suis navrée !

– Bien sûr, bien sûr, que je ne vous retarde pas, dit-il, troublé. Je voulais seulement… m'excuser auprès de vous. Et puis, tenez.

Il me tend une pièce, que j'accepte. De la monnaie de cuivre. Quoi qu'il en soit, il n'est pas avare quand il présente ses excuses.

– Vous êtes une fille bien, une gentille fille. J'espère ne pas vous avoir effrayée.

Juste épouvantée, espèce de monstre.

– Rien qu'une petite frayeur, et je comprends, dis-je en hâte. Merci, monsieur, vous êtes très généreux, monsieur.

Il me lance alors un regard perdu, malheureux, ébauchant un geste dans ma direction, comme pour me prendre la main.

– Je ne suis pas celui que je voudrais être, Ella.

– Je suppose que nous sommes tous dans ce cas, dis-je. Nous devons prier l'Innommé de nous rendre meilleurs. Merci encore, monsieur.

– Oui, bien sûr.

Il recule, s'éloigne de moi, son visage masqué par la pénombre.

– Allez-y. Gentille fille.

– Merci ! dis-je, grimpant l'escalier au pas de charge et m'engouffrant dans le bureau du professeur.

Je m'installe confortablement sur le divan au fond de la pièce et me volatilise quelques secondes avant que le professeur et Bianka fassent leur entrée ensemble. C'est la première fois que je me volatilise depuis ma mésaventure dans la salle de lecture de Mme Och, et j'éprouve une vive inquiétude, mais les choses se déroulent selon le scénario habituel, un retrait facile, un léger brouillage du monde. Bianka est accompagnée de Théo. Il me fait un signe de la main, ravi. Par la maudite meute infernale, ce petit chenapan me voit ! Je commence à me lasser des occupants de cette maison. Je le regarde d'un air sévère, et il rit.

– Oui, un hibou, dit Bianka.

Au moins, elle ne me voit pas, malgré sa force et son étrangeté.

– Reviens ici, Strix, ordonne le professeur Baranyi. Tiens-nous compagnie.

Le hibou penche la tête et me regarde, comme s'il me demandait la permission. Je le fusille des yeux et il vole jusqu'au professeur, se perchant sur son épaule. Théo est désormais plus intéressé par l'oiseau que par moi, heureusement.

– Je voulais vous parler car je sais que Mme Och me cache des choses, dit Bianka. J'espère que vous serez plus franc.

Le professeur, l'air interloqué, ôte nerveusement ses lunettes et les nettoie.

– Je suis désolée, continue Bianka. Elle est très gentille, vous l'êtes tous, et je comprends que vous me protégez. Mais elle ne me dit rien, hormis qu'elle s'efforce de trouver un endroit sûr pour Théo et moi. Je veux savoir ce qui se passe. Et je veux savoir pourquoi. Je veux des informations sur Gennadion.

Le professeur Baranyi remet ses lunettes et lui adresse un faible sourire.

– Je ne puis assurément rien vous dire que Mme Och ne peut pas vous dire elle-même. Quant à Gennadion, je ne le connais pas.

Théo parvient à descendre des genoux de Bianka et se cache sous le secrétaire.

– Écoutez, je m'interroge sur sa nature. Ce n'est pas un genre de sorcier, si ? demande Bianka, glissant son pied hors de sa chaussure et l'agitant sous le nez de Théo, qui lui attrape les orteils.

– Je n'emploierais pas ce terme, répond avec précaution le professeur Baranyi. Mais c'est un homme très peu ordinaire.

Bianka soupire et s'affaisse dans son fauteuil.

– Vous êtes tous tellement cachottiers, marmonne-t-elle. Il était pareil. Si seulement je savais ce qui lui est arrivé.

– Nous voudrions tous le savoir, réplique le professeur.

– J'avais conscience qu'il ne resterait pas, dit Bianka. Bien sûr que j'en avais conscience. Mais je ne pensais pas qu'il disparaîtrait totalement. Nous sommes partis pour des vacances en Sirilie juste après la naissance de Théo. Il a modifié nos projets en cours de route, m'a installée dans un train et est allé chercher quelque chose au wagon-restaurant, mais il n'est jamais revenu. Depuis, je n'ai eu aucune nouvelle. Vous ne croyez pas... voyez-vous, avec la mort qui me talonne, je ne peux pas m'empêcher de craindre qu'il soit mort lui aussi.

– Je suis absolument certain qu'il n'est pas mort, affirme le professeur.

– Comment pouvez-vous en avoir la certitude ? Mme Och a soutenu la même chose. Mais alors que lui est-il arrivé ? Pourquoi aurait-il disparu sans un mot ?

– Gennadion a des ennemis. Il s'est peut-être éloigné pour vous protéger.

– En pure perte, rétorque Bianka. Maintenant j'ai des ennemis aussi, de toute évidence.

– Oui. Nous enquêtons là-dessus. Parlez-moi de l'homme que vous avez mentionné à Mme Och, celui qui cherchait Gennadion.

– J'avais perdu mon travail au dancing. Ils m'avaient remplacée pendant que j'étais enceinte, et après la disparition de Gennadion, il a fallu que je fasse croire à Maggar que Théo était son fils. Je ne savais pas comment faire autrement. Maggar s'est occupé de nous. Il m'a procuré une belle maison au bord de la mer, à partager avec sa maîtresse, Katia.

– Maggar était le banquier, la deuxième victime, exact ? demande le professeur. Katia, c'est la danseuse qui a été tuée ? La première victime ?

– Oui. Maggar avait une prédilection pour les danseuses. Katia et moi étions amies, même si elle était la nouvelle maîtresse de Maggar et moi son ancienne. Que j'habite là, qu'il y ait Théo ne semblait pas du tout la déranger. J'imagine que ça la rassurait de voir que Maggar prenait soin de ses ex. Les filles comme nous doivent se soucier de cette question.

Le professeur paraît un peu gêné. Il l'incite à poursuivre :

– Et l'homme qui est venu vous voir ?

– Oui, alors cet homme s'est présenté à la maison ; il s'exprimait bien, il rayonnait de beauté, sauf qu'il avait un bandeau sur l'œil, et que son autre œil était jaune, ce qui gâchait son apparence. Il s'est assis dans mon salon et m'a posé une foule de questions. Je ne lui en ai pas révélé beaucoup, mais il en savait déjà long sur nous deux. Il connaissait aussi l'existence de Théo, qui a paru grandement l'intéresser. Il lui a coupé une mèche de cheveux sans me demander la permission, il lui a piqué le doigt pour obtenir une goutte de sang, après quoi je l'ai fichu dehors. Cette visite m'a causé une peur bleue, évidemment. J'ai voulu quitter la ville, et j'avais appris qu'une troupe donnait des spectacles de cirque d'avant-garde à Falleri, plus haut sur la côte. Je suis allée voir si Gennadion était avec eux, ou si l'un d'eux avait des nouvelles de lui. Une simple tentative, bien sûr ; il n'était pas là, ils ne le connaissaient pas, et lorsque je suis rentrée, Katia était morte. Vous savez ce qui s'était passé. J'ai vu ça, j'ai su que c'était ma faute, d'une certaine façon : qu'elle avait été tuée à ma place. J'ai fait ma valise et prié Maggar de m'emmener sur-le-champ au train. J'ai rencontré la gouvernante à la gare, un pur hasard. Je ne savais pas, comment aurais-je pu savoir quelle malchance c'était pour elle de croiser mon chemin ? Elle s'appelait Janie. Maggar m'a accompagnée sur le quai, nous lui avons fait signe derrière la vitre, et peu après mon arrivée à Spira j'ai lu dans les journaux qu'il était mort aussi. Puis ça a été la gouvernante, Janie, puis le conducteur de fiacre qui nous a prises à la gare, puis l'aubergiste, puis le coursier. Tous les gens que je rencontre semblent mourir dans les mêmes circonstances horribles.

Elle hausse la voix.

– Mme Och n'a pas semblé particulièrement étonnée. L'êtes-vous ?

Le visage du professeur Baranyi est devenu de marbre.

– Quelqu'un vous traque, dit-il. C'est tout.

– Mais pourquoi traquer aussi une de mes amies, mon ancien amant, la femme avec laquelle j'ai juste partagé un fiacre ?

– Je pense qu'avant de disparaître, Gennadion a dû faire quelque chose pour vous protéger, pour vous dissimuler au tueur. Celui-ci s'obstine néanmoins à vous chercher, avec l'espoir que les gens que vous avez rencontrés le conduiront jusqu'à vous.

– S'agit-il de l'homme à l'œil jaune ?

– Non. Mais je serais prêt à parier qu'ils ont le même employeur.

– Mais qui ? Pourquoi ? Que veulent-ils de moi ?

Lassé des orteils de sa mère, Théo progresse dans ma direction, rampant à travers la pièce. Avec une lenteur extrême, je me baisse jusqu'au sol et me mets dans une position plausible pour simuler un évanouissement, au cas où le bébé attirerait l'attention sur moi. Par chance, le professeur Baranyi est bien trop absorbé par sa conversation avec Bianka pour me remarquer ; Bianka elle-même me tourne le dos.

– C'est ce que nous devons découvrir, dit le professeur. À mon avis, ils veulent Gennadion, et ils espèrent soit que vous savez où il est, soit que votre fils et vous servirez d'appât pour l'attirer.

– Je ne sais pas où il est et je doute fort qu'il viendrait à notre secours, réplique-t-elle d'un ton amer. Le tueur se trompe donc sur les deux tableaux. Si vous savez qui c'est, ne pouvez-vous pas l'arrêter ?

– Nous faisons le maximum, insiste le professeur.

– Mme Och m'a dit que l'homme à l'œil jaune voulait probablement effectuer un test sur les cheveux et le sang de Théo pour voir s'il était bien le fils de Gennadion. Est-ce possible ?

– De tels tests existent, oui. Est-il… vous êtes sûre qu'il est le fils de Gennadion ?

Je ne vois pas son visage, mais ses épaules se voûtent un peu.

– Oui, sûre et certaine.

Il y a un silence gêné, puis on frappe à la porte.

– Ah, dit le professeur, se levant d'un bond, manifestement soulagé. C'est Mme Och.

Mon sang se glace. Elle va entrer et me voir, comme la fois précédente. Aussi vite que je l'ose, je rampe derrière le divan où s'empilent des livres. Je ne les vois plus, mais j'entends Mme Och saluer Bianka. Théo me rejoint derrière le divan, jouant avec le cordon de mon tablier à la manière d'un chaton.

– Nous aimerions que vous nous fassiez une petite démonstration, dit Mme Och. Juste pour voir s'il y aurait chez vous quelque chose de peu ordinaire, en plus de votre lien avec Gennadion ; quelque chose qui pourrait susciter toute cette attention fâcheuse.

– Il y a chez moi une foule de particularités peu ordinaires, dit Bianka. Comme vous le savez. Je ne vous ai rien caché.

– Mme Och pourrait identifier quelque chose que vous ignorez, dit le professeur. Avez-vous entendu parler de la transmogrification ?

Silence de Bianka. Le professeur explique :

– La transformation d'une créature vivante en une créature d'une autre espèce. J'ai pensé que nous pourrions essayer avec Strix. Un hibou changé en chat. Vous en croyez-vous capable ?

– Je ne me suis jamais hasardée à faire une chose pareille, répond Bianka. Ça semble assez cruel. Mais si c'est susceptible de vous révéler une chose que vous avez besoin de savoir, donnez-moi une feuille et un stylo, et nous verrons.

Mon cœur se met à battre la chamade. Pas étonnant qu'elle possède une telle force. Je glisse un regard au-dessus des livres. Mme Och est face à Bianka, heureusement. Le professeur Baranyi apporte un stylo à encre et du papier. Je regarde Bianka décapuchonner le stylo et soupirer. Tout paraît ralentir.

– Je n'écris pas souvent, dit-elle, presque rêveuse. Il faut que ce soit nécessaire. Quand j'ai un stylo dans la main, je sens le monde entier trembler devant moi. Je voudrais suivre la trace de l'encre jusqu'à mille endroits. Cette tentation m'effraie. Ce pouvoir. Je n'écris donc pas de lettres, de listes ou quoi que ce soit. Parce que je pourrais me surprendre à écrire tout autre chose. Je tiens le stylo mais je ne sais pas lequel de nous deux est le maître.

Le professeur et Mme Och l'observent, concentrés, tendus. À mon avis, ce serait bien fait pour eux si elle les changeait en crapauds. Mais je m'aperçois que je suis anxieuse moi aussi, pétrifiée de la voir le stylo dans la main. Elle le tourne entre ses doigts et se met à écrire. Puis elle s'arrête, et un flot de sang lui coule du nez. Je m'oblige à rester immobile, me retenant de plaquer une main horrifiée sur ma bouche. Le professeur se précipite, lui offre un mouchoir qu'elle presse contre son visage. La pièce vacille, une odeur de fleurs pourries se répand, et j'ai la sensation de tout voir sous un jour nouveau, le regard lavé.

– Là ! s'écrie le professeur. Ça marche !

Les plumes hérissées, Strix a fait des bonds sur le sol et cligne violemment des yeux.

– *Hou !* lance-t-il. *Houuu houuu !*

Et soudain il s'allonge, des pattes antérieures sortent de sa poitrine, ses serres se développent en pattes postérieures. Il lève la tête vers eux, qui le regardent.

Sa taille est demeurée identique, seule sa forme a changé, il n'est donc pas plus gros qu'un chaton. Son bec est devenu un petit museau marron de félin, mais il a conservé ses immenses yeux jaunes de hibou et présente un curieux mélange de plumes et de poils. Pour un chat, sa face est étrange, aplatie, ses yeux disproportionnés.

– *Miaou ?* tente-t-il, hésitant.

Une deuxième fois, plus assuré :

– *Miaou !*

Très bien, semble-t-il dire. *Je suis donc un chat. Miaou, alors.*

– Comment vous sentez-vous ? demande Mme Och à Bianka.

– Pleine de vertiges, répond-elle. Avez-vous appris quelque chose ?

Mme Och secoue la tête.

– Je n'ai rien vu là d'extraordinaire, dit-elle.

Pour l'amour du ciel. Il n'y a que cette maison où changer un hibou en chat puisse être considéré comme un acte ordinaire.

– Impressionnant malgré tout, pondère le professeur Baranyi. La plupart des sorcières n'obtiendraient pas une transformation aussi complète d'une créature vivante.

– Non ? demande Bianka, sa voix étouffée par le mouchoir. Je n'ai jamais connu d'autres sorcières. Je ne sais même pas ce dont je suis capable. J'ai peur de le découvrir.

– Vous êtes puissante pour une sorcière, affirme Mme Och. Mais vous n'êtes pas davantage. Cela n'explique pas votre situation.

Le professeur Baranyi caresse la tête de Strix. L'animal ronronne.

– Lui rendons-nous sa forme d'origine ?

Bianka lui donne le stylo d'assez mauvaise grâce. Je remarque que, même si elle le lui tend, il doit tirer un peu dessus avant qu'elle desserre les doigts et l'autorise à le prendre. Il le casse en deux, et le chat miaule, poils et plumes dressés.

– Vous lui faites mal ! crie Bianka.

Le professeur Baranyi regarde les deux morceaux de stylo, puis le chat.

– Briser le stylo utilisé pour écrire le sortilège aurait dû suffire pour le rompre, dit-il.

– Je n'en sais rien, dit Bianka, continuant à tenir le mouchoir contre son nez. Je n'ai pas du tout l'habitude d'écrire des sortilèges, encore moins de les rompre.

– Un sort d'une telle puissance requiert sans doute une destruction plus radicale de l'instrument employé, dit Mme Och. Une incinération, peut-être.

– Je pourrais écrire un autre sortilège afin de lui rendre sa forme initiale, propose Bianka. Plus tard, peut-être. Je ne crois pas en avoir l'énergie maintenant.

– Il semble bien se porter pour le moment, dit le professeur, observant avec inquiétude le petit chat-hibou, qui commence à se nettoyer les pattes.

– Je vous l'ai déjà demandé, mais il faut que je vous repose la question, dit Mme Och. Je vous en conjure, essayez de vous rappeler. Gennadion vous a-t-il donné une chose, quelle qu'elle soit, que vous avez encore ?

– Je vous l'ai dit, rien de rien, répond Bianka, exaspérée. Il n'était pas du genre à offrir des bijoux, des poèmes d'amour et des cadeaux dans ce style. Il était juste… eh bien, il était lui, et c'est ce qu'il m'a donné.

– Je sais quel genre d'homme il est, dit Mme Och, se levant brusquement. Veuillez m'excuser, je dois aller m'allonger.

– Elle reste beaucoup allongée, non ? commente Bianka après son départ.

– Elle n'est pas en bonne santé, dit le professeur Baranyi d'une voix étrange.

– J'aurais bien besoin de repos moi aussi, avoue Bianka. Je ne sais pas comment se sent votre pauvre hibou, mais cette expérience m'a épuisée. Mon cœur bat à tout rompre.

Théo se rapproche et me touche la joue.

– Lala, dit-il avec un grand sérieux. Abla ba ba ba ba. Lala.

Je sors une mèche de cheveux de ma coiffe et lui chatouille le nez avec, éprouvant une étrange euphorie. Bianka est une sorcière, tout comme ma mère, et par ailleurs elle aime son fils, comme notre mère nous aimait. Théo glousse, puis il se hisse sur ses jambes en s'aidant du bord du divan et se dirige, vacillant, vacillant, vacillant, vers la cheminée. Je regarde anxieusement Bianka et le professeur, mais ni l'un ni l'autre ne prêtent attention à Théo.

Bianka fixe le plafond des yeux, le mouchoir toujours plaqué contre son visage. Elle parle sans s'adresser à personne, sur le débit nonchalant de Nicim :

– Gennadion racontait des histoires merveilleuses. Il avait construit une petite cabane près de l'eau, et il sentait toujours la mer. Son sens de l'humour était inhabituel, ses spectacles étranges, d'un rythme un peu trop lent pour le public de Nicim. Il ne semblait jamais gagner beaucoup d'argent. Ce n'était pas mon type d'homme, en vérité, mais il me faisait rire. Nous prenions nos précautions. Je ne m'attendais pas à Théo. Et puis tous ces drames. Pourtant je suis incapable de regretter. Ma relation avec lui, je veux dire.

Théo rampe dangereusement près de la cheminée, il cligne des yeux devant les flammes. J'ai envie de crier : « Le bébé s'apprête à ramper dans le feu ! » Je devrais les alerter, bien sûr. Je devrais simuler un réveil spectaculaire. Dire que je me suis évanouie pendant que j'époussetais (mais je ne suis pas censée faire le ménage ici), que j'ai ouvert les yeux, qu'il était là. Malgré mon cœur qui bat la chamade, je ne dis rien. Je regarde, paralysée par l'effroi, Théo tendre le bras pour toucher les flammes.

Il tombe en arrière avec un hurlement affreux et Bianka se lève, accourt vers lui.

– Nous avons du baume, dit le professeur, se précipitant lui aussi.

– Il n'y a pas de mal, dit Bianka, examinant la main de Théo. Il a vite retiré son bras.

Elle a un rire triste.

– Voilà qui répond à une question. Je n'avais pas eu le courage de vérifier, vous savez.

– Si sa peau brûlait ou non ? demande le professeur.

– Ce n'est pas grave, mais il aura une cloque, précise Bianka. Donc ce point-là est réglé.

Presque distraitement, elle passe sa propre main dans les flammes, d'un geste lent. Puis elle cale sur sa hanche le bébé en pleurs et l'emmène jusqu'au secrétaire.

– Lala ! dit-il dans un demi-sanglot, pointant le doigt vers moi par-dessus l'épaule de sa mère.

Je ne peux pas m'en empêcher : je lui fais une grimace ridicule. Même à travers ses larmes, il me gratifie d'un sourire tremblant.

Flavie m'accule contre le mur dès qu'elle m'aperçoit sur le palier.

– Eh bien ?

– Eh bien, dis-je. Eh bien quoi ?

– Vas-tu soutenir que tu faisais simplement ton travail ? Je t'ai cherchée dans toute la maison.

Je soupire.

– Si c'est le cas, il semble que tu ne faisais pas ton travail à toi, répliqué-je.

– Ça en fait partie, se défend-elle.

Ses petits yeux brillent de colère et de triomphe.

– C'est moi la responsable ici.

– Tu sais, Mme Och ne m'a rien signalé de pareil quand j'ai commencé, dis-je. Elle m'a dit d'obéir à Mme Francis. Elle ne m'a jamais dit : « Vous serez sous les ordres de Flavie et vous suivrez ses instructions. » Pourquoi donc, à ton avis ?

Sa mâchoire se crispe.

– Je vais aller la trouver, menace-t-elle. Je vais lui expliquer que tu disparais sans arrêt, que tu ne fais pas ta part de travail dans cette maison. J'obtiendrai ton renvoi si je le souhaite.

– Mme Francis n'a pas lieu de se plaindre de moi, affirmé-je avec une assurance que je n'éprouve pas.

Flavie plisse les yeux et me barre le chemin lorsque j'essaie de passer en force. Au prix d'un gros effort, je domine mon envie de la pousser dans l'escalier. Après tout, ce n'est pas sa faute si elle est coincée dans son personnage de Flavie la grincheuse, la pieuse.

– Qu'est-ce qui cloche ? demande-t-elle.

– Rien, dis-je. Écoute, je ne suis pas en forme et j'ai fait une petite sieste. Je vais me rattraper.

– Tu n'as pas fait la sieste. J'ai jeté un coup d'œil dans notre chambre.

– Évidemment.

Je me retiens de lever les yeux au ciel.

Son expression se modifie.

– C'est M. Frédéric et Bianka, je me trompe ? dit-elle.

– C'est quoi ?

Je suis si préoccupée que, durant un instant, je n'ai franchement aucune idée de ce dont elle parle. Mais elle prend un léger air de pitié, et mon esprit s'illumine.

– Oh ! Oh… Non.

– Tu aurais dû avoir plus de bon sens, dit-elle. M. Frédéric est supérieur à toi sur tous les plans. Ça n'aurait jamais marché. Tu sais, pour Chloë et moi, ce n'est pas facile. De devoir rattraper tes négligences.

– Je suis désolée.

Mes paroles sont presque sincères : elle se sent visiblement si exploitée. Je connais la misère et la dureté du travail ici, et elle n'a pas comme moi le luxe de savoir qu'elle s'en ira bientôt et qu'elle aura un joli tas de pièces d'argent en récompense de sa traîtrise.

– Ont-ils vraiment une liaison ? Frédéric et Bianka, je veux dire ?

– Je ne sais pas, répond-elle avec hauteur. Mais tu as vu l'attention qu'il lui porte pendant le dîner. Il est manifestement amoureux d'elle.

Je hausse les épaules, malgré un étonnant petit déplaisir. Je n'avais rien remarqué ; il est vrai que je me suis concentrée sur d'autres choses. Peu m'importe, au fond – je n'ai pas de sentiments pour Frédéric –, mais c'est toujours agréable quand quelqu'un s'éprend de vous, je suppose.

– Je n'irai pas trouver Mme Och cette fois, dit Flavie, magnanime. Mais il va falloir que tu te ressaisisses et que tu fasses correctement ton travail. Surtout que je ne serai sans doute plus ici très longtemps.

– Oh ? dis-je, la suivant jusqu'à l'arrière-cuisine. Tu as trouvé une nouvelle place ?

D'un regard, elle vérifie que la pièce est déserte, puis elle se retourne vers moi, ses yeux dansant soudain comme si j'étais sa meilleure amie.

– Je suis fiancée, me confie-t-elle.

Dans ma stupeur extrême et mon incapacité à imaginer le genre d'homme qui voudrait de la petite Flavie anguleuse, je reste muette une seconde. Puis je réussis à dire, avec une assez grande hypocrisie :

– Félicitations ! C'est merveilleux.

– Je suis navrée. Je sais que c'est rude pour toi de l'apprendre en ce moment.

Affirmation risible, mais je ne la contredis pas.

– Nous ne nous marierons pas avant l'été, je pense.

– Qui est l'heureux élu ? demandé-je avec un soupçon de sarcasme.

Elle ne le perçoit pas, bien sûr. Elle est désireuse de s'épancher, comme si elle n'avait pas menacé il y a moins d'une minute d'obtenir mon renvoi.

– Il a une épicerie, explique-t-elle. Enfin, elle appartient à son père, mais c'est lui qui la gère et il va en hériter. Elle fournit un revenu satisfaisant, et je travaillerai là-bas une fois que nous serons mariés, puisque sa mère est morte à l'automne.

– Oh, quelle tristesse, dis-je pour la forme.

– Oui, voilà pourquoi il a besoin d'une épouse, dit-elle. Pour l'aider au magasin.

J'essaie de ne pas rire.

– C'est ça, la raison ?

– Pour avoir des enfants, aussi.

Elle a un sourire très arrogant.

– Je ne suis pas une romantique comme toi. Je ne nourris pas des espoirs irréalisables. Nous aurons tous les deux une vie meilleure lorsque nous serons mariés.

– Alors je suis très contente pour toi.

Je commence à m'apitoyer sur Flavie et son épicier pragmatique, mais elle m'arrête net.

– Le problème avec ton idéalisme, c'est qu'il ne t'apporte finalement que de la souffrance. Tu rencontres un homme qui ne te convient pas, il refuse de s'engager, puis une fille plus jolie se présente et il t'oublie. Avec Nils... tu vois, il est sérieux. Je sais qu'il est honnête et qu'il prendra soin de moi. Je peux lui faire confiance. Je n'insinue pas que M. Frédéric est malhonnête. Mais les hommes peuvent être infidèles, et trouver un homme bien qui restera avec toi, ce n'est pas rien dans une ville comme Spira, où de nouveaux visages apparaissent sans cesse. Écoute, ce sont des choses auxquelles il faut réfléchir...

Je me détourne d'elle. Je pense aux propos de Dek. *Tu ne peux pas lui faire confiance. Il sort beaucoup.* Je repense à la purification, à cette image soudaine de Wyn, le bras autour d'une Armelle Hyver réjouie. Je m'étais persuadée que ça ne signifiait rien, mais le poison du doute progresse à nouveau dans mon cœur.

– Un jour, tu trouveras un homme bien, dit Flavie d'un ton consolateur.

Je résiste à l'envie de gifler sa petite figure pointue, prétentieuse.

13

C'est la nuit la plus froide de l'hiver jusqu'à présent. La neige a gelé au sol et son crissement à chacun de mes pas semble être le seul bruit dans toute la ville. La rivière est prise par les glaces, un croissant de lune jaune brille dans le ciel. Même sans le mystérieux assassin qui terrorise Spira, personne ne serait dehors ce soir hormis les soldats : il fait trop froid. D'un bout à l'autre de la Scola, je vois les soldats emmitouflés dans leur tenue bleue et blanche battre la semelle, leur respiration montant dans l'air glacial en grandes volutes blanches. Je prends les petites rues, les rues sans éclairage, où la neige gelée forme de hauts amas, bloquant les portes.

Je frissonne depuis que je suis sortie de la maison, mais j'ai maintenant l'impression que le froid a pénétré dans la profondeur de mes os, que j'ai de la glace à l'intérieur, irradiant de mes entrailles. Je peux à peine me servir de mes doigts lorsque j'arrive à l'appartement. Je vois que je tiens la clé, mais je ne la sens pas. Je l'enfonce dans la serrure, que je réussis à ouvrir avec presque autant de difficulté que si je la crochetais. Un pied lourd devant l'autre ; j'essaie d'avancer à pas feutrés, pourtant je ne saurais dire si je suis silencieuse ou non. Lever les jambes provoque une douleur lointaine, tout au long de l'étroit escalier jusqu'à la mansarde de Wyn, et là je dois bel et bien crocheter une serrure avec mes doigts engourdis.

La pièce est sombre et froide, mais je n'allume pas la cheminée. Je marche de l'âtre à la table puis au lit, touche les draps glacés. Il est minuit. J'ai envie de me coucher dans le lit, au lieu de quoi je me dirige vers l'angle opposé et me laisse glisser par terre. Il ne fait pas plus chaud ici que dehors, mais le froid et moi ne faisons qu'un maintenant. Je me volatilise. Mes paupières se ferment, lourdes comme des enclumes.

Durant la moitié de mon existence déjà, j'ai aimé Wyn. Je l'ai aimé d'emblée – tout le monde l'aime d'emblée. Mais pour lui, j'étais comme une petite sœur, évidemment.

– Tu te marieras avec moi quand tu seras grande, hein, Yeux noisette ? me taquinait-il. Tu vas être une beauté, je vois ça d'ici.

Sans être devenue une beauté, je ne suis pas désagréable à regarder. Pourtant, Wyn ne semblait pas le remarquer. Même si je grandissais, je restais pour lui une petite fille, et je ne savais pas comment l'amener à poser un autre regard sur moi. Puis je lui ai sauvé la vie ; en matière d'aphrodisiaque, c'est plutôt bien.

Je n'étais pas censée participer à la mission : un cambriolage très ordinaire, selon Esmée. Il n'y avait pas de gardes, que des chiens, qui ne constituaient pas un obstacle car les animaux adorent Wyn. Un voleur de bijoux praméen était arrivé dans l'ouest de Spira et avait acquis une maison ; il cherchait à vendre son butin. Wyn était le meilleur escroc du Méandre quand il s'agissait d'escalader un mur, de crocheter une serrure et de cambrioler. J'adorais le voir, si souple et intrépide en mission. Recourant à un stratagème pitoyable pour passer du temps avec lui, je m'étais proclamée son élève. Je lui ai juré que je ne le ralentirais pas. J'ai dit que je resterais invisible du début à la fin. Il a refusé. « Pas cette fois, Yeux noisette. Il faut que je sois concentré. » J'y suis allée quand même. Il n'avait pas la possibilité de me voir, au fond.

Le mur n'a pas posé de problème. Les chiens non plus. Wyn avait mis un somnifère dans de la viande : ils l'ont dévorée puis se sont endormis. Il s'est introduit par une fenêtre, et je l'ai imité. Il a trouvé le coffre-fort dans la cave et brisé la serrure en utilisant la poudre explosive silencieuse de Dek. Je m'étais assigné la tâche de faire le guet, mais en réalité je l'observais, j'observais son profil dans l'ombre tandis qu'il sortait un sac pesant du coffre et l'ouvrait pour jeter un regard sur ce qu'il était en train de voler. Nous avons alors entendu une grosse voix dans un coin de la pièce :

– Avant que je te trucide, tu as quelque chose à m'offrir en échange de ta vie ?

Une silhouette armée d'un pistolet s'est avancée. Nous formions un triangle dans la pièce, le Praméen, Wyn et moi. J'étais la pointe indécelable. Ils ne voyaient que la ligne entre eux, la ligne que la balle allait suivre.

– Accorde-moi un instant, a dit Wyn. Je suis sûr que je peux trouver quelque chose.

Je me souviens de son calme extrême et de ma propre terreur à l'idée de le voir mourir.

– Ça ne marche pas, a répondu la silhouette.

Je n'ai pas réfléchi. J'ai sorti le couteau de ma botte et je l'ai lancé. Alors que je visais la poitrine du Praméen, la lame s'est plantée dans son épaule. Il a pivoté vers moi, mais je l'attaquais déjà, tentant de saisir le pistolet. Il ne le serrait pas fort, peut-être à cause du couteau dans son épaule. Je le lui ai pris facilement mais j'ai perdu l'équilibre en le lui arrachant et je suis tombée. Il a voulu me frapper. Je ne m'étais jamais servie d'une arme à feu jusque-là, pourtant j'ai tiré. Le recul, l'odeur de la poudre et le cri horrible du Praméen m'ont tellement ébranlée que j'ai lâché le pistolet, je crois. En tout cas, je ne le tenais plus, et Wyn m'a empoignée par le bras, hissée sur mes pieds. Nous avons couru, une folle course désordonnée tout en glissades, dans l'escalier, par la porte, devant les chiens endormis. Je n'avais pas tué le Praméen, nous l'entendions encore hurler, puis un coup de feu a retenti au-dessus de nous, et un autre. Mais nous étions déjà dehors, fuyant à toute vitesse. Sans me lâcher le bras un seul instant, Wyn a tourné dans une première rue, une deuxième, une troisième… Je n'ai su où nous étions que lorsque nous avons atteint la route près de la rivière.

Wyn s'est appuyé contre un mur et m'a regardée pendant un long moment. Puis il s'est mis à rire. Il a ri encore et encore. J'ai ri aussi, avec le peu de souffle qu'il me restait, tremblant et riant par pur soulagement.

– Sacré nom de Kirghal, Yeux noisette ! D'où tu es sortie ?

– Je t'ai dit que je voulais aller avec toi.

– Tu aurais pu te faire tuer.

– Et toi, tu te *serais* fait tuer.

Une curieuse expression s'est peinte sur sa figure.

– Alors je te dois la vie, exact ?

J'étais grisée, pleine d'audace.

– Tu me dois quelque chose.

– Oui, quoi donc ? a-t-il demandé.

Il était très proche, à demi courbé vers moi. Avec la manche de sa veste, il a essuyé le sang du Praméen qui m'avait éclaboussé le visage. Je me suis haussée sur la pointe des pieds et je l'ai embrassé.

Il a ri, et je l'ai embrassé encore, un bisou chaste sur la bouche.

– Tu as besoin de cours, a-t-il dit.

– Alors sois mon prof !

J'ai vite appris.

Je me réveille en sursaut. Un fracas me fait presque me lever d'un bond avant que je me rappelle où je suis, et de toute façon c'est juste le bruit de la porte. Je retombe contre le mur, me volatilisant à nouveau.

Sa voix. Cette voix magnifique, douce et exquise, que seules les voyelles tranchantes de Spira durcissent légèrement.

– Par la meute infernale, quel froid ! s'exclame-t-il.

– Allume la cheminée.

Et même si je le savais – bien sûr que je le savais –, j'ai la sensation de couler comme une sorcière dans l'eau opaque. Je mords ma lèvre glacée pour ne pas crier.

Il frotte des allumettes, et bientôt le feu flambe. Il éclaire la lampe à côté de la table. Armelle Hyver, car évidemment c'est Armelle Hyver, se tient frissonnante près de la porte, dans une épaisse fourrure qui ne peut pas lui appartenir, un bonnet de fourrure enfoncé sur ses boucles brunes. Wyn porte un manteau de fourrure lui aussi. Ils ont un aspect animal à la lumière des flammes.

– Viens près du feu, dit-il, l'attirant à lui. Ça se réchauffera vite.

– On n'aurait pas dû sortir du tout, dit-elle. C'est dangereux, avec ce fou en cavale !

– Tu ne crains rien avec moi, affirme Wyn, tirant son pistolet de sa poche et le faisant tournoyer avant de le poser sur la table. Comment on aurait obtenu ces fourrures fantastiques, sinon ?

Elle glousse.

– Et ça aussi !

Il sort de sa poche une bouteille sombre, ôte le bouchon et prend une longue gorgée.

– Je crois que sans cet alcool je serais morte en chemin, dit Armelle Hyver.

Il lui tend la bouteille. Elle boit et glousse à nouveau.

– C'est fort.

Je vais m'exposer, dire qu'il n'est pas avec elle pour son esprit et sa conversation brillante. Il faut que j'arrête de me mordre la lèvre avant de l'arracher. Alors je serre les dents, toute ma rage concentrée dans ma mâchoire.

– Reprends-en un petit peu, dit-il. Réchauffe-toi. Cette fourrure est charmante, mais tu le serais encore plus sans elle.

– Tu es un sacré brigand, dit-elle, et elle reboit.

– Je ne suis rien de pareil, réplique-t-il. Viens ici, ma belle aux yeux noirs.

Le feu flamboyant tiédit la pièce et mes os commencent à dégeler, se font douloureux. J'ai vu ce que j'étais venue voir. J'en ai assez vu. Mais je ne pars pas. Je reste et je regarde jusqu'au bout. Les fourrures qui tombent enfin sur le sol. Le regard tendre, familier, dont il l'enveloppe, la manière dont il lui touche le visage puis glisse la main le long de son cou et plus bas, la manière dont il déboutonne sa robe d'une main pendant qu'il tient son menton de l'autre et l'embrasse doucement. Elle est belle, d'une blancheur laiteuse, avec des courbes lourdes, riant et rejetant sa chevelure brune en arrière. Je les regarde comme je regarde chaque purification. Je ne pars que lorsque le feu s'est réduit à des braises et qu'ils dorment sous leurs fourrures. Me détourner n'est pas dans mon caractère. Non ; je regarde mes cauchemars en face. Et si jamais eux me regardaient, ils ne verraient que l'obscurité. Je ne suis pas là.

La lune et les étoiles sont cachées lorsque je ressors dans la rue où, si incroyable que cela puisse paraître, l'atmosphère est encore plus glaciale que précédemment. Mais le froid n'est rien.

Une gangue de douleur brûlante m'enserre et le froid peut me saisir, je m'en moque. Je ne sens rien – je ne sais même pas où mes jambes me conduisent. C'est comme si quelque chose m'appelait, et je réponds à cet appel, aveuglée par les larmes qui se cristallisent sur mes joues. Le long d'une rue puis d'une autre, je cours presque. Je trébuche et tombe, heurtant la neige gelée. À travers la brume de mes larmes, je distingue une forme au bout de la rue. Une haute silhouette. Qui commence à se diriger vers moi. Une voix intérieure m'ordonne : *Sauve-toi.* Mais je me trouve dans l'incapacité d'obéir ; l'horreur me cloue sur place.

Une lame luit dans le noir, quoique je ne comprenne pas quelle lumière elle pourrait refléter, car il n'y en a aucune. Je sais ce qu'est cette silhouette. Je recule, me volatilise, mais la créature continue d'approcher. Pour me discerner, les yeux lui sont inutiles. La douleur et le froid cèdent devant la montée d'adrénaline. La voix intérieure qui m'ordonne *sauve-toi* devient plus forte, plus pressante, et j'oblige mon corps à obtempérer, me redresse, glisse. Je cours.

Un grondement sourd derrière moi. Je sais, sans même regarder, que je ne peux pas distancer cette créature indéfinissable. Mais nous sommes dans le Méandre et je connais chaque recoin, chaque ruelle, chaque escalier abandonné. Je m'engouffre dans une cage d'escalier sombre et grimpe jusqu'au logement vide où des commerçants istéens entreposent leurs marchandises. L'odeur des épices est d'une puissance extrême. Il y a ici une fenêtre ouverte et une poulie. Elles sont invisibles dans l'obscurité, mais je n'ai pas besoin de les voir. Cet endroit n'a pas changé depuis mon enfance, à l'époque où Dek me propulsait au-dessus de la rue, vers l'appartement d'en face, dans la nacelle reliée à un câble.

Mon pied bute contre quelque chose et je m'étale de tout mon long. Une main douce m'effleure le cou, puis me relève par le col de mon manteau. Des yeux blancs aux pupilles noires, longues et étroites comme celles d'un chat. Une tête de panthère, quasiment – noire et féline, pourtant aussi expressive qu'un visage humain. Presque bienveillante. Une ligne blanche dans ses cheveux, ou ses poils. Je sens le souffle hivernal par l'embrasure de la fenêtre derrière moi. La créature brandit sa lame.

– Je sais qui vous êtes, murmuré-je, refermant mes doigts sur l'arme que Dek m'a fabriquée. J'ai un message pour vous.

La lame reste en suspens.

– Retournez dans votre Kirghal infernal, dis-je, actionnant le mécanisme sur ma paume.

Le gaz poivre jaillit du bec à mon poignet. Un gros nuage enveloppe la créature, qui pousse un hurlement étranglé. Alors que le gaz me pique les yeux, la gorge et le nez, je me libère d'un coup de pied et me précipite par la fenêtre, visant le câble avec mes doigts gelés. Par chance je l'attrape, cherche du pied la nacelle, m'y laisse tomber puis, d'une impulsion, glisse vers l'autre côté de la rue. Le gaz poivre ne ralentit pas longtemps la créature : je la vois descendre contre le mur et traverser la chaussée à grands bonds gracieux, terriblement rapides. Au moins y a-t-il plus de distance entre nous. J'entre par la fenêtre d'en face et, dès que la créature pénètre à son tour dans l'immeuble, je repars en sens inverse. Je plonge dans l'ouverture, parcours de nouveau la pièce, dégringole l'escalier, et me revoici dans la neige. Le Méandre est comme un labyrinthe gravé en moi. Je le laisse m'absorber, un coin de rue puis un autre, à travers des immeubles que je sais accessibles ou inoccupés. Je pourrais crier à l'aide, mais qui m'aiderait ? Je sens de nouveau l'attirance, l'appel. Je dois lutter contre moi-même, m'obliger chaque fois à prendre la direction opposée à celle dans laquelle mes pieds essaient de me conduire. Trop souvent je me rends compte que je me laisse entraîner, alors je pivote sur mes talons et me sauve, pivote et me sauve, pivote et me sauve. J'entends la créature avant de la revoir, un crissement de la neige derrière moi. Mais je suis presque à destination, dévalant la colline, le Pourtour sombre devant moi.

– Claude ! hurlé-je avant même d'arriver. Claude !

Je tambourine contre la porte tandis que la silhouette ne cesse de se rapprocher, lame en l'air. La porte s'ouvre et je m'écroule à l'intérieur. La créature est sur le seuil, dévisageant Claude de ses yeux inhumains. Un tissage illumine l'embrasure que je viens de franchir et trois araignées d'un vert venimeux, rappelant celles que Torne m'a confiées pour le professeur Baranyi, descendent le long de fils dorés. Mais celles-ci sont énormes, aussi grosses que mon poing, et elles dressent leurs pattes antérieures en sifflant. La lame s'abaisse. Claude referme alors la porte et m'aide à me relever.

C'est seulement au bout d'une large demi-heure que je me sens capable de parler. Claude m'emmitoufle dans des couvertures et des fourrures, allume le poêle, prépare du café. Je m'assois et bois à petites gorgées mécaniques pendant que mon cœur bat à toute vitesse dans ma cage thoracique et que le froid se retire, me mordant les doigts et les orteils à mesure qu'il se résorbe.

– La créature ne peut pas entrer ? dis-je enfin.

– Ma maison est protégée.

– Par de gigantesques araignées sifflantes.

– Ce ne sont pas des araignées mais des rheugs. Très véloces, très venimeuses, presque indestructibles. Elles se reproduisent vite, s'attachent à un lieu, en gardent les accès. Un animal familier utile. Avec du temps, le Goulpard pourrait briser leur lien à la maison, mais les quelques heures restantes avant l'aube ne lui suffiraient pas. Or le Goulpard est une créature de la nuit.

Claude me jette un regard pénétrant.

– Pourquoi le Goulpard te poursuit-il, Julia ?

Je répète le nom qu'elle emploie :

– Le Goulpard. C'est quoi ce monstre, Claude ?

– Le dernier de sa tribu, pour autant que nous le sachions, répond Claude. Il y a des milliers d'années, les Goulpards étaient des soldats et des chasseurs de primes, généralement au service des Khanas eshriks. On raconte que Marike, la sorcière eshrik fondatrice de cet empire ancien, a fait venir les Goulpards du Kirghal, mais plus personne ne connaît la vérité là-dessus.

– Le Kirghal est donc un endroit réel ? Souterrain, rempli de feu et grouillant de démons ?

Lorsque j'ai dit au Goulpard de retourner dans son Kirghal infernal, je ne le prenais pas au pied de la lettre.

– Peuh ! s'exclame Claude. Le Kirghal remanié pour correspondre à une certaine vision du monde ! La cosmologie lorienne en a fait un cauchemar, les pluvistes le traitent comme une métaphore, mais ce n'est ni l'un ni l'autre. C'est… comment te l'expliquer ? L'ombre, l'écho, le reflet produit par la magie dans le monde. Il contient des êtres, indéniablement, quoique nous ne sachions presque rien d'eux. Il n'est pas lointain à la manière des étoiles, il ne se trouve pas non plus sous terre. Il est tout autour de nous, pourtant il demeure séparé par… euh, ce qu'on pourrait appeler notre réalité.

Elle agite une main maigre dans l'air, comme si elle était susceptible d'en attraper quelque chose pour me le montrer.

– La magie s'échappe du monde par le Kirghal. Il sert donc aussi de soupape de sûreté, préservant l'équilibre. Les sorcières se sont toujours intéressées aux limites entre le monde connu et le Kirghal, ce lieu où la magie s'accumule. Mais la nature du Kirghal est un sujet pour les philosophes, pas pour les gens comme moi, et tu as éludé ma question. Quelqu'un a envoyé le Goulpard. Pourquoi te traque-t-il, Julia ?

– Il cherche une invitée de Mme Och, dis-je. Seuls les saints savent pourquoi, il tue les gens qui l'ont rencontrée.

– Le Goulpard serait capable d'absorber les souvenirs de ses victimes, explique Claude. Chacune d'elles pourrait être un indice dans sa chasse, le conduisant de plus en plus près. Oh, Julia. Tu devrais quitter la maison de Mme Och.

Sa remarque me frappe.

– Que savez-vous d'elle ?

Il y a un long silence, tellement long que je crois que Claude ne me répondra pas. Je me sens si loin de mon propre corps, affaiblie par la fatigue, le froid et la peur. Mes yeux se ferment et je me dis que rien de cela n'est possible, que ça ne peut pas être ma vie. Lorsque Claude s'exprime enfin, il me faut un instant pour me rappeler de quoi elle parle.

– Tu connais les Xianren, non ? C'est un mot yongguo, dont la traduction littérale est « les gens d'avant ». Il y avait trois Xianren au commencement : des immortels qui exerçaient la magie de vive voix et dirigeaient le monde. Leur magie pouvait influer sur la mort et le temps eux-mêmes, à la lointaine époque où le monde était nouveau, où de grands reptiles rampaient hors des océans tandis que des dragons livraient bataille dans les airs. On les qualifie d'immortels, mais toute vie a un terme, y compris la leur. Voilà maintenant des siècles qu'ils s'étiolent et que leur puissance est très diminuée. Och Farya est la plus âgée des trois.

– Mme Och, dis-je. Son frère Gennadion est-il aussi un Xianren ?

Claude penche la tête.

– Zor Gen, le plus jeune et, d'après les histoires, le plus intrépide. Ayant tendance à enlever les charmantes princesses. Père de certains des plus grands rois et guerriers de l'histoire.

– Et le troisième ? demandé-je. Comment s'appelle-t-il ?

Je crois pouvoir le deviner.

– Lan Camshe, répond Claude. Un érudit, amateur d'art. Un reclus. Il s'est construit un château avec une grande bibliothèque sur l'île de Nago, au large de la côte de Sirilie.

– Cazmir, dis-je, me souvenant de la lettre inachevée dans le secrétaire de Mme Och. Par la meute infernale, Claude, comment savez-vous tout ça ?

– Je ne suis pas tombée de la dernière pluie, réplique-t-elle.

Une déclaration aussi peu satisfaisante que n'importe laquelle de ses réponses à des questions semblables.

Elle regarde la pendule, puis se lève et monte quelques marches en bois qui conduisent à une trappe dans le plafond.

– Attendez-moi, dis-je, et je la rejoins, effrayée d'être seule.

En haut, la pièce est pleine de cages où sont blottis des pigeons argentés, endormis. Claude griffonne un bref message qu'elle attache à la patte d'un volatile, puis ouvre une fenêtre sur la nuit grise d'avant l'aube et précipite le pigeon dans le froid. Docile, l'oiseau se dirige droit vers le Méandre et disparaît.

– Que faites-vous ?

– Il faut qu'Esmée sache où tu es et quel danger te menace, répond Claude. Je peux te protéger cette nuit, mais si le Goulpard te veut, tu auras besoin d'une aide plus importante les nuits à venir.

Une sensation glacée m'enveloppe le cœur.

– Mme Och peut-elle m'aider ?

– Mme Och est réputée pour son naturel secourable, dit Claude. Au fil des ans, je lui ai moi-même envoyé des personnes désespérées. Néanmoins, elle n'est pas réputée pour son indulgence. Si tu travailles contre elle au profit de son frère Cazmir, sera-t-elle disposée à t'aider, toi ?

Sans doute que non. J'imagine aller la voir et tout lui avouer ; j'en frémis. Nous redescendons les marches pour nous pelotonner près du feu.

– Ah, Julia… soupire Claude. Comment t'es-tu retrouvée au service de tels gens ?

– Grégoire m'a dit qu'il y avait beaucoup d'argent à gagner.

Puis, comme une idiote, je fonds en larmes. Claude ne dit rien. Nous restons assises près du poêle et les sanglots me secouent, m'exténuent, me laissent vide et tremblante dans le fauteuil, maintenant accablée de chaleur sous les fourrures mais trop épuisée pour les repousser. Je pleure pour Bianka et le sort qui les attend, elle et son petit garçon, je pleure à cause de Wyn et d'Armelle Hyver riant comme si je n'existais pas, je pleure parce que j'ai parfois la sensation que j'existe à peine, que je touche à peine le monde dans lequel je marche, je pleure parce que Dek est malheureux, que Grégoire est un ivrogne et qu'Esmée se sent seule, je pleure parce que Flavie se croit chanceuse d'épouser un épicier pour s'occuper de sa boutique, je pleure pour ma mère et la sorcière aux cheveux châtains que j'ai vue le mois dernier, lors de sa chute mortelle dans l'impitoyable Sévione. Je pleure parce que je suis épuisée, parce que je crains pour ma vie, et que je veux vivre, plus que tout je veux vivre. Je m'endors dans le fauteuil et suis réveillée peu après, ô surprise, par Grégoire.

– Mieux vaut te ramener avant que tu sois portée disparue, dit-il.

La joie que j'éprouve à le voir me stupéfie. J'ai envie de l'embrasser sur les deux joues, mais je me retiens, bien sûr.

14

Je ne sais pas quoi dire à Grégoire alors que nous marchons péniblement dans le demi-jour gris, la neige crissant sous nos pieds. *Écoute, Grégoire, il semble qu'un monstre vient d'essayer de me tuer et qu'il voudra réessayer ce soir, sans doute parce que je travaille pour un sorcier immortel qui s'intéresse à la sorcière que j'espionne, mais heureusement pour moi, ma mystérieuse amie cachottière possède d'horribles araignées géantes qui défendent sa boutique…* Voilà qui ne favorise pas une conversation tranquille, mais il m'est presque impossible d'ignorer le fait que j'ai failli mourir il y a quelques heures et de parler d'autre chose.

Comme je n'arrive pas à évoquer ma quasi-rencontre avec la mort, j'aborde le sujet de mon chagrin d'amour, le plus facile des deux à affronter pour l'instant. Rien de tel que frôler la mort pour relativiser la perte d'un amoureux.

– Wyn baise Armelle Hyver, dis-je à Grégoire.

Et soudain, de manière inattendue, je me rappelle Wyn dans le noir, il y a un an ou plus, me caressant la pommette avec son pouce rugueux et me disant : « Tu as de la chance, tu te souviens de ta mère. »

– Ah, dit Grégoire, les mains enfoncées dans les poches de son manteau.

Il n'a pas l'air étonné.

– Je suppose que tout le monde le savait déjà, observé-je.

Maintenant je me rappelle Wyn et moi installés ensemble à sa fenêtre ouverte, l'été, donnant à manger aux pigeons sur le toit, et cette pensée que j'avais eue : être heureux, eh bien, c'est ça.

– Je n'en savais rien, Julia, mais je ne te ferai pas croire que ça m'étonne. J'aime beaucoup Wyn, n'empêche que c'est un incorrigible débauché.

– On s'amusait, c'est tout, dis-je faiblement.

Wyn et moi, riant sur le chemin du retour après avoir cambriolé une maison dans l'ouest de Spira, moi couverte des bijoux volés.

– Je vais te dire, quand je suis tombé amoureux de Priscilla, j'ai su que n'importe quelle autre femme serait désormais une ombre comparée à elle, et j'avais raison. Elle m'a pris mon cœur et il lui appartient depuis. Elle m'est d'une fidélité sans faille.

– Quelle chance pour toi, répliqué-je, sarcastique.

– Tu vois, Julia, si tu tombes amoureuse, il faut que ce soit de quelqu'un qui sache t'aimer de la même façon.

– Il ne s'agit pas de ça, dis-je, parce que ma fierté est aussi meurtrie que le reste de moi. Je me moque de ce qu'il fait en mon absence.

Grégoire ne répond rien. Je suppose qu'il sait que je mens. Nous traversons le pont, le temple de Cyrambèle se dressant au-dessus de nous. J'aperçois des monticules neigeux sur le sentier en contrebas, des pauvres et des survivants du fléau morts de froid, ensevelis par la neige. Des soldats les enlèveront bientôt, mais il arrive qu'au printemps, à la suite d'un radoucissement brusque, on trouve quelques cadavres en train de dégeler avant qu'ils soient nettoyés.

– J'ai averti Pia, dit Grégoire. Dès qu'elle réagira, je demanderai à Charly de venir te chercher sous un bon prétexte : il pourrait dire que la police a besoin d'interroger des témoins d'un vol, quelque chose dans ce genre. Il faut nous assurer que cette affaire sera prise en mains d'ici ce soir. Claude pense que tu ne crains rien jusqu'à la tombée de la nuit.

– Claude semble savoir tout ce qu'il y a à savoir là-dessus, mais elle ne révèle que ce qu'elle veut. Comme d'habitude.

– Elle n'a jamais induit qui que ce soit en erreur, à ma connaissance, rétorque-t-il d'un ton sec. Maintenant, tu voudrais m'expliquer ce que tu fabriquais dehors au beau milieu de la nuit, pour commencer ?

– En quoi ça te regarde ? demandé-je.

– Ça me regarde parce que tu travailles pour moi, répond-il. Tu ne devrais pas prendre des risques inconsidérés. Tu as failli mourir, et à présent nous sommes obligés de quémander de l'aide. C'est un manque de professionnalisme.

– Je travaille pour Esmée, pas pour toi, et je suis désolée que mon quasi-assassinat t'apparaisse comme un manque de professionnalisme, riposté-je. Quelle gêne et quel désagrément ça doit être pour toi.

– Par les saints, Julia, arrête une seconde avec tes sarcasmes, tu veux bien ?

– D'accord. Voilà. Je ne te demande pas de me plaindre, mais je n'ai pas besoin non plus de me faire enguirlander parce que je suis passée à deux doigts de la mort. Tu m'as trouvé cette mission, et c'est la plus horrible, la plus dangereuse des missions que j'aie jamais effectuées. C'est toi qui m'as mise sur le chemin de cette bête, quasiment. Tu m'as dit : « Tu vas juste travailler comme domestique, observer autour de toi, tu récolteras un tas d'argent. » Tu n'as pas précisé que la cliente était une folle, qu'il y avait de la magie dans l'affaire et que je pourrais me retrouver parmi les cibles d'un monstre ouvreur de crânes, hein ? Tu n'as pas mentionné ces détails dans la description du boulot, et tu avais rencontré Pia, donc tu savais que ce n'était pas une mission ordinaire ! Arrête de me reprocher ce qui s'est passé. Je parlerai à Pia, moi ! Ça ne te concerne pas, en dehors du fait que c'est ta faute.

Nous marchons un moment dans un silence furieux – du moins, moi, je suis furieuse. Lorsque Grégoire reprend la parole, sa voix est d'une douceur étonnante.

– Je suis désolé, dit-il.

– J'espère bien ! réponds-je d'un ton acerbe, même si, en réalité, obtenir des excuses me stupéfie.

– Je n'ai jamais voulu t'attirer des ennuis, et je ne me le pardonne pas.

Il s'éclaircit la voix.

– Tu sais qu'Esmée a vu son mari et son fils mourir en l'espace de cinq jours, n'est-ce pas ?

– Oui.

S'il essaie de changer de sujet, il a choisi une direction bien sombre.

– Elle en a eu tant de chagrin que son cœur s'ouvre désormais au hasard et accueille inopinément des enfants perdus. Je ne l'ai compris que le jour où elle a ramassé Wyn dans la rue. Il s'était enfui de ce terrible orphelinat et vivait d'expédients, pourrait-on dire. Esmée l'a ramené à la maison, s'est mise à l'appeler son fils. Quelques années plus tard, au retour d'une mission, je découvre qu'elle a pris deux autres enfants : un garçon handicapé et une fillette dont la mine renfrognée aurait pétrifié n'importe quel cœur. J'ai pensé qu'elle avait perdu la tête et je le lui ai dit. Elle m'a révélé ce que tu pouvais faire, ta faculté à te volatiliser, puis elle m'a expliqué qu'elle avait de la sympathie pour Dek, qu'il était plus intelligent que tous les enfants qu'elle avait connus. « Ils seront utiles », m'a-t-elle affirmé. Elle avait raison, en dépit de quoi je devinais que ce n'était pas pour vos talents, même exceptionnels, qu'elle se chargeait de vous. C'était à cause des traces du fléau sur le visage de Dek, de son corps foudroyé, et de ces yeux d'orpheline que tu as. Un seul regard sur eux, Julia, ma chérie, et n'importe quel observateur qui a un cœur et une âme voit que tu as perdu ta mère.

– Tais-toi, dis-je.

Je ne veux pas entendre ces mots. Mais il continue à parler.

– Esmée a toujours dit que ce serait toi qui lui succéderais. Aucun de nous n'a le moindre doute là-dessus. Tu es faite pour ce travail. À l'époque déjà, tu étais dure comme le diamant. L'esprit vif, le pied agile, le rire facile, mais cinglante, cinglante. Je veux dire… d'accord, tu travailles pour Esmée, mais tu es aussi de la famille. Sa famille à elle, la mienne, celle de Priscilla. Tu le sais, hein ? Que tu as une famille ?

– Bien sûr que je le sais, dis-je, un peu engourdie.

Savoir que j'étais formée pour succéder à Esmée aurait eu une importance capitale il y a seulement quelques semaines, quelques jours. Je ne sais pas ce que ça signifie à présent. Suis-je faite pour ce travail ? Et dans le cas contraire, qu'y a-t-il d'autre pour une fille comme moi ?

– Ce n'est pas grave, Grégoire. Je sais que ce n'est pas réellement ta faute. Je suis juste… Je ne veux pas mourir. Je ne veux vraiment pas mourir.

– Et tu ne le dois pas, affirme-t-il, puis quand il me prend la main, j'accepte, parce que le froid est mordant. Écoute, j'essaie de te dire que je me mettrai physiquement entre toi et cette bête, s'il faut en arriver là.

– Hum, espérons que non, car elle te liquiderait en vitesse et ça ne m'avancerait à rien, répliqué-je, ce qui n'est pas très gentil, mais c'est la vérité. Merci quand même pour l'offre.

Je m'apprête à plaisanter sur son état d'ébriété lorsque je m'aperçois qu'il n'est pas ivre. Il n'y a de trace d'alcool ni dans son haleine, ni sur son visage, ni dans sa démarche. Il est d'une sobriété totale.

– Ça ne te ressemble pas, d'être debout si tôt sans gueule de bois, lancé-je, soupçonneuse.

– J'ai fait une croix dessus, annonce-t-il. Pour de bon. Plus une goutte ne franchira mes lèvres.

Quelque chose en moi se crispe à ces paroles. Je retire ma main et dis :

– J'ai déjà entendu ça.

Il m'adresse un regard triste, mais je m'en fiche, complètement, je me fiche de tout ce qu'il a dit, de son combat contre l'alcool et autre. La toute première leçon que j'ai apprise, et je l'ai bien apprise, c'est de ne jamais faire confiance à un homme qui est esclave de l'alcool, de l'opium ou de toute autre substance, parce qu'il préférera encore et toujours sa drogue à ceux qu'il déclare aimer.

– Les gens ne changent pas, affirmé-je.

– Tu as seize ans, et tu es aussi certaine de ça ?

Je ne réponds rien. Il sait que j'ai raison.

– Tu n'as pas besoin d'y croire. Tu finiras par le faire. Priscilla y croit.

– Alors je la plains, dis-je avec émotion.

Grégoire me jette un regard de biais.

– Tu es trop jeune pour montrer un tel cynisme. Il nous faut vivre dans l'espoir, tu sais. Qu'avons-nous d'autre ?

– Nous avons précisément ce que nous avons, rétorqué-je. Jouer à faire semblant ne m'intéresse pas.

– Qu'as-tu, alors, si tu tiens autant à la réalité brute ?

L'amour, aurais-je pu dire encore hier. Un amour comme aucun autre, rare, étrange et merveilleux. Aujourd'hui je ne suis plus dupe, pour ce que ça vaut.

– J'ai Dek, dis-je. Et bientôt, j'aurai beaucoup d'argent.

Ma vie à l'heure actuelle.

– Nous sommes tous sur le point d'avoir beaucoup d'argent, dit Grégoire. C'est aussi un fantasme, tu sais.

– Non ! riposté-je. J'effectue une mission, pour laquelle je serai payée, et je ne gaspille pas mon argent aux courses de chevaux. Dek et moi pourrons partir en vacances.

– Dek ne peut aller nulle part, tu le sais très bien, m'objecte Grégoire.

Il a raison. Les survivants du fléau ne sont bienvenus nulle part. Nous avons de la chance d'avoir un toit au-dessus de notre tête ; jamais nous ne trouverions une autre maison digne de ce nom pour nous abriter.

– Je m'achèterai un manteau de fourrure et je mangerai des crêpes tous les jours jusqu'au printemps, ajouté-je.

– Le comble du bonheur, ironise Grégoire.

Lorsque je rentre, Flavie et Chloë sont déjà debout, en train de faire chauffer l'eau dans l'arrière-cuisine. Je me présente avec une brassée de bois du hangar, espérant qu'elles ne sont pas encore allées en chercher.

– Tu t'es levée tôt, dit Chloë, stupéfaite de me voir.

– Peu de temps avant vous, prétends-je.

Flavie semble en douter, mais même elle n'imagine pas que j'aurais pu avoir la folie de passer une nuit comme la précédente dehors dans le froid.

– Tu n'as vraiment pas l'air bien, observe Chloë.

Elle jette un coup d'œil à Flavie.

– Elle devrait peut-être s'allonger un moment, non ?

Flavie, les mains sur les hanches, me fusille du regard.

– Ça ira, dis-je en baissant les yeux, quoique je me sente légèrement fiévreuse.

J'entreprends de rassembler le nécessaire pour le café.

– J’ai servi tout le monde à l’étage, dit Chloë. Tu portes ça à Bianka ?

Je ne tiens pas à voir Bianka ; j’espère qu’elle dormira. Je pénètre sans bruit dans le petit salon, le plateau chargé de café, de pains au lait et de fruits en équilibre sur une main.

Le bébé est pelotonné dans les couvertures, un bras rejeté en arrière, ses boucles noires en désordre, et il respire profondément. Bianka, réveillée, assise près de la fenêtre, regarde la neige d’un air pensif. Lorsque j’entre, elle lève la tête mais ne sourit pas.

– Le petit déjeuner, madame, murmuré-je.

– Tu as passé une mauvaise nuit, dit-elle.

– Je me sens un peu mal fichue, madame.

– Oui, c’est manifeste.

Elle se lève et me prend le plateau, qu’elle pose sur la table à côté de la fenêtre.

– Assieds-toi un moment, dit-elle. Mange un pain au lait.

Je n’ai aucune envie de lui parler, mais j’ai une immense envie du pain au lait, alors je m’assois et me sers avant qu’elle puisse revenir sur son invitation ou indiquer que c’était une simple politesse.

– Tu as veillé toute la nuit, affirme-t-elle. Et tu as pleuré.

– Je suis enrhumée. Ça m’irrite les yeux.

– Je sais faire la différence, réplique-t-elle. J’ai eu des chagrins d’amour, vois-tu.

Le pain se coince dans ma gorge.

– Ça va, persisté-je, me forçant à avaler.

Elle hausse les épaules.

– Bon. Si tu le dis.

Je termine le pain au lait pendant qu’elle remplit une tasse de café puis boit à petites gorgées. Théo soupire dans son sommeil, et nous le regardons toutes les deux. J’aimerais la questionner sur le fait d'être sorcière, lui demander tout ce que je n'ai jamais demandé à ma mère, la découverte d'un tel pouvoir, ce qu'il signifie, les sensations qu'il donne, l'utiliser ou choisir de ne pas y recourir, être haïe et traquée. Je voudrais la secouer et crier : « Croyez-vous vraiment que vous êtes en sécurité ici ? Ne savez-vous pas que vos ennemis se rapprochent ? Que je suis là pour vous nuire ? » Mais, bien sûr, je ne peux rien dire de tout ça. Je lorgne avec convoitise le reste de son petit déjeuner.

– La première fois que je suis tombée amoureuse, j'avais à peu près ton âge, dit-elle, me lançant un regard perspicace. Mais ensuite j'ai découvert qu'il avait une autre petite amie. Cette sempiternelle histoire.

– Qu'avez-vous fait ? demandé-je.

– J'ai rompu, répond-elle. J'ai cru qu'après ça, j'en avais fini avec l'amour. Mais il y a deux ans, je suis retombée amoureuse. Ça a été beau pendant une période, mais il a disparu après la naissance de Théo. À présent je crois que j'en ai vraiment fini avec l'amour.

Elle rit, comme si c'était drôle.

– J'en ai parlé à Mme Och, tu sais. Je lui ai dit que cet homme m'avait brisé le cœur et que j'en avais fini avec l'amour. Elle m'a répondu : « On n'en a jamais fini avec l'amour. » À quel point est-elle vieille, selon toi ?

– Aucune idée, réponds-je, pensant à ce que Claude m'a dit.

Plus vieille qu'elle ne le paraît. Aussi vieille que les montagnes, assez littéralement.

– Crois-tu que c'est vrai ? Que toi et moi vivrons à nouveau l'amour ? J'ai du mal à imaginer quelqu'un d'aussi beau et parfait que l'homme que j'ai perdu.

Je ne veux même pas imaginer quelqu'un d'autre que Wyn.

– C'est sans doute vrai, dis-je, la voix crispée. Plus tard nous nous marierons, peut-être, et nous les oublierons.

Bianka secoue la tête en souriant.

– Nous ne les oublierons pas, affirme-t-elle, et elle me tend un autre pain au lait. Une fille qui garde de l'appétit quoi qu'il arrive, ça me plaît. La nourriture est une grande source de réconfort. Des gâteaux au miel ne peuvent pas nous briser le cœur, hein ?

Elle me fait un clin d'œil, et je parviens à esquisser un sourire. Je me dis que nous aurions pu être amies. Puis je me défends de le penser.

Charly arrive à midi vêtu de son uniforme, sous prétexte qu'il a besoin de moi comme témoin, et il m'emmène à l'hôtel. Pia porte aujourd'hui une tenue de tweed marron, casquette assortie comprise. Même sans ces grosses lunettes déconcertantes, elle serait la personne la plus étrange que j'aie jamais rencontrée.

– Le Goulpard m'a poursuivie, lui dis-je.

Si elle est étonnée, elle ne le montre pas. Elle semble presque contente.

– Mais tu lui as échappé, souligne-t-elle. C'est une chance. Et une exception.

– Il cherche Bianka, n'est-ce pas ? Et je suis… quoi ? Une façon de la trouver ? Il me mâchonne un peu la cervelle et il sait ce que je sais, en gros ?

Pia s'installe dans un fauteuil, croisant une longue jambe pardessus l'autre et me souriant comme si j'étais d'une drôlerie extrême.

– Quelque chose dans ce genre. Qui te l'a expliqué ?

Je ne veux pas trahir Claude, mais je réponds :

– J'ai une amie. Elle en sait beaucoup sur… euh, le folklore et le reste. Elle sait tout.

– Tout ! s'exclame Pia. Quelle amie précieuse ! Saurait-elle par hasard qui a envoyé le Goulpard, ta fameuse amie ?

– Non. Je pensais que vous pourriez me le dire.

– Non, malheureusement.

Tremblante, je m'assois sur le sofa et tâche de garder une voix ferme :

– Écoutez, j'ai failli me faire ouvrir le crâne la nuit dernière, par conséquent je suis de très mauvaise humeur. J'accomplis ma mission le mieux possible. Vous auriez pu me prévenir.

– Je ne pensais pas qu'il essaierait de te dénicher. A-t-il perçu ton essence dans la mémoire du jeune coursier ?

– Je n'en sais rien. Je ne sais pas comment ça marche, bon sang de bonsoir !

– C'est intéressant. Quelque chose l'empêche d'atteindre Bianka, enchaîne Pia sur le ton de la conversation. Un sortilège, sans doute. Le Goulpard est capable de discerner l'essence d'une personne, mais il ne semble pas en mesure de détecter la sienne. Mystérieusement, elle ne laisse aucune trace. Il ne trouve donc que les gens qui l'ont vue, qui se sont approchés d'elle ; il les suit tour à tour, il les pourchasse et s'empare de leurs souvenirs dans l'espoir qu'ils lui indiqueront où elle se cache, mais elle change sans cesse d'endroit, alors il continue sa quête. Et voilà qu'il t'a trouvée.

Ses lunettes vrombissantes s'avancent puis reculent.

– As-tu un compte-rendu pour moi ? demande-t-elle.

J'ai la tentation d'éclater de fureur en entendant cette question, mais je me ressaisis. Après tout, si je demande à Pia de me sauver, il faut que j'en vaille la peine. Je lui récite ma liste des affaires de Bianka (assez courte), je lui dis que M. Darius est en réalité messire Victor Pierre d'Osten III et lui donne les lettres d'Agoston Horthy, je lui parle des rheugs et des balles d'argent que Torne m'a remises pour le professeur Baranyi, je lui rapporte tout ce que j'ai vu et entendu dans le bureau du professeur Baranyi, dont la transformation du hibou en chat. Elle écoute, impassible ; elle s'intéresse aux lettres d'Agoston Horthy mais ne manifeste par ailleurs aucune réaction, même lorsque je lui dis que Torne lui transmet son meilleur souvenir.

– Vous le connaissez ? m'informé-je.

– Je l'ai croisé dans une autre vie, répond-elle.

– Pourquoi tous ces gens sont-ils aux trousses de Bianka, au fond ? osé-je demander. Nous, le Goulpard…

– Elle a quelque chose en sa possession.

– Vous en êtes sûre ? Parce que je vous l'ai dit, mis à part ses vêtements, quelques colifichets et des romans d'amour, elle n'a rien.

Pia penche la tête sur le côté et me considère un instant avant de dire :

– Elle a un petit garçon. Il ne figurait pas sur ta liste.

Je sens brusquement mon corps entier devenir lourd comme du plomb.

– Théo ? Eh bien quoi, Théo ?

Pia hausse les épaules.

– Je ne sais pas. Et le Goulpard non plus, je parie, car cette créature aussi est une esclave, comme moi, comme toi. Nous obéissons aux ordres de nos maîtres. Il faut que tu m'amènes l'enfant.

Je peux à peine murmurer :

– Pourquoi ?

– Ah, la curiosité, dit Pia. Tu es jeune. J'ai atteint un stade où j'en sais plus que je le voudrais et où je suis indifférente. En fait, je rêve d'ignorance. Peut-être que tu éprouveras cette sensation un jour. L'ambitieux objectif est celui-ci : mon employeur pense désormais qu'il y a à l'intérieur du garçon quelque chose qu'il veut. Nous devons lui amener l'enfant pour qu'il puisse extraire cette chose.

– À l'intérieur de lui ? Qu'est-ce que ça signifie ?

– Je ne sais pas. Et je ne veux pas le savoir.

– Pourquoi ne me l'avez-vous pas dit… avant ?

Ça semble si lamentable.

– J'en étais à fouiller dans sa lingerie.

– J'ai reçu un télégramme à ce sujet seulement ce matin, répond Pia d'un ton sec. Nous ne savions pas ce que nous cherchions, pas précisément, jusqu'à présent. Une ombre, avait dit mon maître, mais elle pourrait avoir n'importe quel aspect. Maintenant notre source affirme qu'il s'agit du garçon, et vu que nous ne laissons pas une série de cadavres derrière nous comme le Goulpard, nous pouvons vite arriver à nos fins sans attirer l'attention.

– Comment votre source sait-elle qu'il s'agit de Théo ?

Pia ouvre les mains, paumes vers le ciel, selon le geste lorien d'acceptation des mystères de l'Innommé. Très amusant. Sauf si elle est effectivement lorienne, mais ça paraît improbable.

– Et le Goulpard ? demandé-je, désespérée. Il va repartir à ma recherche cette nuit, je me trompe ?

Pia hoche lentement la tête.

– Je regrette que nous ne sachions pas qui l'a envoyé. Mais je ne veux pas qu'il nous traque une fois que nous détiendrons le garçon. Il vaut mieux nous occuper en priorité du Goulpard.

Je suis heureuse de l'entendre, je l'avoue. Pour le moment, j'écarte ce glaçant *une fois que nous détiendrons le garçon.*

– Comment ?

– Il va falloir que je le tue, déclare Pia.

– Vous pouvez le tuer ? demandé-je, surprise et soulagée.

– Je ne vois pas d'autre façon de procéder. Si je le laisse te tuer, tes souvenirs le mèneront droit à la maison de Mme Och et à Bianka.

– Inutile d'être aussi sentimentale là-dessus, lancé-je, sarcastique, et je suis étonnée de voir Pia ébaucher un minuscule sourire.

– Tu restes importante, affirme-t-elle. Ne t'inquiète pas.

– Alors vous allez simplement sortir et le tuer ? demandé-je. Comment le trouverez-vous ?

– Tu le trouveras, dit-elle. Ou, plutôt, il te trouvera.

15

Me voilà donc de nouveau dans le froid glacial après minuit, cette fois avec Pia à mon côté. Elle est vêtue d'un long manteau rêche en fourrure grisâtre. Il ne ressemble pas aux manteaux de fourrure à la mode que portent les dames dans l'ouest de Spira. À ceux que Wyn et Armelle ont volés.

– En quoi est fait votre manteau ? demandé-je.

Ma voix paraît trop forte dans la rue silencieuse.

– En peau de loup, répond Pia.

Un choix, comme je le pensais, qui n'a pas de rapport avec la mode. Je frissonne et bats la semelle.

– Tu ne sens rien ? me demande-t-elle.

– Non. Pourrions-nous marcher, histoire de nous réchauffer ? Et puis ça aiderait peut-être si je bougeais. La nuit dernière, je me déplaçais.

– Comme tu veux, dit-elle. Ça ne changera rien. Dès que tu percevras l'appel, suis-le.

Nous attendons que le Goulpard me trouve, mais il y a déjà presque une heure que nous regardons la Sévione gelée du haut du pont Molinda. Indiquant la rivière d'un signe de tête, je me surprends à dire :

– Ma mère est là en bas.

Pia m'inspire de la peur et de la répugnance, mais à qui d'autre pourrais-je avouer aussi librement ce qu'était ma mère ? C'est facile avec quelqu'un qui a affaire à bien pire, qui *est* sans doute bien pire.

– Une sorcière ? dit-elle, et je confirme. Quel âge avais-tu ?

– Sept ans.

– Très jeune, observe-t-elle.

– En un sens.

– Et ton propre don ? D'où vient-il ?

– Je n'en sais rien. Je ne suis pas sorcière, si c'est votre question.

– Je comprends, assure Pia. Comme toi, j'ai certaines capacités. Nos dons nous isolent. Tu le sentiras davantage au fur et à mesure des années… Moi aussi, ajoute-t-elle presque à contrecœur, j'ai perdu des gens que j'aimais dans les eaux de la Sévione.

La lune brille ce soir avec plus d'intensité que la nuit dernière. Pia est d'une blancheur fantomatique, sa casquette en tweed rabattue sur ses oreilles réduit son visage à un ovale blême entre fourrure et tissu, ses grosses lunettes s'ajustant et se réajustant. À la regarder, j'éprouve une répulsion mêlée d'autre chose, peut-être l'intuition de ce que nous partageons. Je devine que sa dureté, comme la mienne, a été chèrement acquise.

– Comment le tuerez-vous ? demandé-je. Avec ce simple couteau ?

– Oui. Il est en argent. Pour éliminer le Goulpard, il faut lui percer le cœur avec une lame d'argent puis le décapiter. Ensuite, il vaut mieux conserver le corps et la tête séparément et les incinérer tous les deux.

– Que se passe-t-il si on ne le fait pas ?

Elle me sourit dans le clair de lune.

– On risque de découvrir que le Goulpard revient à la charge, dit-elle.

– Vous ne craignez pas que Bianka s'en prenne à vous ? lui demandé-je.

– Pourquoi donc ?

– Je ne sais pas. Selon Mme Och, c'est une sorcière puissante. Imaginez qu'elle vous jette un sort mortel, comme Sibylle la Sanguinaire qui a tué tous ces gens ?

– Bianka ne me connaît pas, répond Pia. Et Sibylle la Sanguinaire est une invention d'Agoston Horthy. Nulle sorcière vivante ne possède un tel pouvoir. Sauf peut-être une seule.

– Comment ça, une invention ? dis-je, abasourdie. Il l'a forgée de toutes pièces ?

– Oui, confirme Pia. Et l'histoire a obtenu un immense succès.

Je médite un peu cette révélation puis, comme nous bavardons très aimablement, j'ai l'audace de demander :

– C'est vrai que l'homme pour lequel vous travaillez, Cazmir, est l'un des Xianren ?

Elle tourne vivement la tête vers moi. Claude savait donc de quoi elle parlait, je crois. Nous sommes presque arrivées sur le Plateau.

– Qui t'a dit ça ? m'interroge Pia. Ton amie qui sait tout ?

– Oui. Ils sont trois, exact ? Cazmir, Gennadion et Mme Och.

– Des géants, dit Pia. Et nous, leurs pions.

– Je ne suis pas un pion, répliqué-je. Je travaille pour un salaire.

– Nous sommes tous payés pour ce que nous faisons, d'une manière ou d'une autre. Et à notre façon, nous en payons tous le prix. Ça ne change rien.

– Mais qui essaie de changer quoi que ce soit ? dis-je.

– Pas moi, répond Pia. Toujours rien ?

– Non.

La nuit s'écoule ainsi lentement. Le froid me pénètre au point que bouger devient douloureux. Pia retire son long manteau en peau de loup et, désinvolte, m'emmitoufle dedans. Il rayonne de chaleur. Comme elle est plus grande que moi, il traîne dans la neige. Je voudrais protester qu'elle va être frigorifiée, mais sa fourrure est trop agréable pour que je la lui rende. Nous parcourons le Plateau, dominé par le mont Hériot, en évitant les petits groupes de malheureux soldats transis. Pia marche avec aisance, apparemment insensible à la rigueur de la nuit hivernale. Soudain, elle s'arrête et renifle.

– Du sang, déclare-t-elle. Frais.

Que l'Innomé me vienne en aide, j'erre dans la ville la nuit avec une créature féminine bizarre qui sait repérer le sang frais. En plus, je la considère comme une amie et protectrice. La faute de Grégoire, vraiment. Qu'est devenue ma vie ? Je suis Pia au petit trot, car elle a pressé le pas, or je ne veux pas me faire distancer. Au bout d'une ruelle, près d'un entrepôt fermé, nous trouvons le corps. La neige environnante est tachée de sang. Avant de me détourner, je vois que le sommet de la tête manque.

– Regarde-le, m'ordonne Pia d'un ton impérieux. Tu le connais ?

Je reste immobile. Alors elle m'empoigne par l'épaule, me tire le menton et m'oblige à examiner l'homme dont le visage est levé vers moi, les yeux fixes et écarquillés, des dents de cheval dans sa longue mâchoire. Mon estomac se révulse et un goût de fer m'envahit la bouche.

– Tu le connais ? répète-t-elle en me secouant.

– Oui, murmuré-je, et elle me lâche.

Je recule contre le mur de l'entrepôt, titubante, m'efforçant de chasser l'image du mort.

– Le chauffeur de fiacre, dis-je. Il s'appelle Jansen. C'est lui qui a transporté Bianka jusqu'à la maison de Mme Och.

– Alors le Goulpard sait où est Bianka.

Je hoche la tête. Avalant ma salive avec peine, je tâche de calmer mon cœur et mon estomac. Pia jette un coup d'œil à la lune qui décline derrière le mont Hériot.

– Nous avons une heure avant l'aube, dit-elle. Cours !

Nous courons dans les rues sombres, gelées, en direction de la rivière. J'ai toujours été rapide à la course, mais le froid me freine et je suis nauséeuse, horrifiée par ce que j'ai vu. Avec ses longues jambes, Pia va bien plus vite que moi. Essayant de ne pas la perdre de vue, terrifiée à l'idée qu'elle m'abandonne, je trébuche deux fois puis tombe de tout mon long. Je pousse un cri inarticulé, mais si je pouvais prononcer quoi que ce soit, je dirais une phrase pitoyable, sans aucune dignité, du genre « Ne me laissez pas toute seule ici ». Pia rebrousse chemin et me hisse sur mes pieds.

– Je ne peux pas… chuchoté-je, la voix rauque.

Elle me jette aussitôt sur son épaule comme un sac de grain. Je gémis de douleur tandis que je tressaute contre elle, le sol filant sous ses pas. Malgré le gel, la neige et les ténèbres, à aucun moment ses pieds bottés ne glissent ; martelant le pavé, ils nous entraînent à travers la ville, franchissent le pont et pénètrent dans la Scola.

Avenue Robin, elle ralentit, me permettant de descendre. Mes côtes et mon ventre sont meurtris et douloureux. Je chancelle mais réussis à ne pas tomber.

– Quelqu'un utilise la magie, dit-elle.

Je perçois l'odeur du soufre. Nous franchissons avec précaution l'angle de la rue Michal. En face de la maison de Mme Och, une silhouette vêtue d'une fourrure épaisse est accroupie, peut-être en train d'écrire, mais c'est difficile à savoir. Un chapeau lui dissimule le visage.

– Pas par là, dit Pia en me tirant en arrière.

– Qui c'était ? demandé-je, mais elle ne répond pas.

Nous empruntons une ruelle qui mène le long du mur à l'arrière du jardin. Pia grimpe et disparaît de l'autre côté comme une araignée. C'est un spectacle incroyable. Je tente de la suivre, mais le mur est trop haut et trop lisse. Sentant une présence, je me retourne. Là, dans la ruelle, se tient le Goulpard, qui m'observe.

Je hurle. En un clin d'œil, Pia repasse le mur et me plaque une main sur la bouche.

– Chut ! ordonne-t-elle. Il ne s'occupe plus de toi.

Elle me tire avec elle jusqu'au faîte du mur, me pousse par-dessus, et je tombe dans le jardin enneigé de Mme Och. Elle entame sa descente puis se fige, suspendue là comme si elle échappait aux lois de la pesanteur.

– Je ne peux pas toucher le sol ici, dit-elle.

Je les vois alors, les rheugs, qui luisent dans la neige et se précipitent vers le mur, vers nous, beaucoup plus nombreuses désormais que les deux que j'avais rapportées du Pourtour. Elles se déplacent autour de moi sans me prêter attention.

– Elles ne te feront pas de mal : tu es de la maison, m'explique Pia. Mais quelqu'un essaie de briser leur lien avec ce lieu. Va prévenir Mme Och. Vite. Si je ne réussis pas à arrêter le Goulpard, il faudra qu'ils soient prêts. Ils ne doivent pas le laisser s'emparer du garçon.

Elle tire son long couteau, le place avec habileté entre ses dents et disparaît à nouveau par-dessus le mur avant que je puisse la remercier ou lui souhaiter bonne chance. Je traverse le jardin enneigé aussi vite que possible, mes bottes s'enfonçant profondément dans la poudreuse. Je pénètre dans l'arrière-cuisine et galope vers le petit salon, où je fais irruption. Bianka est pelotonnée contre Théo, tous deux enfouis sous les couvertures. Elle se dresse dans le lit lorsque la porte s'ouvre.

– Il y a quelque chose, dis-je, ne sachant quel mot employer. Quelque chose dehors. Un monstre.

Bianka me jette un regard d'horreur absolue, puis prend Théo dans ses bras et s'élance hors de la pièce, droit dans l'escalier jusqu'aux chambres. Elle tambourine contre la porte du professeur Baranyi, puis celle de Mme Och.

– Il est là ! crie-t-elle. Il vient me détruire !

Tous sortent dans le couloir, en tenue de nuit.

– De quoi parlez-vous ? demande Mme Och.

– Ella me dit qu'il y a un monstre dehors, répond Bianka, le visage blême.

Mme Och me considère et pose cette question très logique :

– Pourquoi êtes-vous habillée ?

– J'ai entendu un bruit, dis-je. Je suis allée voir, et…

Je n'ai pas besoin de terminer mon mensonge. Un fracas retentit, pareil à de la glace qui se brise. L'odeur du soufre envahit la maison. Le professeur Baranyi regarde Mme Och, affolé.

– La maison n'est plus protégée, dit-elle, très calme. Vous avez les balles ?

– Oui, oui, répond-il, et je me rappelle la boîte que Torne m'a confiée. Frédéric, vite, le pistolet, les balles.

Frédéric dégringole les marches en direction du bureau lorsque la porte d'entrée s'ouvre brutalement.

– Ne devrait-elle pas se cacher ? dis-je à propos de Bianka, mais personne ne relève ma suggestion.

– S'il vous plaît, un stylo, réclame Bianka.

– Un stylo, Frédéric ! crie le professeur près de l'escalier.

Il murmure « Que l'Innommé nous garde » et recule. J'entends la porte de la mansarde s'ouvrir et les pas de Flavie qui descend, puis sa question, « Que se passe-t-il ? », suivie d'un hurlement effroyable.

Le Goulpard apparaît au bout du couloir, une lame miroitante dans la main. Ces yeux. Cet étrange visage bienveillant. Le visage de la mort, dans mon esprit maintenant, peut-être pour toujours. Je me demande soudain ce qu'est devenue Pia.

– C'est ici ma maison, et vous n'êtes pas le bienvenu, déclare Mme Och d'une voix plus grave et plus sonore que d'habitude.

Je me suis volatilisée sans réfléchir, recroquevillée contre le mur, et elle me passe devant, si bien qu'elle se trouve entre le Goulpard et nous. Elle est transformée. De grandes ailes grises sont repliées sur son dos, un pelage noir et or couvre ses bras. Une crête de plumes orne aussi sa tête, mais je ne vois pas son visage. Elle lève une main dorée ; le Goulpard brandit sa lame et tente de la frapper. D'un bond, elle l'esquive, puis répète :

– Vous n'êtes pas le bienvenu.

Elle s'avance vers lui.

– Vite, Fred, sapristi, marmonne le professeur.

Adossée à la porte de la chambre de Mme Och, Bianka serre bien fort Théo. Il s'est réveillé et braque des yeux marron perplexes sur la scène face à lui. Le Goulpard gronde. Mme Och oscille légèrement ; un vent souffle dans le couloir. Vif comme l'éclair, le Goulpard lève sa lame et lui assène un coup. Elle vacille, se tord, le vent tombe. Je vois du sang et ferme les yeux. Bianka hurle. Je sens le Goulpard me frôler, et je ne sais pas ce qui me pousse mais je tends une jambe pour lui faire un croche-pied.

Avec un soldat ou une brute du Méandre, ça aurait fonctionné. Là, je sens une seconde fois la main soyeuse du Goulpard autour de ma gorge. Ses yeux scrutent mon visage presque tendrement, puis il me lâche, à demi asphyxiée, sur le sol.

Un coup de feu, assourdissant. Virevolte du Goulpard. Envol de Mme Och, son visage terrible, moitié humain moitié félin, ses ailes remplissant le couloir. Frédéric à côté d'elle, un pistolet dans ses mains tremblantes, le teint livide. Le Goulpard qui marche vers eux. Bianka qui réclame de nouveau un stylo, Théo en pleurs maintenant, Flavie toujours à hurler dans l'escalier. Un deuxième coup de feu, puis le tintement du métal lorsque le Goulpard dévie la balle avec sa lame. Il envoie Frédéric à terre d'un geste violent de sa main velue. Il plante sa lame dans le corps de Mme Och, qui s'affaisse. Puis il se tourne et bondit à travers le couloir en direction de Bianka. Le professeur qui veut lui barrer la route est écarté sans peine. Une forme sombre passe en trombe devant moi ; le Goulpard s'écroule. J'aperçois Pia, lèvres retroussées, lame menaçante, se dresser au-dessus de lui. L'un de ses bras pend curieusement et elle a du sang sur la figure, mais elle ne semble pas trop diminuée. Le Goulpard à terre brandit sa lame et Pia grimpe à mi-hauteur contre la cloison avant de lui sauter dessus une nouvelle fois. Il la chasse et elle roule élégamment, se relève aussitôt. Ils se font face, lames prêtes. Pia émet un sifflement animal et lance une énième attaque.

Je me traîne à quatre pattes près de Mme Och touchée, ensanglantée, ailes déployées. Frédéric est étourdi par le coup que lui a asséné le Goulpard, mais je vois qu'il est vivant. Je ramasse le pistolet. Les jambes trop faibles pour marcher, je retourne en rampant vers le duel dans le couloir. Le professeur Baranyi, Bianka et Théo se sont barricadés à l'intérieur de la chambre de Mme Och pendant que le Goulpard et Pia s'affrontent. Entre plancher, murs et plafond, ils volent, légers comme l'air, rapides comme l'éclair. Pia pare la lame du Goulpard, mais au même instant il l'atteint de sa main meurtrière, un coup à la gorge. Pia émet un son étranglé et s'effondre, soudain reprise par les lois de la pesanteur. Sans s'attarder à l'achever, il fonce vers la chambre de Mme Och dont il éventre la porte. Je lève le pistolet, vise la partie gauche de son dos et tire.

Le Goulpard tombe en avant. Je rampe aussi vite que je peux, dépassant Pia qui s'efforce de se redresser, une main sur sa gorge. Le Goulpard bouge encore, mais je lui arrache sa lame miroitante, cette lame qui a failli me trancher le sommet du crâne pas plus tard que la nuit dernière. Elle ne pèse presque rien. Je ferme les yeux et m'entends hurler tandis que je lève la lame et l'abats vers son cou.

La tête du Goulpard roule sur le côté ; son corps se fige.

– Brûle-le, m'ordonne Pia d'une voix rauque.

Elle m'effleure, vacillante, et prend sous son bras la tête tranchée. Je vois pour la dernière fois le visage du Goulpard, ses yeux blancs tristes et fixes. Pia se dirige droit vers Bianka et Théo. J'essaie de crier, de les avertir, mais aucun son ne sort de ma bouche, et Pia s'arrête à un mètre d'eux, luttant contre l'air. Un obstacle la gêne, mais je ne vois pas tout de suite de quoi il s'agit. Puis elle pousse un cri hargneux et, de son pied botté, brise la fenêtre par laquelle elle disparaît. Bianka a dû trouver un stylo dans la pièce, car sur le mur au-dessus d'eux elle a griffonné : *N'approchez pas*. L'odeur de fleurs pourrissantes – l'odeur de sa magie – continue de flotter, se mêlant à l'âcreté de la poudre.

Et nous voilà tous. Le corps décapité du Goulpard, qui saigne, noir, sur le tapis dans la chambre de Mme Och. Le professeur blotti dans le coin avec Bianka et Théo vagissant. Mme Och, qui a perdu ses ailes et repris forme humaine, sa chemise de nuit déchirée pleine de sang, debout derrière moi sur le seuil. Frédéric qui gémit et se relève dans le couloir.

Et les hurlements persistants de Flavie et le tintamarre de l'homme-loup qui tempête en vain dans sa chambre fermée à clé.

– Avez-vous vu qui c'était ? demande Mme Och au professeur, montrant la fenêtre brisée.

Elle vacille et tombe presque contre le mur. Le professeur la soulève dans ses bras comme une enfant et l'emporte jusqu'au lit, la couche. Elle bat des paupières.

– Reposez-vous, dit-il. Le Goulpard est mort.

– Elle… elle est au service de Cazmir, celle qui combattait le Goulpard, chuchote-t-elle. Qui d'autre que Cazmir pourrait commander le Goulpard ? S'il ne l'a pas appelé, qui alors ?

– Ne parlez plus. Reposez-vous, répète le professeur.

Dans le couloir, Flavie hurle :

– Je refuse de rester ! Faites venir un fiacre immédiatement ! Nous ne resterons pas un instant de plus dans cet endroit !

Le professeur soupire et s'adresse à Bianka :

– Vous allez bien ?

Elle fait un petit oui de la tête, le bébé geignant contre elle en suçant son pouce.

– Et vous, Clara ? me demande-t-il. Êtes-vous blessée ?

– Non, réponds-je.

Je m'apprête à rectifier mon prénom pour la centième fois, y renonce. Je tremble de tout mon corps. Je voudrais disparaître jusqu'au matin, mais il est trop tard.

– Nous avons une dette à votre égard, dit-il. Vous avez agi avec un grand courage. Comment avez-vous su qu'il fallait le décapiter ? ajoute-t-il après un silence.

– Cette… femme me l'a indiqué, dis-je.

Encore et toujours la comédie, le mensonge. Cela paraît tellement inutile à cette heure. Je voudrais tout lui avouer puis dormir pendant une semaine.

– Votre geste était courageux et nous a peut-être sauvé la vie, dit-il. Vous devez être épouvantée par ce que vous avez vu ici cette nuit.

Il semble sur le point d'en dire plus, puis il se ravise.

– Frédéric va vous servir à boire au rez-de-chaussée pour apaiser vos nerfs.

– Je crois qu'il est blessé, dis-je, avant de m'apercevoir qu'il se tient près de moi, l'air terriblement inquiet.

– Vous n'êtes pas commotionnée ? me dit-il.

– Je pensais que vous l'étiez, dis-je.

– J'ai quelques vertiges. Mais je survivrai.

– Moi aussi, affirmé-je.

Et je lui souris, ce qui est saugrenu, mais le fait que je sois vivante me ravit soudain. Le Goulpard est mort. Je ne crains plus rien. Même Théo ne craint plus rien, pour cette nuit en tout cas.

– Venez.

Il me guide vers la porte.

– Cette femme… elle a préconisé de brûler le corps, dis-je au professeur Baranyi par-dessus mon épaule.

Il hoche la tête.

– J'y veillerai.

Frédéric me sert un cognac dans le salon et s'en remplit un verre. Flavie a fourré ses affaires dans une valise et traîné Chloë dans la nuit à la recherche d'un fiacre. Je me sens abasourdie.

Nous restons assis en silence un moment, Frédéric à côté de moi sur le sofa, son verre de cognac entre ses mains, la tête courbée.

– J'aimerais réussir à vous dire quelque chose sur ce que vous avez vu cette nuit, déclare-t-il enfin. Vous devez être horrifiée.

Il n'a pas tort là-dessus. Je bois une petite gorgée de cognac et l'alcool brûlant descend dans ma gorge, me chauffe le ventre.

– Le monde ne se limite pas à ce que vous croyez, commence-t-il lentement.

Misère, il va se lancer dans un exposé aride sur les forces surnaturelles. Je n'en ai pas la patience.

– Je ne suis pas une petite fille naïve, dis-je avec brusquerie. Ma mère était une sorcière, elle a été noyée dans la Sévione quand j'avais sept ans.

Il lève les yeux vers moi, le visage blême.

– Je suis navré, dit-il d'une voix faible.

Je n'arrive pas à m'arrêter.

– J'ai vu des choses… Vous ne pouvez pas imaginer les choses que j'ai vues. Je ne suis pas une enfant !

J'avale d'un trait le reste du cognac et m'étouffe presque.

– Tout va bien, dit-il gentiment, prenant mon verre vide et le posant avec le sien sur la table basse. Tout ira bien.

Je m'aperçois que j'ai des larmes sur la figure ; j'en éprouve une sensation de ridicule et de colère.

– Tout n'ira pas bien, répliqué-je d'un ton dur. Resservez-moi un cognac.

– Un verre suffit, répond-il.

– Ne me dites pas ce qui suffit ! crié-je.

J'ai envie de le frapper, comme si tout cela était sa faute d'une certaine façon. Je lève la main, et il l'attrape, l'attire contre sa poitrine. Sa main est grande et chaude. Il est très près de moi, son visage éternellement étonné à quelques centimètres du mien, les lunettes rondes devant de tristes yeux limpides, la barbe non taillée.

– Vous souvenez-vous de votre question sur mon travail ? demande-t-il. Je ne vous l'ai pas expliqué clairement, mais je réunis une vaste documentation au sujet du rôle de la sorcellerie dans les royaumes de Porie. L'histoire telle qu'elle est écrite actuellement insiste sur les Guerres magiques, les rivalités entre assemblées de sorcières et les terribles abus de la sorcellerie à cette époque, et sur les Purges, lorsque les sorcières ont été noyées en très grand nombre et que la sorcellerie de toute nature est devenue passible de mort. Les historiens ignorent la longue période qui a précédé ces guerres, quand la magie était une part constituante et contrôlée de la société. En effet, même aujourd'hui, au Yongguo, les sorcières sont considérées comme talentueuses, remarquables. Si nous parvenons à exhumer ce passé, à l'étudier et à le partager, j'ai l'espoir que nous contribuerons à une nouvelle Fraxe, qui comprendra et acceptera la sorcellerie comme élément du monde naturel.

Je le regarde, muette. Pas étonnant qu'il ait refusé de m'en parler jusque-là. Il pourrait être mis à mort pour de tels propos.

– Je veux dire… tout ce qu'on vous a raconté sur les sorcières est faux, Ella. Ce qui est arrivé à votre mère est atroce. Je suis sûr que c'était une femme bienveillante, une femme honnête. La majorité des sorcières le sont.

Il continue de me tenir la main.

– Aucun enfant ne devrait perdre un parent de la façon dont vous avez perdu votre mère. J'en suis navré.

Personne ne m'a jamais dit cela. Même les gens qui étaient sincèrement navrés avaient trop peur pour le dire. Je ne réfléchis pas à ce que je fais : je me penche et l'embrasse. Après une seconde d'hésitation, il m'embrasse à son tour. Son baiser est doux et chaud et assez réconfortant, comme le cognac. Je ferme les yeux et oublie tout, excepté la sensation de ses lèvres sur les miennes. Mais ce moment est fugace. Sa moustache me picote ; il n'embrasse pas comme Wyn. Je m'écarte et fonds en larmes ridicules.

– Je suis confus, dit Frédéric, affolé. Je suis vraiment confus. Impardonnable. Je suis un rustre, je voulais juste… vous aviez l'air tellement… pardon, je vous en supplie, Ella, vous êtes en sécurité avec moi, ça ne se reproduira pas. Une fille délicate, innocente comme vous…

Je ne le supporte plus.

– Ce n'est pas vrai ! m'écrié-je. Je ne suis ni délicate ni innocente ! Vous n'en savez rien !

Durant un instant terrifiant, vertigineux, je crois que je suis réellement sur le point de tout avouer. Les mots sont là, prêts à s'échapper de ma bouche, lorsque j'aperçois une ombre à la fenêtre.

– Frédéric, regardez !

À moitié égarée et intrépide après le cognac, le baiser, la mort frôlée par deux fois et mes quasi-aveux, je me retrouve à bondir dans sa direction. L'ombre disparaît, mais j'ouvre la fenêtre et me précipite à ses trousses, Frédéric sur mes talons. La silhouette vêtue de fourrure file vers la grille. Je la plaque dans la neige. Une femme, à ce que je constate lorsque nous la retournons, sans doute quinquagénaire, des cheveux gris s'échappant de son bonnet de fourrure.

– Je ne suis pas armée, bredouille-t-elle.

Mais lorsque nous la fouillons, nous tombons sur un stylo moderne à cartouche et plusieurs feuilles de papier couvertes de symboles. Pas armée, mon œil !

– Je crois que vous feriez mieux d'entrer et de parler au professeur, dit Frédéric.

Ils interrogent la sorcière pendant une heure dans le salon. Elle a brisé le lien des rheugs avec la maison et les étranges créatures se sont éloignées. Sanglotante, elle confesse tout, et je distingue facilement ses réponses depuis mon poste d'observation près du trou de la serrure. Elle a passé trois semaines dans une cellule d'Hostorak, explique-t-elle, et a été libérée inopinément cette nuit même à condition qu'elle exécute cette tâche. L'homme qui lui a parlé avait un œil jaune et l'autre œil bandé, précise-t-elle, et je me rappelle l'homme décrit par Bianka, celui qui est venu lui poser des questions sur Théo, qui a volé une mèche de cheveux et une goutte de sang du bébé. Elle affirme qu'elle s'est approchée de la fenêtre avec l'espoir de capturer l'une des rheugs errantes, désorientées, puis de la vendre.

Après s'être consultés discrètement, les deux hommes l'amènent à Mme Och, et je les suis à l'étage, restant volatilisée dans le couloir lorsqu'ils redescendent. J'entends Mme Och déclarer :

– Vous saviez que c'était ma maison et pourtant vous avez utilisé votre magie contre moi.

La sorcière sanglote et implore le pardon. Elle ne l'obtient pas. Je l'entends étouffer une exclamation, puis crier :

– Non ! Non ! Non !

Fuse alors un hurlement horrible qui s'interrompt brusquement ; de la fumée s'échappe par-dessous la porte, ainsi qu'une puanteur atroce. Je plaque une main sur ma bouche et me précipite au rez-de-chaussée, où le professeur est en train de dire à Frédéric : « Elle ne peut pas se permettre la clémence, vous le savez bien », tandis que Frédéric pleure, le visage dans les mains. Ni Mme Och ni la sorcière ne sortent de la salle de lecture. Frédéric et le professeur restent dans le salon, conversant à voix basse. Je suis trop écœurée et épuisée pour demeurer de l'autre côté de la porte à essayer de saisir des bribes de leur échange. Je monte l'escalier jusqu'à la mansarde déserte et me couche, tout habillée, sur le lit grinçant. Lorsque je me réveille, c'est le milieu de la matinée et Strix, le petit chat-hibou, ronronne, blotti contre moi.

La pièce est pleine de fumée jaune. Ou alors son esprit est plein de cette fumée. Ses pensées se déplacent lentement à travers. Il est incapable de voir, incapable de bouger. Il est capable de penser, très lentement : Bouge. Lutte. Mais ce sont juste des mots qu'il pense, aussi éloignés de la réalité que le sont les rêves. On peut rêver qu'on marche dans une rue au coucher du soleil en regardant les chauves-souris voltiger au-dessus de sa tête, alors qu'en fait on est allongé sur son lit, aussi immobile qu'un mort.

Elle écrit sur sa peau avec du feu. Le métal qu'elle utilise quelquefois n'est rien. Il pourrait lutter contre le métal sans ces phrases qu'elle écrit sur sa peau. Des phrases qui l'immobilisent, le paralysent, le privent de lui-même. Elle agit vite, d'une manière détachée et professionnelle, comme si elle était un chirurgien qui procédait à une opération bénigne.

« J'ai presque fini », pourrait-elle dire, réconfortante.

Alors la fumée jaune se dissipe, et elle a terminé. Il distingue le plafond, et une chaise par terre. Il croit l'avoir renversée, il croit avoir essayé de lutter, avant la fumée.

– Il veut vous voir, dit-elle. Puis-je l'appeler ? Lui annoncer que vous êtes prêt ?

Les draps sont à moitié rejetés du lit. Il y a eu une bagarre dans cette pièce. Il est allongé sur le sol et sa langue est trop grosse pour sa bouche. La fumée a disparu, mais l'endroit où elle a écrit sur lui, sur son épaule, reste brûlant.

– Pouvez-vous vous relever ? demande-t-elle.

Puis elle soupire et sort de la pièce.

Minutes, heures, jours, il n'y a presque plus de différence. Et soudain une paire de bottes près de sa tête, le bord tourbillonnant d'une cape. Il se force à lever les yeux vers le visage de Cazmir, là-haut, près du plafond, qui l'observe d'un air désapprobateur.

– Il semble que tu aies essayé de causer des problèmes à Shaye ce matin, dit Cazmir.

Il remue la langue pour voir s'il est capable de parler. « Ffff… » est le seul son qu'il réussit à émettre.

– Tu ne m'as jamais dit que tu avais eu un fils récemment, poursuit Cazmir. Tu as été beaucoup trop rusé. Et la sorcière est très jolie. Mais tu devrais te garder de tomber amoureux des sorcières. Ça finit toujours mal.

Saccager cette pièce, démolir ces murs, déchaîner sa fureur sur Cazmir – mais il est vaincu, totalement, totalement. Il n'avait pas soupçonné qu'il pourrait être aussi abattu. Qu'il existait ce lieu entre la vie et la mort. Qu'un tel désespoir était même possible.

Cazmir se penche pour examiner l'inscription de Shaye sur son épaule.

– Fichtre, murmure-t-il. Je me demande parfois si je ne devrais pas la craindre un peu moi aussi ! Bon, ça va s'atténuer, et tu te sentiras bientôt davantage toi-même.

Ça s'atténue. Et lorsqu'il peut à nouveau bouger, il quitte péniblement le sol. Il redresse la chaise. Il fait le lit. Il pleure.

16

Personne n'essaie plus de feindre par égard pour moi que nous vivons dans une maison ordinaire. De petits rouleaux de papier couverts d'une écriture script inconnue sont collés sur toutes les portes et fenêtres, et des sachets fumants d'herbes et de substances diverses pendent du plafond dans des endroits inattendus. La maison empeste la magie.

Mme Francis m'accorde un sourire narquois lorsque je me présente à une heure tardive dans l'arrière-cuisine.

– Une bonne grasse matinée ?

Mais elle le dit sans méchanceté. Elle-même ne semble aucunement perturbée. Je ne lui demande pas ce qu'elle sait, ce qu'elle en est venue à accepter, habitant ici. Je ne sais pas quoi faire d'autre que continuer à travailler. Je l'aide à préparer le déjeuner, puis sers la volaille au four et le gratin de pommes de terre avec des pointes d'asperge, versant du cidre à tous. Mme Och reste dans sa chambre ; le couloir de l'étage est maculé de son sang, l'odeur de roussi du sort qu'elle a infligé à la sorcière flotte toujours dans l'air. Le visage de Frédéric est contusionné, sa tête bandée. Théo somnole sur les genoux de Bianka, et personne ne dit grand-chose. Le professeur et Frédéric ont chacun un pistolet sanglé sur la poitrine. Messire Victor mange avec eux et ne leur pose pas de questions : soit il a la sagesse de ne pas les interroger, soit ils lui ont déjà raconté ce qui s'est passé. Une lettre arrive pour lui – tout le monde sursaute au fracas de la voiture postale dans la rue – et il s'en va peu après en manteau et chapeau, marmonnant une excuse. C'est la première fois que je le vois quitter la maison depuis mon arrivée ici, ce qui m'aurait extrêmement intéressée hier encore, mais j'ai trop de préoccupations par ailleurs pour me pencher sur les déplacements de l'homme-loup.

Le salon est encore fermé, j'y entre donc pour allumer la cheminée. Lorsque j'ouvre les rideaux, je vois un fiacre électrique s'arrêter devant la grille. Deux silhouettes vêtues de longs manteaux à col fourré en sortent.

– Frédéric ! appelé-je, retournant au pas de course vers la salle à manger. Un fiacre.

– Je vais les accueillir à la porte, dit Mme Och, descendant l'escalier.

Elle est debout et habillée, les cheveux retenus par des épingles, comme si aucune lame ne l'avait transpercée la nuit dernière. Je la regarde, bouche bée.

– Allez dans l'arrière-cuisine, Ella, m'ordonne-t-elle d'un ton sévère.

J'incline la tête et m'éloigne d'eux en hâte, mais je l'entends dire à Frédéric :

– Je veux que Bianka et Théo aillent dans le tunnel de la cave. Donnez-lui un stylo et du papier. Puis venez dans ma salle de lecture avec le professeur.

Le tunnel de la cave ? Cette maison recèle des secrets que je n'ai pas découverts ! Je m'esquive de l'arrière-cuisine et file à l'étage jusque dans la salle de lecture de Mme Och. Inutile de me volatiliser ici, Mme Och me verrait, néanmoins je peux me cacher comme une espionne ordinaire. Je promène un regard affolé sur la pièce, qui n'offre guère de possibilités en matière de cachettes. J'entends des voix au rez-de-chaussée. Je retire de gros ouvrages d'un meuble sous la bibliothèque et les empile derrière les rideaux. Puis je retourne à toute vitesse vers le meuble. Durant un moment affreux, je crois que je ne vais pas pouvoir tenir à l'intérieur. Je les entends dans le couloir, terrifiée à l'idée qu'ils arrivent et me trouvent coincée à moitié hors du meuble, mais je réussis à m'y tasser et à faire coulisser la porte, me laissant une fente par laquelle observer, alors même qu'ils entrent.

J'entends le fauteuil de Mme Och gémir lorsqu'elle s'assied. J'aperçois les pantalons et chaussures du professeur et de Frédéric ainsi que deux autres paires de jambes d'hommes devant eux – un grand et un petit. J'ouvre légèrement plus la porte du meuble.

– J'avais l'intention de demander au maître du Goulpard pourquoi il avait envoyé sa créature dans ma maison, dit Mme Och. Mais, maintenant que vous êtes face à moi, je me demande surtout comment vous avez bien pu disposer du Goulpard.

– J'en ai hérité, dirons-nous, répond une voix grave – une voix que je connais. Il est mort ?

– Mort, confirme Mme Och. J'aurais peut-être dû deviner que c'était vous quand j'ai su que vous preniez soin des familles des victimes. Pourtant, je m'étonne de votre sentiment de culpabilité restreint. Il y a dans cette ville d'autres gens qui sont miséreux à cause de vous, qui sont morts à cause de vous, quoique de manière moins directe.

– Je fais mon possible pour protéger les innocents. Parfois, le mal ne peut être combattu que par le mal.

J'essaie d'identifier cette voix – sa résonance, ses voyelles campagnardes me sont très familières. Aussi comprimée que je le sois dans le meuble, je me volatilise et ouvre davantage la porte, avec lenteur et précaution. Je distingue les chevilles de Mme Och, le bord de son secrétaire. J'élargis encore l'ouverture, j'étire le cou, et un cri de surprise manque de m'échapper. Là, au milieu de la pièce de Mme Och, vêtu du même manteau usé qu'il avait à la purification, se tient Agoston Horthy. Un homme avec une chevelure grise abondante et un œil jaune se dresse, immense, derrière le Premier ministre. Il a un bandeau sur l'autre œil. Frédéric et le professeur sont près de la porte, tous deux armés, mais la conversation se déroule uniquement entre Agoston Horthy et Mme Och.

– Je m'interroge depuis longtemps sur vous, madame Och. Vous avez beaucoup fait pour aider les innocents, les pauvres, les démunis, et je vous ai admirée pour cela. Vous avez aussi beaucoup fait pour aider les malveillants et les vengeurs, les criminels et les incroyants, et je vous ai détestée pour cela.

– Nous avons des méthodes de catégorisation différentes.

– J'imagine. Mais j'ai un pays dont je dois prendre soin alors que vous avez seulement vos intérêts personnels. Je vous ai laissée tranquille pendant vingt ans. Supposons qu'aujourd'hui je cerne votre maison de soldats, la remplisse d'enquêteurs. Que trouverais-je ?

– Très peu de choses, parce que vous ne sauriez pas comment chercher.

– Votre frère Cazmir m'a averti jadis que faire de vous mon ennemie serait gaspiller des ressources.

– Que voulez-vous de moi ?

– Vous abritez une sorcière et son fils. Je veux que vous les livriez.

– Pourquoi envoyer le Goulpard au lieu de me le demander simplement ?

– Je vous le demande à présent.

– Bien, puisque nous jouons aux suppositions... Supposons qu'une femme avec un bébé ait sollicité mon aide parce que quelqu'un la traquait. Supposons que nous ayons établi que le traqueur était le Goulpard. Nous ne savions pas, toutefois, qui l'avait envoyé, ni pourquoi. Supposons que nous ayons mis la femme et son fils dans un train pour la Suège, ou peut-être dans un bateau pour l'Angloisie. Supposons que je vous donne une adresse, si vous pouvez me convaincre que votre cause est juste.

– La sorcière m'inquiète moins que l'enfant. Vous savez qui est le père du garçon ?

– Oui.

– Cet homme qui m'accompagne voit très bien avec son œil unique, qu'il garde fixé sur certains éléments à l'intérieur de mes frontières. Des éléments imprévisibles. Des éléments tels que vous. Votre frère Gennadion était en Fraxe il y a peu.

– C'est ce que j'avais entendu dire.

– Il se faisait passer pour un clown, il montait des spectacles subversifs dans le Sud. Puis il a disparu, mais nous avons des yeux et des oreilles partout ; quoique nous n'ayons pas pu le dénicher, nous avons dépisté la sorcière et son petit garçon. Que savez-vous de l'enfant ?

– Rien, hormis qu'il est mon neveu.

– Mon homme ici présent a obtenu des échantillons. Nous les avons analysés. Chacune des cellules du corps de l'enfant est codée par quelque chose. Quelque chose de puissant ; de magique. Il est un récipient pour quelque chose, et ce n'est pas de la pure sorcellerie. J'ai pensé que vous pourriez peut-être me dire de quoi il s'agit.

– Je ne sais rien de cela. Je n'ai pas vu mon frère depuis des années et n'ai appris que récemment l'existence de son fils.

– Il est primordial qu'il soit examiné et que la sorcière soit interrogée.

– S'ils ont quitté la Fraxe, pourquoi cela vous inquiète-t-il ?

– Parce que nous ne savons pas ce qu'il est. Cela me met mal à l'aise.

– Accordez-moi quelques jours pour y réfléchir. Ensuite je pourrai vous donner une adresse en Suège. Ou en Angloisie.

– Supposons que mon homme fouille votre maison sur-le-champ ?

– Je le déconseille. La maison est aujourd'hui truffée de systèmes de défense. Vous le comprenez certainement : après l'irruption d'un intrus, il faut prendre des précautions.

– Supposons que nous ne trouvions pas la sorcière en Suège ou en Angloisie ?

– C'est vrai, elle pourrait rapidement aller ailleurs. Comment le saurais-je ?

– Supposons que je vous accorde jusqu'à demain et que, si je n'ai pas la sorcière et son fils d'ici le coucher du soleil, je conduise l'armée fraxaise à votre porte ?

– Êtes-vous si sûr que vous aurez encore une armée sous vos ordres demain ?

– Est-ce une menace ?

– Vous m'intéressez. Cazmir sait-il que vous commandez le Goulpard et que vous cherchez cette sorcière ?

– Je ne rends pas de comptes à Cazmir.

– Non ? Je croyais.

– Vous vous trompez. Nous avons un accord. Notre accord s'étend à vous, en réalité. C'est par respect pour lui, ainsi que pour vos bonnes œuvres, que je vous ai tolérée à l'intérieur de mes frontières. Et par respect pour lui, je vous fais la faveur d'une visite, pour tenter de résoudre cette affaire pacifiquement.

– Je suis sûre qu'il serait ravi de savoir à quel point vous le respectez. Quant à moi, bien que votre visite me touche, j'ai la sensation que vos frontières ne me concernent pas.

– Vous vous croyez au-dessus de nos lois, mais vous êtes comme les grands reptiles marins. Votre époque est révolue.

– Je me demande si vous avez fait part de cette opinion à mon frère.

– Il sait qui je suis, tout comme je sais qui il est. Pour le moment, nous avons notre accord.

– Vos alliances ne sont pas ce que l'on pourrait attendre d'un homme qui abhorre la magie.

– Les époques désespérées conduisent à de drôles de tandems, madame Och.

L'homme à l'œil jaune rit à cette phrase – un rire assez agréable, comme s'il était sincèrement amusé.

– Vous avez jusqu'à demain, dit Agoston Horthy. Je reviendrai au coucher du soleil, et les choses iront mieux pour vous si, entre-temps, vous avez trouvé votre sorcière et son fils.

Mme Och se lève, et sa voix est terrible, comme lorsqu'elle a parlé au Goulpard dans le couloir.

– Les choses iront mieux pour moi ? Certes, vous commandez l'armée fraxaise, vous gouvernez pendant que le roi prie, mais vous restez un petit homme avec une petite vie ; vous ne savez rien, rien du tout, et vous ne pouvez pas m'atteindre. Frédéric, raccompagnez nos visiteurs. S'ils ne partent pas docilement, n'hésitez pas à utiliser votre arme.

– Au coucher du soleil demain, répète Agoston Horthy, impassible.

Je regarde les trois paires de pieds sortir dans le couloir. Le professeur Baranyi referme la porte et le silence règne durant un moment.

– Bon, dit enfin Mme Och. Horthy agit donc en solitaire. Très intéressant.

– Qu'allons-nous faire ?

– Si nous les transférons dans le Nord, Livia les abritera quelque temps à la ferme. Je vais avoir besoin que vous envoyiez un télégramme. Vous avez entendu ce qu'il a dit au sujet du garçon ? Un récipient.

– Oui. Qu'entendait-il donc par là ? Je suis sûr que Bianka n'en sait rien ; elle voudrait à tout prix résoudre le mystère elle aussi.

Me faisant sursauter, Mme Och s'écrie alors :

– Il n'oserait pas ! Il ne pourrait pas, tout de même !

– N'oserait pas, ne pourrait pas quoi, ma chère madame Och ? demande le professeur. Et de qui parlez-vous ?

– De Gennadion.

– Ah !

– C'est impossible, dit-elle. Pourtant, Cazmir ne veut qu'une chose…

Le professeur attend.

– Il faut que nous retrouvions Gennadion, reprend-elle. Comment peut-il avoir ainsi disparu de la surface du globe ?

Un coup léger à la porte, et Frédéric rentre.

– Nous allons être pendus, n'est-ce pas ? dit-il.

– Oh ciel, j'espère que non, dit le professeur comme s'il n'avait jamais envisagé cette perspective.

– Agoston Horthy ! s'exclame Frédéric. Je viens de pointer un pistolet sur Agoston Horthy !

– C'est un revirement auquel je ne m'attendais pas, dit Mme Och. Cazmir sera très mécontent lorsqu'il le découvrira.

Puis elle demande :

– Par ailleurs, que pensez-vous de la bonne ?

– Comment, Éva ? demande le professeur Baranyi.

– Ella, rectifie Frédéric.

– Oui.

– Remarquable, non ? Elle a montré des nerfs d'acier la nuit dernière. Elle doit très bien viser ou avoir beaucoup de chance :

elle a frappé le Goulpard en plein cœur avec cette balle. Intelligente en plus, du moins selon Frédéric.

– C'est vous qui la connaissez le mieux, Frédéric, dit Mme Och. Si nous lui expliquons quelques petites choses, sera-t-elle épouvantée ? Maintenir une apparence de normalité dans les jours qui viennent s'annonce difficile, et elle pourrait nous être utile.

Voilà qui ne me plaît pas. Je suis déjà enfoncée jusqu'au cou dans l'utilité.

– Je crois qu'elle le prendrait très bien, répond simplement Frédéric.

Il ne souffle pas mot de ma mère, et je suis assez touchée qu'il considère ma révélation comme une confidence.

– Pourtant, quelque chose chez elle me semble étrange, dit Mme Och.

– En quel sens ? demande le professeur.

– Elle a des secrets, réplique Mme Och, et mon sang se glace. Cela n'a rien de grave en soi. Quantité de gens ont des secrets. Néanmoins, le moment est peut-être venu d'en découvrir davantage sur elle.

Je repense à la sorcière implorant la clémence la nuit dernière – plus aucune trace d'elle au matin, excepté cette terrible odeur. « Mme Och n'est pas réputée pour son indulgence », a dit Claude. Il faut que je me sauve avant qu'elle s'aperçoive que je ne suis pas celle que je prétends être.

– Je garantis qu'elle est digne de confiance, affirme vaillamment Frédéric.

Mon cœur se serre un peu.

– Possible, dit Mme Och. Elle a présenté des références complètes, mais vous devriez rendre visite à sa famille demain, Frédéric, histoire de vérifier. Dans l'immédiat, nous avons du travail.

– Et Pia, la créature de Cazmir ? demande le professeur Baranyi. Que ferons-nous si elle revient ?

– Le cache d'Alazne, répond Mme Och.

– Vraiment ?

Le professeur a le même ton que si elle suggérait de décrocher la lune.

– Est-ce… Le pouvez-vous ?

– Seule, non ; mais avec Bianka. Puisqu'elle maîtrise la transmogrification, elle devrait être assez robuste pour le réussir. Même s'il ne résiste pas plus de vingt-quatre heures, ça suffira. La maison sera introuvable.

– Bon ! Très bien !

Ils sortent de la pièce en continuant à parler. Le professeur Baranyi quitte aussitôt la maison, probablement pour envoyer un télégramme à cette Livia mentionnée par Mme Och. J'entreprends sans conviction de faire la vaisselle dans l'arrière-cuisine tandis que Bianka et Mme Och s'enferment dans la salle de lecture, que Frédéric amuse le bébé dans la bibliothèque et que Mme Francis ronfle bruyamment dans sa chambre attenante à la cuisine.

Les pensées se bousculent dans ma tête. Alors, profitant de la tranquillité, j'abandonne la vaisselle, monte l'escalier et m'introduis dans le bureau du professeur Baranyi. Strix arrive derrière moi en bondissant, avec un joyeux « miaou ! », et je gratte ses petites oreilles duveteuses. Je n'ai pas de crochet sur moi mais une simple épingle à cheveux me permet d'ouvrir la vitrine fermée à clé. Je m'assois par terre derrière un divan, me volatilise et commence à feuilleter *Légendes des Xianren I*.

Je passe le restant de l'après-midi à parcourir les longs ouvrages arides, partiellement incompréhensibles. Le premier tome, pour autant que je puisse en juger, se compose de récits compliqués des exploits accomplis par les sorciers ailés des temps anciens : domptage de dragons, lutte contre des monstres marins, enfermement de sorcières malfaisantes, etc. À en croire ces livres, les Xianren ont été au cœur des événements à travers toute l'histoire. Mme Och a conseillé le premier empereur du Yongguo, Huna, et cet empire aurait prospéré pendant des millénaires grâce à une coopération entre humains et sorcières. En tout cas, il détient le record de longévité. Nullement en reste pour créer des empires, Zor Gen, alias Gennadion, a épousé la sorcière de Parne et, ensemble, ils ont fondé l'Empire parnois, qui a duré trois cents ans, mais entre-temps Gennadion s'était aventuré dans le monde à pied et à la nage, engendrant ici et là des rois et des guerriers, combattant des ours ensorcelés et des sorcières rebelles, comme tout immortel en quête de frissons, je suppose, et l'empire s'est effondré. Dans le troisième tome, j'apprends que les Xianren ont réuni leurs forces et passé des siècles à chercher une certaine Roche Ruga, mais, je cite, « ils ne purent jamais la trouver, ils ne furent pas accueillis par Roche Ruga et cela leur montra les limites de leur puissance ». Le quatrième tome traite principalement de l'Empire eshrik, le plus long de l'histoire après l'Empire yongguo. Les Khanas eshriks étaient des sorcières et voulaient obtenir le *Livre de la Perturbation*, un texte magique que les Xianren s'étaient partagé. Les Xianren ont tous été emprisonnés à divers moments et contraints de céder leur part du texte, mais les sorcières se sont révélées incapables de le déchiffrer – seuls les Xianren pouvaient le lire –, ce qui a réglé le problème. Les Xianren ont finalement remporté la victoire du simple fait qu'ils ont survécu à l'empire. Suprématie de l'immortalité. Le livre qualifie ce conflit de tournant pour les Xianren, dans la mesure où le déclin dramatique de leur puissance devient manifeste. Ils restent néanmoins influents. Lan Camshe contribue à fonder l'Empire sirilien, premier grand empire à interdire la sorcellerie. Och Farya se tait. Zor Gen mène diverses insurrections dévastatrices à travers le monde. Après la chute de l'Empire sirilien, Lan Camshe se retire dans l'île de Nago, au large des côtes de Sirilie. Tous semblent se tenir à l'écart des Guerres magiques, des Purges et de l'essor de la Nouvelle Porie. Les lettres commencent à se brouiller et je ne trouve rien qui puisse indiquer pourquoi Cazmir voudrait enlever un petit garçon ou s'allier avec des individus comme Agoston Horthy alors que Mme Och tire régulièrement des sorcières de leurs griffes, en toute discrétion.

La maison est glaciale, aucun feu de cheminée ne flambe, aucune lampe n'est remplie pour le soir. Je range les livres, vais tirer de l'eau à la pompe, allume le fourneau pour la faire chauffer, puis transporte du petit bois pour garnir les foyers. L'odeur de fleurs pourries – qui signale, je le sais désormais, la magie de Bianka – flotte partout. J'entends Bianka, Frédéric et Théo jouer à cache-cache dans la salle de musique, assez joyeux, semble-t-il, en fin de compte. Ils se sont occupés du feu, je ne les dérange donc pas. J'emporte l'eau chaude et un chiffon dans le couloir de l'étage, où je m'agenouille et me mets à récurer les murs et le tapis tachés par le sang de Mme Och.

Après minuit je me glisse dehors, franchis la rivière et traverse le Plateau jusqu'à l'ouest de Spira. Les fenêtres de l'hôtel sont illuminées. Le portier se tient devant l'entrée dans un long manteau de fourrure, son souffle s'échappant par bouffées blanches. Il me reconnaît et me laisse passer. Le hall est presque désert, malgré quoi quelqu'un joue du piano pour divertir des clients absents. Le personnel en uniforme à la réception se rassemble et me dévisage, mais nul ne m'arrête. Ce n'est pas l'homme habituel qui manœuvre l'ascenseur.

– Dernier étage, dis-je. Chambre dix. Elle m'attend.

– Elle n'est pas membre d'une famille royale étrangère, en vérité, si ? me demande-t-il tandis que l'ascenseur s'élève dans des bruits métalliques.

– C'est ce qu'on raconte ?

– On raconte un tas de choses. Mais elle paie pour disposer de l'étage entier. Une parente éloignée du roi madgyar, paraît-il.

Je m'esclaffe. Il prend un air offensé et pousse la grille sans me saluer. J'ai oublié la monnaie pour le pourboire.

Pia m'ouvre dès que je frappe. Elle est chaussée de ses longues bottes, vêtue de son pantalon et de sa veste ajustée en cuir. Je me demande quand elle dort, si elle dort, et ce qu'elle porterait au lit. Impossible d'imaginer Pia en chemise de nuit.

– Je ne savais pas comment vous envoyer un message, expliqué-je.

D'un geste, elle m'invite à m'asseoir, ce que je fais.

– Allez-vous bien ? lui demandé-je.

Les lunettes vrombissent. Elle demeure silencieuse un instant avant de lancer un bref rire amusé.

– Oui, répond-elle.

Nouveau silence.

– Et toi ?

Je hausse les épaules. Pia s'assied en face de moi, croise les jambes, attend.

Je lui dis :

– Frédéric est censé rendre visite à ma famille demain matin pour se renseigner à mon sujet. Mais cette famille est inventée, ce qu'il va découvrir, bien sûr, lorsqu'il ira sur place.

Pia sourit comme si la situation était drôle.

– Par ailleurs, je sais qui a envoyé le Goulpard.

J'ai le sentiment que je lui dois cette information. Non pas parce qu'elle me rétribue pour l'avoir, mais parce que je la lui dois à elle. Elle qui m'a sauvé la vie et à qui je demande en quelque sorte de me sauver une nouvelle fois. Je suis terrifiée par ce que fera Mme Och lorsqu'elle apprendra la vérité sur moi.

– C'est Agoston Horthy. Il s'est présenté chez Mme Och aujourd'hui.

Les lunettes de Pia avancent puis reculent rapidement.

– Qu'a-t-il dit ?

– Il leur a donné jusqu'à demain au coucher du soleil pour livrer Théo et Bianka, mais Mme Och l'a mis dehors. Je suppose qu'il n'est pas encore au courant pour vous. Un homme sinistre l'accompagnait, avec un œil jaune et un bandeau sur l'autre œil.

– Ah, dit Pia.

– C'est tout ? Ah ?

Puis j'ajoute, assez pathétiquement :

– Quoi qu'il en soit, je démissionne. Je ne peux pas retourner là-bas. Elle me tuerait.

– Amène-moi le garçon et tu n'auras plus jamais à y retourner.

Je ne connais pas l'océan, mais j'imagine qu'on éprouve cette sensation quand on est sur un bateau qui coule et qu'il n'y a aucune terre en vue vers laquelle nager.

– Que va-t-il lui arriver ? demandé-je, essayant de garder une voix calme et ferme.

– Ce ne sont pas mes affaires, dit-elle. Ni les tiennes.

Puis elle vient à côté de moi et prend mon visage dans sa main froide comme pour me donner un baiser.

– Chasse ça de ton esprit, Julia. Tu es tenue par ta mission.

– Pas du tout, rétorqué-je en dégageant mon menton. Je ne savais pas qu'il s'agirait d'un enlèvement. Je n'ai jamais donné mon accord pour ça.

Pia tapote son couteau avec ses ongles, m'observant d'un air impassible.

– Tu t'es chargée du travail, pour lequel tu as reçu une avance, et maintenant tu dois l'accomplir, déclare-t-elle. Le garçon ira à Cazmir ou à Agoston Horthy, en fin de compte, et je crois qu'il s'en tirera mieux avec Cazmir. Ta madame Och ne peut pas le protéger, et tu ferais bien de te demander si elle en a vraiment l'intention. Il est beaucoup trop tard pour changer d'avis, Julia. Un fiacre t'attendra au coin de la rue demain jusqu'à la fin de la matinée.

– Des soldats surveillent sans doute les lieux, dis-je désespérément.

– Je veillerai à ce qu'il n'y en ait pas demain matin.

Nous nous toisons du regard une minute puis, avec un bref sifflement du métal contre le cuir, Pia dégaine son couteau et le place contre ma gorge. J'essaie de m'écarter du tranchant de la lame, mais son autre main m'enserre la nuque.

– Tu as le choix entre deux possibilités : l'argent ou la mort, me dit-elle à l'oreille. Ne t'attache pas trop à un seul petit garçon, Julia. Pleures-tu pour chaque enfant qui a un triste sort dans cette ville ? Tu as jusqu'à demain midi pour me l'amener. Si tu ne le fais pas, je peux te garantir qu'il mourra sur ordre d'Agoston Horthy, et les cent nuits qui suivront, tu trouveras sur ton oreiller les doigts, les orteils, le nez et les oreilles de cent petits garçons. Ils mourront, ces petits garçons, ceux que tu ne connais pas ou dont tu ne te soucies pas, en raison de ta désobéissance. Et lorsque j'aurai terminé, je viendrai te trouver, Julia, et je te montrerai comme je suis habile avec ce couteau, combien de temps je peux faire durer une agonie.

Elle se lève et range son couteau, s'approchant à grandes enjambées de la fenêtre, les mains jointes derrière elle. Elle me parle en me tournant le dos.

– Qu'en penses-tu ? Vaut-il cent enfants ? Vaut-il ta propre vie ? Est-ce suffisant, ou dois-je ajouter le coût d'une révolte ?

Je tremble si fort que je ne peux pas parler. Je réussis à hocher légèrement la tête.

– Réponds-moi tout haut, Julia. Si les petits garçons ne t'émeuvent pas, je trouverai d'autres moyens de persuasion. Dois-je choisir des filles de ton âge à estropier et à mutiler ? Dois-je faire brûler le Méandre, maison par maison ? Dois-je massacrer ton employeuse, Esmée, et t'obliger à regarder la scène ? Il n'y a aucune limite, et la seule autre solution est l'obéissance, pour laquelle tu seras rétribuée. Dis-moi que tu acceptes.

– Oui, murmuré-je.

– Je ne t'entends pas.

Ma voix est étranglée, tout juste un filet. Je me force à articuler :

– Je l'amènerai.

– Bien. Je t'attends à midi au plus tard.

Je me lève et pars. Pia a dû envoyer un message, car le portier m'a appelé un fiacre automobile.

– Je n'ai pas d'argent, dis-je.

– Ma course sera réglée, répond-il, alors je monte.

Il me reconduit à la Scola, mais lorsque nous nous engageons dans la rue Michal, la maison n'est pas là.

– Laquelle est-ce ? demande-t-il, déconcerté.

Je rirais si je n'étais pas aussi exténuée et terrifiée. Les maisons sont toutes familières, avec leurs grilles dissuasives. Il n'y a pas d'espace à l'endroit où était la maison de Mme Och ; elle a simplement disparu, comme si elle n'avait jamais existé. Le cache d'Alazne.

– Je vais descendre et marcher, dis-je.

J'ai le vague espoir que je ne pourrai pas y retourner, que l'étrange sortilège me tiendra définitivement à distance et que ce choix impossible, qui n'en est pas un en vérité, ne m'incombera plus, mais dès que je suis à pied, je me trouve devant la maison. Le sortilège ne s'applique pas à moi, sans doute, pas plus que les rheugs ne me considéraient comme une intruse. J'observe la maison, toutes ses fenêtres sombres, et je suis incapable d'entrer. Je fais volte-face et me dirige vers le Méandre.

Je pénètre dans notre logement. La pièce a une odeur d'alcool éventé. Dek ronfle dans son lit étroit sous un amas de couvertures. Je grimpe l'échelle jusqu'à ma couchette, où je n'ai pas dormi depuis des semaines. Je tire la couverture sur moi et, durant un court moment, j'ai l'impression d'être redevenue petite, en sécurité à la maison. Mais la sensation s'envole et, malgré mon extrême fatigue, le sommeil met des heures à arriver.

17

Je me réveille en sursaut, transie jusqu'à la moelle et un bref instant désorientée avant de me rappeler où je suis. La peur resurgit aussitôt et me noue : les menaces de Pia, Agoston Horthy, mon identité d'emprunt prête à voler en éclats. Le pâle soleil d'hiver se glisse entre les rideaux effilochés de notre chambre et Dek est endormi. Je m'imagine ne jamais retourner chez Mme Och. Dire à Esmée ce qui s'est passé. Me cacher, peut-être. Mais alors Grégoire, Esmée et les autres devraient-ils se cacher aussi ? Je touche ma gorge, l'endroit où Pia a plaqué son couteau la nuit dernière. « Je te montrerai combien de temps je peux faire durer une agonie. » Et si j'allais trouver Mme Och, lui racontais tout et implorais son aide ? Mais je me remémore la sorcière qui a disparu, son hurlement terrible. Non, je ne peux pas avouer à Mme Och que j'ai espionné dans sa maison. Une seconde, je m'imagine assassinant Pia – je sais où acheter du poison – mais c'est une idée ridicule. Les solutions me manquent, et le temps me manque. Toutes les issues possibles à ce cauchemar, tous les retours possibles à ma vie antérieure se dérobent. Toutes les issues sauf une.

Je n'ai aucune envie de manger, alors je mets juste mes bottes et mon manteau par-dessus mes vêtements froissés de la veille.

– Je reviendrai riche d'ici midi, dis-je à Dek, qui dort toujours, et ma voix me semble étrange, comme si ce n'était pas la mienne.

Tandis que je traverse la place du Putois, j'aperçois Wyn qui arrive dans ma direction. Il a l'air d'avoir aussi peu dormi que moi – je pense savoir pourquoi.

– Salut, Yeux noisette ! s'écrie-t-il, un peu trop expansif, lorsqu'il me voit.

– Dehors jusqu'au matin ? dis-je.

– Ça m'a paru plus sûr que de rentrer à pied en pleine nuit, avec ce tueur qui se déchaîne, répond-il. Maintenant, j'ai un affreux torticolis, d'avoir dormi par terre chez Reynald Hyver.

Le roi de la comédie, voilà mon Wyn. Si quelqu'un est capable de mentir aussi facilement et rapidement que moi, c'est bien mon homme.

– Viens, allons prendre le petit déjeuner, continue-t-il, me passant un bras sur les épaules. Il faut que tu te fasses pardonner, hein ? Tu m'as laissé moisir dans ta chambre l'autre nuit. Dek a dû me mettre à la porte quand il est venu se coucher !

– Exact. Désolée.

Je repousse son bras.

– Qu'est-ce qui cloche, Yeux noisette ? demande-t-il, me scrutant.

Je fixe alors mon regard sur lui : son beau visage, la façon comique dont ses sourcils se rejoignent quand il les fronce, le frémissement de sa bouche, comme sur le point de sourire même quand il est sérieux. En vérité, je n'ai presque pas pensé à lui depuis que le Goulpard a entrepris de me traquer. Frôler la mort a l'avantage de vous chasser de l'esprit vos autres soucis. Mais lorsque je le regarde maintenant, je souffre à nouveau le martyre, comme j'ai souffert quand je les ai observés ensemble, la manière dont il la touchait, la manière dont il lui parlait. J'avale ma salive, essayant de chasser la boule dans ma gorge.

– Julia ! Dis quelque chose, s'il te plaît !

Alors j'oblige les mots à sortir de ma bouche :

– Écoute – cette histoire entre nous – c'est fini, d'accord ?

À son expression, on croirait que je l'ai giflé, et je sais que si je continue à le regarder je vais fondre en larmes, alors je le plante là et traverse la quasi-totalité de la place avant qu'il me rattrape. Il me fait pivoter face à lui.

– Par les étoiles du ciel, tu ne vas pas rompre sans explication. Dis-moi ce qui cloche. Tu me dois ça, au minimum.

– Très bien. Armelle Hyver.

Juste un soupçon de… quelque chose, mais il se ressaisit vite. Le roi de la comédie, indéniablement.

– C'est Armelle, alors, hein ? Pourquoi tu n'as rien dit ?

– Je dis quelque chose en ce moment même. Je dis que c'est fini.

– J'aurais dû t'en parler, concède-t-il. Écoute, c'est juste… tu la connais, cette fille. Elle a dit qu'elle allait poser, comme pour les étudiants des beaux-arts, et que je pouvais la dessiner, et la séance… oh, tu me manquais, et tu es tellement occupée. L'autre nuit, tu m'as complètement oublié.

– Donc c'est ma faute ?

– Je ne dis pas ça. Sincèrement, je suis content que tu le saches. Je ne savais pas comment t'en parler, mais je me suis senti mal avec ça.

Situation ridicule, une telle tristesse se peint sur ses traits que je voudrais presque le consoler. Mais j'ai d'autres chats à fouetter.

– Dans ce cas, on est deux à se sentir mal, dis-je.

Et je le contourne. Il m'empoigne le bras, mais je me dégage.

– Attends, Julia, monte juste dans la chambre, qu'on puisse discuter.

Il fait un nouveau geste vers moi, et je m'écarte, glissant un peu dans la neige.

– On allumera la cheminée. Je t'en supplie.

Il n'arrête pas de se placer devant moi, m'empêchant de m'éloigner. Ma colère surgit enfin à mon secours et je le repousse avec force.

– Par la meute, Wyn, laisse-moi passer ! Si tu es du genre à baiser une pouffiasse dans mon dos, je ne veux pas de toi, et il n'y a rien à discuter. Tu peux filer retrouver cette idiote si tu as envie mais, par tous les saints, ne t'avise plus de me toucher ou de me barrer la route. J'ai du travail.

Je le laisse me suivre du regard et m'enfonce dans les ruelles du Méandre qui me ramènent vers la rivière. Je m'arrête là, dans l'ombre du temple de Cyrambèle, et j'essaie de pleurer, mais j'ai déjà versé toutes les larmes de mon corps ; je fixe simplement des yeux la glace en contrebas. Lorsque je relève la tête, le ciel semble gris, plat et bas sur la ville, mais je ne suis pas dupe de cette apparence. Je me souviens des images que Frédéric m'a montrées ; je sais que les planètes gravitent et que les étoiles meurent là-haut, que l'espace s'étend à l'infini. J'ai la sensation d'être une petite chose minable et pathétique, ici sur le pont, coincée entre la Terre et le cosmos. Je crois sentir mon cœur, tous mes sentiments ardents, se rigidifier et geler. Mieux vaut ne rien éprouver, ne pas pleurer. Mieux vaut être morte à l'intérieur en attendant que cet épisode se termine. Je parcours le restant du chemin jusqu'à la Scola et la maison de Mme Och, pour faire ce que j'ai à faire.

– Où étais-tu ? demande Mme Francis lorsque je m'introduis par la porte de l'arrière-cuisine.

– J'avais des vertiges. J'ai eu besoin d'air.

Elle met ses mains sur ses hanches et m'oblige à baisser les yeux. Durant un instant étrange, je l'envie. Parce qu'elle semble ne pas avoir peur, et parce qu'elle semble avoir trouvé des réponses satisfaisantes aux questions qui ont pu la tourmenter jadis. Parce qu'elle semble se connaître. Parce qu'elle dort toute la journée.

– Écoute, personne ne t'en a voulu pour ton congé d'hier, après tout ce qui s'est passé, dit-elle d'une voix plus douce. Mais à présent, il faut que tu décides si tu continues à travailler dans cette maison. Tu ne peux pas recevoir le gîte et le couvert et une pièce de cuivre par semaine pour rien.

– Je sais. Je suis désolée.

– Nul ne te retiendra si tu veux partir. Surtout pas moi. J'ai eu de meilleures employées que toi. Mais je te le garantis : il n'y a rien à craindre ici. Nous savons tous que le monde est terrible. Mme Och s'occupe d'aider ceux qui ont besoin d'aide, point final. Ce sont des gens bien, et une fille comme toi pourrait faire largement pire que de tenir le ménage pour des gens bien.

– Oui, madame.

– Entendu, alors, conclut-elle, indiquant une pile de linge. Je préparerai le déjeuner seule. Aide Chloë.

En effet, Chloë est là, qui me sourit faiblement. Mme Francis disparaît dans la cuisine.

– Tu es revenue, dis-je, enfonçant une porte ouverte.

– Flavie est furieuse contre moi, dit Chloë. Mais les places sont très rares et j'ai besoin de cet argent. Je ne vais pas me marier bientôt comme elle. Il faut que je me constitue un petit pécule. Ils étaient médusés de me voir ce matin.

Je m'en doute ! Elle a dû venir à pied ; un chauffeur de fiacre n'aurait pas trouvé la maison. Chloë reste elle aussi une amie pour la mystérieuse magie qui opère alentour, je suppose.

– En tout cas, ça me fait plaisir de te voir, dis-je.

Je suis sincère. Chloë est plutôt agréable.

– Je sais qu'ils doivent être d'une grande perversité, me chuchote-t-elle. Flavie soutient que la maison est hantée, ou qu'ils cachent un monstre, une horreur de ce genre. Elle affirme l'avoir aperçue dans l'escalier, la bête que Clarisse a vue. Nous avons entendu une bagarre et des coups de feu.

– Je ne sais pas ce qu'elle a vu, répliqué-je. Je sais qu'il y avait un loup dans la maison et que Frédéric l'a tué. Tu es au courant que les loups sont de plus en plus nombreux en ville ? Par cet hiver rigoureux, ils meurent de faim dans les bois, alors ils viennent ici à la recherche de nourriture. La porte de la cave est abîmée…

Je laisse ma phrase en suspens et me demande pourquoi je prends la peine de mentir là-dessus à Chloë. C'est une telle habitude, ces mensonges perpétuels. Je brouille des pistes qui ne sont même pas les miennes.

– Bon, quoi qu'il en soit, dit Chloë sceptique, nous sommes bien payées, à la date convenue, et honnêtement traitées. Pour moi, c'est suffisant.

– Pour moi aussi.

Parce que c'est ça, faire un travail. On peut ne pas l'aimer, mais on touche de l'argent pour l'exécuter, donc on l'exécute. Nous plions le linge ensemble, et elle parle du futur magasin de Flavie avec enthousiasme, comme si c'était le rêve de toute jeune fille réalisé. Mon estomac gargouille, mais l'idée de manger continue à me répugner.

Bianka entre pour faire chauffer le lait de Théo.

– Il est enrhumé, dit-elle avec colère. Il n'a jamais été malade à Nicim. C'est ce foutu vent d'hiver, l'atmosphère impure et malsaine d'ici.

Théo se traîne derrière elle, le nez ruisselant.

– Le pauvre, m'entends-je dire. Je lui donnerai le lait, si vous voulez. Vous pourrez vous reposer.

Elle m'adresse un tel regard de reconnaissance que je suis sur le point de craquer.

– Une sieste ne me ferait pas de mal, dit-elle. Je n'ai pas fermé l'œil la nuit passée, et ces deux derniers jours ont été impossibles. J'ai eu le bébé près de moi sans répit. Mais je sais qu'il est en sécurité avec toi.

Incapable de parler, je hoche la tête. Elle me presse amicalement le bras, puis elle recommande à Théo :

– Sois sage avec Ella, d'accord ? Tu sais qu'elle te giflera si tu es vilain.

Elle me fait un clin d'œil et sort.

– Lala, dit Théo, levant les yeux vers moi.

– Tiens, tu vas être un gentil petit garçon, lui dis-je, lui nettoyant le nez avec mon mouchoir. Ton lait arrivera dans deux minutes.

Je fais chauffer le lait et j'installe Théo sur mes genoux près du fourneau pour le lui donner. Il se pelotonne délicatement contre moi et l'engloutit, haletant entre les gorgées. Puis, assoupi, il reste tranquille sur mes genoux à jouer avec le cordon de mon tablier. Lorsque Chloë emporte le linge à l'étage, je saisis mon manteau, le drape autour de nous deux et m'esquive par la petite porte.

Mon cœur bat la chamade et je ne sais pas si je suis terrifiée à l'idée qu'ils me surprennent ou qu'ils ne me surprennent pas. Je serre Théo bien fort et me mets à courir. Comme Pia l'a promis, il n'y a pas de soldats dans la rue Michal et un élégant fiacre électrique attend à l'angle. Je grimpe dedans et il s'éloigne en silence. Théo gazouille, enthousiaste, et regarde par la vitre.

– Voici la rivière, lui dis-je stupidement alors que nous traversons le pont, mon cœur battant si vite que j'en ai des vertiges. On y noie les sorcières comme ta maman et la mienne. Et nous arrivons sur le Plateau. Là-haut, c'est le temple de Coprane, perché sur le mont Hériot. Regarde, les rues de l'ouest de Spira ne sont-elles pas magnifiques ?

– Nifiques, répète-t-il d'un ton joyeux.

Le portier me laisse passer sans un mot. Je monte directement à la chambre de Pia, Théo dans mes bras. Elle ouvre la porte mais, cette fois, ne m'invite pas à entrer.

– Bravo, dit-elle d'une voix dépourvue d'émotion.

Elle me tend une bourse de cuir pesante. Les pièces d'argent tintent à l'intérieur. Je l'attrape et demeure là, récompense d'un côté, Théo de l'autre. Puis Pia me prend Théo, et c'est comme si elle m'arrachait le cœur.

– Ne les laissez pas lui faire du mal, murmuré-je, suffoquante.

– Lala, dit Théo, remuant dans ses bras pour essayer de me toucher. Lala !

– Est-ce qu'il chante ? demande Pia, flegmatique.

– Il dit « Ella ».

– Ta mission est terminée, Julia, déclare-t-elle.

– N'oubliez pas de le nourrir, nom de nom ! m'écrié-je. C'est presque l'heure du déjeuner ! Et il fait la sieste l'après-midi !

Je vois son petit nez ruisselant et ses yeux écarquillés fixés sur moi pendant une demi-seconde encore avant qu'elle me ferme la porte à la figure et que je me retrouve seule dans le couloir avec mon argent.

18

Il n'y a pas beaucoup de gens dans les rues et ceux que je vois paraissent irréels, se déplacent trop lentement, visages figés derrière le nuage blanc de leur souffle. Je me sens en décalage avec le monde, le cœur palpitant et les mains tremblantes, alors que les habitants distingués de l'ouest de Spira passent près de moi comme dans un rêve. Le conducteur d'un fiacre électrique bloqué par la neige examine, impuissant, les roues cerclées de glace, pendant qu'un homme en gros manteau de fourrure se penche par la vitre et dit :

– C'est le problème avec ces fiacres électriques sophistiqués. Un bon cheval robuste, voilà ce qu'il nous faut en ce moment !

On m'a refusé l'entrée du premier magasin dont j'ai poussé la porte, puis du deuxième, et je savais que si je leur montrais mon argent ils appelleraient sûrement la police. Mais on vend des fourrures ailleurs. Je marche jusqu'au mont Hériot, mes orteils et mes doigts engourdis de froid au point qu'avant la fin du trajet je ne les sens plus du tout. Je m'achète une paire de hautes bottes fourrées, une robe en velours bleu épais avec des gants assortis, un bonnet et un long manteau de fourrure marron, d'une douceur merveilleuse. Du vison, me dit le marchand, jetant un coup d'œil gêné sur mes mains tremblantes.

Comme je sors du magasin, vêtue de mes beaux atours, un spectre s'approche de moi en titubant à travers la neige, enveloppé dans des haillons. Il a une démarche irrégulière, les jambes raides, les bras pendants à ses côtés. Son visage est horriblement déformé, plein de tavelures et de marques du fléau. Un désordre de cicatrices remplace ses yeux, pourtant il donne l'impression de me fixer, sûr de son but, tandis qu'il supplie : « Pardonne-moi ! Pardonne-moi, mon amour ! » Je me hâte de reculer vers le magasin mais il continue à s'approcher, puis un homme en manteau de fourrure se précipite et le frappe avec une canne, boum, en plein sur la tête. Il s'effondre dans la neige comme un tas de chiffons et de peau dépourvu d'os, et mes genoux se dérobent sous moi. L'homme m'aide à me relever. Le marchand aussi est venu à la rescousse.

– Vous êtes souffrante, mademoiselle ?

– Je peux appeler quelqu'un pour vous reconduire ?

– Ça va aller, affirmé-je, retrouvant mon équilibre.

Ma voix me semble lointaine.

– Il faut juste que je mange un peu.

Dans un élégant café avec vue sur la ville, je me force à avaler la plus grande quantité possible d'escargots à l'ail et de pâtisseries mousseuses, même si j'en distingue à peine le goût. Ensuite je cherche un fiacre électrique coûteux et le hèle, bien qu'un véhicule tiré par un cheval soit plus sûr dans la neige. Je vais vivre comme une dame richissime tant que cet argent durera – de beaux vêtements, de la bonne nourriture, un siège luxueux dans un fiacre chaque fois que je voudrai aller quelque part. C'est ce dont je rêve depuis des semaines.

La pensée surgit dans mon esprit – *Il doit avoir tellement peur* – et l'intérieur du fiacre tourne autour de moi alors qu'une nausée m'assaille. Je referme mon cœur autour de cette pensée, tel un piège avec un animal pris dedans, qui hurle. Pia a raison :

en quoi est-ce mes affaires ? De pires choses arrivent tous les jours à des petits enfants de Spira et je ne verse pas toutes les larmes de mon corps sur chaque bambin qui reçoit des coups, qui subit la faim, qui endure le froid ou qui tombe malade et meurt. Des choses terribles se produisent sans arrêt. Je le sais. Je n'ai pas échappé moi non plus à la cruauté capricieuse du monde. Grâce à mes missions, je bénéficie d'une vie meilleure que la plupart des filles nées dans des circonstances semblables au sein du Méandre. Donc j'accomplis mes missions comme une professionnelle. C'est moche, mais s'attarder là-dessus ne sert à rien. Pia ne m'a pas laissé le choix – vraiment pas. J'ai failli être tuée, et ce foutu argent, je l'ai mérité.

Je rentre à l'appartement avec un gros jambon savoureux, un gâteau au miel, plusieurs bouteilles de bon rhum et un foulard en soie pour Esmée. Je suis accueillie en héroïne. Dek m'étreint avec force et déclare qu'il approuvera toutes les missions que j'accepterai dorénavant. Esmée me remercie pour le foulard, mais elle se préoccupe surtout de compter sa part de mon argent. Pour la première fois de mon existence, je suis contrariée de la voir le prendre. Wyn descend et essaie de m'entraîner à l'écart, mais je le dédaigne et partage plutôt le jambon et le gâteau. Grégoire et Priscilla arrivent, m'embrassent à pleines joues, rient et me félicitent, et le feu est trop vif, la pièce surchauffée ; j'entends ma voix trop aiguë, mon rire faux et ignoble.

La première fois que l'un d'eux me demande comment j'ai conclu ma mission, je fais semblant de ne pas l'entendre. La deuxième fois, je réponds que c'est un secret d'État. Je remplis un verre de rhum pour Grégoire, et il dit :

– Bon, juste un, pour fêter le retour au bercail de Julia !

Je vois se plisser le front laiteux et délicat de Priscilla, les yeux rivés sur lui alors qu'il vide le verre puis tend sa grosse main vers la bouteille pour se resservir. Les doigts un peu tremblants, elle allume une cigarette et s'éloigne en direction de la fenêtre.

Témoin depuis ma petite enfance de la manière dont il abêtit et asservit les hommes, je n'aime pas l'alcool en général, mais ce soir je bois, verre après verre, jusqu'à ce que la pièce tangue autour de moi et que j'entende mon rire affreux sonner à mes oreilles. Je discerne mon reflet dans la vitre, mes cheveux inégaux et décoiffés, mon teint rougi, la robe en velours qui glisse de mon épaule. Je me moque de Wyn boudeur dans son fauteuil, je danse avec Grégoire, je laisse Priscilla me poudrer le visage et me maquiller les lèvres d'une couleur criarde. La troisième fois que quelqu'un me demande comment j'ai terminé la mission, je dis la vérité.

– Un garçon : ils voulaient un petit garçon dans la maison. Donc je l'ai enlevé et livré.

Un silence complet envahit alors la pièce, et je vomis partout sur le beau tapis d'Esmée.

Je me réveille à l'aube dans mon lit, exténuée et malheureuse. Mon estomac s'est presque retourné plusieurs fois, se débarrassant de la totalité du rhum et des aliments gras. Mes mains n'arrêtent pas de trembler, quoi que je fasse. Je mets mes vêtements neufs, range mon couteau dans la doublure de ma somptueuse nouvelle botte et trouve un fiacre pour m'emmener à la Scola.

C'est dangereux de revenir, bien sûr. Que m'infligeraient-ils s'ils me découvraient ? Mais je veux absolument savoir ce qui se passe. Je trouve la maison sans difficulté : soit le cache d'Alazne n'agit plus, soit il n'opère toujours pas sur moi. Je me glisse par la grille au moment où le soleil apparaît, me volatilise près de la pompe et attends.

Chloë sort chercher de l'eau, remplit le seau juste à côté de moi. Je lui empoigne le bras et lui plaque une main sur la bouche, l'entraîne dans les cabinets extérieurs tandis qu'elle se débat et tâche de hurler. Mais je suis plus forte qu'elle.

– Tais-toi donc, marmonné-je, levant mon couteau pour qu'elle le voie.

L'horrible couteau a quelque chose d'incongru dans ma main gantée de velours. Chloë me regarde, les yeux pétrifiés d'horreur, comme si j'étais un genre de monstre. Je sais ce qu'elle éprouve...

– Pourquoi ? sanglote-t-elle. Pourquoi tu as fait ça ?

– Occupe-toi de tes oignons, rétorqué-je. Dis-moi ce qui se passe. Qu'est-ce qu'ils disent ?

– Ils disent... que toi et M. Darius vous êtes enfuis avec le bébé.

– M. Darius ?

Je la considère, déroutée.

– Comment ça, M. Darius ? Il n'est pas dans la maison ?

Elle secoue la tête.

– Il est parti. Il a disparu hier matin.

Elle semble me distinguer vraiment à cet instant-là, et laisse échapper la question :

– Qu'est-ce que tu portes ?

Je rapproche le couteau de son visage.

– Dis-moi ce qui se passe entre ces murs.

Elle continue d'observer mon manteau de fourrure malgré son mouvement de recul.

– Bianka... ils ont été obligés de lui donner un médicament ou une potion pour qu'elle s'endorme. Elle était presque folle, et elle avait un stylo... Ah, j'ai peur de prononcer le mot !

– C'est une sorcière, dis-je avec impatience, et Chloë ouvre des yeux ronds.

– Ils ont dû lui retirer le stylo de force ; elle hurlait, c'était épouvantable ! dit Chloë, moitié par terreur, moitié comme si elle se confiait, ses yeux brillants braqués sur moi. Ils lui ont donné un verre de quelque chose, et elle dort par intermittence depuis. Les affaires de M. Darius ont toutes disparu. Mme Och est clouée au lit. Elle a dit qu'ils auraient dû avoir des soupçons à ton sujet, et Frédéric a pleuré. Mais tout ça, c'était au début, juste après ton départ. Je n'ai pas entendu grand-chose ensuite, parce qu'ils étaient toujours enfermés.

Elle fond à nouveau en larmes.

– Cet adorable petit ! Est-ce qu'il va lui arriver malheur ?

– Ce ne sont pas mes affaires, ni les tiennes.

Les paroles de Pia dans ma bouche ont un goût de métal.

– Comment tu as pu faire une chose pareille ? geint-elle. Ce n'est qu'un bébé, Ella.

– Je ne m'appelle pas Ella, pauvre andouille ! dis-je, et je la pousse hors des cabinets.

Je cours jusqu'à l'avenue Robin, persuadée que quelqu'un me pourchasse. Mais s'il y a quelqu'un à mes trousses, il n'est pas assez rapide. Je hèle un fiacre. *C'est fini*, me dis-je. *Tu as effectué ta mission et c'est fini. C'est trop tard pour revenir en arrière.* Mais mes mains tremblent toujours, et je ne sais pas quoi faire pour qu'elles s'apaisent.

Claude me verse du café, me donne un petit pain chaud. J'essaie de manger, mais je suis incapable d'avaler, et le café bouillonne dans mon estomac vide.

– J'ai appris que le Goulpard était mort, dit-elle, me scrutant de ses yeux aux paupières lourdes.

– Comment le savez-vous ? demandé-je.

– Cette ville grouille d'observateurs, de gens informés, de colporteurs de rumeurs. Mes amis.

Évidemment.

– Je devine à ton manteau de fourrure que tu as été payée, continue-t-elle. Pourtant, tu n'as pas l'air de quelqu'un qui a conclu de manière satisfaisante une mission difficile.

Je pourrais tout lui raconter, mais quelle utilité ? Ou peut-être que j'ai trop honte pour avouer ce que j'ai fait en échange de cette masse d'argent. Non que j'aie eu le choix. Claude comprendrait certainement que je n'ai pas eu le choix.

– Ce n'était pas une bonne mission, dis-je.

– Bien sûr que non.

– Qu'êtes-vous, Claude ?

Nous avons tourné ensemble autour de cette question durant des années, sans que j'ose jamais la lui poser aussi ouvertement, mais je n'ai plus de tels scrupules.

– Êtes-vous une sorcière ?

Claude rit.

– Non. Je suis autre chose.

– Autre chose ?

– Les autres choses sont nombreuses dans le monde ; tu l'apprendras si tu regardes attentivement, répond Claude. Regarder attentivement vient en s'exerçant. Voir des choses que les autres ne voient pas, en général – comme toi quand tu passes derrière ce rideau qui te dissimule aux yeux ordinaires.

– Mme Och était capable de me voir elle aussi. Et le bébé, Théo ; le fils de Gennadion.

– Bizarre que le bébé ait eu cette capacité. C'est peut-être parce que, étant le fils de Gennadion, il voit comme les Xianren. Ou alors tous les bébés voient à la façon des animaux, leur esprit ne comble pas encore les vides de l'œil.

– Je me demande pourquoi j'ai cette aptitude, murmuré-je.

Je ne suis pas complètement certaine de souhaiter une réponse, même si Claude en a une. Mais elle n'avance aucune hypothèse.

– Ton problème, ma chère enfant, c'est que tu es née à une époque où les choix sont très réduits pour une fille qui possède tes talents, ton caractère et appartient à ta classe sociale. J'ai peut-être eu tort de te conduire chez Esmée, pour commencer. Je pensais… eh bien, je supposais qu'elle t'instruirait. Je supposais que ce serait mieux que les autres possibilités. Et il a semblé que c'était le cas, pendant un temps au moins. Mais je me demande parfois quel genre de vie ta mère espérait pour toi. Contrairement à nous tous, elle ne s'est jamais résolue à vivre sans espoir.

Claude n'a pas mentionné ma mère une seule fois durant toutes ces années, depuis le jour où elle m'a ramassée sur le marché, petite voleuse de pommes en haillons, et confiée à Esmée.

– Vous la connaissiez ? demandé-je, ébahie par cette éventualité.

– Tout le monde la connaissait, répond Claude. Sinon directement, au moins par ouï-dire. Je l'ai rencontrée une fois ou deux.

– Vous ne m'en avez jamais parlé.

– Il n'y a pas grand-chose à raconter, reprend Claude. Je viens d'y penser uniquement parce que, quand je l'ai connue, elle avait des ennuis. Je n'ai jamais vu autant de points communs entre elle et toi qu'aujourd'hui.

– Des ennuis ? Quel genre d'ennuis ?

Il faut que je m'agrippe aux bords du fauteuil pour ne pas bondir et essayer d'arracher les réponses à Claude. Ses yeux se fondent dans les plis de son visage, ses lèvres se pincent ; elle est en train de se refermer comme une huître et je ne le supporte pas.

– Noémie croyait pouvoir changer le monde. C'était une idéaliste. Elle s'est colletée avec des forces trop puissantes pour elle, mais elle l'a fait en toute lucidité, et ceux qui l'aimaient pourraient puiser là une consolation. Elle savait ce que ça pouvait lui coûter. Elle était prête à prendre le risque.

Un malaise m'envahit soudain et je dois appuyer ma tête contre mes genoux. Lorsque je ferme les yeux, je vois le regard de Théo fixé sur moi avant que Pia claque la porte. Hier, je voulais seulement survivre à tout ça, mais je n'avais pas encore découvert qu'il existe mille façons de mourir à l'intérieur.

Je sens la main de Claude, fraîche, sur ma nuque. Alors que je frissonne dans son arrière-salle, essayant de ne pas recommencer à vomir, j'ai deux pensées. La première est que, si Claude a dit vrai, ma mère a été injuste de risquer sa vie pour nous laisser orphelins dans une ville comme Spira. Quelle chance avait Dek, handicapé par le fléau ? Quelle chance avions-nous, enfants d'une femme déclarée coupable de sorcellerie ? Quels choix nous a-t-elle laissés ? L'autre pensée est que je n'ai ni l'espoir ni le courage de ma mère. J'ai entraperçu les pouvoirs qui nous asservissent, et je ne suis pas une idéaliste, rien qu'une voleuse et une espionne.

Pourtant, comme elle, je me suis colletée avec des forces plus puissantes que moi, et elles ne m'ont pas encore tuée. Je ne peux sans doute pas changer le monde, mais je suis la meilleure espionne et voleuse que cette misérable ville ait jamais connue, et je me dis que je peux très bien récupérer Théo.

Le malaise cesse. Mon cœur se calme. Mes mains tremblantes s'apaisent.

Je convoque une réunion, et à midi nous sommes tous rassemblés dans le salon d'Esmée. Grégoire boit de nouveau à une flasque, Priscilla tripote ses gants. Esmée se tient comme une statue, les bras croisés sur sa poitrine, son visage pareil à un nuage d'orage. Wyn me regarde toujours avec cet air de chien battu tandis que Dek respire l'inquiétude, le front plissé de rides.

– Ce que j'ai fait, ce n'était pas pour l'argent, dis-je sur-le-champ, presque suppliante. Pia a menacé de commettre des choses terribles, et elle serait passée à l'action… bredouillé-je, puis je me lance : Ce qui est fait est fait. Maintenant, j'ai la perspective d'une mission qui nous occupera jusqu'à la fin de cet hiver et bien au-delà.

– C'est toi qui trouves les missions, à présent ? demande Grégoire. Que l'Innommé nous vienne en aide !

– Que sais-tu de notre ancienne cliente ? lui demandé-je.

– Je parie que j'en sais plus long que toi, esquive-t-il, embarrassé.

– J'en doute, rétorqué-je. Sais-tu pour qui elle travaille ?

Il me considère, mâchoire pendante.

– Écoute, je sais qu'il ne faut pas se frotter à elle, c'est tout.

– Pia n'est qu'une esclave, dis-je. Elle travaille pour un homme qui s'appelle Cazmir. Pas vraiment un homme, en réalité. Il est l'un des Xianren.

Un silence, puis Wyn me persifle, après un rire bref :

– Tu es devenue cinglée.

– Demande à Claude si tu n'y crois pas, dis-je. Ils sont trois au total, et Mme Och est l'une d'entre eux. Ils peuvent exercer la magie sans toucher un stylo. Je ne sais pas grand-chose là-dessus ; en revanche je sais qu'ils sont très, très riches, et que Cazmir n'était pas le seul à convoiter ce bébé. Agoston Horthy le voulait aussi. Il y a chez ce petit garçon quelque chose qui les a tous conduits à le rechercher. Cazmir m'a versé une grosse quantité d'argent pour l'enlever, et je vous parie que Mme Och nous paiera encore plus pour le ramener.

Voilà. Ça y est. Je me tiens raide, les poings crispés, pour ne pas trembler. Je ne peux pas réussir dans mon entreprise sans eux, or ils refuseront de me suivre s'ils ne reçoivent pas de salaire.

– Bon, dit Grégoire d'une voix lente. La dernière phase de ta mission nous a tous contrariés, mais tu as fait ce pour quoi tu étais payée. Retourner ta veste et défaire le travail me paraît être un sacré manque de professionnalisme.

– Tu as volé des tableaux pour les revendre ensuite à leurs propriétaires, dis-je avec le plus grand calme possible. Il n'y a aucune différence.

– Attendez, attendez, intervient Dek. Parlons-nous vraiment des Xianren ? Ça semble un peu… ce n'est pas juste une vieille histoire ?

– Certaines vieilles histoires perdurent, marmonne Grégoire. En plus grand nombre que tu ne pourrais le penser. Claude est sûre de ça ?

– Oui, elle en est sûre, réponds-je. Et avec ce que j'ai vu au cours des dernières semaines, j'en suis sûre aussi.

– Cette madame Och a-t-elle demandé à nous engager ? se renseigne Esmée.

Je secoue la tête.

– Elle n'a jamais entendu parler de nous. Elle sait uniquement que j'ai emmené le bébé. Si vous êtes tous d'accord, je pense que nous devrions organiser une rencontre. J'ai un plan, mais il me faut la participation de Grégoire et de Priscilla.

– Et nous autres ? demande Wyn. Est-ce qu'on aura un rôle à jouer ?

– Je ne sais pas encore, dis-je, évitant son regard. Probablement. Ça dépendra de Mme Och.

– Ce projet me déplaît, dit Grégoire. Nous ne voulons pas fâcher Pia, encore moins l'un des Xianren, si c'est son employeur. Nos vies ne pèseront pas lourd.

– Ils ne sauront pas que c'est nous. Et, franchement, ce n'était pas une bonne idée non plus de fâcher Mme Och et Bianka, à mon avis. Qu'en penses-tu, Priscilla ? demandé-je.

– Fréquenter ce genre de personnes semble assez dangereux, dit-elle, entortillant une boucle blond pâle autour de son index. Quelle quantité d'argent pouvons-nous escompter ?

– De l'or, peut-être, réponds-je. Mais il faut que nous rencontrions Mme Och pour avoir une offre.

– Priscilla, ce projet ne me plaît pas, s'obstine Grégoire.

– Allons, monsieur le gendarme, il n'y a pas de mal à une réunion, dit Priscilla en lui souriant. Et regarde le splendide manteau de fourrure de Julia !

– Laisse tomber, Julia ! me supplie Grégoire. Tu as ton argent.

Je secoue la tête. Il me considère sans mot dire pendant une ou deux minutes, puis il lève les mains au ciel et retombe en arrière dans son fauteuil.

– Est-ce que tout le monde est partant ? demande-t-il.

Il se tourne vers Esmée.

– Tu es partante, toi ?

– Une réunion ne coûte rien, dit-elle avec une brusquerie soudaine.

– Peut-être que si, bougonne Grégoire, mais il ne s'opposera pas à Esmée.

– Nous l'organiserons dans un endroit sûr, neutre, déclare-t-elle. Je vais parler à Claude. Nous pourrions utiliser sa boutique.

Une fois qu'elle s'est exprimée, l'affaire est entendue. Esmée quitte la pièce sans même jeter un coup d'œil dans ma direction.

Côte à côte sur le quai, ils regardent un petit bateau approcher. Il est presque deux fois plus grand qu'elle, enveloppé dans une longue cape de fourrure. Ses yeux couleur d'orage demeurent rivés sur le bateau, comme si, en l'observant, il pouvait l'attirer à lui. Et il l'attire peut-être – qui sait ce qui est en son pouvoir ? Elle a un manteau de mousseline grise et un foulard autour de la tête. Petite et bossue, elle semble à tous égards être la plus faible des deux, pourtant ce serait une erreur de le penser.

– Tu es tout ce qu'on m'avait dit que tu étais, et davantage, déclare Cazmir. Tu as fait tout ce que je t'ai demandé. Si tu peux accomplir cette dernière chose, je respecterai ma promesse envers toi.

Tremble-t-elle légèrement à ces paroles ? Un instant s'écoule avant qu'elle réponde, et sa voix est calme :

– Merci, mon seigneur.

– Je me demande comment il a fait ça, continue-t-il. Je ne l'aurais pas cru possible.

– Il a reçu de l'aide, mon seigneur, dit-elle.

– Mais de qui ? dit Cazmir. Qui dans le monde, en dehors de toi, pourrait faire une telle chose ?

– D'autres en dehors de moi pourraient la faire, affirme-t-elle. Mais peut-être que personne d'autre ne pourrait la défaire.

– Tu es sûre de toi, donc ?

– Oui, mon seigneur. Le récipient n'importe pas ; qu'il s'agisse d'un lac, d'un arbre ou d'un enfant, la dissociation est identique.

– Combien de temps durera-t-elle ?

– La dissociation elle-même, une heure peut-être, mais il me faudra des jours pour la préparer.

– Pas plus d'une semaine ?

– Pas plus d'une semaine, mon seigneur.

– Bien. C'est très bien.

– Mon seigneur, vous comprenez que le récipient ne survivra pas à la dissociation, je suppose ? Pour les séparer, il faut détruire soit le texte, soit le récipient.

– Je suis désolé de l'apprendre, dit-il.

– Si vous souhaitez que je cherche un autre moyen…

– Existe-t-il un autre moyen ?

– Non, mon seigneur. Il n'existe pas d'autre moyen.

– Alors fais ce que tu dois, et j'honorerai notre accord.

– Oui, mon seigneur.

Ensemble ils regardent le bateau arriver, tout ce qu'ils attendent et à quoi ils travaillent enfin à portée de main.

19

L'après-midi touche à sa fin et le soleil est bas dans le ciel. Comme il n'y a pas assez de sièges pour tous, nous restons maladroitement debout dans le magasin de Claude, buvant du café, presque en silence. Dek propose de jouer au jeu du prince héritier, et Wyn se joint à nous dans l'arrière-salle. Je joue sans le regarder; je joue vite, négligemment, et perds toutes les parties jusqu'à ce que nous entendions frapper à la porte. Nous rangeons les cartes en hâte et regagnons la boutique.

Claude va ouvrir et dit au groupe sur le seuil:

– Ce lieu m'appartient et vous y êtes les bienvenus.

Ces paroles d'accueil me semblent d'abord très étranges, mais ensuite je me demande s'il n'y aurait pas un rapport avec les rheugs. Esmée m'a dit que personne ne pourrait pratiquer la magie dans le magasin de Claude; j'espère qu'elle a raison. Les voici qui entrent, qui pénètrent dans mon univers, où je ne suis pas Ella, la domestique analphabète, mais Julia qui se volatilise, voleuse et espionne, kidnappeuse du petit Théo. Mme Och, puis le professeur Baranyi, Frédéric et, que l'Innommé me vienne en aide, Bianka.

Son regard tombe sur moi et mes genoux flageolent. Je me sens sur le point de vomir. Je n'ai jamais vu une haine aussi absolue dans les yeux de quelqu'un. Ils me dévisagent tous, naturellement. Mme Och, même si, comme toujours, il est impossible de savoir ce qu'elle pense ; Frédéric, avec une sorte de tristesse abasourdie ; enfin, le professeur Baranyi, avec une curiosité presque amicale. J'essaie d'affronter le regard de Bianka, dans l'intention de lui montrer que je n'ai pas peur, mais je dois renoncer immédiatement. Quelle importance qu'elle croie que j'ai peur ou non ? D'un trait de stylo, elle peut m'anéantir.

Esmée s'avance, bien plus grande qu'eux tous, Frédéric inclus.

– Je suis Esmée, dit-elle. Julia travaille pour moi.

– Julia, dit Mme Och, me dévisageant à nouveau. C'est votre prénom ?

Je hoche la tête.

– Julia comment ? marmonne Bianka.

Personne ne lui répond. J'ai soudain le fol espoir qu'elle ait besoin de mon nom complet pour me maudire. Je me renseignerai auprès de Claude dès que j'en aurai l'occasion.

Mme Och se retourne vers Esmée :

– Qui vous a demandé de placer une espionne dans ma maison ? Était-ce mon frère Cazmir ou le Premier ministre ?

– Pia m'a contacté, répond Grégoire, se calant dans le seul fauteuil confortable, ses longues jambes étendues devant lui. Une rumeur à propos de Julia était venue à ses oreilles : elle voulait savoir si j'employais vraiment une fille capable de se volatiliser. Mais Julia m'a dit que Pia travaille pour Cazmir.

Je suis étonnée. J'ignorais que Pia avait entendu parler de moi avant de s'adresser à Grégoire. Je n'imaginais pas que qui que ce soit ait entendu parler de moi. Je ne sais pas trop si je dois être contente ou alarmée d'avoir acquis, semble-t-il, une réputation.

– Qui êtes-vous ? demande Mme Och.

– Un personnage secondaire, dit Grégoire. Mais les escrocs se connaissent entre eux. Julia était tout indiquée pour cette mission.

Mme Och me regarde d'un air plein de curiosité.

– Oui. Cette aptitude à passer inaperçue. Intéressant.

– Ça n'a pas fonctionné avec vous, dis-je.

– Non, atteste Mme Och. J'aurais dû m'apercevoir qu'il y avait quelque chose d'anormal quand je vous ai trouvée dans ma salle de lecture. Il faut dire que je n'ai jamais rencontré un talent tel que le vôtre, et je ne suis pas tombée de la dernière pluie, comme vous le savez peut-être.

D'un regard interrogateur, elle semble me demander si j'en sais long. Je ne réagis pas. Je voudrais leur présenter mes excuses à tous, mais cela paraîtrait d'une médiocrité stupide, et je ne peux pas, de toute façon, pas en présence de Bianka. Parce qu'à elle, bien sûr, je ne peux pas présenter des excuses. Je lui jette un coup d'œil et détourne aussitôt les yeux. C'est comme frôler une flamme.

– Où est mon fils ? dit-elle d'une voix qui n'est aucunement la sienne.

Une voix rauque, tremblante, affreuse. Pas une voix de jeune femme.

Elle fait une enjambée dans ma direction, et je dois fournir un effort considérable pour ne pas m'enfuir. Le professeur Baranyi lui empoigne le bras tandis que Wyn se précipite devant moi.

– Je l'ai livré à Pia, dis-je à l'intention de Mme Och plus qu'à celle de Bianka. Elle va l'amener à Cazmir, je pense. Il habite sur une île sirilienne, Nago, c'est bien ça ?

Bianka regarde Mme Och, qui confirme d'un signe de tête et hausse un sourcil pour m'inviter à poursuivre.

– Je suis venue dans votre maison chargée d'une mission, continué-je. Il n'y avait pas de malveillance en moi. J'ai fait ce pour quoi j'étais payée, c'est tout. Aujourd'hui, la mission est terminée, et nous sommes disponibles pour un autre travail. Nous pouvons entrer dans n'importe quel lieu et voler n'importe quoi. Y compris la résidence de Cazmir, y compris Théo.

– Voilà qui s'appelle de la confiance en soi, déclare Mme Och.

– Avec quelques informations supplémentaires, nous pourrons réussir, dis-je.

Bianka écarquille les yeux. J'ai vraiment l'impression que ses pupilles tremblent. Elle nous considère tour à tour, moi et Mme Och. Dans ce regard se mêlent le désespoir de la proie et l'avidité impitoyable du prédateur. Un long moment s'écoule, puis Mme Och demande :

– Et M. Darius ? Quel rôle a-t-il joué dans l'affaire ?

– Je ne sais rien là-dessus, dis-je. Vous savez qui il est ?

Elle hoche la tête.

– Peut-être qu'il travaillait encore pour Agoston Horthy, avancé-je.

– Impossible, assure le professeur Baranyi. Il travaillait pour le Premier ministre, c'est exact, mais après son accident…

– La morsure de loup, dis-je, et il arque les sourcils.

– Vous en savez autant que nous, visiblement. Il est venu nous demander de l'aide, mais j'ai échoué.

Quelque chose là-dedans me paraît illogique.

– Pourquoi aideriez-vous quelqu'un qui travaillait pour Agoston Horthy ? Je crois qu'il était un haut responsable de la lutte contre la magie. Pas vraiment votre ami.

– Très juste.

Le professeur consulte Mme Och des yeux ; d'un geste, elle semble l'autoriser à enchaîner. Il s'éclaircit la voix et explique :

– Sa fille est une sorcière. Il travaillait pour elle, pour la protéger. Le véritable salaire de son travail, c'était la vie de sa fille. S'il se transforme en loup, il ne sera plus d'aucune utilité à

Agoston Horthy et elle mourra. Il est donc venu nous voir en secret et nous a promis des révélations en échange. Nous avons estimé qu'avoir un homme dans la place pourrait nous servir. Nous avons accepté de l'aider en échange de renseignements sur les activités et les cibles d'Agoston Horthy et commencé à œuvrer pour faire sortir sa fille du pays. Mais il a disparu le même jour que vous.

Cette pièce du puzzle me déplaît, mais je ne sais pas quoi en faire.

La voix fébrile de Bianka met un terme à nos interrogations :

– Peu importe cet homme ! Qu'en est-il de Théo ?

– Il faut que vous me décriviez votre plan d'action, dit Mme Och. Comment vous approcherez-vous de l'île sans être repérés ? Comment pénétrerez-vous dans le château de Cazmir ? Comment trouverez-vous l'enfant et le libérerez-vous ? Comment vous échapperez-vous ensuite ?

– Julia, dit Esmée, me laissant la parole.

Je tousse. J'ai beaucoup de peine à supporter le regard avide de Bianka. Il est pire que sa fureur. J'ai du mal à regarder Frédéric aussi, alors je m'adresse surtout à Mme Och.

– J'avais dans l'idée un bateau de plaisance avec, à son bord, de riches mariés en voyage de noces, arrivant par accident, perdus, voire naufragés. Ne leur offrirait-on pas au moins un abri ?

– Peut-être, dit Mme Och.

– Le château ne m'inquiète pas, dis-je. Si nous pouvons accéder à l'île, nous pourrons nous introduire dans le château. J'irai en reconnaissance, inaperçue, et je verrai ce que nous devons faire pour récupérer Théo.

Je ne précise pas *s'il est encore vivant*.

– Nous pourrons déjouer n'importe quelle serrure et triompher de n'importe quel gardien, que la discrétion ou la force soit requise. Lorsqu'ils comprendront ce qui les a frappés, nous serons déjà loin.

– Ça ne marchera pas, dit le professeur. Le château de Cazmir est une forteresse ! Il ne s'agit pas d'une jolie maison de l'ouest de Spira.

– Le château du duc de Sylfeld avait d'énormes fortifications, mais nous sommes entrés et avons pris les diamants moresquiens de la duchesse dans sa commode fermée à clé durant son sommeil, dit Grégoire d'un ton guilleret.

Il s'est rasé ce matin et n'est que très légèrement ivre.

– Le seigneur Ulrich, grand collectionneur, garde ses plus précieux objets d'art dans un coffre-fort sous surveillance, n'empêche qu'ils ont fini entre nos mains eux aussi. Nous avons décroché *Aurore brumeuse* d'Izza du mur même du musée Anderov-Skhol.

– Quoi, vous avez subtilisé *Aurore brumeuse* ? s'écrie le professeur.

– C'est l'or de la Couronne qui l'a racheté, dit Grégoire.

– Par la meute, dit Frédéric en nous observant. Vous ne payez pourtant pas de mine.

– Ça aide, en vérité, dit Grégoire.

– Vous vous glorifiez d'exploits qui remontent à plus de dix ans, et les ducs, musées et tutti quanti ne sont rien, comparés à la forteresse de Cazmir. Elle est hors de votre portée, affirme le professeur Baranyi. Ça ne marchera pas.

– Nous verrons si ça marche ou non, dit Mme Och. Les forces de Cazmir sont en majorité à l'étranger : il a déployé un vaste réseau pour traquer Théo. Mes contacts habituels, il les connaît et les verrait venir. Cette entreprise, en revanche, est une chose à laquelle il ne s'attendra pas, et nous sommes pressés par le temps : pouvez-vous être prêts demain ?

Je regarde Dek, qui hoche brièvement la tête.

– Nous prendrons le train jusqu'à Nicim, dit Esmée. Là-bas, nous trouverons un bateau.

Mme Och nous examine.

– Y a-t-il une sorcière parmi vous ? Possédez-vous d'autres pouvoirs surnaturels ?

– Uniquement le don de Julia, répond Esmée. Qui fonctionne dans certaines limites, comme vous le savez.

– Il y aura sans doute des sortilèges qui protégeront ce que Cazmir veut dissimuler, annonce Mme Och. Vous aurez besoin de Bianka pour les rompre.

L'angoisse me donne la chair de poule alors que Bianka tourne les yeux vers moi, lentement. Je ne veux pas effectuer cette mission avec elle à mon côté.

– Nous vous accompagnerons, dit Mme Och. J'aiderai le bateau à s'approcher de l'île, mais je ne pourrai pas venir trop près, sinon Cazmir le saura. Il y a des îlots inhabités dans le voisinage ; je vous attendrai sur l'un d'eux. Bianka s'occupera des sortilèges à l'intérieur du château.

Je jette un regard désespéré à Esmée, qui déclare :

– Bien. Mais cette mission sera sous ma responsabilité, et vous devrez tous m'obéir.

– Fixez votre prix, dit Mme Och.

– Quinze fraxins d'or.

Wyn masque son exclamation sous une toux, et je me demande si Esmée plaisante ou essaie de démolir la négociation, mais Mme Och acquiesce.

– Il nous faudrait un acompte de quatre fraxins d'or, continue Esmée.

Nous rivons tous sur elle des yeux écarquillés. Mme Och met la main dans son porte-monnaie et compte quatre grosses pièces d'or. Nous les contemplons, posées là sur la table, puis Esmée les empoche.

– Nous partirons pour Nicim dans la soirée, dit Mme Och. Agoston Horthy doit venir chez moi ce soir et je préférerais ne pas être là. Je vous donnerai une adresse ; vous nous rejoindrez demain. Julia !

Je sursaute.

– Quelles étaient vos instructions dans ma maison ? Pourquoi avez-vous attendu avant d'enlever le bébé ?

– Au début, je ne savais pas que c'était lui qu'ils voulaient. Ou, plutôt, ils ne le savaient pas eux-mêmes. Pia m'a indiqué que je devais trouver une ombre mais qu'elle pouvait avoir n'importe quel aspect.

– Une ombre, répète Mme Och.

Un instant, elle paraît totalement perdue, comme une vieille dame qui n'est pas entrée dans la bonne pièce et n'arrive pas à se souvenir de ce qu'elle fait là. Puis son regard s'éclaire et elle dit :

– Cazmir est en train de rassembler une collection. Théo sera votre priorité, bien sûr – elle jette un coup d'œil à Bianka –, mais Cazmir m'a volé quelque chose à moi aussi, il y a quelque temps. Si vous me le récupérez, je multiplierai votre salaire par deux.

Un long silence ébahi suit ses paroles. Puis Esmée demande :

– De quoi s'agit-il ?

– D'un arbre, répond Mme Och.

Et elle ajoute avec un sourire ironique :

– Mais il pourrait avoir n'importe quel aspect.

La conversation passe aux bateaux, armes, crochets et autres sujets techniques. À bout de nerfs, j'éprouve le besoin de respirer, même si l'atmosphère est glacée ; je me glisse donc dehors. Frédéric me suit, les mains enfoncées dans les poches de son manteau de laine.

– Julia, prononce-t-il, pour essayer.

Je ne dis rien. Que pourrais-je dire ?

– C'est un joli prénom, commente-t-il.

Sa voix a des inflexions froides qui sont nouvelles pour moi.

– Difficile de s'y habituer. Il vous va bien, je suppose. C'est bizarre, pourtant : je me surprends à regretter Ella. Je l'aimais énormément. Or il apparaît qu'elle n'existe pas.

– Je ne regrette pas beaucoup Ella, dis-je.

– Elle et moi étions amis, dit-il. Vous lui ressemblez en tous points, malgré cette robe ridicule, mais je ne vous connais absolument pas. Vous êtes une étrangère pour moi, et ce que je sais de vous se situe entre le déplaisant et l'effroyable.

Je hausse les épaules. Fait absurde, son coup de patte contre ma robe me blesse un peu. Je resserre le manteau de fourrure autour de moi. Il continue à parler, ce nouveau Frédéric, avec son expression distante, hostile.

– Depuis que je travaille pour le professeur, je vois des choses auxquelles je n'aurais jamais cru autrefois. Je rencontre des gens qui sont souvent accusés de malveillance – des gens comme Bianka et M. Darius. Ils possèdent des aptitudes qui les excluent, mais ils ne sont pas malveillants. Ce sont des gens qui ont leurs qualités et leurs défauts, comme nous tous, qui se démènent, comme nous tous. Pour moi, le mal a toujours été quelque chose d'assez abstrait ; je ne l'ai jamais senti m'effleurer jusque-là. Mais quand je vous regarde, vous qui présentez le visage de mon amie Ella, et que je pense à ce que vous avez fait, je me demande : cette fille est-elle malveillante ? Il ne le semble pas, pourtant je considère que la réponse ne peut être que oui.

Je rive mes yeux sur mes bottes neuves, dont l'extrémité tendre est déjà éraflée par le contact avec la neige. Je ne trouve rien à répliquer et, lorsque je redresse la tête, il est retourné à l'intérieur. Je reste dehors jusqu'à ce que je sois transie. Ses paroles ont ouvert en moi un horrible abîme noir. J'ai les jambes et les bras engourdis lorsque je rentre à mon tour. Frédéric n'a pas rejoint les autres ; à l'écart, il examine d'un air morose une botte pour femme en peau d'agneau parmi l'étalage.

– Ce modèle vous irait bien, dis-je.

Il me regarde, méfiant.

– Et l'arbre de Mme Och, alors ? demandé-je.

– Je n'en sais pas plus que vous, répond-il. Il y avait un vieux cerisier splendide dans le jardin, et puis un jour il a disparu, déraciné.

– Elle affirme que Cazmir l'a volé. Pourquoi voudrait-il un arbre ?

– Pourquoi voudrait-il un bébé ?

Le silence s'installe entre nous. Frédéric commence à s'éloigner mais je l'attrape par la manche pour l'en empêcher.

– Je ne suis pas malveillante, dis-je.

Je ne sais pas pourquoi ça compte ; pourquoi je devrais me soucier de ce qu'il pense. Que pourrait-il penser d'autre, au fond ?

– Je réfléchissais à voix haute, dit-il. Je sais que vous pouvez commettre le mal. Je ne sais pas quoi en déduire sur votre âme, si vous êtes sans conscience ou si vous ressentez les choses de la même façon que les autres gens.

– Je ne sais pas ce que les autres gens ressentent.

Il m'adresse un regard vaguement intéressé, comme si j'étais un spécimen dans un bocal. Cette conversation me remplit de malaise.

– Éprouvez-vous du remords ? demande-t-il. Voyez-vous la souffrance de Bianka et ressentez-vous de la pitié ?

– Bien sûr que je ressens… de la pitié, dis-je. Écoutez, je ne savais pas ce que cette mission comporterait. Je fais ce pour quoi on me paie.

– Il y a d'autres types de travail. Comme vous le savez.

– Boniche, dis-je en secouant la tête. Jamais, par la meute infernale ! Je croyais qu'il s'agissait simplement de fureter, ou de voler quelque chose. Je n'ai su ce qu'ils voulaient qu'après l'épisode du Goulpard, et Pia m'aurait tuée si je n'avais pas obéi.

– Donc vous n'êtes pas malveillante mais lâche, peut-être ? suggère-t-il sans sourire, et je reste muette.

Je ne sais pas comment m'y prendre pour lui expliquer chacun des moments qui m'ont conduite jusqu'ici, la nécessité que Dek soit en sécurité lui aussi et le foyer que nous avons trouvé chez Esmée, la mission qui a dérapé, incontrôlable, le trouble et la terreur qui ne me quittaient pas, tassée dans un meuble à regarder l'homme qui avait ordonné la mort de ma mère, le couteau de Pia plaqué contre ma gorge, les menaces épouvantables qu'elle avait proférées, tout ça. Je ne sais pas quoi lui dire, mais pour une raison confuse je ne supporte pas qu'il me pense malveillante. Ou peut-être que je ne supporte pas la possibilité qu'il ait raison. Quel genre de personne livre Théo à Pia ?

– Je vais récupérer Théo, affirmé-je.

– En échange de quinze fraxins d'or, rétorque Frédéric, et il s'éloigne à nouveau de moi.

– Tu en veux ?

Je refuse, et Wyn repose la bouteille de bon cognac sur la table, fixant son verre à moitié plein.

– Julia, dit-il tristement. Toujours un si bel exemple de force et de maîtrise de soi. Tu fais passer les gars comme Grégoire et moi pour des faiblards minables.

– Parle pour ton cas, dit Grégoire, qui alimente le feu déjà flamboyant.

Manœuvre imprudente, sans doute, quand on est aussi ivre qu'il l'est à cette heure, mais nous n'essayons pas de l'en empêcher. Les flammes montent; il se couche juste devant et se met à ronfler.

Nous sommes de retour à la maison, l'Innommé en soit remercié, après cette atroce réunion. Je dis atroce, mais j'imagine que sur le papier c'est une réussite, puisque nous devons nous lancer dans la mission et retrouver Mme Och et les autres demain à Nicim. Esmée est allée directement au lit. Dek passe le restant de la soirée dans un atelier du Pourtour qui appartient à un associé d'Esmée, un armurier clandestin à l'esprit novateur.

– Tu me manques, dit Wyn. Est-ce qu'un jour tu cesseras de me haïr ? Même si tu ne veux plus être avec moi, tu ne pourrais pas au moins me sourire de temps en temps ?

Il me manque aussi, mais je ne l'avoue pas. Je préfère changer de sujet, car les paroles de Frédéric continuent à résonner dans ma tête :

– Ce bébé est peut-être déjà mort, qui sait ? Tu penses que… est-ce que je suis malveillante, Wyn ?

– Malveillante ?

Il lance un rire aigu.

– Par la meute, Julia, tu as exécuté une mission. Elle n'était pas agréable, et je te plains; j'imagine que c'était une horreur. Mais on est des escrocs à gages, c'est notre boulot, et puis quelle autre solution tu avais ? Te dédire et te faire trancher la gorge ? Tu n'es pas malveillante, Yeux noisette.

– Esmée s'obstine à ne pas me regarder.

– Esmée vient d'exiger une somme faramineuse pour cette mission. À mon avis, tu lui as apporté la meilleure affaire qu'elle ait jamais eue.

Priscilla entre alors, vêtue d'un manteau et d'un bonnet de fourrure.

– Vous feriez mieux de dormir, vous deux, nous gronde-t-elle.

Elle s'agenouille près de Grégoire, lui caresse le visage et chuchote :

– Viens avec moi, mon amour.

À la lumière du feu je distingue les petites rides autour de ses yeux, des mèches argentées dans sa chevelure dorée.

– On peut t'aider à le porter, proposé-je, mais Grégoire se réveille en marmonnant quelque chose à propos d'un cheval.

– Appuie-toi sur moi, chéri.

Elle l'aide à se mettre debout et il sort à son bras, empestant et trébuchant.

– Il a vraiment fait fort, cette fois, déplore Wyn. Pauvre Priscilla.

Je ne dis rien. Cette histoire, j'ai grandi avec et je la connais par cœur.

– Écoute, c'était une sale mission, me dit-il. On a fait des tas de sales trucs l'un et l'autre, mais ça ne nous transforme pas en salopards. Ou peut-être que si, je n'en sais rien. Je ne suis pas philosophe. Tu vas me planter là si je t'affirme que je suis désolé ?

Je secoue la tête, m'oblige à sourire.

– Je sais que je suis nul pour les excuses… Je ne comprends pas pourquoi – les saints savent ce que j'éprouve – les mots se coincent dans ma gorge quand je veux les prononcer. Mais je t'aime, Julia. Tu es tout pour moi. On se ressemble tellement, toi et moi. On a beau adorer le monde, il ne nous aime pas en retour. La vérité, c'est juste que je m'ennuyais, que je me sentais seul, qu'Armelle Hyver est jolie et que je ne pensais pas que tu le découvrirais.

– Il faut que tu travailles ce petit discours, dis-je, pince-sans-rire. Le début est mieux que la fin.

Une expression rieuse flotte sur sa belle bouche avant qu'il redevienne grave. J'ai toujours adoré ça, cette proximité avec le rire, même dans les pires situations.

– Si je croyais que ça pouvait changer quelque chose, je me répandrais en remords, je te supplierais et je te couvrirais de promesses, reprend-il. Mais je veux être franc avec toi. Je suis désolé parce que ça t'a fait souffrir, mais je ne crois pas avoir commis un acte si terrible. On n'est pas fiancés. C'était un bon moment, voilà, et c'est fini. Elle ne compte pas pour moi.

Je sais qu'il cherche à me consoler. Ça n'a plus d'importance, alors je ne lui dis pas qu'il n'y avait aucune joie égale à l'intimité avec lui, qu'il n'y en a jamais eu pour moi, et que le voir traiter cette intimité autant à la légère, donner la même part de lui à cette idiote d'Armelle Hyver comme si ce n'était rien du tout, est précisément ce qui m'a fait souffrir. Je regarde par la vitre noire les flocons de neige qui tombent. Je ne saurais pas trop définir moi-même ce que son aventure a brisé entre nous. C'est juste que la beauté de ce que nous partagions, l'unicité et le miracle auxquels je croyais apparaissent désormais comme un mensonge, et je sens que, malgré mon désir de retourner avec lui, ça ne serait pas pareil.

– Bon, tu as dit ce que tu voulais me dire.

Je me lève et l'embrasse sur la joue, pour lui montrer que je ne suis plus fâchée.

– Ne t'en va pas, me prie-t-il, mais je secoue la tête.

– Priscilla a raison, il faut qu'on dorme. Demain sera une grosse journée.

Pourtant, m'éloigner de lui est douloureux. Ce serait un réconfort, cette nuit, de le serrer contre moi, de me perdre en lui, de l'entendre me dire qu'il m'aime, qu'on se ressemble. Mais je descends l'escalier en gardant les paroles de Frédéric près de mon cœur : « Je pense à ce que vous avez fait, et je me pose la question : cette fille est-elle malveillante ? »

Dek est revenu de chez l'armurier. Assis à sa table, il trace des figures sur une feuille, ses cheveux rejetés en arrière si bien que les marques sombres du fléau ressortent, frappantes, un arc autour de son œil manquant. Devant lui, il y a un canon de métal pas plus gros que mon avant-bras, et sept petits projectiles alignés à côté.

20

J'ai toujours voulu voir la mer. Maintenant je ne vois rien d'autre. Mme Och affirme que notre bateau est solide, mais il me semble très frêle, à tanguer sur les grosses vagues grises, perdu entre le ciel au-dessus et l'eau en dessous. L'horizon est une ligne sombre où la mer rejoint le ciel, nous encerclant. Quelle imprudence, me dis-je à présent, de quitter la terre ferme. Cet endroit est fait pour les poissons et les oiseaux, pas pour nous.

Lorsque Frédéric m'indique sur une carte la petite distance que nous avons parcourue, j'ai du mal à croire que le monde est si vaste. La première nuit, couchée sur le pont agité de secousses, je regarde les étoiles et je crains de périr, moi si minuscule, anéantie par l'immensité qui m'environne. Alors, de manière inattendue, je la sens, cette fine membrane à travers laquelle je peux disparaître. Je la sens tout autour de moi, qui me tire étrangement, et une part de moi voudrait la franchir et disparaître plus loin que jamais auparavant. Je perçois là un autre infini, une autre éternité, mais tout me semble moins dangereux que ces étoiles indifférentes et les profondeurs froides sur lesquelles vogue notre bateau. La nuit suivante est nuageuse et, bien que le ciel paraisse moins démesuré, il est plus sombre.

C'est un curieux voyage, avec des moments où les activités se bousculent mais aussi de longues phases durant lesquelles il n'y a rien à faire hormis regarder l'océan défiler et écouter les conversations étonnantes qui se nouent entre l'équipe de Mme Och et la mienne. Ici sur le bateau, l'espace est trop exigu et le travail à fournir trop urgent pour garder une distance glaciale. Frédéric me montre comment utiliser le compas et le sextant ; nous apprenons à connaître les voiles et à les régler correctement ; Dek et moi nous disputons la longue-vue, émerveillés qu'elle rapproche autant les choses éloignées : il suffirait, croirait-on, de tendre le bras pour les toucher. Mon groupe évite Bianka, méfiant envers elle, mais elle se tient de toute façon à l'écart et ne participe à aucune conversation. Mme Och elle-même se repose dans une cabine sous le pont ; nous ne la voyons pas.

La côte sirilienne se présente à nos yeux comme une colline rougeâtre au loin, et nous naviguons parallèlement à elle. Même au large, l'air est plus doux qu'à Spira. Nous enlevons tous nos manteaux. Frédéric parle de la chute de l'Empire sirilien ; Grégoire s'extasie sur le vin de Sirilie ; Priscilla nous raconte une visite des monastères antiques creusés dans les falaises au-dessus de Fiatza, la capitale. Des goélands tournoient dans le ciel et nous avons presque l'impression d'avoir réintégré le monde.

Je descends et trouve Mme Och allongée dans sa cabine, immobile, les yeux grands ouverts. Durant un instant horrible, je la crois morte et je pousse un cri étouffé. Ses yeux se tournent vers moi.

– Julia… dit-elle.

– Que faites-vous ? demandé-je. Êtes-vous souffrante ?

– Je me prépare, répond-elle dans un quasi-murmure.

– Oh.

Je m'attarde un peu sur le seuil, puis le bateau heurte une vague et fait une embardée : projetée dans la pièce, je ne réussis à m'arrêter que contre sa petite couchette.

– Pensez-vous que Théo soit encore vivant ? lui demandé-je, parce que je ne peux poser la question à personne d'autre et que je ne peux plus la garder à l'intérieur de moi, brûlant tout ce qui m'importait naguère.

– Je ne sais pas, répond Mme Och. S'il l'est encore, je pense qu'il ne le sera plus très longtemps.

La cabine oscille, et je ne sais pas si c'est le bateau ou mon effroi qui me fait perdre l'équilibre. Je m'agrippe au bord de la couchette.

– Donc Cazmir lui veut du mal.

– Cazmir veut le disséquer et arracher la chose qui est incorporée à son être, dit Mme Och. Je devine qu'à l'issue de l'opération il ne restera presque rien de Théo.

– Qu'est-ce que c'est ? chuchoté-je. Pourquoi Théo ?

Elle se hausse sur ses oreillers, et je me dis que je n'ai jamais vu quelqu'un paraître aussi fatigué.

– La mémoire a des limites et la mienne décline, affirme-t-elle. Quand je pense aux commencements, je n'en perçois plus que des bribes. L'odeur du sol, les vagues de l'océan aussi hautes que des montagnes, les montagnes pleines de feu. Je me rappelle avoir voyagé sur l'aile d'un grand dragon et, invariablement, je me souviens de mes frères avec moi. Tout avait une volonté à l'époque, même les éléments. On raconte qu'Ignis, l'esprit du feu, a réalisé la première écriture magique, devenant le seigneur des autres esprits, mais j'ignore si cette histoire est véridique. En revanche, je sais que le Livre a façonné tout ce qui a suivi et continue de le façonner.

– Le *Livre de la Perturbation*, dis-je, me remémorant ce que j'ai lu dans le bureau du professeur Baranyi.

Elle lève les sourcils.

– Vous le connaissez.

– Pas vraiment. J'ai lu que les Khanas eshriks avaient essayé de vous prendre ce livre mais qu'elles n'étaient pas arrivées à le lire.

– Seuls les Xianren peuvent le lire, et nous nous en gardions bien. À l'époque, en tout cas. Mes frères et moi avons chacun été chargés d'un fragment du Livre à conserver dans des lieux sûrs et distincts.

– Chargés par qui ? demandé-je.

– Certains les ont appelés les dieux des éléments. Je ne sais pas comment les désigner, mais ils se sont éteints depuis longtemps, mêlés à la terre, comme le font maintenant les Xianren, et comme le Livre a essayé de le faire. Selon la légende, les autres esprits se sont rebellés contre Ignis et ont brisé le Livre en trois, libérant la magie à travers le monde. Ils ont donné naissance aux Xianren pour qu'ils protègent les fragments et les gardent séparément. Après la vaine tentative des Khanas eshriks pour les lire, les fragments ont paru plus vivants que jamais : ils se sont mis à changer et sont devenus illisibles même pour nous. La partie de Cazmir, je me rappelle, s'est transformée en un splendide lac vert au pied des montagnes parnoises. La mienne, en un grand arbre. Les royaumes ont fleuri puis périclité autour de lui, et je suis restée dans ce qui est devenu beaucoup plus tard la ville de Spira, près de mon arbre. La partie de Gennadion était la plus étrange : une ombre qui se fixait à lui, une petite chose ailée, sombre, bougeant dès que la lumière l'effleurait, comme un enfant malicieux.

– Il l'a mise dans Théo ? chuchoté-je.

– Je ne sais pas comment, ni même si c'est possible, mais Cazmir semble le croire, dit-elle. S'il réussit à rassembler le Livre, à lui redonner sa forme de texte et à le lire, il sera le maître de la magie qui assure la cohésion et l'équilibre du monde tel que nous le connaissons. Je connais Cazmir. Je l'aime. Mais aujourd'hui je le redoute.

– Bianka le sait-elle ? demandé-je.

– Je le lui ai expliqué, répond Mme Och. Pour elle, il ne s'agit que de son fils, mais je vous l'explique maintenant pour que vous compreniez que l'enjeu n'est pas uniquement la vie d'un petit garçon. Il y a une bossue au château, une sorcière nommée Shaye. Vous devez vous méfier d'elle. Elle est plus dangereuse que Cazmir. Le lac n'est plus un lac, mon arbre n'est plus un arbre et je ne sais pas si Théo sera encore Théo, mais vous devez absolument obtenir un fragment au moins, sinon tous. Je ne sais pas ce que vous devez chercher. Peut-être un texte, un écrit. Il y aura beaucoup de livres dans le château, parce que Cazmir est un grand collectionneur.

– Pia m'a dit que je cherchais une ombre qui pouvait avoir n'importe quel aspect, et il s'est avéré qu'il s'agissait de Théo. Le travail est difficile pour une voleuse quand la chose à subtiliser change d'apparence.

– Alors c'est sans doute le travail de l'espionne de découvrir ce que la voleuse doit subtiliser, déclare Mme Och.

– Je chercherai Théo, lui dis-je. Si je vois un livre qui semble susceptible d'avoir été un arbre, je m'en emparerai, mais je ne chercherai pas. Je ne prendrai pas le risque. C'est Théo que je cherche et que je sortirai de là.

Elle me regarde longuement, puis elle affirme :

– Vous ne faites pas ça pour des pièces d'or.

J'essaie de répondre mais je ne peux pas. Je tombe à genoux devant elle. Une bulle monte dans ma poitrine et éclate. Mon corps est secoué d'affreux sanglots crispés, les larmes ruissellent sur mon visage et mes mains, mais j'ai la sensation étrange que je suis sortie de moi-même et que ce n'est pas vraiment moi – l'Innommé en soit remercié, car je ne supporte plus d'être Julia. Julia qui est stupide et lâche, Julia qui ne comprend rien, Julia qui a vendu un petit garçon pour des pièces d'argent et qui va le récupérer pour des pièces d'or à condition qu'il ne soit pas encore mort, ne soit pas encore mort, ne soit pas encore mort…

Je sens les mains de Mme Och dans mes cheveux et je m'apaise. De ses doigts délicats, elle démêle les mèches enchevêtrées par le vent marin. Personne ne m'a peigné les cheveux depuis mes sept ans. J'ai l'impression que je tombe, que mon cœur plonge vers l'eau. J'entends la foule hurler tandis que l'eau se referme sur elle, je vois Théo essayer de me toucher avant que Pia referme la porte, et le poids de l'or et de l'argent qui m'entraîne vers le bas. Je crois que je dors un peu, ici dans la cabine sombre, à moitié sur le sol, ma tête appuyée contre l'oreiller de Mme Och pendant qu'elle me caresse les cheveux.

Je me réveille quand elle chuchote à mon oreille :

– Il est l'heure.

La côte sirilienne a disparu, mais par la longue-vue je distingue une bosse grise dans l'eau anthracite, dont le professeur nous dit que c'est l'île de Nago, et plusieurs îlots alentour. Dek, Bianka, Frédéric et le professeur descendent ; sous le tapis de la cabine principale, une trappe donne accès à une salle de stockage et tous quatre s'y entassent avec une petite lampe à gaz, les voiles de rechange et les armes. Les autres ont leur personnage à incarner. Esmée est cuisinière et équipière, Wyn le capitaine du bateau. Grégoire et Priscilla, bien sûr, sont les jeunes mariés riches. Quant à moi, je ne serai pas là du tout. La mer devient houleuse ; nous ne tardons pas à vaciller, à tomber parfois de manière inattendue, tandis que nous dissimulons la moindre trace de nos compagnons cachés.

Lorsque je regagne le pont, le ciel est presque noir, bien que la matinée commence, et les vagues montent de plus en plus haut autour de nous. Grégoire, d'une sobriété inhabituelle depuis le début de la traversée, emmitouflé pour se protéger du vent, essaie de maîtriser la roue de gouvernail.

– Par la grande meute ! entends-je Esmée crier quelque part non loin de moi.

Grégoire lâche la roue et le bateau penche dangereusement. Mme Och se tient au milieu du pont, les bras écartés, de grandes ailes gris clair déployées derrière elle. Son visage est plus animal qu'humain, félin, en dépit de quoi ses propres traits demeurent étonnamment nets. Elle regarde le ciel comme si elle examinait le visage de quelqu'un, et elle parle. Je ne comprends pas les mots qu'elle articule, mais sa voix évoque une musique surnaturelle, suppliante et impérieuse à la fois. L'air semble onduler, crépiter et décrire de larges cercles autour d'elle. Elle prononce des paroles magiques.

Les nuages se précipitent dans sa direction et les vagues se dressent à leur rencontre. La pluie s'abat sur elle. Des éclairs zigzaguent, blancs et terribles, sur la mer noirâtre. Je me cramponne au cadre de la porte pendant que notre pauvre bateau est soulevé au sommet d'une vague semblable à une falaise, puis que nous redescendons à toute vitesse. Une autre vague se dresse au-dessus de nous, montagne prête à s'écrouler. Je m'entends pousser un hurlement et la vague s'effondre. L'eau sombre et froide envahit l'escalier, m'envoyant rouler, ruisselante, dans l'étroit couloir ténébreux en contrebas. Je m'efforce de remonter les marches, toujours inondées par l'eau de mer, tandis que le bateau s'incline tellement sur le côté que je nous crois en train de chavirer. Je vais me noyer comme elle, pensé-je, et je saurai si Claude a dit vrai quand elle a affirmé que c'était une mort paisible. Je ne reverrai jamais Spira. Je ne réparerai jamais mon crime. Je ne le rachèterai jamais.

À quatre pattes, j'atteins le pont. Une autre vague s'élève au-dessus de nous. Mme Och n'est plus là. Un bruit de tissu qui se déchire et soudain la grand-voile claque à travers le pont. Je ne vois plus les autres. Je me suspends aux cordes qui maintiennent le canot de sauvetage, m'accroche ici alors que notre malheureuse embarcation subit la tempête. Le monde n'est qu'eau noire et brusques lueurs blanches qui illuminent les vagues gigantesques autour de nous. J'entends quelqu'un crier mon prénom, mais je ne sais pas qui c'est. Je pense à Dek enfermé dans la coque du bateau avec ces gens qu'il connaît si peu, et je pleure parce que je suis trop terrorisée pour quitter l'endroit où je suis et le rejoindre, l'aider ou mourir avec lui. Je ne peux que m'agripper ici en attendant de savoir ce que c'est que d'être engloutie par l'eau, d'avaler l'océan et d'être avalée par lui, de mourir. Je me dis : la peur est le pire moment ; laisse, finis-en. Mais mes bras se cramponnent – impossible de les dissuader. Quelque chose me heurte l'épaule et je crie, sans lâcher prise. Je me volatilise spontanément, me retire de cette fureur, comme si je pouvais me soustraire à la vue de la tempête, mais la tempête n'a pas d'yeux et s'en moque. Je sens le goût du sel, le ciel se soulève et gronde, l'effroyable océan raille notre imprudence à s'aventurer sur ses eaux.

Et puis c'est terminé. Ça a dû être progressif, mais ça me paraît soudain. Les paupières closes, les bras entrelacés aux cordes, je me rends compte d'abord que : c'est le silence. Et que : c'est l'immobilité. J'ouvre les yeux. Le ciel, moins proche, est haut et gris. Les vagues sont de longues ondulations qui ne menacent plus de nous renverser. Et là, devant nous, se trouve une île, de la roche grise et des arbustes au-dessus de l'eau, un château fortifié perché sur son rebord déchiqueté.

Maintenant paisibles et favorables, les vagues nous emmènent vers le rivage. Le temps que la proue du bateau atteigne la plage rocailleuse, trois hommes en manteaux de fourrure grise, chaussés de grandes bottes, nous attendent. Ils ont une épée contre la hanche, un fusil à la bretelle.

Nous n'avons pas le loisir de vérifier si nos camarades sous le pont sont indemnes. Grégoire saigne, le front entaillé ; Wyn, livide, se tient le bras comme s'il souffrait d'une fracture. Maudit soit-il, pensé-je déraisonnablement, de quelle utilité sera-t-il avec un bras cassé ? Mme Och reste introuvable et je me demande si elle s'est envolée vers l'un des îlots voisins grâce à ses grandes ailes – je me demande si elle sait voler. Nous sortons du bateau, implorants et terrifiés. Nous devons à Mme Och le réalisme de la scène, je suppose. Malgré l'affolement de la tempête, chacun est désormais dans son rôle.

– Mes bons messieurs, merci, s'écrie Priscilla, tombant presque dans les bras de l'un des gardes.

Bien sûr, il n'a absolument pas l'air de s'en offusquer.

– Le bateau est fichu, se lamente Wyn.

– Il va falloir le faire réparer ici, ajoute Grégoire. Nous pouvons payer. Messieurs, auriez-vous l'obligeance de me dire où nous sommes ?

– Vous n'êtes nulle part. Un mauvais endroit où échouer, dit le plus petit et, sans doute, le plus âgé des trois. Où sont vos papiers ?

Il parle fraxais avec un gros accent. Tous trois ont la peau très foncée ; ils pourraient être originaires d'Eshrikistan ou d'Arrekem du Nord.

– Je vais les chercher, monsieur, répond Esmée, qui est restée sur le pont.

Grégoire prend une expression fière et outragée. Esmée revient avec les faux papiers. Il est impossible de voir des imitations dans son écriture experte et son sceau falsifié. Le garde les inspecte, examinant tour à tour chaque document puis son titulaire.

– Félicitations, dit-il à Grégoire et Priscilla.

Sa voix contient une pointe de menace qui me déplaît franchement.

– Vous êtes mariés depuis peu.

– C'est notre lune de miel ! dit Priscilla d'un ton indigné. Je vous en prie, qu'importe l'endroit où nous sommes, pouvons-nous entrer ? Nous sommes trempés, il fait froid et notre bateau est une épave.

– Il repartira, je pense, affirme le garde, le considérant d'un œil assez indifférent.

– Monsieur, dit Priscilla d'une voix plus aiguë. Nous avons subi des avaries ! Combien de temps devrons-nous rester là ? Nous allons mourir de froid !

Puis elle s'évanouit, de manière très convaincante. Grégoire la rattrape et s'écrie :

– Je vous en supplie ! Mon épouse a un malaise !

– C'est bizarre que vous ayez accosté ici, lui dit le garde. Personne ne débarque ici.

– Je comprends pourquoi, dit Grégoire, incarnant à merveille l'aristocrate insulté. Y a-t-il un médecin sur cette île ?

– Nous ferons un feu dans la salle Terra, dit le garde.

Il se tourne abruptement et prend la direction du château en disant quelque chose à ses collègues dans une langue étrangère. Les trois gardes conduisent notre petit groupe effrayé, ruisselant, sur la colline. Je marche juste derrière Esmée, dont le mouvement semble ouvrir la plus large bande d'espace à la lisière du monde. Quand elle avance, elle fend l'air comme les prophètes loriens ont fendu les eaux, à ce qu'on raconte. Je peux la suivre et demeurer cachée, une membrane floue de part et d'autre de moi, comme si je progressais dans un tunnel invisible. Néanmoins, je n'ai pas l'habitude de bouger aussi vite en étant indécelable ; une concentration intense est nécessaire.

La muraille de pierre qui entoure le château est haute et hérissée de lames de fer. De grosses chaînes lèvent une épaisse porte en bois, qui redescend après notre passage. Je ne vois pas, de prime abord, qui l'a ouverte ni comment. C'est embêtant, parce que ce sera ma mission de ressortir et d'entrer à nouveau si nous avons besoin d'armes ou de la sorcellerie de Bianka. Mais ensuite j'aperçois un garde près de la porte vers laquelle nous nous dirigeons, une petite porte discrète : l'homme a la main sur un levier entre deux pierres du mur. Nous franchissons la porte pour pénétrer dans le château lui-même.

Les gardes nous entraînent dans une série de corridors froids, éclairés par des lampes, jusqu'à une pièce avec de grandes fenêtres aux vitres en biseau le long d'un mur, qui laissent passer la lumière mais brouillent la vue. Il y a près de ces fenêtres des divans où s'asseoir. Une femme d'un certain âge en mousseline blanche vient allumer la cheminée. Elle paraît malade, squelettique. À l'instant où elle se détourne, il me semble entrevoir quelque chose qui brille à son poignet, un peu comme une charnière, mais elle s'éloigne aussitôt. Le feu flambe. Nous nous regroupons à proximité et regardons autour de nous. Je ne sais pas de quel genre de pièce il s'agit, à quel usage elle pourrait bien être destinée. Des tableaux représentant des parties de chasse, des voiliers et de gigantesques oiseaux sont accrochés aux murs, ainsi que des scènes tirées d'histoires folkloriques. Dans un angle se trouve un énorme vase en jade, dans un autre la statue en marbre d'un lutin à l'air méchant. Posés sur des socles ici et là, un loup cornu, un lézard géant deux fois plus gros qu'un homme et une espèce de petit tigre à longues canines nous observent de leurs yeux morts, brillants, d'animaux empaillés.

– Combien de temps devrons-nous attendre ici ? fulmine Grégoire avec colère. Il nous faut des vêtements secs, quelque chose à manger. Quelle hospitalité nous offrez-vous là ? Ne savez-vous pas qui je suis ?

Les gardes ne répondent pas.

– Et les cabinets ? dit Wyn. J'ai besoin d'y aller.

Les gardes se consultent des yeux. L'un d'eux secoue la tête.

– J'ai bu les réserves de vin toute la matinée. S'il vous plaît, je ne tiens plus, supplie Wyn.

Comme les gardes ne bougent pas, il hausse les épaules et se dirige vers le grand vase, ouvrant sa braguette.

L'un des gardes éclate de rire, mais un autre empoigne brutalement Wyn par le bras, prononçant une phrase dans leur langue, que je n'arrive pas à identifier. Je me précipite, suivant Wyn de près, comme son ombre. Son autre bras pend à un angle bizarre et je vois qu'il lui fait mal à chaque pas. Nous nous hâtons dans un couloir, où je manque de percuter un vase haut comme l'épaule peint de scènes guerrières en noir et rouge, descendons un escalier moquetté puis enfilons un autre couloir plus étroit jusqu'à des cabinets intérieurs. J'y entre avec Wyn et il referme la porte. Le garde frappe un coup sec, comme pour dire : dépêchez-vous.

Wyn me cherche des yeux, et je réapparais avec un soupir de soulagement, afin qu'il me distingue à nouveau. *Bravo*, lui dis-je rien qu'en remuant les lèvres, et il passe son bras indemne autour de moi, enfouit son visage dans mes cheveux.

– Sois prudente, me chuchote-t-il à l'oreille.

– Ton bras est cassé ?

– Oui. Mais ça va.

– Restez ensemble ; je vous rejoindrai.

Je n'ai pas envie qu'il parte, mais le garde se remet à tambouriner. Je recule contre le mur des cabinets. Wyn caresse ma joue avec son pouce, ses lèvres me disent *Je t'aime*, et il ouvre brusquement la porte. Le garde le traîne à nouveau dans le couloir. J'attends que le bruit de leurs pas ne soit plus audible. Puis je sors en catimini.

Je rase les murs, j'avance lentement et j'écoute bien, mais je ne rencontre personne. Les murs et les pièces sont garnis de tapisseries, de statues en marbre et en bronze, de têtes d'animaux étranges, de vieilles cartes, de peintures préloriennes aux couleurs vives, de planisphères célestes, de tableaux à l'encre dans le style yongguo. Je suppose que, quand on vit des milliers d'années, on accumule un certain nombre de choses. La plupart des portes étant fermées à clé, je crochète leurs serrures l'une après l'autre, découvrant de nouveaux corridors, de nouvelles pièces immenses remplies d'objets d'art, de livres et d'antiquités, de nouveaux escaliers tortueux. J'ai un bon sens de l'orientation, mais les tours et détours sont si nombreux que je commence à déplacer des objets en guise de jalons, ma propre série de petits cailloux à suivre au retour : le coin d'une table en ivoire pointé vers la porte par laquelle je suis arrivée, le museau sec d'un chacal empaillé m'indiquant le corridor à emprunter, la statuette en or d'une danseuse avec sa jambe tendue dans la direction que je devrai prendre.

Je suis dans un couloir bordé d'armures complètes avec des panaches spectaculaires au sommet de leurs casques (je me demande comment des gens ont bien pu se déplacer ainsi équipés) lorsque j'entends des pas. Je me glisse derrière une armure à l'instant précis où elle franchit l'angle. Elle est près de moi avant que j'aie eu la moindre chance de disparaître : une femme minuscule aux cheveux blonds, grisonnants, les yeux rivés sur le sol. Une bossue. J'ai le souffle coupé lorsque je repense aux paroles de Mme Och. Elle passe, chargée d'un sac en cuir noir. J'attends qu'il y ait une bonne distance entre nous, puis je la suis avec la plus grande discrétion possible. Les planchers sont couverts de tapis épais et il est facile de marcher presque en silence – c'est de cette façon qu'elle a failli me surprendre.

Elle ne regarde ni devant elle ni de côté. Elle monte, monte, monte un escalier après l'autre. Nous grimpons vers le haut du château, semble-t-il. Sa respiration est laborieuse et j'ose me rapprocher un peu, car son souffle haletant l'empêche à coup sûr de m'entendre. Nous débouchons sur un corridor lumineux, plein de fenêtres, qui domine la mer. J'aperçois les tourelles en contrebas, la plage, notre petit bateau penché sur le rivage, mais je ne m'aventure pas dans le couloir. Au bout, quatre gardes lourdement armés sont postés devant une porte en acier verrouillée. Tête inclinée, ils laissent place à la femme. Quelque chose dans leur mouvement de recul, sa rapidité, sa tension, me fait penser qu'ils la redoutent. Elle prend une série de clés à sa ceinture et ouvre les trois verrous de la porte. Puis elle s'immobilise, la tête baissée, marmonnante. Elle lève une main pour se cacher la figure et, de l'autre, trace une inscription sur la porte avec le doigt. L'odeur âcre de la terre humide, fraîchement retournée, flotte dans le couloir, et la porte s'ouvre. Je ne peux pas distinguer ce qu'il y a au-delà. La femme entre et la porte se referme avec fracas. Les gardes échangent des regards gênés mais ne disent rien.

Une salle gardée avec autant de verrous sur la porte et, en plus, un sortilège, semble-t-il : toute voleuse saurait que c'est la porte qu'elle veut franchir. Je vais avoir besoin de Bianka, finalement. Je n'arriverai à rien seule, et je ne sais pas combien de temps la femme est susceptible de rester à l'intérieur. Il faut que je rebrousse chemin – plus facile à dire qu'à faire. Je dévale les escaliers, retrouve les armures près desquelles j'ai détecté la présence de la femme. Je reviens sur mes pas en suivant mes jalons et indices : grande tête d'élan, escalier sinueux, vase en jade, grosse pendule, lion d'un réalisme effrayant, petite couronne ornée de pierreries dans une vitrine, couloir aux planisphères célestes, etc. etc.

Je m'arrête un instant dans un couloir bordé de calligraphies en diverses langues. Je ne sais pas si c'est un très léger mouvement ou un autre sens qui m'alerte. Je lève les yeux. Elle est là, toute en noir, suspendue au plafond comme une espèce de gigantesque araignée hideuse.

– Eh oui, je peux être invisible aussi, déclare Pia.

Et, avant que je puisse m'enfuir, elle s'abat sur moi.

21

Elle me traîne par les cheveux dans le couloir. Je porte le bracelet à gaz poivre de Dek mais je ne sais pas s'il handicaperait vraiment Pia, avec ses grosses lunettes mécaniques, et je n'ose pas prendre le risque de le révéler. Je le décroche de ma main et le fais glisser le long de mon bras, sous ma manche mouillée.

Du poing, Pia frappe à une porte. Une voix sonore lance une réponse que je ne saisis pas en raison du sang qui siffle à mes oreilles. Puis nous franchissons le seuil et elle m'envoie rouler à terre devant une paire de hautes bottes noires, brillantes.

Je lève les yeux. Une grande cape de fourrure, une veste ornée de boutons dorés, une barbe et des sourcils noirs encadrant un visage pâle aux lèvres rouges et pleines, aux yeux du gris le plus terne, le plus mat qui puisse exister.

– Est-ce la fille dont tu me parlais ? demande-t-il.

– C'est Julia.

Pia me contourne pour se placer près de lui, et ils m'observent tandis que je me relève péniblement, hébétée d'avoir été traînée par les cheveux, mes vêtements toujours trempés. Cazmir, car je suppose qu'il s'agit de lui, est très grand, et aussi svelte qu'un danseur. Il pourrait même être beau, d'une beauté sévère, si son teint était moins blafard et exsangue.

– La fille capable de se volatiliser, dit-il. Celle qui nous a amené le petit garçon.

Je ne prends pas la peine de répondre. Il sait qui je suis. Je promène un regard sur la pièce. Il y a des fenêtres, et la porte derrière moi n'est pas fermée à clé, mais Pia me surveille avec un minuscule sourire et je ne crois guère à mes chances si j'essaie de m'échapper.

– Et maintenant tu es ici pour le récupérer en douce, dit Cazmir. Un accès de remords ?

– Un accès d'amour de l'argent, dis-je, une telle réponse paraissant moins dangereuse, et il rit.

– Ma sœur te paie, dit-il d'un ton affirmatif. Combien ?

– Quinze fraxins d'or.

Il n'y a aucune raison de mentir.

– C'est un bon prix en effet, dit-il, écarquillant les yeux.

– Plus que ce que vous m'avez payé.

– Le risque est plus grand. Notre mission était facile en comparaison, n'est-ce pas ?

Je hausse les épaules. Ça reste à voir.

– Je déteste qu'un talent soit gâché, continue Cazmir. Maintenant que tu es ici, j'hésite entre te trancher la gorge et t'embaucher.

Mon cœur a un raté. Je ne me sens pas assez sûre de moi pour répondre.

– Elle serait utile, dit Pia.

– Digne de confiance ? demande Cazmir.

– Le contrat la lierait, répond Pia.

– Je fais ce pour quoi on me paie, dis-je. Vous m'avez payée et je vous ai fourni Théo. À présent Mme Och me paie, donc je travaille pour elle.

– Et si je te proposais le double de son prix, retravaillerais-tu pour moi ? Que dirais-tu de trente fraxins d'or ?

Je passe ma langue sur mes lèvres et garde une voix ferme.

– Cela dépendrait de ce pour quoi vous m'embauchez.

– Il y a des limites à ce que tu ferais pour trente fraxins d'or ? demande-t-il, haussant un sourcil noir.

– Je n'aime pas accepter une mission sans savoir de quoi il retourne, affirmé-je, même si c'est justement ce que j'ai fait pour lui, et pour une somme très inférieure.

– Je ne parle pas d'une mission, dit-il. Je parle d'un versement d'arrhes. Une fois mon contrat accepté, tu serais payée à la mission. Connais-tu d'autres langues que le fraxais ?

Je secoue la tête.

– Il faudrait que tu en apprennes quelques-unes ; rien de très compliqué, tu es jeune et intelligente, à l'évidence. J'ai un protégé qui occupe une position de pouvoir, mais il est tenace et imprévisible. Il a besoin d'être bridé, or une fille qui se volatilise serait un atout en la matière.

– Ce protégé que vous avez… il se nomme Agoston Horthy, je me trompe ? dis-je, surtout pour qu'il continue à parler pendant que j'essaie de trouver un moyen de me tirer de là.

Il me sourit. Ce n'est pas un sourire aimable, et j'ai la sensation perturbante qu'il sait exactement ce que je pense.

– Ça ne vous ennuie pas qu'il passe tout son temps libre à noyer des sorcières ? demandé-je.

– Occupation inoffensive, répond Cazmir. Les sorcières et moi ne sommes pas en bons termes depuis l'ascension de l'Empire eshrik. Ma sœur croit pouvoir travailler avec elles, écrire l'histoire à leurs côtés, mais elle n'a jamais été très pragmatique. Si Agoston Horthy veut les noyer comme de la vermine, qu'il le fasse.

Puis il lève un sourcil et dit :

– Mais tu n'es peut-être pas de cet avis ? Tu pourrais avoir des raisons personnelles de penser que noyer des sorcières est une pratique déplaisante.

Je sens mon cœur se glacer. Je me demande ce que Pia lui a révélé sur moi.

– Donc, pour trente fraxins d'or, vous voulez que j'aille espionner Agoston Horthy pour votre compte ?

– Trente fraxins d'or seraient, comme je l'ai dit, la somme versée pour que tu quittes ta mission actuelle et acceptes un contrat avec moi. Tu recevrais de nouvelles pièces d'or à chaque mission. Tu serais aussi sous ma protection… au cas où tu aurais des ennemis.

Il me promet la richesse, une sécurité relative et de l'aventure. Je connais une fille qui aurait dit oui sur-le-champ et considéré que son rêve se réalisait, mais j'ai enterré cette fille dans ses atours mal acquis et presque tout oublié d'elle.

– Le monde déteste la magie, poursuit Cazmir. La Fraxe est un pays précurseur dans son éradication. Les gens comme toi doivent trouver un refuge. Le lieu le plus sûr, le plus favorable, sera près de moi.

Je n'aime pas la manière dont Pia me regarde. Cet éclat dans ses lunettes mécaniques. La jeune Pia s'est-elle tenue ici jadis, grisée par la perspective d'une telle quantité d'or ? Pia, qui se définit comme une esclave. Pia, qui préfère tout ignorer en dehors de ses instructions précises.

– Et si je refuse ?

– Je te laisserai partir, dit-il, l'air outragé par la question.

Puis il ajoute :

– Mais tes amis, eux, je les donnerai à dévorer aux oiseaux.

– J'aurais besoin de voir ce contrat, dis-je, gardant mon sang-froid.

– Bien sûr, répond Cazmir. Pia se souvient de ce qu'il comporte, n'est-ce pas, ma chère ?

Pia reste silencieuse.

– Et puis j'ai très faim, ajouté-je.

Au fond, je ne peux pas faire grand-chose le ventre vide.

Cazmir éclate de rire.

– Elle me plaît, dit-il à Pia. Petite môme intrépide, hein ?

Les lunettes de Pia vrombissent. Elle sait que je ne suis pas intrépide.

– Je vais demander à mon assistant de te préparer un contrat, me dit-il.

Puis il ordonne à Pia :

– Emmène-la en haut. Poste un garde à la porte et demande à la bonne de monter un repas.

Elle m'empoigne à nouveau par les cheveux avec une brutalité inutile et me traîne hors de la pièce.

– Lâchez-moi ; je peux marcher ! crié-je, me tortillant dans son étau.

Elle me jette à terre et attend, les mains sur les hanches. Je me redresse, vacillante, et lui fais face.

– Gamine idiote, lance-t-elle avec hargne.

Quelle que soit l'affinité que j'aie sentie avec elle à un moment, il n'y a désormais que terreur et haine.

– C'est comme ça que vous avez débuté ? lui demandé-je. Cazmir vous disant combien vous étiez exceptionnelle, vous offrant plus d'or que vous n'en aviez jamais rêvé ?

– Tu n'aurais pas dû venir ici.

– Je suppose que non. Est-ce qu'il va m'habiller de cuir et me mettre de grosses lunettes devant les yeux ?

Elle grimace.

– Tes choix sont limités maintenant, mais il y a de pires situations que ce qu'il offre, pour une fille comme toi.

– Et quel genre de fille je suis ?

– Tu es comme moi, répond-elle. Ou bien j'ai été comme toi autrefois.

C'est peut-être là l'explication de sa quasi-gentillesse, de sa cruauté aussi.

– Je ne suis pas comme vous, répliqué-je. Et vous n'avez jamais été comme moi.

Les doigts me démangent de saisir mon couteau. Je ne suis pas sûre d'avoir déjà voulu du mal à quelqu'un de cette façon. J'ai envie de la trucider.

La voilà qui sourit, l'air de savoir ce que je pense et de trouver ça rassurant.

– J'étais *exactement* comme toi, dit-elle.

Il y a un lit avec un cadre métallique dans un angle de la pièce. Une grande chaise et une table près d'une fenêtre. La fenêtre donne sur la mer, du côté opposé à la plage où se trouve notre bateau, à supposer qu'il soit encore là. Un chandelier éteint, équipé de longues bougies blanches, est accroché au plafond en forme de dôme, les poutres montant vers le centre comme une toile d'araignée. Une commode, fermée à clé. Une tapisserie représentant une licorne dans un bois, dressée sur ses pattes postérieures. Je parcours la pièce, découragée, en tâtant les murs comme si j'étais susceptible de découvrir un panneau secret. J'envisage de fracturer la commode, mais c'est absurde, évidemment. Pourquoi me mettraient-ils dans cette pièce si elle contenait quelque chose d'utile ou d'intéressant ?

La domestique que nous avons vue plus tôt m'apporte une robe de mousseline blanche pareille à la sienne, des bas épais et des chaussures noires qui me vont mal. Elle ne reste pas pour me regarder ôter mes vêtements trempés, grâce soit rendue à l'Innommé, et comme ils n'ont pas pris la peine de me fouiller, j'ai toujours mon couteau dans la couture de ma botte et le crochet magnétique de Dek dans le talon. Je sors le crochet et le glisse dans le bas, au niveau de ma cuisse, puis je replace le bracelet à gaz poivre autour de ma main. Je ne pense pas pouvoir courir dans ces chaussures, je décide donc de garder mes bottes mouillées, en dépit de l'inconfort. De toute façon, je n'ai pas d'autre cachette pour mon couteau.

Le ciel s'éclaircit, la mer s'égalise et le pâle soleil hivernal perce vers midi. La domestique revient avec un plateau chargé de fromage, de fruits, de pain et d'une petite bouteille d'où se répand une odeur de bière. Je l'observe alors qu'elle le pose sur la table, cherchant cet éclat argenté à son poignet. La peau semble tirée en arrière autour d'un petit disque brillant, mais ses gestes sont rapides et je n'arrive pas à bien voir avant qu'elle reparte.

Au milieu de mon repas, j'entends un gros bruit sourd de l'autre côté de la porte, comme un corps qui tombe. La porte s'ouvre, et le garde posté là glisse sur le sol, inconscient. Je me lève d'un bond et recule vers la fenêtre comme si je pouvais me sauver par là, puis je me fige. Messire Victor Pierre d'Osten III enjambe le corps et entre dans la pièce.

– Ella. Je ne suis pas là pour vous faire du mal.

– Tant mieux, dis-je, ma voix tremblant malgré moi.

Je garde le dos plaqué contre le mur et le doigt sur un bec du bracelet.

– Qu'est-ce qui vous amène ?

– J'ai parlé à Cazmir, dit-il.

– Vraiment ?

Un rire aigu m'échappe. *Du calme, Julia !*

– Vous travaillez pour lui depuis le début ?

– Non. Je ne l'ai rencontré qu'hier. Il avait une proposition pour moi. C'est compliqué, et je ne sais pas si nous avons beaucoup de temps…

Les pièces du puzzle s'assemblent soudain.

– Épargnez-vous cette peine. Il veut que vous surveilliez Agoston Horthy. Mais vous n'êtes pas sous la menace imminente d'une transformation en loup ?

Il reste bouche bée.

– Je ne m'appelle pas Ella, ajouté-je.

– Non, en effet, il me l'a dit. Quel est votre prénom ? Julia ?

Je hoche la tête.

– Il m'a expliqué que vous êtes son employée, que vous vous feriez passer pour ma nièce à la Cour et que vous seriez sous mes ordres. Que vous pouvez disparaître. Mais alors pourquoi vous ont-ils enfermée ? Il ne me dit pas tout, or je préfère tout savoir.

– Il a enlevé Théo, dis-je – une demi-vérité, mais voilà. Je ne travaille plus pour lui. Je suis venue pour Théo. Pour le récupérer.

Messire Victor arrache les draps du lit et s'en sert pour ligoter très efficacement le garde à la chaise. Il le bâillonne avec la taie d'oreiller.

– Que faites-vous ? dis-je, quoique je sois prête à pleurer de reconnaissance. Il va vous tuer.

– Il ne m'a pas vu, dit messire Victor. Ne vous inquiétez pas, je suis assez bon dans ce domaine. Pourquoi Théo ?

– Je ne sais pas. Un fragment d'un livre magique à l'intérieur de lui. Je n'y comprends fichtre rien, mais je sais qu'ils vont lui ravager le corps pour obtenir ce que Cazmir veut extraire de lui.

– J'ai une fille de votre âge, dit-il, se redressant et examinant mon visage, avec une expression assez triste. Vous me la rappelez un peu. C'est une fille bien, intelligente, douée, gentille, pourtant le monde lui est hostile.

– Je sais. Je suis au courant pour elle.

– Donc vous êtes une espionne talentueuse, mais vous pouvez encore choisir d'être libre. Il ne faut pas que vous soyez soumise à ces gens. Pas si vous pouvez l'éviter.

– Mais vous êtes soumis à eux ?

– Il ne me restait plus de temps. Cazmir, ou plutôt sa sorcière, Shaye, a réalisé pour moi ce que Mme Och et le professeur n'ont pas réussi.

– Elle vous a guéri, dis-je.

Et, malgré tout, je suis assez contente pour lui. Je suppose que Pia l'a contacté après que je lui ai montré les lettres.

– Je suis depuis longtemps sous le joug d'Agoston Horthy, et maintenant sous celui de Cazmir. Mais vous, vous n'avez pas besoin d'être sous le joug de quelqu'un. Pas si vous pouvez vous évader. Je regrette, je ne peux pas en faire davantage pour vous.

Il me tend le pistolet du garde et indique la porte ouverte.

– C'est plus que suffisant, dis-je. Et je vous suis reconnaissante… Je vous ai bel et bien espionné ; je ne mérite pas votre aide.

– Je n'ai pas beaucoup l'occasion d'aider les autres. Alors je suis reconnaissant aussi.

– Pourquoi ne venez-vous pas avec moi ? Je sais où est Théo. Nous pourrons sortir d'ici ; j'en suis persuadée. Si vous êtes guéri, Mme Och aura peut-être encore la possibilité de vous aider pour votre fille.

– C'est trop tard. J'ai conclu un marché et je dois regagner ma chambre. Il faut qu'ils pensent que vous êtes sortie toute seule.

– Pourquoi trop tard ?

Il me montre l'intérieur de son poignet. Une chair violacée, abîmée, entoure un disque de métal brillant. Je le touche du doigt et recule vivement. À ma grande horreur, il est aussi brûlant qu'une casserole sur un fourneau.

– Sacré nom de Kirghal, c'est quoi, ce truc ? demandé-je.

– Mon contrat, dit-il. Vous devriez vous dépêcher.

Je mets plus de temps que je ne l'espérais pour retrouver mon chemin jusqu'à la porte par laquelle nous avons pénétré dans le château. J'aperçois le levier métallique entre les deux pierres et l'actionne. La porte en bois dans la muraille extérieure commence à monter, tirée par de grandes chaînes qui s'enroulent. Dissimulant mon pistolet dans la ceinture de ma robe, je cours en direction du mur puis le longe pour ne pas être vue depuis le rivage. Je cherche parmi les rochers un bloc de bonne taille, que je pousse ensuite vers la porte, soufflant et suant. Celle-ci est déjà en train de s'abaisser. Je me recroqueville contre le mur et attends, puis je coince le bloc sous la porte, interrompant sa descente. Je me volatilise et rampe par l'interstice. Les deux gardes près de notre bateau ont dégainé leurs pistolets tandis qu'un troisième monte la colline pour voir ce qui se passe.

J'avance vers lui avec lenteur et précaution, cachée derrière le rideau du visible, et, lorsque nous sommes à quelques centimètres l'un de l'autre, je l'asperge de gaz poivre. Il tombe en hurlant et ses deux compagnons, affolés, se précipitent dans ma direction bien qu'ils ne me voient pas. Je reste immobile, puisque c'est le plus facile, et les asperge à leur tour dès qu'ils sont assez proches, levant ma robe pour me protéger le visage, mais la proximité du gaz me coupe quand même la respiration et m'irrite les yeux. J'attends que le gaz se dissipe un peu avant de désarmer les gardes. Je jette leurs pistolets sur le bateau et grimpe à bord, laissant les trois hommes aveuglés et gémissants près de la muraille. Au bas des marches de la cabine, j'écarte le tapis et ouvre la trappe.

La première chose que je vois, c'est le canon d'un fusil. Puis quatre visages levés vers moi, et le fusil s'abaisse. Dek et les autres sont rassemblés autour d'un livre qui contient des dessins de voiles, avec une seule lampe pour éclairer la petite cale sinistre. Ils ont l'air humides et mal en point. J'entends l'eau qui continue à clapoter sous leurs pieds. Frédéric a un morceau de tissu mouillé autour de la tête et la mâchoire enflée de Dek le défigure encore plus. J'en conclus que la tempête n'a pas été plus facile à endurer dans les profondeurs du bateau.

– Théo… dit Bianka d'une voix étranglée.

– Il est vivant, affirmé-je.

Je ne sais pas si c'est vrai, mais je sais qu'elle a besoin d'entendre ces mots.

– Tu l'as vu ?

– J'ai vu où ils le détiennent. Les gars, préparez le bateau à repartir, et vite. J'ai besoin que Bianka m'accompagne. Nous allons régler cette affaire en un rien de temps.

Bianka a un bâtonnet de craie. Je l'ignorais, et c'est tant mieux car j'aurais été terrifiée sinon, mais je suis contente de le voir à présent. Elle le tient comme une arme pendant que Frédéric et moi ligotons les gardes et les traînons sur la pente puis de l'autre côté du bateau, afin qu'ils ne soient pas visibles.

– On devrait les jeter à la mer, dit Bianka avec dureté.

– Ils exécutent leur mission, c'est tout, dis-je. Ils ne sont pas vos ennemis.

– Ceux d'entre vous qui ne font qu'exécuter une mission consistant à enlever mon fils et à me priver de lui sont bel et bien mes ennemis, rétorque-t-elle, acerbe.

Je ne réponds pas. Je la guide en direction du château.

– Comment entrons-nous ? demande-t-elle.

Mon rocher a bougé sous le poids de la porte, qui est descendue de plusieurs centimètres. Il ne reste plus qu'un minuscule espace, insuffisant pour que nous rampions dessous.

– Par la meute infernale ! lancé-je, examinant la muraille.

Elle est trop haute et lisse pour que je l'escalade.

– Vas-y d'abord, dit Bianka.

Elle s'accroupit près de la grande porte, en saisit le bord inférieur. Médusée, je vois le panneau qui commence à bouger et à monter.

– Dépêche-toi, grogne Bianka.

– Attendez là, dis-je. Je vous l'ouvrirai une fois que je serai passée.

Je me mets à plat ventre et me faufile sous la porte pendant que Bianka s'applique à la soulever, espérant follement que ses forces ne vont pas la trahir lorsque je serai en plein milieu. Le bas de la porte m'érafle le dos. Je me tortille dessous et pénètre dans l'enceinte du château, cours jusqu'à la petite porte discrète et tire sur le levier. Les chaînes commencent à s'enrouler et la porte se lève en grinçant. Bianka la franchit, telle la vengeance personnifiée.

– Emmène-moi jusqu'à lui, dit-elle.

Je redoute ce qu'elle fera si nous nous perdons. Le château est un labyrinthe déroutant, mais manger m'a rendu mon acuité d'esprit et je parviens à retrouver mon chemin jusqu'aux armures près desquelles j'ai vu pour la première fois la sorcière bossue. De là, il est facile d'accéder au sommet du château.

– Attendez, murmuré-je alors que nous sommes presque en haut du dernier escalier.

Je me volatilise et scrute le couloir. Toujours quatre gardes. L'absence d'agitation dans le château et leur attitude tranquille me rassurent : nul n'a encore découvert ma fuite ou remarqué l'activité dehors autour de notre bateau.

– Quatre gardes, chuchoté-je à Bianka lorsque je regagne l'escalier où elle patiente. Je peux crocheter les serrures, mais un sortilège s'exerce aussi sur la porte. Quoi qu'il en soit, il faut commencer par neutraliser les gardes.

Elle se penche et écrit quelque chose sur la marche avec sa craie. Je me demande si les gardes vont déceler l'odeur de fleurs pourries. Même dans la lumière faible, je distingue la sueur qui inonde son front. Les murs semblent miroiter un peu.

– Ça va ? lui demandé-je. Avez-vous besoin de vous asseoir un moment ?

Elle me regarde comme si elle allait m'arracher la tête, et je frissonne.

Elle s'avance dans le couloir. Je la suis.

Les quatre gardes dorment à poings fermés, affalés autour de la porte.

– Très bien, dis-je. Pas de sang. Est-ce que leur sommeil va durer longtemps ?

– Aucune idée, répond Bianka.

Je m'attaque sans plus tarder aux verrous. Ils sont sophistiqués, mais le crochet magnétique de Dek est à la hauteur. Bianka, la respiration bruyante, écrit de nouveau par terre avec sa craie. Une fois que j'ai réussi à ouvrir les trois verrous, je constate qu'elle écrit juste *ouvre-toi ouvre-toi ouvre-toi ouvre-toi ouvre-toi* encore et encore, partout sur le sol, sur les murs.

– Ça va fonctionner ? demandé-je, sceptique.

– Je… ne… sais… pas, articule-t-elle avec effort. Je ne sais pas… plus que toi… comment ça fonctionne. Je n'ai pas beaucoup… d'expérience.

La sueur dégoutte de son front sur le sol et les mots à la craie.

Je ne peux rien faire d'autre pour l'aider, je m'assois donc par terre près de la porte ensorcelée et la regarde suer, trembler, écrire. Les mots couvrent les murs, s'étirent dans le couloir ; son souffle est haché maintenant, du sang coule de son nez. *Ouvre-toi ouvre-toi ouvre-toi ouvre-toi ouvre-toi.* Je pense à ma mère, aux feuilles de papier qui tombaient, désordonnées, tandis qu'elle se courbait sur le lit de malade de Dek, conjurant la mort. Bianka écrira ces mots jusqu'à ce qu'elle s'effondre, et je ne sais pas quand cet effondrement se produira. Mais le sortilège de la porte cède en premier. Il y a un bruit semblable à de la glace qui craque. La porte s'ouvre et, avant que je puisse bouger, Bianka la franchit en trombe. Elle se fige, puis lance un petit rire amer. Je bondis sur mes pieds et la suis.

C'est une pièce ronde avec des fenêtres, un lit, une chaise et une table. Contre le mur est affaissé un homme gigantesque aux cheveux blonds, sans chemise. Il ouvre les yeux – des yeux bleu ciel – et nous dévisage. Des anneaux d'argent cerclent ses poignets et ses chevilles ; des inscriptions noires, d'un type d'écriture que je ne connais pas, zèbrent la totalité de son corps. Il y a des cicatrices sur son torse, anciennes pour les unes, récentes et rouges pour les autres.

– Où est Théo ? m'écrié-je.

Je me précipite au centre de la pièce et regarde éperdument autour de moi, puis, tous mes espoirs de le voir encore vivant anéantis, je tombe à genoux, accablée par une détresse dont la puissance me stupéfie, me démolit.

L'homme dit :

– Bianka. Es-tu réelle ? N'est-ce pas un rêve ?

Sa voix retentit à travers la pièce. Le genre de voix qu'on aimerait entendre chanter, tant elle a une sonorité mélodieuse. Il se lève lentement, un homme colossal, et passe près de moi pour se diriger vers Bianka, bras tendus. Son dos nu est creusé de profondes marques cramoisies entrecroisées, donnant l'impression que quelque chose a été découpé entre ses omoplates.

– Gennadion, dit Bianka, se mettant hors de portée de ses bras.

Elle a une voix terrible. Comme si son prénom était une malédiction.

22

Même si elle n'avait pas prononcé son prénom, j'aurais deviné que c'était Gennadion : Zor Gen, l'amant de Bianka, le frère de Mme Och, le père de Théo. Je vois maintenant que les inscriptions sur son corps ne sont pas de l'encre mais de minces cicatrices noires, comme si l'étrange écriture avait été imprimée par le feu dans sa chair. Sur son flanc, une légère fumée se dégage encore d'un texte récent, sombre. Il se déplace, non sans difficulté, pourtant avec une espèce de puissance souple. Sa charpente impressionnante et sa grande crinière dorée lui donnent l'allure d'un lion blessé.

– C'est toi, dit Gennadion.

Il tend à nouveau les bras vers Bianka, et à nouveau elle recule. Ses mains retombent.

– Tu n'es pas un rêve.

– Non, dit Bianka, sa voix chargée d'une émotion que je n'arrive pas à identifier. Pas un rêve.

– Mon fils est ici, dit Gennadion. Ils le détiennent.

– Tu n'imaginais pas que je venais pour toi, quand même ? réplique Bianka. Où est-il ?

– Je ne sais pas.

Jamais je n'avais entendu une voix descendre aussi bas – pareille au grondement d'un félin. Bianka se tient devant lui, tremblante. Je ne veux pas voir ce qui arrive quand une sorcière et un immortel blessé perdent leur ressort. Je me relève.

– Ne nous mettons pas tous à pleurer, dis-je, espérant que les pleurs qui me menacent ne sont pas perceptibles. Nous allons le trouver.

Je tends à Gennadion le pistolet que messire Victor m'a confié.

– Êtes-vous bon tireur ?

Il prend l'arme, qui paraît être un jouet dans sa main énorme.

– Qui es-tu ? me demande-t-il.

– Une odieuse, misérable traîtresse, et aussi, à l'heure qu'il est, une amie, répond Bianka à ma place.

– Exact, et en plus, j'ai une idée de l'endroit où il faut chercher, dis-je, tirant mon couteau de ma botte.

Je me sens plus à l'aise avec une lame qu'avec une arme à feu.

Nous enjambons les gardes endormis, avançons sur le sol couvert des *ouvre-toi ouvre-toi ouvre-toi* à la craie de Bianka, et de ses *endormez-vous* en haut de l'escalier. Elle fixe des yeux le dos mutilé de Gennadion, mais ne l'interroge pas à ce sujet. Je les conduis en direction de la pièce où j'étais enfermée. Le pain de mon déjeuner était encore chaud lorsque la domestique me l'a servi : il n'avait donc pas fait un grand trajet dans ces corridors glacés. Je suppose que la personne qui prépare les repas ici doit savoir où ils sont envoyés.

Nous marchons quelques minutes en silence, puis j'entends Gennadion murmurer, tel un roulement de tonnerre au loin :

– Bianka. Regarde-moi.

Bianka fait volte-face et le frappe si violemment qu'il tombe à terre et reste étalé de tout son long, la dévisageant de ses yeux éblouissants, d'un bleu trop intense.

– Tu ne m'as rien dit. Tu ne m'as pas prévenue.

Elle crache les mots, la voix vibrante de fureur.

– Tu as mis mon fils en danger puis tu as disparu. Ce que tu lui as fait peut-il être défait ?

Il se redresse lentement, immense au-dessus d'elle, mais elle est droite comme un i et elle ne frémit pas sous son regard terrible. Néanmoins, la craie entre son pouce et son index est en train de s'effriter. Je sais que je devrais les interrompre mais je ne peux ni bouger ni détourner les yeux.

– Je n'ai jamais posé la question. Tu ne connais pas Cazmir. À partir du moment où il voulait mon ombre, il ne reculerait devant rien pour l'obtenir, et la sorcière qu'il emploie dispose d'un pouvoir comme aucune sorcière ne devrait en avoir. Ko Dan, le moine yongguo qui a réalisé l'opération, m'a dit que mon ombre ne pouvait être complètement séparée de moi, qu'elle refusait de me quitter. Le seul moyen de créer une distance était qu'une partie de moi-même, liée à ma propre vie et à ma propre essence, l'éloigne de mon corps. Autrement dit, le seul moyen était un enfant. J'ai loué la maison en Sirilie et affirmé qu'elle nous appartenait pour qu'ils ne sachent ni qui tu étais, ni où tu habitais. Pendant ton sommeil, Ko Dan a lié le texte à Théo, l'a lié à son existence afin qu'il vive et meure avec lui. Ko Dan voulait tuer le bébé sur-le-champ, ce qui aurait détruit le fragment, mais j'ai souhaité que Théo vive d'abord sa vie. Il restait mon fils. J'ai dissimulé votre essence par la magie et je vous ai quittés, pour qu'ils n'établissent jamais le lien entre vous et moi. Même après ma capture, j'ai cru que je pourrais résister à Shaye, mais j'ai échoué. Elle a atteint les tréfonds de mon être, elle m'a disséqué, elle a pris ce qu'elle voulait. Je vous ai trahis. Je lui ai tout dit.

– Tu as tout dit à cette Shaye, mais à moi, tu n'as rien dit. Tu t'es servi de moi ! Tu t'es servi de Théo, comme s'il était une chose, et non ton fils !

Elle lève à nouveau le poing, mais cette fois il l'attrape dans sa main gigantesque et l'amène à lui.

– Je t'ai choisie parce que je savais que tu pourrais le protéger. Je savais que tu en aurais la force. Je savais que tu l'aimerais.

Un son étrange retentit dans la gorge de Bianka.

– Pas parce que tu m'aimais, moi ? dit-elle.

– Ma chérie.

Sa férocité le quitte, seule la tristesse demeure.

– C'était… une considération secondaire.

J'entends la brusque inspiration de Bianka – et un autre bruit. Je retrouve ma voix et m'interpose :

– Arrêtez. Écoutez.

Dans l'affreux silence du château, quelque chose comme une musique. Je leur fais signe de me suivre en direction du son et, après une brève hésitation, ils obéissent. Ils n'échangent plus une parole. À mesure que nous nous rapprochons, il devient manifeste que c'est une voix de femme qui chante. Je leur indique de rester dans le couloir pendant que je me risque plus loin.

Au pied d'un petit escalier, je découvre une vaste cuisine déserte. Un feu brûle dans la cheminée. Le chant vient de la pièce contiguë : l'arrière-cuisine. Je trouve là une fille aux cheveux blonds crasseux, qui étend du linge et chante une chanson étrangère d'une voix très jolie mais fatiguée. Je m'avance dans son dos à pas feutrés, puis la saisis par les cheveux et plaque mon couteau contre sa gorge. Son chant s'interrompt, son corps se tend. Bien. Elle est plus du genre à se figer qu'à se débattre.

– Pas un son ou je te transperce le cou, dis-je tout bas.

Elle frissonne contre moi, crispée par la peur. Je repense à Pia – *J'étais exactement comme toi* – mais ne faiblis pas.

– Où est le petit garçon ? Si tu ne veux pas me répondre, même si tu ne peux pas me répondre parce que tu n'en sais rien, je te trancherai la gorge. J'espère pour toi que tu le sais.

Elle chuchote :

– Je peux vous montrer.

Elle décroche une lanterne du mur et l'allume, les mains tremblantes. Je maintiens mon couteau contre son dos, l'obligeant à monter l'escalier.

– Ne t'avise pas de brouiller les pistes ou de nous conduire à Cazmir ou aux gardes, la préviens-je. N'oublie pas que je peux te tuer avant que quelqu'un ait le temps de voler à ton secours.

– Ils peuvent me tuer aussi, chuchote-t-elle.

– Ils n'en sauront rien, dis-je. Une fois que nous aurons trouvé le bébé, tu pourras t'enfuir et te cacher. Ou revenir ici et finir d'étendre le linge. Comme tu préfères.

Ses yeux écarquillés dévisagent Gennadion et Bianka dans le couloir. Elle nous emmène vers les profondeurs du château. Je pense que nous sommes sous terre car il n'y a plus de fenêtres. Nous arrivons dans une vaste pièce avec une cheminée froide, quelques tapisseries pourrissantes sur les murs et une grande table en chêne à l'écart. La fille montre le tapis sur le sol.

– Là-dessous, chuchote-t-elle.

Bianka se charge d'écarter le tapis. Là. Une trappe verrouillée. Elle la dégage et lâche une espèce de sanglot. Je prends la lanterne de la fille. Nous nous regroupons autour de l'ouverture carrée dans le sol de pierre.

Il n'y a pas d'escalier, rien que des parois verticales jusqu'à une pièce austère, quoique le mot « pièce » embellisse sans doute la réalité. Un petit garçon bouclé dort là en bas dans un lit. Que ce soit la lumière soudaine, le son qui échappe à Bianka ou un courant d'air s'introduisant par la trappe, il se réveille et rive sur nous ses yeux noirs.

– Est-ce lui ? chuchote Gennadion.

– Maman ! crie Théo, surgissant de ses couvertures et tendant pitoyablement les bras. Maman !

– Comment descendre ? demande Bianka.

C'est trop haut pour que nous sautions.

– Il doit y avoir une corde, dis-je. Ou un mécanisme, un escalier caché.

– Ou un autre accès, dit Gennadion, promenant un regard sur la pièce où nous sommes.

– Reste où tu es, mon gentil petit garçon, lance Bianka à Théo. Maman va venir te chercher.

Je pousse la fille vers le coin opposé.

– Toi, ne bouge pas. Si tu essaies de t'enfuir, je te découpe en morceaux. Pas un bruit, pas un soupir, compris ?

Elle hoche la tête et s'en va dans le coin, chancelante. Je pose la lanterne près de la trappe, range mon couteau dans ma botte et me mets à déchirer les tapisseries du mur, à les nouer ensemble pour fabriquer une corde. Bianka, elle, adresse des paroles rassurantes à Théo.

– Apportez-moi cette table, dis-je à Gennadion, montrant la table en chêne dans l'angle. Tirez-la jusqu'à la trappe.

Il commence à la traîner. Malgré sa puissance, il ne progresse que lentement sur le sol de pierre. Bianka se lève pour l'aider. Dès qu'elle s'éloigne, Théo hurle.

– Je suis là ! lui crie-t-elle. J'arrive !

Alors qu'ils ont traversé la moitié de la pièce, Gennadion abandonne la partie et se redresse, laissant Bianka terminer le travail seule.

– C'est quoi, ton problème ? lui lance-t-elle.

– Il y a quelqu'un.

Le découragement me saisit. Sur le seuil se tient Pia.

– Tu me surprends, Julia, dit-elle. Je ne te croyais pas aussi sentimentale. L'offre de Cazmir était généreuse.

Je sens le regard de Bianka fixé sur moi.

– Vous avez rendu le choix facile, dis-je. Je ne serai pas comme vous.

Pour la première fois, il y a une véritable colère dans son expression.

– Es-tu si noble que tu préfères la mort ?

– La mort n'est pas dans mes projets non plus, rétorqué-je.

Un coup de feu, et au même moment Pia se précipite en haut du mur, de cette façon confondante qu'elle a de défier les lois de la pesanteur. Un autre coup de feu lorsqu'elle se jette vers le sol, fait une roulade et, du pied, catapulte le pistolet hors de la main de Gennadion.

Celui-ci tente de la frapper de ses poings gigantesques mais il est bien trop lent pour elle. Elle court le long du mur jusqu'au plafond et s'abat sur lui, ses bottes lui percutant les genoux, qui fléchissent. Bianka et moi nous élançons toutes les deux vers le pistolet, mais Pia nous précède, l'écarte d'un coup de pied et propulse Bianka contre moi ; nous nous étalons ensemble sur le sol. Alors que Gennadion tâche de se remettre debout, Pia l'atteint au visage, le renversant, puis elle lui saisit une jambe et la tord au point de la faire craquer. Il beugle de douleur. Bianka se relève plus vite que moi, qui ai encore la respiration coupée. D'un mouvement de jambe, Pia lui vise la tête, mais Bianka esquive son attaque, l'attrape par le talon et l'envoie valser à travers la pièce. Après une gracieuse roulade, Pia bondit sur ses pieds, son couteau brillant désormais dans sa main. Bianka se place entre Pia et la trappe. Entre Pia et moi.

– Dépêche-toi, me dit-elle.

Les mains tremblantes, j'attache la corde en tapisserie au pied de la table. Dès qu'elle est bien nouée, je la lance en direction de la pièce exiguë. Bianka et Pia sont maintenant par terre. Un instant, Bianka immobilise Pia. Elle est la plus forte des deux, mais l'agilité et la rapidité de Pia l'emportent facilement. D'une rotation, elle échappe à Bianka et lui assène à la tête un coup qui paraît mortel. Gennadion se traîne vers elles. Je ne peux pas regarder. Je prie pour que les tapisseries pourrissantes tiennent bon et je descends dans la pièce où Théo, dressé sur son petit lit, hurle à pleins poumons.

– Accroche-toi à moi, lui dis-je. Nous allons rejoindre ta maman.

Le pauvre Théo ne semble pas se rappeler que c'est moi qui l'ai enlevé, ou du moins il ne comprend pas que tout cela est ma faute. Il cesse de hurler.

– Lala ! dit-il d'une petite voix rauque et tremblante.

– Tu as raison, c'est Ella.

Je le prends dans mes bras. Il porte toujours les mêmes vêtements, salis, empestant l'urine et les excréments. Il est dégoûtant, ébouriffé, amaigri, le bord de ses yeux est rouge et son nez plein de morve. Je sens mon cœur prêt à se briser devant la manière dont il me regarde, dont il m'enlace le cou.

– Cramponne-toi bien, dis-je, et il obéit.

Je commence à nous hisser le long de la corde, une main après l'autre. À moins d'un quart de la hauteur, j'ai l'impression que mes muscles vont céder. Je transpire, et les petits bras de Théo glissent contre mon cou humide.

– Ne lâche pas, articulé-je à grand-peine, sans bien savoir si ces paroles s'adressent à lui ou à moi.

Je poursuis mon effort. Mes mains brûlent. Mes bras brûlent. Mais voici la trappe et, puisant dans des réserves que j'étais certaine de ne pas avoir à mi-parcours, je nous amène à l'extérieur.

Gennadion est couché, grande silhouette dorée, les deux jambes cassées. Bianka s'en tire mieux : elle est encore debout, néanmoins son flanc saigne abondamment. À l'instant où nous arrivons, elle cogne Pia sur le côté de la tête, la faisant chanceler. Je suppose que c'est le premier coup qu'elle donne, car Pia se met à parer, à esquiver, à reculer, tentant de rassembler ses forces. Bianka est trop ralentie pour la frapper à nouveau mais elle persiste à essayer de l'acculer, brandissant les poings, sans craindre le couteau.

– Maman ! crie Théo, cherchant à courir vers elle.

Je le rattrape et le mets sous la table.

– Chut, chut ! murmuré-je. Ta maman est très occupée. Tu es sauvé à présent. Reste assis là et ne bouge pas, tu m'entends ?

Il me regarde, les yeux écarquillés. Je sors mon couteau et me volatilise, comptant sur l'agitation dans la pièce pour m'aider à me cacher. Je me dirige vers Pia et Bianka, qui luttent au corps à corps. Bianka plaque Pia contre le mur mais, d'un coup de pied, Pia la repousse et l'envoie, chancelante, s'écrouler sur le sol. J'arrive de biais et plante mon couteau dans le ventre de Pia.

La lame pénètre très facilement le cuir, la chair, dans sa totalité. Pia se plie en deux. Troublée par l'horreur et l'étrangeté d'enfoncer un couteau dans le corps de quelqu'un, je le retire et, de toutes mes forces, j'abats le manche sur ses grosses lunettes. Les verres volent en éclats, et elle hurle. Je fais volte-face et m'enfuis. Pia me pourchasse, toujours armée de son couteau. Elle me suit à l'oreille ou peut-être à l'odeur, presque aveugle comme elle l'est avec ses lunettes cassées. Je bondis au-dessus de la trappe béante en retenant mon souffle, espérant que j'ai sauté assez loin. Mes pieds touchent le sol de l'autre côté et le soulagement m'envahit. Pia s'avance droit au-dessus du vide et tombe avec un cri effroyable. Le plus vite possible, je remonte les tapisseries nouées et, ce faisant, j'entends un atroce bruit mat alors qu'elle s'écrase. Je ne veux pas regarder, mais je ne peux pas m'en empêcher. Elle gît là, enchevêtrement de noir, mon reflet cauchemardesque au fond d'une fosse. Je la crois morte jusqu'à ce que sa voix s'élève :

– Ne me laisse pas ici, Julia.

Je rabats la trappe et mets le verrou.

Le petit Théo est dans les bras de Bianka, pleurant et babillant au creux de son cou. Elle l'étreint, le berce, et son sang ruisselle sur lui. Je m'approche de Gennadion, blessé, qui grimace sur le sol.

– Comment le soulever ? demandé-je.

– On ne le soulèvera pas, répond Bianka. Le temps presse. La fille s'est éclipsée, elle va donner l'alerte. Il faut partir immédiatement.

Gennadion me saisit par le poignet.

– Shaye est la seule capable d'extraire le texte de Théo, dit-il. Cazmir ne peut rien sans elle. Tue-la.

– Je ferai de mon mieux, dis-je même si je n'ai aucune intention de traquer la bossue. Nous reviendrons vous chercher.

– Plutôt crever, rétorque Bianka.

Malgré ses blessures, elle est plus rapide que moi à la course et je me retrouve à fixer le visage terrifié du bébé qui me regarde par-dessus son épaule tandis que j'essaie de suivre.

– À gauche, à gauche ! crié-je, lui montrant l'escalier.

Lorsque nous sommes à proximité de la pièce que les gardes appellent la salle Terra, je la rattrape. Le sang inonde sa robe jusqu'à l'ourlet.

– Arrêtez-vous, chuchoté-je. Les autres sont près d'ici. Il y aura des gardes.

– Les autres ?

Elle se tourne vers moi, l'air assassin.

– Je croyais que tu nous conduisais hors d'ici.

– Mais nous n'irons pas loin s'il n'y a personne pour piloter le bateau, dis-je, implorante.

– Prends Théo, ordonne-t-elle en serrant les dents. Reste derrière moi. Rends-toi imperceptible. Protège-le de toute violence.

– Ne pouvez-vous pas employer la magie ? demandé-je.

Elle secoue la tête.

– J'ai perdu ma craie. Et puis j'ai trop de vertiges.

Théo s'agrippe à mon cou, appuie son visage contre ma joue. J'indique le chemin et me volatilise, indiscernable derrière la démarche claudicante, douloureuse, de Bianka.

Alors que nous passons l'angle du couloir, un garde isolé dégaine son pistolet et tire. Je me presse contre le mur, mais Bianka court droit vers l'homme. Il tire à nouveau. Elle vacille, pourtant elle continue. Je m'accroupis derrière le gros vase que j'ai failli percuter plus tôt, comme s'il pouvait constituer un bouclier, la figure plaquée à la cloison. Deux autres coups de feu retentissent, suivis de bruits horribles d'os qui se brisent. De bois qui se fracasse. J'ouvre les yeux, risque un regard. Le garde est à terre et Bianka franchit la porte défoncée.

Puis le silence. Un silence affreux. Je demeure immobile dans le couloir, serrant Théo, considérant le corps du garde. Bianka ne revient pas.

23

Je ne me suis jamais sentie aussi seule que dans ce couloir de la forteresse de Cazmir, Théo dans les bras, à quelques mètres du garde mort. Ses yeux sont ouverts, son cou tordu en arrière si bien qu'il donne l'impression de m'observer, ses jambes pêle-mêle sur le sol. Une fracture de la nuque l'a tué. Je me demande qui il est, ce qui l'a amené dans cet endroit, qui le pleurera. Il est comme moi, pensé-je. Les réels acteurs ici sont les Xianren, Bianka, même le petit Théo. Il s'agit de leur histoire. Ce garde et moi, en revanche, sommes juste pris dedans. Nous sommes ceux que l'histoire laisse derrière elle, laisse à terre, le cou brisé, pendant qu'elle continue sans nous, indifférente. Je soupçonne que bientôt c'est mon cou qui se brisera, ou une balle qui me trouera la tête, ou autre chose encore.

Je sens la petite main de Théo sur mon visage.

– Reste ici, dis-je, le posant.

Je m'avance à pas feutrés dans le couloir et empoigne le cadavre sous les épaules. Il est très lourd. Je le traîne jusqu'à Théo et lui retire sa veste. Théo tend le bras et touche les cheveux du garde.

– Ne le touche pas ! dis-je, lui tapant sur les doigts.

Il me dévisage, portant sa main à sa bouche.

– Tu ne devrais pas le toucher, dis-je plus doucement.

Néanmoins, je ne sais pas pourquoi.

Je le couche près du corps du garde et chuchote :

– Cache-cache, d'accord, Théo ? On joue à cache-cache !

Puis je le recouvre avec la veste du garde et incline le vase pour qu'il repose en travers du cadavre et dissimule la bosse sous le vêtement. À condition que Théo reste immobile, quelqu'un qui passera en vitesse ne le remarquera sans doute pas. Il verra seulement un garde mort sous un vase renversé.

– Maman.

Il se dégage et me regarde, l'air suppliant.

– Maman va venir, dis-je. Reste caché, et maman te trouvera. Tu comprends ?

Sacré nom de Kirghal, Julia, évidemment qu'il ne comprend pas. Mais lorsque je tire la veste par-dessus sa tête, il se blottit comme s'il allait faire la sieste.

– Bien sage, dis-je.

Il faut que je déplie de force les doigts du garde pour lui prendre son arme. Ils sont encore chauds et un flot de bile me monte dans la gorge, mais je le ravale. Je ne discerne toujours aucun bruit en provenance de la salle Terra. Je me volatilise à nouveau, apaise ma respiration et m'introduis dans la pièce.

Ils sont tous là. Les derniers rayons du soleil filtrent par les fenêtres, illuminant les grains de poussière en suspension, dont la danse lente est le seul mouvement à l'intérieur de la pièce. C'est comme regarder un tableau ou une salle remplie de statues. Ils sont figés sur place : Wyn face à l'autre porte, celle par laquelle la domestique est entrée ce matin, Grégoire s'élançant vers Priscilla, qui a levé les bras devant son visage, Esmée tournée vers moi, la bouche grande ouverte comme si elle criait quelque chose. Ils semblent être en train de parer ou de fuir une attaque venue de toutes les directions à la fois.

Bianka se trouve au milieu de la pièce. Elle a les poings serrés. Le sang qui inonde sa robe coule sur le tapis. Je ne distingue pas son visage.

– Qui est là ?

C'est une voix de femme, certes grave mais assurément pas masculine. Elle parle fraxais avec un accent de la campagne. Je ne l'aperçois pas tout de suite, mais la voici qui apparaît devant la silhouette figée de Wyn, inspectant la pièce comme si elle pouvait détecter mon odeur. C'est la bossue, Shaye.

Bianka fait soudain un pas chancelant. Shaye écrit vite quelque chose dans l'air avec son index et Bianka est aussitôt pétrifiée.

Je lève le pistolet, vise.

Je suis trop lente. Je le vois, ou le devine, un instant avant qu'il m'attaque. Mais durant ces brèves secondes, je n'actionne pas la détente. Je reçois un coup vif à l'épaule et le pistolet tombe avec fracas sur le sol tandis que mes mains fourmillent, ébranlées. Me saisissant à la gorge, Cazmir me ramène brutalement dans le monde.

– Shaye, c'est la fille qui se volatilise, dit-il à la bossue.

Il a une voix fluctuante, un peu essoufflée. Pas la voix sonore et calme de ce matin.

– La fille de Noémie.

Shaye ne répond rien à cela ; je crois que mon cœur, lui, cesse bel et bien de battre un très court instant.

Cazmir m'imprime une petite secousse.

– J'aimais assez l'idée de la fille de Noémie liée à moi par contrat, pour exécuter mes ordres. J'y voyais une juste conclusion à notre histoire. Mais elle ressemble peut-être trop à sa mère, au fond.

Je me dis que je dois être en train de rêver cette scène, la familiarité avec laquelle il parle de ma mère, comme s'il la connaissait. La lumière restante décline à vue d'œil.

– Où est le garçon ? demande-t-il, me comprimant la gorge au point que je ne peux plus respirer.

Il me vient à l'esprit, alors que ma vue s'amenuise, que c'est une très mauvaise technique pour obliger quelqu'un à parler.

– Dddhhh… bredouillé-je, agitant la langue.

Le monde entier se réduit à ces yeux terribles et au besoin de respirer. Son autre main m'empoigne les cheveux, et il desserre sa main autour de ma gorge. J'avale plusieurs goulées d'air précipitées.

– Le garçon, répète-t-il.

– Disparu, dis-je. Là où vous ne le trouverez jamais.

Un coup sur le côté de ma tête, et pendant une certaine durée c'est le noir complet. Mes mains tâtonnent contre quelque chose de dur, puis je me rends compte que c'est le sol. Je lève les yeux et vois une botte, qui me percute le visage et me fait rouler en arrière, la douleur irradiant mon nez et mes yeux. Ma bouche est envahie de sang. La botte m'écrase le bras et j'entends un hurlement qui doit être le mien. À travers un brouillard de larmes, je ne vois que son visage juste au-dessus de moi, ses narines dilatées, ses lèvres pleines, ses dents blanches.

– Te souviens-tu, Shaye, des sensations de la jeunesse ? lance-t-il à la bossue.

– Oui, mon seigneur, répond solennellement Shaye.

– Une telle certitude à l'égard de tout, un tel courage. Nous sommes tous ainsi dans notre jeunesse.

Je ne me sens sûre de rien, et nullement courageuse, mais je ne suis pas en mesure de contester. Il me cloue au sol, un genou en travers de mon bras droit, puis il prend ma main gauche dans la sienne d'une façon aussi tendre que s'il allait me demander en mariage.

– Sais-tu pourquoi je t'ai choisie, Julia ? Veux-tu que je te raconte l'histoire ?

Il me retourne l'auriculaire et je hurle à nouveau.

– J'ai eu une confrontation particulièrement mémorable avec ta mère autrefois, avant que tu viennes au monde et que tu aies des doigts.

Il me brise l'auriculaire comme une brindille. Un son horrible, animal, jaillit de ma bouche. Quelque part, vaguement, sous la douleur atroce, je suis étonnée qu'un petit doigt puisse faire aussi mal.

– Noémie était ambitieuse. Je reconnais et respecte l'ambition, continue-t-il d'un ton nonchalant, comme si me casser le doigt l'avait détendu. La plupart des gens vraiment ambitieux sont poussés par l'un de ces deux désirs : la vengeance ou le pouvoir. Pour certains d'entre nous, c'est les deux ensemble.

Il me casse brusquement l'annulaire et je glapis, la douleur explosant dans ma main et derrière mes yeux.

– Jadis, mon frère, ma sœur et moi étions plus forts qu'aujourd'hui, continue-t-il. Le monde nous appartenait et personne ne pouvait nous résister. Mais les temps ont changé. Tu ignores tout de l'assemblée de Sidhar – nul ne parle de ces sujets – mais ta mère en était proche. Il s'agissait de réunir les plus puissantes sorcières de Nouvelle Porie afin de renverser les divers royaumes et d'établir un autre empire, dirigé par des sorcières. L'assemblée a tramé la prétendue Insurrection lorienne. Ta mère te l'a-t-elle expliqué ?

Il attend poliment. J'essaie de secouer la tête, et il me brise un autre doigt. Je voudrais le priver de la satisfaction de m'entendre hurler, par malheur il s'avère que hurler est indépendant de votre volonté quand on vous brise les doigts. Une nausée m'envahit. J'ai presque l'espoir de m'évanouir, mais je reste consciente.

– Agoston Horthy n'était au pouvoir qu'à titre d'expérience, mais il a montré un vrai talent pour dévoiler des secrets. Ses espions ont décelé l'insurrection qui se préparait. Il a décimé les sorcières comploteuses et tous leurs alliés stupides. Les survivants éparpillés, cachés, passés à la clandestinité, ont reconnu en moi leur principal ennemi. Ils sous-estimaient Horthy, je pense, mais qu'importe ; j'ai commis cette erreur moi-même. Noémie est la deuxième tueuse qu'ils ont envoyée pour m'assassiner. Si la première a été facile à éliminer, Noémie a failli réussir. Encore aujourd'hui, je ne sais pas comment elle est parvenue en secret sur mon île, comment elle a pénétré dans ma forteresse, déjoué chacun de mes gardes et de mes sortilèges, comment elle est arrivée à mon lit sans être détectée, armée de toute la magie que l'assemblée lui avait fournie. Elle n'a pas pu me tuer, mais elle m'a enfermé dans un énorme rocher et enseveli dans la mer. C'est la première fois… l'unique fois où je me suis senti vaincu.

Il caresse à présent mon index. Il le tord dans sa main, et j'entends l'os craquer, la douleur zigzaguant jusqu'en haut de mon bras. Cette fois, je me vomis dessus, mon corps rejetant tout, essayant de se fuir. Cazmir prend ma main cassée dans la sienne comme un objet précieux.

– Ma sœur a fini par l'apprendre et m'a tiré de là, mais elle refusait toujours de voir la menace que les sorcières représentaient pour nous, pour le monde. Il y avait alors des lustres que l'image de cette jeune sorcière brune anonyme était gravée dans mon esprit. Il m'a fallu sept ans pour la retrouver, cachée dans le Méandre, parlant de révolution à mots couverts et s'employant à reconstituer l'assemblée. La vérité, c'est que je la redoutais, cette sorcière qui avait manqué de m'achever. Je ne pouvais pas l'affronter. Je l'ai laissée aux mains d'Agoston Horthy. Je suis allé à la purification ce jour-là, j'ai regardé de bout en bout, mais il n'était pas possible de la faire souffrir comme j'avais souffert, englouti des mois durant au fond de la mer.

Soudain, il crispe la mâchoire et, à deux mains, me brise le poignet. Je pousse un cri bestial.

– Mais tout ça remonte à des années ; tu n'es que l'épilogue. Où est le garçon ?

Sans que je sache comment, je parviens à me ressaisir juste assez pour accumuler de la salive dans ma bouche et la lui cracher à la figure. Il grogne avec hargne et tord mon poignet cassé, si bien que le monde se réduit à des éblouissements de douleur et à mes pleurs entrecoupés.

– Regarde-moi, dit-il.

Ce que je fais, ou du moins j'essaie. À travers un rideau de larmes, je discerne une lame dans sa main.

– Tu lui ressembles, mais tu n'es pas aussi jolie, dit-il. Je vais te trancher la gorge et tu te videras de ton sang, ici sur le sol. Ou bien tu peux me conduire jusqu'au garçon. Ce sont les deux possibilités que tu as.

La vérité est que, même maintenant, j'ai peur de mourir. Néanmoins, j'ai déjà été soumise à ce choix épouvantable et, cette fois, je me garde bien de placer ma vie au-dessus de tout.

Sa voix devient dure.

– N'oublie pas que j'ai cinq gorges à trancher ici avant d'arriver à la tienne.

Je ferme les yeux. Je crois que je gémis, mais je n'en suis pas certaine. Nous sommes tous morts ou presque, et il va trouver Théo, mais il le fera sans mon aide, par tous les saints !

– Bon, dit-il, la douleur finit toujours par marcher, tu sais.

Il saisit mon autre main et non, non, non, de tout mon être je me soustrais à son visage horrible, à la douleur dans ma main, mon visage et mon bras, à la douleur future, à cette peur incessante. Sous moi, ce n'est plus le sol. Je perçois l'odeur de la Sévione, du sang, puis de la fumée.

Au début, je crois que c'est quelque chose qu'il m'a fait. La douleur a cessé. La pensée me vient lentement : il m'a tuée. Je me trouve sur une corniche rocheuse, mais je ne suis pas moi. Mes mains sont des appendices sombres, griffus, et, loin en contrebas, une rivière de feu coule à travers une ville saccagée, en flammes. Je m'écarte du bord de la falaise et tout change. Je suis de retour dans la salle Terra, mais comme l'autre jour dans la salle de lecture de Mme Och, je n'ai pas de corps. Je vois tout, sous tous les angles à la fois, notamment Cazmir qui se redresse et crie :

– Shaye ! Où est-elle ?

– Je ne la vois pas, mon seigneur.

Et je comprends que ce n'est pas lui qui a accompli cette chose prodigieuse. C'est moi.

Les derniers rayons de lumière se sont éteints. Les silhouettes figées de mes amis, de ma famille, sont maintenant des ombres dans la pièce obscure. Mais je distingue le visage de Wyn, celui d'Esmée, aussi près que si j'étais à côté d'eux. J'entends Bianka respirer, lutter contre le sortilège qui l'emprisonne. Si j'écoute avec attention, je l'entends saigner. Je ne sais pas où je suis. Je ne sais pas ce qui m'est arrivé. C'est comme si je n'existais pas en dehors de mes sens exacerbés. La terreur m'envahit. Je cherche la porte, j'essaie de courir et, ce faisant, je retrouve mes jambes, mon corps. Immédiatement toute la douleur resurgit.

– Là ! s'écrie Cazmir, en me pointant du doigt. Arrête-la, Shaye !

Je suis à proximité de la porte, ce qui est parfait, mais je ne vais pas plus loin. Shaye écrit quelque chose dans l'air et je suis immobilisée, figée comme les autres. Cazmir me domine de toute sa hauteur, les narines dilatées.

À nouveau, non, non, je recule, me soustrais à cet homme ou ce pseudo-homme qui a organisé la mort de ma mère, du moins à ce qu'il prétend, qui me surveille à mon insu depuis des années, qui me brisera morceau par morceau si je le laisse faire. C'est comme la volatilisation que j'ai toujours pratiquée, mais complète. Au lieu d'un prudent repli dans un espace intermédiaire, c'est une traversée jusqu'à un ailleurs absolu. Je halète sur le rebord rocheux au-dessus de la ville en flammes. Je reconnais le mont Hériot et le temple de Coprane, carcasse charbonneuse. Un vent chaud souffle sur moi. Des projections de feu à la cime de montagnes lointaines et, derrière elles, remplissant l'horizon, un tourbillon grisâtre grondant, telle une bouche tournoyante, aspirante, qui semble amener le vent à elle, au-dessus de moi. De la vapeur monte des fentes de la roche et je vois mes pieds, qui ne sont plus eux ; ce ne sont pas là mes pieds…

– Où est-elle ? Où a-t-elle disparu ?

Cazmir. Je me penche vers la voix. J'entends Shaye déclarer, impassible :

– Vraiment remarquable.

C'est trop effrayant, cette non-existence, cette alter existence. Je m'élance vers mon corps dans la salle Terra, vers toutes les parties de moi qui existent et me font mal, vers ma main disloquée. Je touche le sol. Ma main, mon visage et mes entrailles brûlent de douleur mais je bouge plus vite que jamais auparavant. Je me précipite vers le pistolet que j'ai lâché. Dès que je le sens dans ma main indemne, je me volatilise.

Des draps cendrés s'agitent comme des fantômes autour de moi. C'est la cour derrière l'appartement où nous habitions avec notre mère. Le grondement lointain remplit mes oreilles. J'ai le pistolet dans la main – ma main griffue, monstrueuse.

J'entends Shaye chuchoter :

– Où es-tu, où as-tu disparu ?

Si je pense à la salle Terra, je la vois : c'est comme regarder une pièce reflétée dans une vitre sombre, superposée à cette ville, ce souvenir dévasté d'une ville. J'essaie de me projeter, me concentrant sur la porte, et en effet, je suis là lorsque je réintègre mon corps. Très bien.

Mais catastrophe : debout ici, Théo crie « Maman ! Maman ! », et Cazmir s'approche de lui à grandes enjambées. Pas le temps de réfléchir. J'attrape Théo et l'entraîne avec moi vers cette autre Spira, détruite et embrasée. Les flammes vacillent dans les vitres noires ; la lave bouillonne au creux des fissures dans la rue. Nous sommes maintenant dans le Pourtour, où des ombres filent le long des ruelles sous les cendres qui roulent et volent au gré des bourrasques torrides.

– Lala.

Sa voix est gémissante. Je sens son cœur contre le mien, *boum boum boum boum*. Lorsque je m'efforce de distinguer à nouveau la pièce, je ne vois que Cazmir, virevoltant et hurlant des mots incompréhensibles. Je repars en direction du monde, du couloir où j'avais caché Théo, que je presse contre moi, *boum boum boum boum*. Nous heurtons le sol et je me soustrais aussitôt, essayant de me porter vers cette lisière, cette limite où je ne suis nulle part et vois tout, au-delà de ma volatilisation habituelle mais avant de me fondre complètement dans cette Spira incendiée. Je progresse par bonds impétueux, invisibles, dans le couloir, vers le bas du château, jusqu'à l'endroit où Gennadion gît sur le dos, les yeux grands ouverts, les bras écartés. Je tiens Théo, le pistolet dans ma main indemne, qui est redevenue ma propre main.

– Nous avons besoin de vous, dis-je, implorante, à Gennadion.

Ses yeux se tournent vers moi avec lenteur.

– Je ne peux pas marcher, murmure-t-il confusément entre ses lèvres ensanglantées.

Je m'agenouille près de lui. Ses jambes cassées forment avec son corps des angles impossibles, effroyables.

– Mon fils ?

Il soulève une grande main pour toucher Théo, qui recule, enfouit son visage dans mon cou. Gennadion laisse retomber pesamment sa main sur le sol.

– Bianka ? demande-t-il.

– Cazmir l'a paralysée, dis-je. Ou plutôt cette femme, Shaye.

– Traîne-moi jusque là-bas s'il le faut, dit-il. Je le détruirai, puis je détruirai Shaye.

L'énergie du désespoir revitalise sa voix mais l'idée de le traîner est ridicule. Il est trop gigantesque.

– Je ne peux pas, réponds-je dans un premier temps.

Il se retourne avec un son plaintif et commence à ramper sur le sol en s'aidant de ses bras vigoureux.

J'ignore pourquoi je me ravise.

– Cramponnez-vous à moi, lui dis-je.

Je l'aide à mettre ses grands bras autour de moi, Théo entre nous. Il dégage une odeur de sang et de peau brûlée. Je passe un bras autour de son cou épais. Il est lourd, massif, et je ne pense qu'à la douleur dans ma main, mon poignet et mon visage, mais le désir d'échapper à cette douleur est ce qui me sauve. Je tire nos trois corps enlacés complètement hors du monde. Nous sommes au bord de la Sévione, mais la rivière bouillonne et des silhouettes en chemise de nuit basculent dans ses eaux depuis un bateau qui flambe, les unes après les autres, silencieuses. Elles braquent sur nous des yeux noirs où se reflètent les flammes. Je m'éloigne et nous retombons brutalement dans le couloir. Théo pousse un cri.

– Qu'es-tu ? me demande Gennadion, ses yeux bleus remplis d'étonnement.

– Je ne sais pas, réponds-je, sincère.

– Tu peux continuer, affirme Gennadion, et je me dis qu'il doit avoir raison.

Je les entraîne. La douleur disparaît en même temps que moi. Le vent torride mugit, les rues fument, des monstres ailés gémissent au-dessus de nous. Une prostituée transparente avec des vers dans les yeux, la robe roussie, nous salue depuis le seuil d'une maison incendiée. Une créature avec des bois de cervidé avance vers moi dans la rue, m'appelant.

– C'est le Kirghal, chuchote Gennadion, et sans savoir pourquoi, j'ai aussitôt la certitude absolue qu'il a raison.

Je les transporte tous les deux, moitié dans le monde, moitié en dehors, jusqu'à la salle Terra. Là, je flotte, incorporelle.

Cazmir, désormais mi-homme, mi-bête ailée, pivote lentement. Je nous ramène dans le monde juste au-dessus de lui et lâche efficacement Gennadion sur son frère. Les bras immenses de Gennadion enserrent le cou de Cazmir, le tirent en arrière, une main sur sa bouche. Ils s'écroulent, continuant leur mêlée, et je touche le sol à proximité, avec Théo, avec le pistolet.

Shaye, un doigt en l'air, m'adresse un regard plein de curiosité. Le genre de regard que quelqu'un peut vous lancer à une fête quand il a envie de nouer la conversation. Cette fois, je n'hésite pas. J'arme le pistolet et lui tire une balle dans le cou. Elle tombe à genoux, une main plaquée sur la blessure, le sang coulant entre ses doigts, sur sa main, sur son épaule. Je visais la tête, mais ce n'est pas grave, il reste des balles. Je tire à nouveau et elle culbute avec un glapissement étouffé. Le regard qu'elle me jette pendant sa chute est empreint d'une très grande tristesse. Je tire encore, et encore une fois.

À la quatrième balle, tous dans la pièce s'effondrent, la mystérieuse force qui les maintenait dans leurs positions soudain disparue, comme des marionnettes aux fils coupés.

– Maman !

Théo se libère et je le laisse partir. Il se précipite vers Bianka et elle le prend dans ses bras.

– Filons ! crie-t-elle, me poussant vers la porte.

Cazmir, la tête immobilisée entre les bras de Gennadion, dont la grosse main lui couvre la bouche, me dévisage de ses yeux gris meurtriers. Je cours.

Nous nous ruons en désordre vers la sortie. J'ai lâché le pistolet, je ne me rappelle même plus quand ni où, mais j'actionne le levier entre les deux pierres avec ma main indemne, et dès que la porte en bois s'élève, nous jaillissons dehors. Personne à nos trousses. Pas encore, du moins.

– Et Gennadion ? crié-je à Bianka.

– Non, dit-elle sans se retourner.

J'espère que messire Victor va s'en tirer, mais je ne peux rien pour lui non plus.

Frédéric, Dek et le professeur ont gréé la grand-voile neuve, et Frédéric gesticule vers nous comme si nous risquions de ne pas voir le bateau. Aucun de nous ne s'arrête ; aucun de nous ne parle pour se consulter. Grégoire et Esmée poussent le bateau plus loin dans l'eau, Frédéric déploie les voiles et le professeur prend la barre tandis que nous autres pataugeons dans la mer sombre et grimpons à bord. Bianka pleure à chaudes larmes, inondée de sang, affalée contre le canot de sauvetage, Théo dans ses bras. Le vent gonfle les voiles et le bateau gagne de la vitesse. Je la sens alors dans toute son intensité : la douleur dans mon poignet, ma main, la douleur dans mon visage, mon bras, mon flanc. Mon corps entier me fait mal, et la perte de connaissance m'invite, répit à la douleur et la terreur.

– Tu es en un seul morceau, Yeux noisette ?

Wyn a posé sa main sur mon épaule. Je hoche la tête, sans bien savoir si je suis en un ou en mille morceaux. Et voilà Dek, souriant malgré sa mâchoire enflée et les longues heures qu'il a endurées, trempé et cloîtré dans la coque du bateau.

– Je n'arrive pas à croire que tu as réussi, dit-il. N'empêche, on croirait que tu reviens du Kirghal.

Je le serre contre moi. Durant cette minute où, les yeux fermés, j'étreins mon frère, je m'autorise à imaginer que oui, nous avons réussi, que c'est fini, que nous ne craignons plus rien – que revenir du Kirghal est une simple expression. Mais lorsque je rouvre les yeux, j'aperçois sous la lune montante cinq navires aux lignes pures qui se lancent à notre poursuite.

24

Nous ne parlons pas. Qu'y a-t-il à dire ? Les bateaux sont rapides et aucun de nous n'a l'expérience de la navigation.

– De la craie, demande Bianka d'une voix rauque.

Le professeur descend vite lui en chercher. Penchée sur elle, Esmée essaie de soigner les blessures causées par le couteau et les balles. Sans lui prêter attention, Bianka observe les navires, Théo serré contre sa poitrine.

Grégoire distribue les pistolets. Dek prépare son petit canon. Frédéric tient la longue-vue, mais il me la donne lorsque je m'approche de lui. Une inquiétude interrogatrice se lit dans ses yeux. Même si c'est presque la pleine lune, il n'est pas facile de distinguer quelque chose dans l'obscurité ; par la longue-vue, je discerne toutefois plus ou moins les silhouettes sur les navires. Ce ne sont pas les gardes auxquels nous avons eu affaire sur l'île. J'ignore ce que sont ces individus. À peau blanche, à cheveux blancs, nus, couverts de tatouages. J'aperçois Cazmir sur le pont du premier navire, les bras dans le dos, sa cape de fourrure claquant au vent. Je me demande ce qu'est devenu Gennadion. Je rends la longue-vue à Frédéric et j'essuie le sang qui coule de mon menton avec la manche de ma robe. Je sais que mon nez saigne lui aussi, mais la douleur est trop violente pour que je le touche.

– Il faudrait qu'Esmée vous examine, dit Frédéric. Suprême Innommé, qu'est-il arrivé à votre main ?

– Il m'a cassé le poignet et tous les doigts, réponds-je d'une triste petite voix chevrotante alors que je voulais prendre un ton détaché.

Ma main n'a plus rien d'une main, elle ressemble à une moufle gonflée, ensanglantée. Dès que je bouge, la douleur me déchire la totalité du bras. Frédéric effleure mon autre bras, s'apprêtant à parler, mais Grégoire crie :

– Garez-vous, le coup va partir !

Dek scrute par l'œilleton qui surmonte son petit canon artisanal. Il le fait légèrement pivoter, puis actionne la tige. Un sifflement, et l'un des projectiles décrit un grand arc de cercle, une traînée de gaz jaune tournoyant derrière lui. Ce n'est pas du gaz poivre, mais narcotique. Il a bien visé : le projectile percute avec un bruit sourd le pont du bateau de Cazmir. À grands coups d'ailes, Cazmir s'élève en spirale au-dessus du navire. Les êtres tatoués fantomatiques s'effondrent, inconscients, bientôt dissimulés par le nuage de fumée jaune qui vire au marron.

– Remarquable ! s'écrie le professeur Baranyi. Je parie que la Couronne vous paierait une fortune pour cette invention.

– Je ne me suis jamais adressé à la Couronne, dit Dek. Pas sûr que je leur ferai confiance pour me payer.

Puis il nous crie :

– Les masques sont dans le sac près du canot de sauvetage ! Si nous nous retrouvons trop près de la fumée, mettez-en un !

– Combien de projectiles avez-vous encore ? demande le professeur.

– Six, répond Dek.

Il frappe un deuxième bateau, qui disparaît lui aussi, enveloppé dans un nuage brun noir. J'observe Cazmir qui tourne de plus en plus haut, forme sombre se détachant sur le ciel nocturne.

– Vous êtes bon tireur ? demandé-je à Frédéric.

– Assez, dit-il. Pas autant que vous.

– Cette… chose, dis-je, le doigt tendu.

Je ne me sens pas certaine d'atteindre une cible en ce moment.

– Gardez votre pistolet braqué dessus et tirez si elle s'approche.

Frédéric hoche la tête et lève les yeux. Les étoiles commencent à briller.

Un troisième projectile rate de peu le bateau suivant et tombe en sifflant dans l'eau à proximité. De la fumée sort des vagues puis cesse.

Bianka essaie d'écrire quelque chose sur le pont, mais son bâtonnet de craie se brise et elle s'affaisse contre le canot de sauvetage, la respiration courte et saccadée.

– Laissez Esmée s'occuper de vous, par tous les saints ! lui dis-je. Vous allez mourir si vous persistez à vous démener avec ces blessures.

Elle m'adresse un petit sourire tordu.

– À moins que vous ne me jetiez par-dessus bord, je ne renoncerai pas, réplique-t-elle.

– Écoutez, vous êtes trop faible pour pratiquer la magie, lui dis-je.

– Et je ne sais pas ce qui arrive aux sorcières qui ont perdu autant de sang que vous êtes en train d'en perdre, dit Esmée d'un ton sévère, mais je ne pense pas que même une sorcière puisse survivre privée de son sang.

Bianka est trop affaiblie pour résister. Le petit Théo se cramponne, cachant son visage contre elle.

Bianka me regarde par-dessus les larges épaules d'Esmée et dit :

– Quoi qu'il arrive, ne les laisse pas prendre Théo.

Je lève mon pistolet dans un geste de promesse solennel. Bianka hoche la tête et ses paupières se ferment.

Un quatrième projectile, un troisième navire neutralisé. J'aperçois une autre forme ailée dans le ciel. Elle livre un bref combat contre Cazmir, loin au-dessus de nous. Puis il se dégage et descend en piqué.

– Tirez ! crié-je à Frédéric. Tirez !

Cazmir nous domine de sa grande ombre, son envergure presque égale à la largeur de notre bateau, lorsque nous tirons tous deux sur lui. Il s'écarte en virant, reprend de l'altitude.

Un cinquième projectile jaillit dans l'air et tombe, accompagné d'un panache de fumée. Je vois maintenant de gros yeux blancs dans les visages inexpressifs des individus sur le bateau le plus proche. Ils sont six, fusils à la main, qui visent.

– Tout le monde à terre ! crié-je.

Je me jette sur le pont, et durant un moment la douleur est telle que je pense avoir été touchée. Du bois vole ici et là tandis que les balles pleuvent.

– Réfugiez-vous sous le pont, tous ! ordonne Grégoire dès qu'ils s'interrompent pour recharger leurs armes. Je les tiendrai en respect !

Wyn est près de moi et, du bras dont je peux me servir, je le pousse en direction de Théo.

– Descends le bébé ! lui crié-je.

Il m'adresse un regard implorant. Je vocifère avec ce qu'il me reste de voix :

– Le bébé, Wyn, putain ! Je vous rejoins tout de suite !

Il prend Théo à une Bianka défaillante. Unissant leurs efforts, le professeur et Esmée la soulèvent. Dek est en train de placer le dernier projectile dans le canon lorsqu'un coup de fusil claque ; il s'affale sur le pont en hurlant. Les balles pleuvent à nouveau. Je ne sais pas où il a été touché, mais le généreux Frédéric lui porte déjà secours et l'emmène en bas.

Cazmir se rapproche à nouveau et j'ai perdu de vue l'autre créature ailée, dont je ne peux qu'espérer qu'elle est Mme Och, venue de l'îlot où elle attendait. Je me précipite vers le canon de Dek et m'abrite contre la barre. Je trouve Cazmir par l'œilleton. Il tourne, tourne, puis pique, et je ne le vois plus ; je le retrouve, horriblement proche, l'ajuste et actionne la tige.

Le projectile monte en ligne droite et se loge dans sa poitrine. Il tombe comme une pierre sur le pont, à une telle vitesse que j'ai à peine le temps de m'écarter avant qu'il s'écrase dans une volée de plumes. Je cours vers le sac de masques à gaz près du canot alors que la fumée jaune se répand sur notre bateau. Je l'inhale, âcre et brûlante, et pendant un instant il n'y a plus ni haut ni bas : j'ai l'impression de flotter sans douleur. Puis le masque me couvre la tête. Je prends une brusque inspiration métallique et mes sens me reviennent. Cazmir s'agite faiblement puis s'immobilise, ses ailes étalées sur le pont. J'avance à travers la fumée, respirant fort dans le masque. L'air paraît étrange, insuffisant. De mon bras indemne je traîne Cazmir vers ce que j'espère être l'extrémité du pont. Il ne pèse pas aussi lourd que je l'aurais cru, néanmoins je progresse avec lenteur. Derrière les lunettes du masque, je vois la fumée virer au marron. Mon dos heurte le plat-bord et je manque de basculer moi-même dans l'eau. Je ne sais pas comment je vais soulever Cazmir. À deux bras je réussirais peut-être, mais là c'est impossible. Je m'acharne, m'acharne en vain. Subitement son corps monte, s'incline, s'abîme dans la mer avec une grande gerbe. Je vois un autre masque d'aspect féroce près de moi tandis que la fumée commence à se dissiper, le bateau s'éloignant du nuage de gaz. Dès que nous en sommes sortis, elle ôte le masque : Mme Och. Grégoire est évanoui sur le pont, son pistolet à côté de lui.

Elle indique les deux navires toujours à nos trousses, qui se rapprochent.

– Je veux appeler le vent, annonce-t-elle. Donnez-moi votre force.

Elle prend ma main indemne dans l'une de ses pattes velues, à taches de léopard. Elle se met à prononcer des mots que je n'identifie pas. Ma vision se rétrécit soudain puis s'élargit, se déploie à une ampleur alarmante de trois cent soixante degrés. J'essaie de retirer ma main ; Mme Och la retient. Je crie et résiste en pure perte. Non parce que je refuse de l'aider, mais parce que j'ai la sensation que la vie m'est arrachée. Il n'y a pas seulement la douleur. Il n'y a pas juste l'énergie ou la force minée, mais quelque chose de plus essentiel. La pensée. L'être. Le souffle. Mon pouls même s'éloigne de moi. J'implore, sans bien savoir quoi. La fin de cette épreuve. La vie sauve. Le pardon.

Je suis si diminuée que je m'aperçois à peine du vent qui se lève derrière le bateau, du vent dans notre sillage, une grande tempête mugissante. Je vois les deux bateaux encore à notre poursuite dévier, chavirer. Je vois Cazmir émerger des vagues, les ailes déployées, mais la tourmente le repousse et il disparaît.

Cela semble durer une éternité. Lorsque Mme Och me lâche la main, je tombe sur le pont comme une poupée de chiffon. Ma vision se réduit à rien, le monde s'engloutit dans un tourbillon de ténèbres. De très loin m'arrive la pensée que je meurs. Je suis terriblement triste mais ne peux rien faire, et j'ai des regrets mais ne peux pas les exprimer.

Lorsque je me réveille, Wyn est là. Son visage paraît anormalement grand. Il me dit :

– Un homme peut changer, Yeux noisette, s'il trouve quelque chose qui en vaut la peine.

J'articule :

– Gghhhrg…

Et il dit :

– T'ai-je vraiment perdue, Julia ?

La réponse à cette question est d'une complexité qui dépasse mes forces. Il me vient à l'esprit que je suis peut-être au beau milieu d'un rêve ou en proie à une hallucination, mais je préfère parler quand même, au cas où, alors je murmure juste :

– Oui.

Le visage démesuré de Wyn fond en larmes et, comme tout cela est insoutenable, je me laisse sombrer.

Lorsque je me réveille à nouveau, Dek est près de moi, au contraire de Wyn il a sa taille habituelle, et je suis dans un lit. Ma main cassée est bandée, chaque doigt ressemble à une saucisse de gaze. Je me penche immédiatement au bord du lit pour vomir. Sans résultat. Le monde oscille. Peu à peu je me rends compte que le mouvement au-dessous de moi est celui du bateau. Je reconnais la pièce, les couchettes étroites.

– Que l'Innommé soit remercié, dit Dek. Bois un peu d'eau. Ou du bouillon.

J'émets un son rauque, ce qui l'inquiète un peu, puis je réussis à dire :

– De l'eau. S'il te plaît.

Je me redresse avec effort, et il approche le gobelet de mes lèvres. J'ai la gorge très sèche et l'eau me procure une sensation agréable, du moins jusqu'à ce qu'elle atteigne mon estomac, qui l'expulse aussitôt. Un mal de tête épouvantable m'assaille, m'enserrant le crâne comme un étau. Je pleure de douleur, mais quand le tourment s'apaise, je réussis à boire de l'eau et du bouillon et m'en trouve revigorée.

– Que se passe-t-il ? demandé-je à Dek.

– Nous débarquerons d'ici peu à Naripi, répond-il. Une ville portuaire sirilienne. Tu n'as pas raté grand-chose. Réparer le bateau, s'occuper des malades et des blessés, guetter ce fou avec des ailes.

– Cazmir.

– Mme Och a estimé que nous pourrions rejoindre Naripi avant qu'il nous dépiste. Ensuite nous nous disperserons. Ils emmèneront Bianka et le bébé quelque part. Grégoire est révolté parce qu'il pense qu'on n'aura pas notre argent. Moi, j'ai l'impression que ta madame Och est digne de confiance.

– Je crois, dis-je.

– Esmée a bien raccommodé la sorcière. Elle a aussi redressé les os de tes doigts.

– Bianka est sauvée ?

– Elle se déplace lentement, mais elle paraît hors de danger.

– Et Théo ?

– En pleine forme, semble-t-il.

Je ravale mes larmes puis demande :

– Et vous autres ?

– Tout le monde est un peu amoché, mais rien de dramatique. Wyn a eu le bras cassé pendant la première tempête. J'ai pris une balle dans la jambe, ma jambe valide, en plus. N'empêche, je dirais qu'on s'en est bien sortis, d'une manière générale.

Il bavarde encore un moment avec moi, et une ou deux fois il essaie de savoir ce qui s'est passé dans la salle Terra, mais je me sens incapable de lui répondre.

Le professeur aide Mme Och à entrer dans la cabine et l'installe sur la couchette face à la mienne, d'où la sensation étrange que nous sommes des camarades de chambre qui nous reposons. Elle a l'air très vieille et fragile.

– Je viens vous présenter mes excuses, dit-elle. Je n'aime pas emprunter la force vitale de quelqu'un, surtout quand la personne a déjà été mise à rude épreuve. Mais je ne voyais pas d'autre solution.

– Qu'est-ce que ça signifie, emprunter ma force vitale ? demandé-je.

– Les mots disent exactement ce dont il s'agit. Chacun possède une force vitale, une énergie. Elle est plus importante chez les jeunes, bien sûr. J'ai appris à l'emprunter jadis et elle me devient plus nécessaire dans mon grand âge. Mais les exigences de la tempête que j'ai créée ajoutées à votre état de faiblesse ont failli vous être fatales. J'en suis désolée.

– Je vais bien. Du moins, je pense que j'irai bien. Et maintenant ?

– Nous allons emmener Théo dans un endroit sûr. Il ne sera pourtant pas en sécurité longtemps. Cazmir va repartir à sa recherche.

– Mais cette sorcière ou je ne sais quoi, la bossue, Shaye, est morte, dis-je. N'a-t-il pas besoin d'elle ?

– Je doute fort que Shaye soit morte, réplique Mme Och.

– Je lui ai logé quatre balles dans le corps. Elle saignait partout.

Mme Och se tait, et je pense : ces êtres terribles, rien ne semble les tuer.

– Je suppose que Pia n'est pas morte non plus, dis-je d'une voix sinistre.

– Pia, je crois, possède neuf vies, déclare Mme Och. Je ne sais pas combien elle en a déjà utilisé.

Impossible de déterminer si elle plaisante, mais je saisis la substance du message. Pia demeure pour moi une menace.

– Retournerez-vous secourir Gennadion ?

Mme Och secoue la tête.

– Je ne peux pas sauver Gennadion, dit-elle.

– Mais c'est votre frère.

Jamais je n'abandonnerais Dek dans un endroit pareil. Jamais.

– Cazmir est mon frère aussi, observe-t-elle.

Je respire à fond.

– Cazmir affirme m'avoir choisie pour la mission dans votre maison parce qu'il connaissait ma mère. Il soutient qu'elle a essayé de l'assassiner. C'est vrai ?

Elle fronce les sourcils.

– Qui est votre mère ?

– Elle est morte, dis-je. Noyée il y a des années. Elle s'appelait Noémie Farian.

Mme Och pousse une espèce de long soupir.

– Vous êtes la fille de Noémie. Je l'ignorais. Oh, Julia, je ne crois pas que Cazmir consente à vous laisser tranquille.

– Vous connaissiez ma mère ?

– Non. J'ai entendu parler d'elle. Je ne l'ai jamais rencontrée. Mais je pense qu'elle savait comment l'histoire pourrait se terminer, Julia, quand elle a choisi de devenir l'ennemie de Cazmir.

– Ça ne me console en rien, dis-je.

– Non, bien sûr.

– Comment décidez-vous des sorcières à sauver ? lui demandé-je. Pourquoi Joumana Sandor, mais pas les autres sorcières qui ont été noyées ce jour-là ?

Je songe à la jeune sorcière aux cheveux châtains. Je songe à ma mère. Je songe à la sorcière que Mme Och a tuée, mais je n'ose pas la questionner à ce sujet.

– Je ne peux pas sauver tout le monde, dit-elle (et une part enfantine de moi a envie de rétorquer : *Pourquoi pas ?*). S'il doit y avoir du changement en Fraxe… j'essaie d'aider les personnes les plus susceptibles de le provoquer, lorsque l'heure viendra.

– L'heure de quoi ?

– L'heure du changement.

– Ma mère voulait changer le monde. Nul ne l'a sauvée.

Si Cazmir a dit la vérité, le secours que Mme Och lui a porté est ce qui a coûté la vie à ma mère. Mme Och l'a tiré des eaux et il a entrepris sa traque implacable. J'hésite entre lui jeter des accusations à la figure et la remercier de nous avoir sauvés aujourd'hui.

– Non, dit-elle, très calme. Je n'ai pas sauvé Noémie. Je ne voulais pas me mêler de trop près aux affaires de Cazmir, à l'époque, mais les affaires de Cazmir deviennent incontournables. Je suis, d'une certaine façon, responsable de son désespoir. Je suis en train de mourir, voyez-vous.

– Oh, murmuré-je.

Je ne sais toujours pas quoi éprouver à l'égard de Mme Och. Je ne sais pas comment réagir à sa quasi-indifférence vis-à-vis de la mort de ma mère, ni à l'idée qu'elle aurait pu l'aider mais qu'elle a choisi de ne pas le faire, et je ne sais pas si je me désole qu'elle soit en train de mourir.

– C'est assez long, reprend-elle. Quoi qu'il en soit, mon agonie a éveillé chez Cazmir la peur de sa propre mort. Il estime qu'il pourra nous redonner notre puissance de jadis grâce au *Livre de la Perturbation*, que la mort ne nous emportera pas, ni moi, ni lui, ni aucun de nous, s'il parvient à réunir les fragments. Il a peut-être raison, mais je ne veux pas voir le monde que Cazmir instaurerait.

Moi non plus.

– Racontez-moi ce qui s'est passé dans la forteresse, dit-elle. Vous êtes la seule que Shaye n'a pas pu immobiliser. Comment avez-vous échappé à Cazmir et elle ?

Je ne veux pas en parler – je ne veux rien en dire à voix haute –, mais d'un autre côté, qui d'autre pourrait éventuellement savoir ce que cela signifie ? Alors je lui raconte tout. Je décris les scènes que j'ai vues, les sensations que j'ai éprouvées. Une fois mon récit terminé, elle reste silencieuse, ce qui est agaçant, compte tenu des efforts que j'ai fournis pour prononcer ces paroles.

– Gennadion m'a dit… il a dit que l'autre lieu était le Kirghal, ajouté-je.

– Impossible, dit-elle, pourtant son expression me révèle qu'elle le croit. Les Xianren eux-mêmes ne peuvent pas effectuer le voyage jusqu'au Kirghal.

Mais moi, je le peux. J'en viens à l'essentiel. La question n'est pas facile à poser, alors je la chuchote :

– Que suis-je ? Que suis-je, pour pouvoir accomplir des choses pareilles ?

Pour la première fois, je lis dans ses yeux la trace d'une possible peur. Elle répond :

– Je ne sais pas ce que vous êtes, Julia.

Frédéric vient aider Mme Och à remonter sur le pont.

– Le port de Naripi est en vue, annonce-t-il.

Puis, s'adressant à moi :

– Vous avez meilleure mine.

– Oui, dis-je.

Un petit oui étranglé, au lieu de m'écrier « Je suis désolée » ou « S'il vous plaît, pardonnez-moi ». Je me sens à peine capable de le regarder, pourtant je le dois.

– Voulez-vous que je redescende vous chercher ? me demande-t-il, sans doute un peu décontenancé par l'intensité de mon regard.

– Non. Je peux me débrouiller seule.

– Eh bien, je suis content de l'entendre.

Il se penche sur Mme Och, l'aidant à sortir du lit. Ils s'éloignent déjà dans le petit couloir lorsque j'articule enfin :

– Je vous en supplie, ne me croyez pas… ce que vous avez dit.

Tous deux se retournent vers moi, Frédéric l'air perplexe, Mme Och légèrement amusée.

Je m'oblige à prononcer le mot :

– Malveillante.

Une expression terriblement semblable à la pitié se peint sur son visage, et j'ai envie de rentrer sous terre.

– Enlever Théo était malveillant, dit-il avec douceur. En revanche, ce que vous avez fait pour le libérer était très courageux.

Je les suis dehors sous le soleil radieux. Tous se pressent pour m'accueillir, et c'est un flot de conversations frénétiques, d'échanges d'histoires et d'anecdotes. Lorsque je croise le regard de Wyn, je ne peux pas déterminer s'il a pleuré à mon chevet ou si j'ai rêvé la scène. Il serre un instant ma main valide dans la sienne et dit :

– Par les étoiles, Yeux noisette, ça fait plaisir de te voir rétablie.

Je hoche stupidement la tête et nous restons silencieux, gênés, jusqu'à ce que les autres se remettent à parler. Grégoire m'étreint à m'en faire mal, versant des larmes d'ivrogne, mais je réussis à l'embrasser aussi.

Naripi se compose de maisons basses autour d'un port étincelant. La côte est parsemée d'îles. Des bateaux de pêche et des navires de commerce sillonnent les eaux.

– Notre premier pays étranger, s'enthousiasme Dek, m'adressant un large sourire.

Mais je n'arrive pas à m'en réjouir, pas encore. Je guette dans le ciel un homme ailé, parcours les bateaux des yeux à la recherche du sourire atroce de Pia. Je me dis que la peur m'habitera toujours, tant que je vivrai.

À tour de rôle, nous observons Naripi par la longue-vue. Je rejoins Priscilla et Esmée appuyées au bastingage.

– Dommage pour ton joli nez, me dit Priscilla. Mais tu ne peux pas savoir comme je suis soulagée de te voir sur pied. Il y a eu une phase où tu paraissais plus morte que vive.

– À quoi ressemble mon nez ? demandé-je, le touchant avec hésitation.

Il continue à m'élancer.

– En ce moment ? Il est hideux.

Elle me fait un sourire chaleureux.

– Il sera un peu tordu, je suppose, dit Esmée. Mais ça pourrait être pire.

– Blessures de guerre, dit Priscilla. Tout se répare un peu de travers, mais ensuite on oublie comment c'était avant. À propos, ton ami Frédéric se faisait un sang d'encre pour toi.

Je glisse un regard du côté de Frédéric avec une certaine surprise.

– Nous ne sommes pas précisément amis, objecté-je.

– Je crois qu'il ne serait pas de cet avis, dit Priscilla en sourcillant.

Puis elle se remet à contempler le port.

– Il faut que nous allions au marché acheter de la soie sirilienne ! Autant nous offrir de charmantes robes, après tous ces incidents désagréables.

– Je suis désolée, lui dis-je, embarrassée. Je ne savais pas… que ça se révélerait aussi affreux.

– Oh, Julia.

Elle me presse le bras d'un geste amical.

– J'ai vécu pire, crois-moi. Bon, je vais regarder par la longue-vue !

Elle se précipite vers l'endroit où les autres se relaient pour observer le port. Je la regarde s'éloigner, en songeant que je ne sais rien de son existence avant qu'elle se lie avec Grégoire.

– Je ne pouvais pas leur demander de le faire pour moins, me dit alors Esmée à voix basse. Le danger était indiscutable. Il fallait que la récompense soit à la hauteur.

Veut-elle m'expliquer pourquoi elle a réclamé une telle quantité d'or ?

– Je ne crois pas qu'ils auraient accepté si tu n'avais pas exigé cette somme.

– Si Mme Och honore le contrat, je prends ma retraite, me dit-elle. J'aimerais placer Wyn comme élève ou même l'installer dans un atelier à lui. Pour qu'il tente autre chose. J'enverrais Dek à l'université si je pouvais, malheureusement jamais ils ne l'inscriraient. N'empêche, il réussirait une belle carrière dans son propre laboratoire, à condition qu'il se crée quelques relations. C'est pour toi que je m'inquiète, Julia. Tu pourrais me succéder si tu voulais. Tu as le profil idéal. Mais tu es encore très jeune, et puis tu n'es pas obligée de suivre cette voie.

– J'y réfléchirai.

Je ne peux pas revenir à mon ancienne vie, à mon ancien moi, mais je ne peux pas non plus imaginer un autre genre d'existence. J'ignore à quelle autre activité je suis apte. « Ta mère ne s'est jamais résolue à vivre sans espoir », m'a dit Claude. Mais je ne sais pas quoi espérer.

– Tu as bien agi.

Esmée indique l'endroit où Bianka, assise, joue avec Théo, plaçant un gobelet sur une bille puis le soulevant, la bille oscillant au gré du pont dès qu'elle n'est plus retenue.

– Une mère devrait être avec ses enfants.

Lorsque je regarde Théo, pas tout à fait le petit diable potelé de la maison de Mme Och, mais propre, rieur, essayer d'attraper la bille, mon cœur se serre comme un poing dans ma poitrine. Je m'approche, les jambes flageolantes, et m'accroupis à côté d'eux sur le pont. Bianka plaque le gobelet sur la bille et me darde un regard brûlant.

Je n'implorerai pas son pardon – je ne le mérite pas. Mais je ne peux m'empêcher de m'agenouiller devant elle et de chuchoter avec ardeur :

– Je mourrais avant de laisser autre chose lui arriver. Je vous le jure, je mourrais d'abord.

À ma surprise, elle tend le bras et saisit ma main indemne, mêlant ses doigts aux miens. Elle affirme :

– Je sais.

Je serre vigoureusement sa main, sans parvenir à croiser son regard. Je ne peux rien défaire, mais revoir Théo florissant, épanoui, jouant près de sa mère – à ce spectacle, j'éprouve une gratitude dont je pense qu'elle va me submerger. Même si prier n'est pas dans mes habitudes, je ferme les yeux très fort pour offrir mes remerciements silencieux et mes remords muets à l'Innommé, aux étoiles mouvantes, à l'univers et à ce qui en lui pourrait écouter ou prêter attention. Et je demande à l'univers, bien que je n'aie pas le droit de demander quoi que ce soit : *Protégez-le. Protégez-le. Protégez-le.*

25

La neige tombe en flocons rapides et serrés, et le ciel est noir. Je traverse le Pourtour et parcours tout le chemin jusqu'à la Forestine avant de reprendre la direction du nord. Marcher m'apaise, je crois. La grande silhouette du temple de Cyrambèle se dessine devant moi maintenant, avec la lune en arrière-plan, et je presse le pas. Je m'arrête sur le pont où j'ai vu la gouvernante assassinée il y a quelques semaines seulement, même si j'ai l'impression qu'une éternité s'est écoulée. Je ne suis plus cette fille.

Du haut du pont, je regarde la rivière gelée, couverte d'un épais manteau de neige immaculée. Les équipes viendront à l'aube dégager la neige et casser la glace, parce qu'une purification se déroulera ici demain matin. Le spectacle attirera la foule malgré le froid, puisque Marianne Novak doit être noyée parmi d'autres sorcières. Ce sera la première purification à laquelle je n'assisterai pas depuis des années : nous partons tôt demain matin par le train à destination du Sud.

Claude a trouvé un endroit où nous loger, un endroit où nous cacher, lorsque nous sommes revenus. En effet, nous n'avons pas osé retourner dans les appartements d'Esmée ; Cazmir nous y aurait dénichés à coup sûr. Et deux ou trois jours après notre retour dans la ville, Claude a envoyé le professeur Baranyi dans cette maison peu attrayante à la périphérie du Plateau. Il nous a apporté onze fraxins d'or et fait une nouvelle offre, que nous avons acceptée à l'unanimité. Nous allons voyager avec Mme Och et les siens jusqu'au Yongguo. Leur intention est de chercher Ko Dan, le moine dont a parlé Gennadion, dans l'espoir qu'il pourra défaire ce qui a été fait à Théo, retirer de lui le fragment de texte sans le blesser. Nous jouerons le rôle de gardes du corps, d'espions ou autres, selon ce que la situation exigera. Le professeur assure à Esmée que nous serons bien payés, et nous sommes soulagés de quitter Spira pendant un temps.

Tous les soirs depuis qu'il nous a rendu visite, les autres festoient et boivent pendant que je sors arpenter les rues désertes, enneigées. Je ne leur reproche pas de savourer leur nouvelle richesse, mais je ne peux pas partager leur plaisir. J'ai demandé à Claude de donner ma part de l'argent de Cazmir – ce qu'il en reste – et de l'or de Mme Och à un orphelinat ou à une bonne cause, pour ne pas avoir à le toucher ou à le regarder. Elle a haussé un sourcil blanc malicieux à l'idée que je devenais philanthrope mais promis de respecter mon souhait. Porter l'affreuse robe ou la fourrure que j'ai achetées m'est impossible, vu ce que j'ai fait pour les obtenir. J'avais l'air ridicule dedans, de toute façon. Je mets ma vieille gabardine par-dessus la robe raccommodée que les types de Torne avaient déchirée. Pas aussi chaud qu'un manteau de fourrure, mais je me sens plus moi-même.

Cazmir m'a dit que toute grande ambition s'enracine dans un désir de vengeance ou de pouvoir, mais je soupçonne que c'est la nature d'un certain genre d'homme de croire universelles ses vérités personnelles. Il ne comprendrait pas quelle puissance peuvent avoir le remords, le désir de réparation. Il n'a parlé ni de l'amour, ni du chagrin. Pourtant, nous ne sommes pas totalement dissemblables. Le pouvoir ne m'intéresse pas, mais la vengeance, si. Je comprends ce qu'il a dit au sujet de la vengeance. Mme Och m'a affirmé que Cazmir ne me laisserait pas tranquille ; je ne le laisserai pas tranquille non plus, je n'oublierai pas ce qu'il m'a fait, ce qu'il a fait à ma mère.

Je remue ma main, qui me semble raide et bizarre – Esmée a retiré les pansements ce matin –, et me remémore cette autre main, dans cet autre lieu. J'ai révélé en partie à Dek ce que Cazmir m'a dit sur notre mère. Je n'ai pas pu lui parler, ni à aucun d'eux, de ma disparition dans le Kirghal, si c'est véritablement là que je me trouvais. Je ne supporterais pas qu'il ait des doutes sur qui ou ce que je suis. Il faut d'abord que je le sache, moi.

Je lève les yeux vers les flocons qui tombent, et j'ai l'impression de m'envoler, de monter dans le ciel, de laisser la ville de Spira loin au-dessous de moi. Au revoir, donc, aux rues de mon enfance, aux rues où mon enfance s'est terminée. Au revoir au Méandre, au Pourtour, au revoir aux rats et aux chats errants faméliques. Au revoir à la Spira nocturne étincelante, et à l'eau gelée sous la neige. Au revoir aux os des sorcières dans le fond de la rivière. Au revoir aux os de ma mère. Au revoir aux sorcières qui seront noyées ici demain.

Au revoir à la Julia qui était prête à vendre un petit garçon pour de l'argent. Légère, je finis en courant le trajet de retour dans la neige.

À suivre…

REMERCIEMENTS

Je remercie d'abord mon agent, Steve Malk, qui a parié sur le brouillon que je qualifiais de livre, et de qui j'ai tellement appris en le remaniant. J'avais entendu des auteurs affirmer « Je n'aurais pas pu écrire ce livre sans le bon vieux untel », mais avant de travailler avec Steve je n'avais pas vraiment compris ce qu'ils voulaient dire. Maintenant je sais. Merci.

Ensuite, ma merveilleuse éditrice, Nancy Siscoe, toutes les personnes chez Knopf qui ont travaillé sur *Julia* – je pourrais composer des sonnets rendant grâce aux correcteurs ! –, Amy Black et l'équipe chez Doubleday Books. J'ai beaucoup de chance de travailler avec vous et j'en suis très heureuse.

Merci à Dan Gilman, Samantha Cohoe, Kip Wilson Rechea, Dana Alison Levy et Katie Mei McCarthy, qui ont lu et commenté différentes parties de ce livre à diverses étapes. Une immense gratitude aussi à Jim et Janet Hunter, qui dans leur générosité m'ont accordé deux matinées supplémentaires par semaine pour écrire et m'ont permis de ne pas perdre ce que j'aime appeler ma raison.

Mes remerciements et mon amour infini aux personnes suivantes, qui ont lu et façonné mon œuvre, et bien davantage :

mes parents, non seulement voisins mais quasi-bâtisseurs de mon logis ; mes frères, sans lesquels l'affection de Julia pour Dek ne serait qu'un pâle reflet de la réalité ; ma grand-mère Kato Havas, qui m'a tant instruite sur les joies et les dangers de la vie créative ; Jonathan Service, qui est à la fois la personne la plus sérieuse et la moins sérieuse que je connaisse – merci de m'avoir prise plus au sérieux et moins au sérieux que tous les autres exactement aux bons moments depuis le début ; Gillian Bright, merci pour les critiques pénétrantes et le soutien constant ; Mick Hunter, mon compagnon dans le pire comme dans le meilleur – merci pour les séances de réflexion, la sérénité à travers les orages, l'accomplissement de toutes les tâches difficiles comme si elles ne l'étaient pas, les éclats de rire au quotidien, et tout le reste aussi. Tu laisses muette l'orfèvre des mots que je voudrais être.

Enfin, tout l'amour du monde, mais vraiment aucun remerciement, à James et Kieran, qui, dès la première ébauche, se sont opposés – avec bruit ! avec vigueur ! avec exubérance ! – à l'achèvement de ce livre. Allez, c'est fini. Bisous.

Achevé d'imprimer en Espagne par Rodesa
Dépôt légal : 1er trimestre 2018